HEYNE BÜCHER

JOAN WILDER

AUF DER JAGD NACH DEM GRÜNEN DIAMANTEN

Roman
nach einem Drehbuch von Diane Thomas

Deutsche Erstveröffentlichung

WILHELM HEYNE VERLAG
MÜNCHEN

HEYNE ALLGEMEINE REIHE
Nr. 01/6316

Titel der amerikanischen Originalausgabe
ROMANCING THE STONE
Deutsche Übersetzung von Bernhard Willms

4. Auflage

Printed in Germany 1985
Umschlagillustration: Twentieth Century-Fox Film
Umschlaggestaltung: Atelier Ingrid Schütz, München
Gesamtherstellung: Presse-Druck Augsburg

ISBN 3-453-02011-1

I.

Drinnen in der Blockhütte rührte Angelina in einem Topf mit Hasenklein. Mit der freien Hand strich sie sich eine lange Locke kastanienbraunen Haares aus der cremefarbenen Wange und versuchte noch einmal, die Fliege zu erwischen, deren aufdringliches Summen ihr schon die ganze Zeit auf die Nerven ging. Gegerbte Häute hingen von den Deckenbalken herunter, und vor der Feuerstelle lag ein Bärenfell. Die Wände waren aus roh behauenen Balken zusammengefügt, die Zwischenräume mit einer Mischung aus Lehm, Sand und Gras ausgefüllt. Sie boten Schutz wenigstens gegen die ärgsten Winterstürme hier an der Bay. Eines der Fenster besaß Scheiben aus richtigem Glas, ein echter Luxus, und so hielt sie sie auch stets blitzsauber.

Die primitive Behausung stand im drastischen Gegensatz zu dem riesigen Ranchhaus, in dem sie aufgewachsen war. Es gab keine Partys oder Barbecues mehr, die als Entschuldigung für den Kauf eines neuen Seidenkleides herhalten konnten. Vorbei waren auch die Zeiten, da sie und Yolanda, ihre Schwester, stundenlang in kupfernen Badewannen voll heißen, mit Rosenduft versetzten Wassers verbracht hatten, und ihnen Conchita, das Stubenmädchen, Löckchen ins Haar gebrannt hatte. Über Haarbänder und Petticoats hatten sie gestritten!

Wie stolz war doch Papa immer gewesen, daß seine beiden Töchter nicht nur die hübschesten Mädchen von ganz Texas, sondern auch die besten Schützen und – nach Rex, dem Vormann – die besten Reiterinnen im ganzen County seien. Alles, was Papa über Zucht und Haltung von Rindern wußte, hatte er ihnen beigebracht und sie gleichermaßen alles gelehrt, was sonst noch dazu gehörte, erfolgreich eine Rinderzucht zu betreiben.

Oft genug hatte er sich scherzhaft darüber ausgelassen,

über welche Qualitäten wohl ein Mann verfügen müßte, der eine seiner Töchter zähmen wollte. Sie waren nicht nur klug und hübsch – sie waren, jeder Zoll, eine Frau.

Wie sehr war sich Angelina gerade dieser Tatsache bewußt gewesen! In dem Maß, in dem ihr Körper die sanften Rundungen und Kurven vollendeter Weiblichkeit angenommen hatte, war auch ihr Verlangen gewachsen. Oft, sehr oft, hatte sie in die kalte Nachtluft hinauslaufen müssen, um des Feuers Herr zu werden, das sie verzehrte. Nun schien es, als sei ihr Inneres gestorben, und es war sinnlos, der Vergangenheit nachzutrauern und darüber nachzudenken, wie es einmal gewesen war – wie sie selbst einmal gewesen war.

Sie liebte diese Nachmittagsstunde, wenn nur der Wellenschlag die Stille ringsum durchbrach. Vorsichtig rührte sie weiter in dem großen Topf, immer darauf bedacht, das Hemd und die Hose aus Hirschleder nicht zu besudeln. Es waren die einzigen Kleidungsstücke, die sie hatte.

Urplötzlich flog die nur angelehnte Tür aus ihren Angeln, als ein riesiger Stiefel fast durch die Bohlen gekracht wäre. Angelina fuhr herum und starrte den massigen Mann an, der den ganzen Türrahmen ausfüllte.

Eine brennende Zigarette hing lässig im Mundwinkel, als der Eindringling das Gewehr hob und auf sie richtete.

»Na, Angelina, wie geht's denn so?«

Sie stand wie zur Salzsäule erstarrt. Es schien ihr unvorstellbar, daß Grogan sie gefunden haben sollte. In ihrer Naivität war sie absolut sicher gewesen, ihn im Winter des Jahres 1874 am Fluß abgehängt zu haben. Würde er denn nie aufhören, ihr nachzustellen?

Grogan kam langsam näher und deutete mit seinem Gewehr auf ihre zur Hälfte entblößten Brüste. Vorsichtig langte sie nach dem Dolch, den sie im Stiefel versteckt hatte.

»Du kannst auf zwei verschiedene Arten sterben, mein Engel, schnell wie die Zunge einer Schlange, oder langsamer als der Baum im Herbst.«

Angelinas smaragdgrüne Augen sprühten vor Haß, doch das steigerte seine Wut nur noch.

»Ich würde dich ja sofort töten, wenn heute nicht der verdammte 4. Juli wäre. Wo ist es?«

Sie beobachtete ihn, als seine Augen den ganzen Raum absuchten und dann an den Satteltaschen hängenblieben, die an dem Pfosten der Bettstelle hingen. Nur den Bruchteil einer Sekunde ließ er sie aus den Augen beim Gedanken an deren Inhalt.

Mit einer einzigen geschmeidigen Bewegung faßte Angelina den Dolch an der Spitze. Ein silberner Blitz zischte durch die Hütte und vergrub sich in Grogans Brust; es gab ein dumpfes Geräusch, als Grogan durch die Tür nach draußen fiel, die toten Augen starr auf seine Mörderin gerichtet.

Mit zitternden Händen warf Angelina sich einen hirschledernen Poncho über und drückte die kostbaren Satteltaschen an die Brust. Das endlich war das Ende Grogans, dachte sie, des Mannes, der ihren Vater ermordet, ihre Schwester vergewaltigt und dann ermordet, die Ranch niedergebrannt, ihren Hund erschossen... und ihre Bibel gestohlen hatte.

Sie verspürte keinerlei Schuldgefühle wegen des Mordes, den sie gerade begangen hatte, oder darüber, daß sie ihm jetzt das Gewehr wegnahm, das er noch immer im Arm hielt. Vorsichtig nach allen Seiten sichernd trat sie in die gleißende Nachmittagssonne hinaus. Sie faßte das Gewehr fester und beobachtete die Umgebung auf der Suche nach etwas Ungewöhnlichem. Dann bestieg sie ihr Pferd, das neben dem Grogans angebunden war. Mit fester Hand nahm sie die Zügel und preßte die Schenkel in die Flanken. Grogan war zwar allein gekommen, das war ihr inzwischen klargeworden, aber wenn nur ein einziges Gesetz im Westen Geltung hatte, dann das, wonach alle Bastarde Brüder haben.

Angelina jagte im gestreckten Galopp über das Land und zügelte ihr Pferd erst, als sie den Ausgang einer tiefen Schlucht vor sich sah. Dort vorn jagten sich vier Hengste. Ihre Reiter trugen alle dieselben bis auf die Knöchel reichenden Beinschützer, dunkle Hüte und dieselben Halstücher vor Mund und Nase als Schutz vor dem aufgewirbelten

Staub. Wie auf ein Kommando hielten sie ihre Tiere kurz vor ihr an und blinzelten in die Sonne.

Angelina blickte über die Schultern der Reiter hinweg auf die Anhöhe zur Rechten. Die Silhouette eines großen Mannes warf einen bedrohlich wirkenden Schatten auf die Männer unter ihm. Aus der Art, wie er aufrecht im Sattel saß, und an der Form seiner Hutkrempe erkannte ihn Angelina im Bruchteil eines Augenblicks. Es war Jesse.

Jesse McCoy war ihr Mann, denn als sie sich ihm vor zwei Jahren hingegeben hatte, da war es aus freien Stücken geschehen. Zu nächtlicher Stunde war es geschehen – anläßlich eines jener weithin berühmten Barbecues, die ihr Vater stets am Ende des Round-up veranstaltete.

Den ganzen Tag über hatten die Köche zu tun gehabt, zwei Stiere über offenen Feuern zu braten. Bergeweise waren frischer Mais, junge Bohnen, Chili und andere Gemüse und Früchte aufgefahren worden. Es gab selbstgemachte Pasteten und Brombeereis, das eigens für diese Fete hergestellt wurde.

Der offene mexikanische Patio mit der riesigen Eiche in seinem Zentrum war dekoriert mit farbigen Lampions und runden Blumentöpfen, in denen rote Geranien blühten, Angelinas Lieblingsblumen. Eine Kapelle mit fünf Musikern spielte auf, und die Gäste tanzten im Schatten der Eichenkrone.

Einen ganzen Monat lang hatte Angelina zusammen mit Conchita an ihrem Kleid gearbeitet, der getreuen Kopie eines kostbaren Originals aus Paris. Die smaragdgrüne Seide hatte Angelina eigens aus New York kommen lassen, zusammen mit dem weiten Schal für die Schultern. Das Kleid war über der Brust geteilt, die Taille eng, der Rücken tief ausgeschnitten, und der Rock fiel in weichen Falten über ihre Hüften und betonte sie dadurch noch besonders. Als das Kleid fertig geworden war, stellte sie sich vor den Spiegel, um sich zu begutachten.

Irgend etwas war nicht ganz richtig, obwohl Conchita,

voller Stolz auf ihre Nähkünste, ganz anderer Ansicht gewesen war. Angelina brauchte nicht lange, um herauszufinden, was mit dem Kleid nicht stimmte. Zwei Nächte vor der Party hatte sich Angelina in ihrem Zimmer versteckt und war nicht vor dem Morgengrauen erschienen, nachdem es ihr gelungen war, das Oberteil knapper zu raffen. Jetzt, in diesem Kleid, mußte jeder sehen können, daß Angelina zur Frau herangereift war.

Nie hatte sie sich so sehr als Frau gefühlt, so voller Empfindungen. Sie brauchte Stunden für ihre Toilette, und sie verbrauchte Unmengen von Rosenwasser und Schönheitscremes. In den Ohren trug sie smaragdgrüne Gehänge, ein Geschenk ihres Vaters anläßlich ihres sechzehnten Geburtstages letztes Jahr. Um den Hals schlang sich ein smaragdgrünes Band mit einem Medaillon, in das ein Bild ihrer Mutter eingearbeitet war. In ihrem kastanienbraunen Haar schimmerten kupferfarbene Strähnen. Als Angelina sich im Spiegel musterte, fragte sie sich, ob es am Kleid lag oder ob sich ihre Augen in den letzten Tagen irgendwie verändert haben könnten, denn in ihnen gewahrte sie ein Glitzern und Funkeln, das ihr bis zur Stunde noch nie aufgefallen war.

Yolanda stand sprachlos in der Tür, selbst anzusehen wie ein Traum in rosa- und burgunderfarbener Seide. »Was hast du nur mit deinem Kleid gemacht? Vater wird dich auf der Stelle erschlagen, wenn er das sieht!« rief sie mit weit aufgerissenen Augen.

Angelinas Brüste spannten sich voller Stolz und hätten fast den Stoff zerrissen, der sie barg, sie aber nicht auch verbarg. »Wenn ich denn schon sterben soll, dann will ich vorher noch das Leben bis zur Neige auskosten, und zwar in dieser Nacht! Was hältst du denn davon, Schwesterherz?«

Yolanda schüttelte den Kopf, daß ihre blonden Locken nur so um die Schultern flogen. »Es ist dein Leben!« sagte sie und kicherte schadenfroh.

»Du gehst zuerst hinunter. Ich will mein Entree genießen.«

»Ach, jetzt hätte ich ja fast vergessen, warum ich überhaupt heraufgekommen bin. Ich wollte dir doch was sagen.

Kennst du den Mann, von dem Papa neulich erzählt hat? Jesse McCoy – der Mann, der die alte Peterson-Ranch aufgekauft hat, nachdem sie letztes Frühjahr bankrott gemacht hat.«

»Ja, ja«, erwiderte Angelina und ärgerte sich einmal mehr über den Drang ihrer Schwester, alles zu dramatisieren.

»Nun, der ist auch hier! Direkt in unserem Wohnzimmer! Was muß der Mann für Nerven haben, sich hier sehen zu lassen, wo er doch weiß, wie alle Welt ihn dafür haßt, daß er die Petersons mitten im Winter einfach an die frische Luft gesetzt hat.«

»Also wirklich, Yolanda, ich glaube nicht, daß er das getan hat. Außerdem hat Mr. Peterson seine Ranch schließlich durch eigene Schuld verloren. Das war ja wohl nicht die Schuld von Mr. McCoy. Trotzdem«, setzte sie schnippisch hinzu, »erfordert es einige Kaltschnäuzigkeit, sich hier sehen zu lassen!«

»Angelina! Deine Ausdrucksweise läßt einiges zu wünschen übrig und schickt sich überhaupt nicht für eine junge Dame wie dich. Aber mach dir keine Sorgen. Ich werde Papa schon nichts erzählen. Du wirst sowieso genug zu tun haben, ihm dein Kleid zu erklären.«

Angelina nahm den Fächer vom Frisiertisch, musterte sich ein letztesmal im Spiegel und ging zur Tür. »Ich komme schon mit Papa zurecht, und was den alten Mann betrifft, der die Peterson-Ranch gekauft hat...«

»Aber das ist es doch gerade! Der ist alles andere als alt! Ich bin nicht einmal sicher, ob er überhaupt schon dreißig ist. Aber bestimmt kannst du das besser beurteilen als ich«, setzte Yolanda noch hinzu in Anspielung auf das eine Jahr, um das sie älter war.

»Yolanda, du überraschst mich. Das klingt ja, als seist du in diesen Mann verliebt trotz seines angeblich so miesen Charakters.«

Yolanda bedachte ihre Schwester mit einem amüsierten Lächeln. »Du wirst ja sehen«, sagte sie und ließ gekonnt die Röcke schwingen, als sie sich zur Tür wandte, um nach unten zu gehen.

Angelina bewunderte ihre Schwester, aber sie war sicher, daß sie ihr einiges an Reife voraus hatte.

Als sie unten anlangte, staunte sie, wie schön Conchita alles dekoriert hatte. Das Geländer der weit geschwungenen Treppe war drapiert mit Girlanden aus wildem Wein und Feldblumen. Unten in der mit Parkett ausgelegten Empfangshalle standen überall weiße und schwarze Porzellangefäße voller Begonien, und ganze Körbe voll rosafarbener Geranien hingen überall von der Decke herunter. In den schmiedeeisernen Kandelabern steckten dicke weiße Kerzen und tauchten alles in ein warmes, romantisches Licht.

Angelina ging langsam die Treppe hinunter, während sie die bekannten Gesichter der Nachbarn und Freunde dort unten musterte. Gleich unten am Ende der Treppe stand ihr Vater und unterhielt sich mit einem Mann, den sie noch nie zuvor gesehen hatte.

Sein welliges Haar war so schwarz wie das Gefieder eines Raben und glänzte im Kerzenschein. Er war hochgewachsen, hatte breite Schultern und schmale Hüften. Er schien sehr muskulös, ohne auch nur im geringsten massig zu wirken. Zum schwarzen Anzug trug er ein weißes Hemd mit Rüschen und eine schmale Krawatte. Angelina konnte sich nicht erinnern, je einen Mann gesehen zu haben, dessen Hosen so eng saßen.

Als ihr Vater zufällig die Treppe hinaufblickte und sie sah, fiel ihm vor Staunen der Unterkiefer herunter. Der Fremde, dem diese Reaktion nicht entgangen war, folgte seinen Blicken, und Angelinas Augen begegneten den seinen.

Sie waren von einem Blau, wie es intensiver nicht gedacht werden konnte. Angelina war wie elektrisiert. Sein Schnurrbart war dunkel, und die fein gezeichneten Lippen darunter öffneten sich zu einem grüßenden Lächeln. Sie merkte, wie seine Augen sie Zoll für Zoll abtasteten und ein bißchen zu lang und ein wenig zu verlangend an ihrem Busen hängenblieben. Sie spürte, wie ihr Herz zu pochen anfing und wie sich ihre Brustwarzen aufzurichten begannen und gegen die Seide ihres Brusttuches drängten. Eine bisher ganz unbekannte Erregung floß durch ihren Körper, und sie lächelte zurück, ohne den Blick auch nur einen Augenblick zu senken.

Ihr Vater kam herauf und nahm ihre Hand. Obwohl er keinen Augenblick zu lächeln aufhörte, spürte sie doch genau, wie wenig erfreut er darüber war, daß sie ihre Reize so offen zur Schau trug. Doch Angelina, die die Blicke nicht von dem Fremden wenden konnte, war davon überzeugt, es hätte nicht besser sein können.

»Willst du mich nicht unserem neuen Gast vorstellen?« fragte sie ihren Vater mit wohlklingender Stimme und übersah geflissentlich seine Seitenblicke.

»Natürlich«, war alles, was er herausbrachte. »Dies ist Mr. Jesse McCoy.«

Von dem Augenblick an, wo Jesse Angelinas Hand nahm, um sie galant zu küssen, wußte sie, daß sie sein werden würde. Auf ihren Vorschlag hin gingen sie zusammen in den Patio hinaus. Sie unterhielten sich über die Ranch und das Wetter, und sie stellte ihn verschiedenen anderen Gästen vor. Als die Kapelle gerade ein besonders romantisches Lied spielte, bat er sie zum Tanz.

Angelina war fest davon überzeugt, mit diesem Mann müsse es eine besondere Bewandtnis haben, wenn er durch seine bloße Anwesenheit solche Gefühle in ihr erwecken konnte. Während er sie in den Armen hielt, kam es ihr vor, als werde ihr gleich der Schweiß ausbrechen, und dann wieder spürte sie eine Gänsehaut vom Scheitel bis zu den Zehen...

Als das Abendessen serviert wurde, verschwand Jesse einen endlos scheinenden Augenblick, und als sie ihn dann wieder sah, saß er an einem runden Tisch in einer Ecke des Patio und unterhielt sich ausgerechnet mit Yolanda! Angelina spürte, wie sie innerlich zu kochen begann.

Schnell faßte sie Josh Logan am Arm und fragte ihn, ob er nicht mit ihr zum Buffet gehen wolle. Josh war schon lange in sie verliebt mit der ganzen Naivität seiner Jugend, und bisher waren Angelina seine heiligen Schwüre immer mächtig auf die Nerven gefallen. Heute nacht aber gedachte sie, sich seine Verliebtheit zunutze zu machen. Angelina rührte keinen Bissen an, während sie ständig mit dem einen Auge ihre Schwester Yolanda, mit dem anderen Jesse McCoy beobachtete. Jesse blickte auch nicht ein einzigesmal in ihre Richtung, so sehr nahm ihre kleine Schwester seine Aufmerksamkeit gefangen.

Als der Tanz wieder begann, fand Angelina sich nach und nach in den Armen aller männlichen Gäste wieder, nur Jesse McCoy forderte sie auch nicht ein einzigesmal auf. Als es auf Mitternacht ging, hatte sich ihr Vater mit einigen der älteren Rancher aus der Umgebung in den Salon zurückgezogen, um mit ihnen bei einem Brandy Probleme der örtlichen Politik zu besprechen, und Angelina hatte angefangen, Jesse McCoy dafür zu hassen, daß er es gewagt hatte, ihr das ganze Fest zu verderben.

Sie entschuldigte sich bei ihrem Tanzpartner und ging hinaus in die Nacht, um ihren Ärger ein wenig abzukühlen. Als sie dann unter den Pinien eine Abkühlung fand und noch einmal über alles nachdachte, schalt sie sich schließlich eine Närrin. Auch ein Jesse McCoy war schließlich weiter nichts als ein ganz normaler Mann wie tausend andere auch, und sie konnte doch jeden haben, nicht wahr. Zum Teufel mit ihm! dachte sie, während sie voller Wut nach einem Baumstrunk auf dem Boden trat. Ein scharfer Schmerz durchzuckte ihren Fuß. »Ich hätte daran denken sollen, daß ich Tanzschuhe und keine Reitstiefel an den Füßen habe!« seufzte sie und lehnte sich an einen Baum, um ihren Knöchel zu massieren.

Als sie aufsah, gewahrte sie in einiger Entfernung einen kleinen glühenden roten Punkt, der sich direkt auf sie zubewegte. Eine Wolke verdunkelte sekundenlang die bleiche Scheibe des Mondes und ließ die ganze Umgebung in Dunkelheit versinken, so daß sie nichts erkennen konnte.

»Ist es nicht ein wenig gefährlich, so ganz allein hier draußen spazierenzugehen?« vernahm sie dann eine Stimme.

In diesem Augenblick erhellte der Mond einen kurzen Augenblick das Gesicht des anderen, und sie erkannte Jesse McCoy, der eine Zigarette im Mundwinkel hatte.

»Das glaube ich überhaupt nicht«, erwiderte sie. »Ich befinde mich schließlich hier auf meinem eigenen Grund und Boden.« In ihrer Stimme klang Stolz mit.

Er warf die Zigarette auf den Boden und trat sie mit dem Stiefelabsatz aus. »Und wer schützt dich vor mir?« fragte er, und sein Gesicht näherte sich langsam dem ihren. Er streckte den Arm aus und stützte sich an dem Baum ab, an den sie sich lehnte, während er immer näher an sie heranrückte.

»Ich glaube, ich muß mich wieder um meine Gäste kümmern.«

»Ich bin einer deiner Gäste, Angelina«, erwiderte er mit leiser, atemloser Stimme. Eine Hand legte er auf ihre Taille, die andere in ihren Nacken. Angelina wagte nicht mehr zu atmen, während sie auf das Hämmern ihres Herzens lauschte.

Als seine Lippen sich mit den ihren trafen, da war es zunächst nur eine sanfte Berührung, so als erkunde er das Gelände, um festzustellen, ob hier Gold zu finden sein könnte. Doch dann preßten sich seine Lippen, hungriger geworden, fester auf die ihren. Angelina schloß die Augen, und hinter den geschlossenen Lidern sah sie weiße und blaue Blitze aufzucken. Seine Lippen öffneten ihre, und seine Zunge erforschte das Innere ihres Mundes, um schließlich nach Zunge, Lippen und Zähnen zu suchen und sie zu finden.

Seine Hand umspannte nach wie vor ihren Nacken und spielte mit den kastanienbraunen Locken. Er hielt sie so, daß sie auch dann nicht hätte entkommen können, wenn sie es gewollt hätte. Doch sie wollte ihm nicht entkommen. »Das muß die Lust sein«, sagte sie sich selbst, denn trotz der wundervollen Empfindungen, die sie durchzogen, konnte das alles nur etwas Böses sein.

Sein Kopf sank tiefer, er küßte ihr Ohr und zeichnete mit der Zunge die Linien der wundervollen Muschel nach, bis er schließlich ihren Nacken und ihre Schultern mit heißen Küssen überzog. Angelinas Brüste und ihre Brustwarzen sehnten sich fast qualvoll nach der Berührung seiner Lippen und dem sanften Streicheln seines Schnurrbartes. Schließlich war sie es selbst, die seine Hände voller Verlangen an ihre Brüste führte und sich das Brusttuch hinunterschob. Dann hörte sie, wie er beim Anblick ihrer cremefarbenen Brüste, die wie Perlen im Mondlicht leuchteten, pfeifend die Luft in die Lungen sog.

»Mein Gott, bist du schön!« stöhnte er. »Und jeder Zoll eine Frau.« Ihre Brüste füllten seine Hände gerade aus. Er streichelte und zupfte ihre Brustwarzen, bis sie hart geworden waren. Angelina glaubte, vor Lust schreien zu müssen.

Irgendwie war es ihm gelungen, ihr das Kleid auf dem Rücken zu öffnen, und es sank zu Boden. Sofort zog er seine Jacke aus und bettete sie darauf. Seine blauen Augen glühten vor Leidenschaft, als er sich neben ihren nackten Körper legte.

Mit Lippen und Zunge zog er eine Spur von ihren Fingerspitzen entlang den Armen bis hin zu ihren Brüsten. Er streichelte und massierte sie und erkundete jede Einzelheit seines neuen Besitzes. Hinunter bis in das Tal ihres Nabels, entlang den Hügeln ihrer Hüften und Schenkel führte ihn sein Weg, bis sein Kopf schließlich in der Oase zwischen ihren Beinen eine Rast einlegte.

Angelinas Lust wurde mehr und mehr zum Fieber. Sie wand und drehte sich, während ihre Hände seinen Kopf umfaßten und mit seinen schwarzen Locken spielten. Sie wollte schreien, doch es gelang ihr, nur wollüstig zu stöhnen und zu keuchen. Ganz deutlich konnte sie spüren, wie seine Männlichkeit hart wurde, als er sich gegen ihr Bein drängte. Langsam erhob er sich schließlich auf den Ellenbogen und beugte sich über sie.

Angelina erinnerte sich, daß dies der Moment war, in dem sie Schmerzen empfinden müßte, doch als er sanft in sie eindrang, fragte sie sich schon, ob sie überhaupt eine intakte Jungfrau sei. Angelina verspürte nichts als pure Lust und wußte plötzlich, daß an all dem nichts Schlechtes war. Niemals.

Langsam und erfahren drang er tiefer in sie ein. Er reizte sie unmerklich immer mehr, zog sich ein wenig zurück, um dann urplötzlich wieder tief in ihr zu sein.

Angelina preßte den Kopf auf den Boden, und ihre Hüften drängten nach oben, um sich mit den seinen zu treffen. Sie fühlte sich, als werde sie geradewegs in den Himmel getragen. Sie hätte schwören mögen, rings um sie herum explodierten tausend Sterne und Meteoriten. Als er in ihr zu zucken und zu beben begann, erstickte er ihre Schreie der höchsten Lust mit seinem Mund, während er noch immer fortfuhr, sich zu bewegen, bis sie völlig befriedigt und erschöpft unbeweglich unter ihm liegenblieb.

Seine Haare waren schweißverklebt, als er sie endlich in die Arme nahm. Er preßte seine haarige Brust gegen ihre nackten Brüste und drückte sie noch fester an sich.

»Von nun an bist du mein, Angelina. Nie wieder wird dich ein anderer Mann außer mir haben. Verstehst du mich?«

Angelina sagte nichts. Irgendwie vermittelten ihr seine Worte ein Gefühl der Leere, nachdem sie sich Augenblicke zuvor noch so ausgefüllt gefühlt hatte. »Nein! Ich verstehe nicht!« sagte sie, drehte sich von ihm weg und setzte sich auf.

Jesse ergriff ihren Arm und zog sie auf sich hinauf. Seine blauen Augen blickten ernst und fordernd, als sie ihn ansah.

»Ich liebe dich, Angelina«, sagte er. »War es das, was du hören wolltest? Ich verspreche dir, daß uns von heute an nichts trennen wird. Ich werde für dich sorgen und immer da sein, wenn du mich brauchst; und ich pflege meine Versprechen zu halten.«

Angelina lächelte. »Das werden wir feststellen.«

Sie hatten dann eine über Jahre gehende leidenschaftliche Affäre gehabt. Mißverständnisse, räumliche Entfernung, Tragödien und Naturkatastrophen hatten sie getrennt. Doch als Grogan alles verwüstet hatte, was Angelina je im Leben lieb und wert gewesen war, da hatte Jesse geschworen, er werde Grogan und seine Brüder in die Schranken weisen.

Als Angelina jetzt zu ihm aufsah, wußte sie, daß ein Jesse McCoy seine Versprechen immer hielt.

Sein Pferd rutschte vorsichtig den Abhang hinunter. Angelina sah, wie Grogans Brüder alle gleichzeitig die Revolver zogen. Er galoppierte an ihr vorbei, riß eine Winchester aus dem Sattelholster und feuerte schnell und treffsicher. Die erste seiner Kugeln ließ einen Revolver hoch in die Luft fliegen, die zweite riß dem Mann am Ende der Reihe den Hut vom Kopf. Jesses dritte Kugel zerfetzte ein Sattelhorn, was dazu führte, daß sich der Reiter im Staub wiederfand. Jesse feuerte noch auf den Mann in der Mitte der Reihe, und seine Kugel traf den Gewehrlauf, der daraufhin im Gesicht des Mannes zu explodieren schien. Die Schreie des Getroffenen fanden ein schauriges Echo in dem Hohlweg.

Jesse setzte den Brüdern nach, während Angelina ihr Pferd mit den Schenkeln wendete und es auf die Bäume zutriek.

Joan Wilder starrte auf die maschinengeschriebenen Seiten vor sich. Dann ließ sie die Kugelkopfmaschine auf den letzten Buchstaben zurückfahren, löschte mit Hilfe des Korrekturbandes das ›k‹ und ersetzte es durch ein ›b‹. Jetzt stimmte es: ›trieb‹. Dann schaltete Joan die Schreibmaschine ab und verschränkte die Hände hinter dem Kopf. Die steif gewordenen Ellenbogen knackten leise. Sie ließ Kopf und Schultern rollen und massierte sich den Nacken. Ganz sicher war diese Angelina ihr genaues Gegenteil, denn anders als sie selbst wäre ihre Romanheldin von einem Tag an der Schreibmaschine kaum derart geschafft gewesen. Sie langte hinüber nach dem Becher mit der Aufschrift ›Ich liebe mein New York‹ und stellte fest, daß er leer war. Mit einem resignierenden Achselzucken wollte sie sich wieder ihrer Arbeit zuwenden, als es an der Tür schellte. Einen Moment zögerte sie, dann schaute sie auf den Kalender. Seltsam, dachte sie, sie hatte doch für heute keinerlei Verabredungen getroffen. Die Klingel schlug wieder an.

Sie erhob sich und machte den Gürtel ihres Kleides zu. Auf dem Weg zur Türsprechanlage kam sie an ihrem Trainingsfahrrad vorbei und schwor sich, es morgen aber ganz bestimmt einmal zu benutzen. An der Wand neben der Klingel hingen die gerahmten Umschläge ihrer Bücher: ›Die Plünderer‹ und ›Angelinas Rückkehr‹.

Als die Türklingel noch einmal, gleich zweimal hintereinander anschlug, drückte sie den Knopf der Gegensprechanlage.

»Hallo!«

»Joan Wilder?« fragte eine Stimme mit einem undefinierbaren Akzent.

»Ja?«

Ein abgehacktes Hüsteln wie von einem alten Mann antwortete ihr.

»Hallo?« fragte sie. »Hallo!« Zunächst schien ihr das anhaltende Schweigen am anderen Ende nichts Besonderes zu sein, doch als sie noch ein paarmal mit jemand zu sprechen versuchte, der ganz offensichtlich nicht mehr da war, bekam sie ein flaues Gefühl in der Magengegend. Sie verschränkte die Arme über der Brust und rieb sich in dem Versuch, ihre Nerven wieder zu beruhigen, die Hände. Sie war seit jeher leicht aus der Fassung zu bringen gewesen. Selbstbewußtsein gehörte nicht zu ihren Tugenden, und sie hatte es längst aufgegeben, das zu verleugnen.

Joan ging hinüber zum Fenster und blickte die drei Stockwerke hinunter auf die Straße. Den etwas seltsam aussehenden Mann im dunklen Mantel und mit Fliegerbrille, der gerade in ein Taxi stieg, übersah sie. Ihre Blicke wurden von einem jungen Pärchen angezogen, das Hand in Hand den Bürgersteig entlangschlenderte. Unter einer Eiche, die vom Schnee der letzten Nacht noch ganz weiß war, blieben sie stehen und küßten sich ausgiebig. Sie sah, wie der Mann seinen Schal abnahm und ihn der jungen Frau vor das Gesicht band, um sie vor der bitteren Kälte zu schützen.

Sie mußten wohl sehr verliebt sein, dachte sich Joan und fragte sich, wie es wohl sein mochte, wenn man einen Mann hatte, der sich um einen sorgte und versuchte, einen vor der

Kälte des New Yorker Winters zu schützen. Als sie vom Fenster zurücktrat wußte sie, daß es für sie nie eine Chance geben würde, das auch einmal zu erleben. Joan Wilder war eher der Typ der Zuschauerin. Sie lebte inmitten ihrer Bücher und Atlanten, umgeben von einem antiken Globus und einer Unzahl von Nummern von ›Nationale Geographien‹, einer Zeitschrift, die sie seit langem abonniert hatte, und beobachtete das Leben, statt es zu leben.

Sie war intelligent. Daher war ihr auch klar, daß kein Mann von einigem Wert einen zweiten Blick an sie verschwenden würde. Sie verfügte über ein gerüttelt Maß an Selbstbeherrschung, und wenn sie einmal mit ihrem Körper und ihren Instinkten im Widerstreit war, gelang es ihr immer, darüber Herr zu werden und dem Intellekt Vorrang zu verschaffen. Joan war entschlossen, sich nie an die schmerzlichen Augenblicke in ihrem Leben zu erinnern und war stolz auf ihre Ausgeglichenheit. Daß ihr Sieg über sich selbst seinen Grund eigentlich nur darin hatte, daß sie nie wirklich in Versuchung geraten war, das begriff sie jedoch nicht.

Sie ließ den Vorhang wieder fallen. Auf dem Tisch neben ihr lag ein Foto von ihr und ihrer Schwester Elaine. Elaine stand mehr im Vordergrund, ein strahlendes Lächeln auf dem hübschen Gesicht, während Joan sich hinter ihr versteckt hielt, als habe sie Angst davor, die Kamera könne ihr vielleicht etwas von ihrem Selbst wegnehmen.

Joans und Elaines Kindheit in Akron, Ohio, war normal und glücklich verlaufen. Joans Vater war einer der Vizepräsidenten der First National Bank in Akron gewesen. Seine freie Zeit hatte er – abgesehen von seinem wöchentlichen Golfspiel – immer bei seiner Familie verbracht. Alljährlich unternahmen sie eine vierzehntägige Pauschalreise mit dem Bus durch die USA, so daß Joan, als sie achtzehn Jahre alt geworden war, bereits sämtliche 48 Staaten, die auf dem Kontinent lagen, gesehen hatte. In dem Jahr, als eine Flugreise nach Hawaii gebucht werden sollte, starben Joans Eltern bei einem Autounfall, als sie von einem Heimspiel der lokalen Footballmannschaft heimkehrten.

Elaine war zwei Jahre älter als Joan und wurde zum Vormund über ihre Schwester bestimmt. Schon die Mutter hatte sie immer ›die Managerin‹ genannt, und so nahm Elaine alle finanziellen Angelegenheiten in die Hand. Sie sorgte für den Verkauf des Hauses und zog schließlich mit Joan zusammen nach New York. Wenn sie zusammenblieben, so hatte Elaine befunden, hatten sie beide eine Chance, ihre Ausbildung fortzusetzen, sie konnten ihre Ausgaben so gering wie möglich halten und so ihr Erbe so weise wie nur möglich nutzen. Elaine verdiente nach dem Studienabschluß an der Kunstakademie ganz ordentlich, und Joan hatte Geschichte und Anglistik studiert, ohne aber einen entsprechenden Job finden zu können. Joan hatte Elaine immer wegen ihrer raschen, treffsicheren Entschlüsse bewundert.

Elaine war stets die beliebtere der beiden Schwestern gewesen, und während der Ausbildung war sie mehrmals Studentensprecherin geworden. Joan hatte nicht einmal den Sprung in die allgemeine Studentenvertretung geschafft. Joan wußte, daß der Erfolg ihrer Schwester nicht bloßes Glück allein war. Elaine gab nur einfach nie auf. Wann immer Joan dagegen versucht hatte, mehr aus sich herauszugehen, war das Resultat stets sehr unbefriedigend gewesen.

Die Jahre auf der Höheren Schule waren eine im ganzen ereignislose Zeit in Joans Leben gewesen. Als sie in die Oberstufe kam, lebten ihre Eltern ja noch, und Elaine besuchte das College. Joan und ihre kleine Clique, bestehend aus vier Freundinnen, taten im großen und ganzen dasselbe wie alle Teenager auf der Welt. Sie mopsten schon mal ein paar Zigaretten, um sie heimlich auf dem Klo zu rauchen, sie gingen zu Partys, wo sie auch mal einen über den Durst tranken und im übrigen ließen sie kein Heimspiel der heimischen Football- und der Basketball-Mannschaft aus. Es gab Klassenfeten und im Sommer auch die eine oder andere Strandparty. Und so nach und nach entdeckten sie dann jede für sich die Welt der Beziehungen zum anderen Geschlecht.

Es war in jenem Sommer gewesen, als Joan noch an der Grenze zwischen Kindheit und Erwachsensein stand, als ihre Freundinnen sie überredeten, sich den ersten Bikini zu kaufen. Emily Mills Vater hatte sich gerade einen neuen Swimmingpool anlegen lassen, und Emily bestand darauf, seine Einweihung müsse mit einer großen Fete gefeiert werden.

Emily, die ein wenig zum Pummelchen neigte, hatte im Kaufhaus einen Zweiteiler in Blau und Weiß erstanden. Als Joan dann nach ihr in einem schwarzen Einteiler aus der Umkleidekabine kam, jagten die anderen sie auf der Stelle unter Johlen und Pfeifen wieder zurück, wo Emily ihr dann ein geradezu skandalös winziges Etwas von einem roten Bikini aufnötigte. Joan tat zwar, als geniere sie sich, mit zwei so winzigen Stückchen Stoff unter Menschen zu gehen, insgeheim aber war sie überaus stolz auf die ausgeprägt weiblichen Formen, die ihr Körper seit dem letzten Sommer angenommen hatte. Auf einmal hatte sie Brüste, schön gerundete Hüften, einen flachen Leib und fabelhaft lange, schlanke Beine. Ohne sich ihren Freundinnen so noch einmal zu zeigen, stieg sie aus dem Bikini und sagte dem Verkäufer, daß sie ihn nehme. Ihre Freundinnen waren überrascht über den Mut, den sie da plötzlich an den Tag legte. Dann gingen sie alle gemeinsam zur nächsten Eisdiele.

Die Nacht, als die Einweihungsparty am Swimmingpool stattfand, war warm. Am Himmel blinkten tausend Sterne, und es wehte eine sanfte Brise, die wohl nur jemand richtig zu würdigen weiß, der in Ohio aufgewachsen ist.

Mr. und Mrs. Mills gingen an dem Abend, als Emilys Party stattfand, aus, um den jungen Leuten »nicht den Spaß zu verderben«, wie sie es nannten. Und für Spaß hatten sie vorgesorgt. Überall standen rund um den Swimmingpool kleine Tische mit bunten, kleinen Deckchen darauf. Dazwischen verstreut fanden sich große Schalen mit blühenden Blumen. Zwei Wassermelonen waren aufgeschnitten, das Innere herausgenommen und die Halbschalen dann mit Fruchtsalat gefüllt worden. Es gab heiße Würstchen vom Grill, Hamburger und Hähnchen. Ganze Waschtröge voll Eiscreme und Mineralwasser standen neben der Stereoanlage, aus der die letzten Rock-'n'-Roll-Hits klangen. Der Swimmingpool war umlagert von gut und gern fünfundsiebzig Jungen und Mädchen in Emilys und Joans Alter.

Sechzehnjährigen Jungen sagt man gern nach, sie seien bemerkenswert unempfindlich für die Nöte anderer, aber über alle Maßen empfindlich, wenn es um sie selbst geht.

Als Joan in ihrem weißen, ausgeschnittenen Kleid auf der Party erschien, nahm man sie kaum recht zur Kenntnis. Zwei Stunden später, als schon jedes Mädchen mindestens einmal ins Wasser geworfen worden war, machte ihr der Umstand doch langsam Sorgen, daß sie noch immer in einem absolut trockenen Kleid herumlief. Ganze Ewigkeiten lang schien sie kaum jemand zur Kenntnis zu nehmen, doch dann sah Joan aus den Augenwinkeln, wie eine Gruppe von drei Jungen, die alle in der Jugendmannschaft des Footballvereins spielten, miteinander tuschelten und dabei immer wieder verstohlen in ihre Richtung deuteten.

Emily warnte sie auch schon bald, die drei beabsichtigten, sie bei passender Gelegenheit in den Swimmingpool zu den anderen Mädchen zu stoßen.

Joan beobachtete sie, wie sie sich schließlich zerstreuten, um sich rings um den Swimmingpool zu verteilen. Ganz gleich, wohin sie sich jetzt auch wenden mochte, einem von ihnen würde sie bestimmt in die Arme laufen.

Langsam knöpfte Joan sich das Kleid auf und legte es über einen Stuhl. Ohne die drei Jungen aus den Augen zu lassen, ging sie dann zum Sprungbrett. Als sie das Ende des Sprungbretts schon erreicht hatte, ging ihr erst richtig auf, daß sich keiner von ihnen ihr auch nur einen einzigen Schritt genähert hatte, daß aber jeder, ob am Pool oder auch auf der provisorischen Tanzfläche, zu ihr herüberschaute. Jetzt kam es ihr endgültig so vor, als habe sich alles gegen sie verschworen. Noch einmal ließ sie das Sprungbrett federn und ging dann wieder bis zu der Aufhängung zurück. Noch immer traf niemand Anstalten, sich ihr auch nur zu nähern. Da gab sie sich einen Ruck, nahm Anlauf und hechtete mit einem vollendeten Kopfsprung ins Wasser. Sie kam wieder an die

Wasseroberfläche, schwamm zum Beckenrand zurück und zog sich hinauf, um an Land zu klettern. Ihre Freundinnen starrten sie mit offenen Mündern an. Joan verstand die Welt nicht mehr. Was hatte sie denn nur verkehrt gemacht?

In diesem Augenblick brach Alan Jennings in schallendes Gelächter aus. »Was für eine Show!« schrie er gellend über den ganzen Pool hinweg. »Kommst dir wohl vor wie Miß toller Schuß persönlich, wie? Bei wem willst du damit eigentlich Eindruck schinden?« Die anderen Jungen deuteten jetzt ebenfalls zu ihr hinüber, und im Handumdrehen hatte sie ihren Spitznamen weg: ›Miß toller Schuß‹.

Joan langte nach ihrem Handtuch und dem Kleid und jagte ins Haus, bevor noch jemand zwischen den Wasserperlen und ihren Tränen unterscheiden konnte.

Was Joan damals noch nicht verstehen konnte, war, daß ihr ausgereifter Körper in dem winzigen roten Bikini im Verein mit ihrem vollendeten Kopfsprung jeden, der dabei war, sich ihr unterlegen fühlen lassen mußte. Diesen Vorfall hatte sie nie mehr vergessen. Oftmals, wenn sie später etwas Anschmiegsames, speziell Feminines zum Anziehen kaufen wollte, wurde sie im letzten Augenblick wieder schwankend, wenn sie sich an jene Party erinnerte und daran, wie sie sich noch Wochen später gefühlt hatte.

Während des letzten Jahres auf der High School fand sie es oft merkwürdig, daß nie einer der Jungen aus ihrer eigenen Klasse sie ins Kino oder zum Eisessen einlud, gleichaltrige Jungen von den umliegenden Schulen solche Zurückhaltung jedoch nicht übten.

Es sollte noch bis ins zweite Studienjahr an der New Yorker Universität dauern, bis Joan sich zum erstenmal ernsthaft verliebte. Es war in den ersten Septembertagen gewesen, und die Tage waren mitunter noch ausgesprochen heiß. Joan war mit ihren Leistungen in sämtlichen Fächern zufrieden, mit Ausnahme der Literatur des achtzehnten Jahrhunderts. Nicht nur, daß sie die ganze Epoche nicht besonders mochte, auch ihr Professor war noch neu an der New Yorker Universität, und niemand wußte etwas von diesem M. Stevens.

Joan saß wie üblich in der vordersten Reihe. So fiel es ihr leichter, sich zu konzentrieren und sich vorzustellen, sie sei allein im Hörsaal. Sie brauchte jedenfalls nicht über ganze Heere von Köpfen hinwegzusehen. Als M. Stevens den Hörsaal betrat, beglückwünschte Joan sich wegen ihrer Vorliebe für die vordere Sitzreihe. Noch nie hatte ein solcher Mann vor einer Ansammlung von Schülern gestanden.

M. Stevens war groß, blond und grünäugig. Auf seinem Gesicht lag mitunter ein Jungenlächeln, von dem sie zu schwören bereit gewesen wäre, daß es schon so manches Mädchenherz zum Schmelzen gebracht habe. An jenem Tag war er in sommerliches Weiß gekleidet, und noch bevor die Unterrichtsstunde geendet hatte, hatte er sich das Jackett und die blaue Seidenkrawatte ausgezogen. Während der nächsten vier Stunden nach Ende dieser ersten Vorlesung hatte Joan unter Aufbietung all ihrer detektivischen Fähigkeiten herausgefunden, daß M. (wie Michael) Stevens aus wohlhabendem Hause stammte und seine Familie in Newport auf Rhode Island beheimatet war; er war Harvard-Absolvent und arbeitete derzeit an einem Roman, den bereits ein Verleger nur aufgrund eines Exposés und der ersten vier fertigen Kapitel gekauft hatte. Hier unterrichtete er nur das eine Kolleg. Für die heutige Zeit und ihre Literatur und Autoren hatte er nichts übrig.

Joan entschied sich an diesem Tag dafür, daß sie für alles, das nichts mit dem achtzehnten Jahrhundert zu tun hatte, nichts als schiere Verachtung empfand. Bei der dritten Vorlesung entschied Joan sich dann, geradezu unüberwindliche Schwierigkeiten dabei zu haben, diese ganze geschichtliche Periode zu verstehen, namentlich deren Sprache und Stil. Sie *mußte* über ihre Schwierigkeiten einfach mit M. Stevens reden.

Doch bevor sie das tat, ging sie erst noch zum Optiker, der sie mit Kontaktlinsen ausstattete. Dann kaufte sie sich ein hautenges Seidenkleid, eine getreue Kopie eines Originals von Geoffrey Beane, ein Paar neuer Schuhe von Charles Jourdan und ließ sich dann im vornehmsten Salon von New

York ein neues Make-up verpassen. Sie erstand eine neue, sündhaft teure Handtasche und überredete Elaine schließlich noch, die Nacht zum Samstag damit zu verbringen, ihr Haar in kleinen Strähnen durch eine Plastikkappe zu ziehen.

Auf den Tag genau eine Woche, nachdem sie ihn zum erstenmal gesehen hatte, saß sie in einem kleinen italienischen Restaurant M. Stevens gegenüber, der geradezu leidenschaftlich Anteil an ihren Lernschwierigkeiten nahm. So waren sie sich schnell dahingehend einig, daß es bestimmt noch großer gemeinsamer Anstrengungen außerhalb der regulären Vorlesungen bedürfe, bis sie das achtzehnte Jahrhundert begriffen hatte.

Joan traf sich samstags mit ihm im Central Park oder donnerstags abends im Maxwell's Plum und am Montag nachmittag im Metropolitan Museum of Art. Joan glaubte, sie könne ihm stundenlang zuhören, ganz gleich, wie langweilig ihr auch das achtzehnte Jahrhundert vorkommen mochte – Hauptsache, M. Stevens liebte es.

Seit mehr als einem Monat hatten sie sich schon regelmäßig getroffen, als er eines Samstag abends vorschlug, ein Zimmer im Plaza Hotel zu nehmen. Obwohl sie erst neunzehn Jahre alt war, wäre es ihm nie in den Sinn gekommen, sie könne vielleicht noch unberührt sein, und das sagte er ihr auch. Joan kam sich auf der Stelle vor, als habe sie neuerdings den Aussatz, doch Wunder über Wunder – er lachte sie nicht aus. Statt dessen zog er sie in seine Arme und küßte sie. In diesem Moment wußte sie, daß dies keine Affäre wie tausend andere und daß er kein Mann wie tausend andere war.

Sie hatten ein wundervolles Zimmer mit einem auf antik gearbeiteten offenen Kamin aus schwarzem Marmor. Der Zimmerkellner kam und zündete ihn für sie an. Die Vorhänge waren aus golden schimmernden Damast, der hervorragend mit den in blauer Seide drapierten Wänden harmonierte. Das überdimensionale Bett war aufgedeckt und ließ Laken aus feinstem irischem Leinen und Kissen sehen, die mit reiner Seide bezogen waren.

Joan war überrascht, M. Stevens aber nicht, als es plötzlich an die Tür klopfte. Er hatte Wein bestellt, einen Krabbencocktail, Hummer und grünen Salat.

Joan hatte Mühe, sich nicht von der romantischen Atmosphäre überwältigen zu lassen. Nach dem Essen saßen sie in bequemen Fauteuils aus Brokat vor dem Kamin und tranken Courvoisier aus riesigen Cognacschwenkern.

Als er ihr das Glas aus der Hand nahm, es auf das Tischchen stellte und sie küßte, glaubte Joan, unter der Berührung seiner Lippen habe ihr Leben überhaupt erst begonnen.

Er trug sie zum Bett und legte sie vorsichtig nieder, und seine Lippen verließen auch nicht einen Augenblick lang die ihren. Dann entledigte er sich seiner Kleider und begann, sie gleichfalls behutsam auszuziehen. Schließlich lagen sie völlig nackt nebeneinander, und nur ihre Fingerspitzen berührten sich zart. Wieder küßte er sie, diesmal fordernd und leidenschaftlich und schob sich über sie – und ohne jede weitere Vorbereitung drang er in sie ein.

Es war schlimm für Joan, obwohl eine seltsame Feuchtigkeit tief in ihrem Innern den Schmerz milderte, den sie bei jedem einzelnen seiner Stöße verspürte. Sie fühlte sich, als werde sie aufgemeißelt. Er flüsterte ihr lauter törichte Worte ins Ohr, was sie schließlich veranlaßte, den Kopf zur Seite wegzudrehen. Er drängte seine Hände unter ihre Hüften und zog sie zu sich empor für seinen letzten Stoß, mit dem er dann kam. Anschließend fiel er mit einem Keuchen förmlich über ihr zusammen.

Joan blickte hinüber zu der kleinen Quartzuhr auf dem Nachttisch und stellte schockiert fest, daß Liebe zu machen nicht einmal zehn Minuten in Anspruch nahm.

Während M. Stevens in dem riesigen Bett vor sich hindöste, ging Joan in das weißgekachelte Bad hinüber, um sich zu waschen, und kehrte dann zum Tisch zurück, um ein wenig von dem Hummer zu essen, von dem sie vorhin vor Aufregung keinen Bissen hatte hinunterbringen können. Dann trank sie den Rest Wein und suchte in seinen Taschen nach einer Zigarette.

Gerade wollte sie sich ihren rosa Slip überstreifen, als M. Stevens wieder aufwachte. Sofort zog er sie neben sich auf das Bett.

»Du warst wundervoll. Ich hatte ja keine Ahnung, welch herrlichen Körper du da unter deinen Röcken verbirgst.«

Noch Wochen später versuchte Joan sich einzureden, alles sei wie früher, und doch wußte sie, daß dem nicht so war.

Als sie eines Tages in dem kleinen Café auf dem Universitätsgelände bei einer Tasse Kaffee saß, entdeckte sie Melanie Hoffmann, das Mädchen, das während der Vorlesungen von M. Stevens immer neben ihr saß, und kam an ihren Tisch.

»Was gibt's, Melanie?« fragte Joan. »Du siehst so deprimiert drein.«

»Bin ich auch. So ein Mist!«

»Kann ich dir irgendwie helfen?«

»Nein. Ich wollte, du könntest es.«

»Nun, wenn es vielleicht sehr persönlich ist...«

Melanie zögerte. »Ich hab's noch nicht vielen erzählt, aber ich glaube, dir kann ich es ruhig sagen. Ich hatte mich doch so unsterblich in diesen Mr. Stevens verliebt, von dem Tag an, da ich ihn zum erstenmal sah. Ich weiß, was du jetzt denkst. Das habe ich mir selbst ja auch schon alles tausendmal gesagt, aber was soll's? Er sieht nun mal so verdammt gut aus!«

Joan wurde zunehmend ungeduldig, und ein bißchen meldeten sich bei ihr auch Schuldgefühle. »Ich verstehe nicht...«

»Und heute habe ich herausgefunden, daß dieser Mr. Stevens, der Mann meiner Träume, verheiratet ist! Diese Erkenntnis war einfach furchtbar!«

Joan mochte ihren Augen nicht trauen. »Woher weißt du das?«

»Nun, seine Frau kam in sein Büro, als ich mir gerade meine Semesterunterlagen abholen wollte.«

»Das... sind – allerdings schlechte Neuigkeiten...« Joan glaubte, sterben zu müssen. Doch zuvor rannte sie noch in die Toilette, um ihr Make-up zu richten. Melanie kam ihr nach, um sie zu überreden, sich für morgens um neun auf einen Hamburger mit ihr zu verabreden.

Narren bekamen nur, was sie verdienten, dachte Joan, und sie war entschlossen, nie wieder eine Närrin zu sein und lieber Melanies Einladung anzunehmen.

Als Joan ihr Abschlußdiplom erhielt, hatte sie noch immer keinerlei Vorstellungen von ihrer Zukunft, ganz anders als Elaine, die ohne jede Wartezeit eine Anstellung als Assistentin des Direktors der Finanzplanungsabteilung bei der Hewitt Corporation fand. Was immer sie selbst jedoch in Angriff nehmen mochte, ihr gelang einfach gar nichts.

Als sie wieder einmal einen nervlichen Tiefpunkt durchlebte, begann sie ›Die Plünderer‹ zu schreiben. Als Joan den Roman zu Ende geschrieben hatte, war es Elaine, die ihn dem Freund einer Freundin gab, der zufällig eine literarische Agentur betrieb. Nach noch nicht einmal drei Monaten hatte dieser den Roman an einen renommierten Verlag verkauft, und der Verleger wartete schon voller Ungeduld auf ihr nächstes Manuskript.

Für Joan war ihr neu entdecktes schriftstellerisches Talent ein echter Glücksfall. Fortan hatte sie es nicht mehr nötig, sich um Jobs zu bewerben, die sie nur sehr ungern ausgeführt hätte. Elaine hörte auf, ständig an ihr herumzumäkeln wegen ihrer Art, sich zu kleiden (keine hautengen Slacks und sexy Kleider), oder weil sie nicht soviel auf die Erde, sondern lieber den Leuten in die Augen sehen solle und dergleichen. Da sie nun Termine einhalten, Recherchen anstellen und Romanstoffe erarbeiten mußte, hatte sie es auch nicht länger mehr nötig, nach Entschuldigungen zu suchen, wenn Elaine sie an den Wochenenden drängte, doch einmal unter Menschen zu gehen.

Vor ziemlich genau einem Jahr hatte Elaine einen Mann kennengelernt. Sie geriet völlig aus der Bahn. Vier Monate später rief sie Joan morgens um zwei Uhr aus Las Vegas an, um ihr mitzuteilen, daß sie durchgebrannt sei. Joan war schrecklich aufgewühlt gewesen und hatte ständig daran denken müssen, es sei wohl an der Zeit, daß die amerikanische Männerwelt endlich einmal auch etwas Positives bei ihrer wundervollen Schwester bewirkte.

Jetzt hatte Joan das Apartment für sich allein. Sie konnte kommen und gehen, wie es ihr paßte, ganze Nächte hindurch an der Schreibmaschine sitzen und dafür die Tage verschlafen, ohne irgend jemand zu stören. Dabei gab sie sich alle erdenkliche Mühe, die Stimme in ihrem Innern zu übertönen, die ihr immer wieder sagte, im Grunde sei sie sehr einsam.

Joan warf noch einen letzten verstohlenen Blick auf das Liebespärchen dort unten, bevor sie sich wieder ihrer Schreibmaschine zuwandte. Mit neuem Elan jagten ihre Finger über die Tastatur.

Angelina und ihr Pferd verschmolzen zu einem einzigen Schatten, als sie zwischen den Bäumen verschwanden. Angelinas Augen waren nach rückwärts gerichtet.

»Ich wußte doch, daß Jesse mich nie enttäuschen würde. Er war der Mann, den ich geliebt habe, der einzige Mann, dem ich trauen konnte. Und wir würden den Rest unseres Lebens gemeinsam verbringen... gemeinsam.«

Noch einmal ließ Joan den Schlitten zurückfahren und unterstrich das Wort ›gemeinsam‹. Mit einem zufriedenen Lächeln auf dem Gesicht lehnte sie sich zurück. »Gut so!«

Am nächsten Morgen mußte sich Joan beeilen. Ihr Wecker hatte nicht geklingelt, doch statt zuerst einmal daran zu denken, daß sie ihn womöglich gar nicht aufgezogen hatte, entschloß sie sich, einen neuen zu kaufen.

Auf dem Weg zum Lift warf sie einen verstohlenen Blick in den Spiegel auf dem Flur. Sie trug das glatte, brünette Haar in der Mitte gescheitelt und straff hinter die Ohren gekämmt. Im Nacken wurde es mit einem Schildplattkamm zusammengehalten. Wie immer war sie bekleidet mit einem konservativ geschnittenen engen Rock, dessen perfekter Sitz sie Stunden angestrengtester Näharbeiten gekostet hatte. Außerdem trug sie einen dazu passenden dunklen Sweater aus Kaschmir-Wolle mit einem V-förmigen Ausschnitt über einer rostfarbenen Bluse und ein Paar brauner italienischer Pumps, ihr einziges Zugeständnis an die Mode. Sie war tipptopp gekleidet, wie ihre Mutter gesagt hätte, aber mit ihren Romanheldinnen hatte sie nichts, aber auch nicht das Geringste gemein.

Als der Aufzug kam, stieg sie ein und drückte den Knopf für das Erdgeschoß. Sie sah zu, wie die Türen sich langsam schlossen. Fast schlossen. Voller Entsetzen sah Joan, wie sich plötzlich eine Hand zwischen die sich schließenden Türhälften schob und sie gewaltsam wieder auseinanderbog. Ihre Hand flog erschreckt an die Brust, und ihre Phantasie arbeitete wie wild. War das etwa ein Verbrecher auf der Flucht vor der Polizei? Vielleicht gar ein Vergewaltiger auf der Suche nach einem neuen Opfer?

Doch nein, es war Andrew, der Börsenmakler. Er trug einen taubengrauen Westenanzug von Brooks Brothers, weißes Hemd und gestreifte Krawatte. Von seinem exzellent geschnittenen Haar bis hin zu den vorzüglich manikürten Fingernägeln sah man ihm an, wie eitel dieser Mann war. Während Joan zu Boden blickte, fragte sie sich, ob er wohl auch noch gestärkte Unterwäsche trug.

»Entschuldigung, ich habe Sie doch hoffentlich nicht allzusehr erschreckt?«

»Schon gut«, sagte sie, wohl wissend, daß ihm dieses zufällige Zusammentreffen nicht weniger peinlich war als ihr.

»Oh, Joan, sehen sie...«

»Ist ja schon gut.«

»Tut mir so leid.«

»Nein, wirklich.«

»Ich bin so in Eile. Mein Chef hat mich für – ein besonderes Geschäft...«

Als sie endlich den Nerv hatte, den Kopf zu heben und ihm ins Gesicht zu sehen, klang ihre Stimme beinahe beschwörend. »Ist ja schon gut, es gibt wirklich Schlimmeres, mein Gott!«

Glücklicherweise ging in diesem Moment die Tür auf und bewahrte sie vor weiteren Aufregungen. »Nun, vergessen Sie's schon, ich jedenfalls habe es vergessen«, log sie.

Dann rannte sie so schnell davon, daß sie fast über ihre eigenen Füße gestolpert wäre. Hol's der Kuckuck! Was war nur los mit ihr, daß sie einem Stutzer wie diesem mehr erlaubte, als daß sich ihr bei seinem Anblick die Haare sträubten. Sie trat auf den Gehsteig hinaus und winkte einem sich nähernden Taxi. Doch das fuhr an ihr vorbei, um keine zehn Schritte weiter eine hinreißende Blondine aufzunehmen. Joan runzelte die Stirn, als sie ein Stück weiter die Straße hinunter eine Gruppe von vier Punkern an einer Straßenlaterne sah, wie sie gerade einen Joint kreisen ließen. Um nicht etwa noch Ungelegenheiten zu bekommen, zog sie es vor, auf die andere Straßenseite hinüberzugehen, um dort ihr Glück zu versuchen.

Nach zwei weiteren erfolglosen Versuchen gelang es ihr endlich, ein Taxi zu bekommen. Als sie vor der Buchhandlung anlangte, fielen ihr sofort die großen bunten Poster auf, mit denen für ihr neuestes Buch ›Angelinas Rückkehr‹ geworben wurde. Quer über das Plakat war ein schmaler Streifen geklebt worden mit der Aufschrift: »Joan Wilder heute hier bei uns.«

Zwei Angehörige des Verlages standen draußen vor der Tür. Ihr dunkelhaariger Verleger Richard ging unruhig auf und ab; seine Assistentin Carolyn schien nicht weniger ungeduldig, wie sie da stand, die Hände tief in die Manteltaschen vergraben, den Blick nach unten gerichtet. Carolyn war alles andere als erbaut über Joans Unpünktlichkeit. Sie lief auf das Taxi zu und hielt Joan die Tür auf.

»Joan, wo bleibst du denn? Die Leute warten schon!«

»Bitte, Carolyn, ich bin nervös. Du weißt doch, wie sehr mir so was zuwider ist. Ich brauche doch wohl hoffentlich keine Rede zu halten, oder?«

»Nein, keine Sorge«, versicherte Carolyn ihr. »Das ist doch nur eine Autogrammstunde.« Ihre stark geschminkten blauen Augen rollten. Sie nahm Joan am Arm und zog sie förmlich mit sich zur Tür. »Das haben wir doch schon tausendmal besprochen. Du mußt nur ein bißchen charmant auftreten, das ist alles.«

Joans erster Impuls war, sich zu wehren, und diesmal gab sie einem ersten Impuls auch einmal nach. Sie riß sich abrupt los, so daß Carolyn fast gestolpert wäre.

»Du weißt doch, daß ich nie den Mund aufbekomme«, sagte sie.

»Joan, dieser irre Haufen da drinnen interessiert sich für Angelina, nicht für dich!«

Joans Augen verdunkelten sich, als sie zu der Buchhandlung hinüberblickte. »Was heißt das – ein Haufen? Du hast doch gesagt, das hier sei eine simple Autogrammstunde!«

»Um alles in der Welt, Joan! Es ist zehn Uhr an einem Werktagmorgen. Wie viele Leute können schon da sein?«

Carolyn, die entschlossen war, sich von ihrer widerborstigen Autorin nicht alles verderben zu lassen, was sie mit so viel Engagement vorbereitet hatte, schob Joan durch die Tür der Buchhandlung, bevor sie noch weitere Proteste anbringen konnte.

Joan hatte ein Gefühl, als hänge ihr der Magen irgendwo zwischen den Knien. Nach einem kurzen Blick auf die Leute, die sich im Innern der Buchhandlung zusammengepfercht hatten, wäre sie bereit gewesen, jede Wette darauf zu halten, daß sich hier gut und gern an die acht Millionen Hausfrauen versammelt hatten.

So ähnlich mußte die Normandie nach der Landung der Alliierten ausgesehen haben, dachte Joan, als sie am Ende dieses Tages einen Blick auf den Fußboden warf. War es denn wirklich wahr, daß eine junge Frau wie sie nur davon völlig erschöpft war, daß sie einen Tag lang immer wieder nur ihren Namen geschrieben hatte? Außerdem knurrte ihr der Magen. Sie würde eine ganze Flasche voll Vitaminsaft trinken müssen, um überhaupt wieder die Kraft zu finden, auch nur eine Tasse Suppe zu trinken, dachte sie. Am besten Tomatensuppe. Dann brauchte sie auch nicht zu kauen.

Eine einzelne Besucherin war noch übriggeblieben. Sie faßte mit einer Kraft nach Joans Arm, die eines Arnold Schwarzenegger würdig gewesen wäre.

»Sie sind meine Lieblingsschriftstellerin«, sagte sie. »Und das meine ich wirklich so. Angelina ist mein Schwarm. Ich liebe sie geradezu! Ja, Ihre Bücher haben mir das Leben gerettet.«

»Ach? Haben sie das wirklich? Da bin ich ja richtig glücklich.«

»Ach, Sie wissen ja nicht – sie können ja gar nicht wissen.«

Mit neu erwachtem Interesse an den Worten dieser Frau blickte Joan ihr tief in die Augen, um herauszufinden, was das sein mochte, was diese Frau wußte, sie selbst aber nicht. Doch plötzlich lief die Frau ohne ein einziges weiteres Wort davon.

Joan ging hinüber zu Richard, der gerade seinen Aktenkoffer packte. Er lächelte ihr zu. »Ich glaube, Sie haben auf die Leute sehr gut gewirkt.«

Sie zog eine Grimasse. »Indem ich ständig nur gestottert und auf meine Zehen hinuntergeguckt habe?«

»Die Leute erwarten von großen Schriftstellern einfach, daß sie ein bißchen exzentrisch sind, meine Liebe.«

»O Richard, wenn ›Angelinas Rückkehr‹ große Literatur ist, dann ist es aber schlecht bestellt um diese Welt.«

»Eine halbe Million Exemplare bereits als Vorbestellung verkauft! So viele Leute können sich nicht irren! Und Sie reden immer so, wenn Sie ein neues Buch beenden – besonders dann, wenn sie spät dran sind.«

Joan lächelte vage. »Sehen Sie, Richard, ich habe das Gefühl, als sei bei mir irgendwie die Luft raus. Vielleicht können wir uns bei einem Abendessen mal darüber unterhalten?«

Sie brauchte seine Worte gar nicht erst zu hören, um zu wissen, was er sagen würde. Sein schuldbewußtes Gesicht war zu lesen wie ein aufgeschlagenes Buch. »O Joan, das tut mir leid. Ich habe da bereits eine Verabredung und ...«

»Schon gut«, winkte sie ab. »Ist ja auch egal.«

»Nächste Woche, ganz bestimmt.« Er verschloß sorgsam seinen Aktenkoffer. »Ich wünsche Ihnen jedenfalls einen recht angenehmen Abend.«

»Vielen Dank, Richard, aber ich habe andere Pläne.« Sieh sah ihm nach, als er hinausging, und dachte darüber nach, in welcher Konfusion er sie hier zurückließ. Dann sah sie Carolyn näherkommen und nach zwei sauberen Tassen in dem Durcheinander suchen, das sie umgab.

Schließlich hatte sie Erfolg. »Joan, warum hängst du dich an Typen wie den? Du könntest tausend andere finden, die besser wären.«

»So? In welchem anderen Leben denn?« fragte Joan. Sie machte eine kleine Pause, bevor sie weitersprach. »Gerade hat mir eine Frau gesagt, meine Bücher hätten ihr das Leben gerettet«, sagte sie dann und konnte es noch immer nicht glauben.

»Nun ja, wo sonst halten die Männer ihr Wort, stehen die Frauen zu dem ihren und siegt die Liebe am Ende über alle Widerstände, als in deinen Büchern? Wir brauchen eben alle unsere Phantasien, nicht wahr?« fragte Carolyn und reichte Joan eine Tasse Kaffee, die diese gern annahm. »Und unseren Wodka.«

Joan ignorierte den kleinen Scherz. Auf ihrem Gesicht lag ein grimmiges Lächeln.

Carolyn tat ihre Bemerkung auf der Stelle wieder leid. Ihre Stimme klang besorgt, als sie sagte: »Ich weiß, wie unpassend diese Bemerkung gerade jetzt war, wo deine Schwester doch gerade...« Sie zögerte einen Moment, bevor sie den Satz zu Ende brachte. »Hat man denn den Leichnam ihres Mannes inzwischen gefunden?«

»Nein. Nur das:... das eine Stück.«

»Mein Gott.« Carolyn schüttelte den Kopf. »Wie erträgt sie's denn?«

»Elaine... sie war immer die Stärkere von uns beiden. Elaine wird mit allem fertig.« Und dabei dachte sie daran, wie wenig sie mit einer Situation wie dieser fertig werden würde.

II.

Türkisblaue Wasser warfen kleine weiße Schaumkronen auf, während sie auf die Sandstrände der kolumbianischen Küste aufliefen. Gewaltige Wolkenberge zogen über den Himmel direkt auf die Berge zu, und die ganze Fülle der tropischen Vegetation wiegte sich in der sanften Brise. Es war ein Postkartentag, vor dem sie die weißgestrichenen Fensterläden verschloß.

Ihre langen, schlanken Beine verschwanden gleich darauf in einem Paar hautenger Jeans. Dann streifte sie sich eine rosafarbene Bluse mit langem Kragen über und knöpfte sie zu, während sie bereits zu packen begann. Wahllos warf sie ihre Sachen in den Koffer und setzte sich schließlich auf den Deckel, um ihn zu schließen. Mit nervösen Fingern hantierte sie an den Schließen, bis sie endlich funktionierten. Obwohl der Koffer übervoll war und sogar noch einzelne Kleidungsstücke auf Bügeln herumhingen, war keine Zeit mehr, Ordnung zu schaffen.

Als sie nach dem Koffer langte und zur Tür hinaus wollte, öffnete sich der eine Verschluß und der Inhalt des Koffers ergoß sich über den Holzfußboden. Die Fotografie zweier junger Frauen, die sich gegenseitig anlächelten, landete obenauf.

Elaine nahm das Bild zur Hand und fragte sich einen Moment lang, ob sie je wieder so würde lächeln können, dann steckte sie das Bild mit den anderen Sachen wieder in den Koffer zurück. Sie lief zum Spiegel und schlang ein schwarzes Halstuch um ihre Haare, dessen Enden sie in die Bluse steckte.

Vom vielen Weinen waren ihre Augen rot und geschwollen. Sie suchte in ihrer Handtasche nach ihrer Sonnenbrille und setzte sie auf. Doch auch sie konnte die harten Linien um Mund und Augen nicht mehr verdecken.

Ohne sich noch einmal umzusehen, verließ sie den Raum und eilte zur Garage.

Zum Glück hatte sie die Schlüssel im Wagen gelassen, und

so verlor sie keine weitere Minute mehr und setzte den Wagen rückwärts aus der Garage. Als sie den gewundenen, leicht abschüssigen Weg zu den Toren nahm, sah sie nur ein einzigesmal in den Rückspiegel. Die Villa thronte majestätisch oben auf der Anhöhe. An der Vorderseite waren die Wege eingefaßt mit großblättrigem Kroton und anderen tropischen Pflanzen in Rot, Gelb und Grün. Auch die Anlagen rings um den Pool waren in gutem Pflegezustand, doch jenseits der weißgetünchten Mauern des Herrensitzes mit seinen offenen Terrassen und Verandas lauerte der geheimnisvolle, unheildrohende Urwald.

Elaine hielt abrupt an, sprang aus dem Wagen, um die schweren schmiedeeisernen Tore zu schließen. Gleich vor den Toren spielten ein paar Kinder.

Ein schlaksiger Bursche mit schwarzen Haaren und großen, traurigen Augen übte nahe einem Springbrunnen mit seiner Bola.

Als Elaine das Tor mit dem Schlüssel verschloß, warf sie verstohlen ein paar Blicke über die Schulter. Dann lief sie zum Wagen zurück. Kaum hatte sie einen Fuß im Wagen, als auch schon der Junge an dem Springbrunnen seine Bola schwang.

Die Bola schlang sich um ihren Nacken, und eine der drei Kugeln traf sie seitlich am Kopf. Bewußtlos fiel sie in den Wagen.

Der Bursche jagte über die Straße, schob Elaine auf den Beifahrersitz und setzte sich selbst ans Steuer. Er legte den Gang ein und gab Gas. Die spielenden Kinder ringsum hatten nichts bemerkt.

Der rote Wagen jagte durch die engen Straßen von Cartagena, wich nur knapp den Gemüseverkäufern und ihren Karren aus und versetzte schließlich den ganzen Wochenmarkt in helle Aufregung. Das zum Verkauf angebotene lebende Geflügel flog kreischend in seinen Käfigen auf. Die durchdrehenden Reifen des Wagens wirbelten Staub und kleine Steinchen auf, als der Junge hochschaltete. Er fuhr riskant, aber gut. Vorbei an einem voll beladenen Lastzug und einem altersschwachen Taxi ging die rasende Jagd hinaus aus der Stadt. Die schneebedeckten Gipfel der Sierra Nevada im Rücken, röhrte der Wagen schließlich unter dem grünen Dach der Palmen am Ozean entlang in Richtung des Hafens.

Yachten dümpelten träge neben altersschwachen und verrottenden Fischerbooten und sechssitzigen Ausflugsbooten für die Touristen.

Am Ende des Hafens, da wo sich Meer und Fluß begegneten, befand sich ein altes Fort mit roten Backsteinwänden. In der Nähe des Forts ankerte ein verkommener alter Frachter, dessen Besatzung an der verrosteten Reling lehnte und aufmerksam den sich nähernden roten Sportwagen beobachtete.

Es waren verwegen dreinschauende Kerle, ungewaschen, mit gelben Zähnen voller Plomben und Augen, die zuviel gesehen hatten. Als der Wagen endlich anhielt, war Elaine immer noch bewußtlos.

»Der Kleine ist da mit der Alten«, sagte Ralph zu seinem Cousin Ira.

Ira interessierte sich nicht für den sich nähernden Wagen oder die bewußtlose Elaine. Er war damit beschäftigt, Innereien von geschlachteten Hühnern in den Sumpf unter ihm zu werfen. Der Sumpf war voller riesiger Krokodile, die ganz so aussahen, als würden sie viel lieber den Arm fressen, der sie fütterte, statt der Eingeweide.

»Guck sie dir an, die Greifer, eh?« sagte Ira, fasziniert von den gewaltigen Kiefern und der Schnelligkeit, mit der sich die großen Bestien zu bewegen verstanden.

Voller Entrüstung rollte Ralph die Augen und ging hinüber zu Ira. Ralph war seit jeher der ängstlichste Mensch in der ganzen Nachbarschaft gewesen. Er jammerte immer wegen irgendwas, und Krokodile oder bewußtlose Frauen, das bedeutete doch auch nur wieder neuen Ärger.

»Ira, die ganze Sache macht mich nervös«, sagte er. »Doch, bestimmt, ich mach' keinen Quatsch. Das gibt nichts wie Ärger. Die ganze Idee ist doch verrückt.«

»Heh! Hast du das gesehen? Guck mal, Ralph, dieser häßliche, gestreifte Hundesohn da unten! Siehste das?«

Iras Vorrat an Innereien war endlich erschöpft. Er wischte sich die Hände an seiner speckigen Hose ab und machte sich auf den Weg zu dem Frachter. Wie immer folgte ihm Ira mit seinem etwas hinkenden Gang nach. Ein bißchen wirkte er wie ein Hund, der seinen Herrn sucht.

»Laß uns das eine essen, Ira«, sagte Ralph. »Was haste eben gesagt?«

Ira tat, als habe er nicht verstanden. »Und ich sag' dir, die Krokodile sind ganz verdammte Mistviecher, sag' ich dir.«

Als Elaine schließlich erwachte, verspürte sie ein Pochen in der linken Schläfe. Ihr Kopf schmerzte, als stoße jemand unaufhörlich einen scharfen Dolch mitten in ihr Gehirn. Es dauerte schier endlos, bis sie wenigstens die Augen öffnen konnte. Sie saß in einem riesigen Ledersessel inmitten eines ganz in Plüsch gehaltenen Salons. Hinter einem Rokokotischchen sah sie eine erleuchtete gläserne Vitrine voll ausgesuchter kolumbianischer Kunstgegenstände und Skulpturen. Eine mit brauner Seide bespannte Sitzgruppe mit bronzefarbenen Kissen nahm die gegenüberliegende Ecke ein. Unter der Decke, von der ein Kristallüster herunterhing, verlief ein bronzefarbenes Sims.

Obwohl sie noch immer benommen war, hörte sie deutlich ein Geräusch. Ein kleiner Mann in schmutziger, ungebügelter Hose und einem verdreckten, zerknitterten Hemd mit kurzen Ärmeln zerschnitt gerade ihren Koffer. Sie sah, wie er mit spitzen Fingern einen Seidenslip emporhob, und dann eines ihrer seidenen Negligés. Seine Augen funkelten lüstern. Dann nahm er ihre Schmuckschatulle und durchsuchte sie mit plumpen Fingern. Ihm zuzusehen, verursachte ihr bereits Magenschmerzen. Dann mußte sie mit ansehen, wie er ein Bündel kolumbianischer Banknoten in die Hosentasche schob.

»Was – was machen Sie denn da?« fragte sie, und das Sprechen verursachte ihr auf der Stelle neue Kopfschmerzen.

Ira kam um den Stuhl herum und stand jetzt direkt vor ihr. Ralph, der inzwischen mit der Inspektion von Elaines Habseligkeiten zu Ende war, sah ihn an.

»Sie ist nicht da.«

»Was? Wonach suchen Sie?« fragte Elaine.

Ira lehnte sich vor, bis seine Stirn fast die ihre berührte. Sein Atem stank nach Knoblauch. Ihr wurde noch übler, als ihr ohnehin schon war.

»Ist mir klar, daß das hier schlechte Zeiten für dich sind, aber ich hätt's schon ganz gern, wenn du mir jetzt ohne weitere Diskussionen die Karte gäbst.«

»Was für eine Karte?«

»Die Karte, die dein Mann sich untern Nagel gerissen hat, bevor er so zur Unzeit abgekratzt ist. Wenn du aber vielleicht glaubst, ich würde mich von der Witwe eines zweitklassigen Dealers aufs Kreuz legen lassen...«

»Mein Mann war Buchhändler«, erwiderte sie zögernd und sah voller Schrecken, wie ihr Gegenüber drauf und dran war, die Geduld zu verlieren. Seine Augen schienen ihm aus dem Kopf zu fallen, während er sie anstarrte. Der Mann, der ihre Unterwäsche durchwühlt hatte, ließ deutlich ein Seufzen hören.

Iras Hände waren zu Fäusten geballt, und Elaine wußte, daß er sie gleich schlagen würde.

»Tut mir leid, dir die Illusionen zu rauben, meine Süße, aber dein Mann war ein Schmuggler. Er ruhe in Frieden. Und ich habe das Zeug für ihn außer Landes gebracht. Und das macht *uns* zu seinen Erben – nicht dich. Alles klar?«

»Ihr habt ihn umgebracht!«

»Nein, haben wir nicht, obwohl wir dafür genug Gründe gehabt hätten. Du weißt nicht, wer ich bin, und das ist verdammt gut so. Du hast ja noch nicht mal gewußt, wer dein Mann war, und das ist der Grund, warum wir uns jetzt hier miteinander unterhalten.«

Elaine sah ihn ungläubig an. Der Schmerzensschrei des Mannes, der ihren Koffer durchwühlte, brachte sie wieder in die Wirklichkeit zurück. Offenbar hatte der Mann sich an ihrer Schere verletzt. Dann wandte sie sich wieder dem anderen zu, der sich inzwischen über sie gebeugt hatte und sie durchdringend musterte. »Eduardo war ein angesehener Archäologe«, sagte sie mit dem allerletzten Rest von Stolz, den sie noch aufbringen konnte. Sie wollte kaum glauben, daß das alles wahr sein sollte, was ihr hier widerfuhr.

Bei dem Wort ›Archäologe‹ lachten ihre beiden Entführer lauthals los.

»Dein Eduardo? Der war ein Schmuggler, klar? Bis er dann eines Tages ein bestimmtes Dokument zu sehen bekam... eine Landkarte. Er hielt sie noch etwa fünf Minuten in der Hand, bis ihn dann jemand aufgespießt hat.«

»Und Sie glauben, ich hätte sie?«

»Nein, *er* denkt, daß du sie hast. Aber ich weiß, was passiert ist. Eduardo hat sie außer Landes geschickt. Und blödsinnigerweise hat er einem anderen erzählt, wohin er sie geschickt hat. Deswegen erinnere ich mich überhaupt noch an ihn. Er ist jetzt Hundefutter. Alles, was du noch zu tun hast, ist, mir zu erzählen, wohin er die Karte geschickt hat. Stimmt's nicht, Ralph?«

Während Elaine noch versuchte, einen Sinn in dem zu finden, was dieser Mann sagte, langte er nach dem anderen, den er Ralph nannte, und nahm ihm die Schere aus der Hand. Dann faßte er in Elaines Haare und tat, als wolle er eine Locke davon abschneiden.

Unwillkürlich warf sie den Kopf zurück. »Bitte – bitte... tun Sie's nicht...«

Ralph deutete auf den kahlen Schädel seines Kumpanen. »Was ist los? Möchtest du nicht so aussehen wie Ira?«

Ira beugte sich erneut über sie. »Alles, was du zu tun hast, ist, uns zu sagen, wohin du sie geschickt hast, damit ich sie als erster in die Finger kriege. Also erzähl schon. Das ist die einzige Möglichkeit zu verhindern, daß noch einer am Fleischerhaken endet.«

Als er die Schere noch ein bißchen anhob, schwand Elaines Widerstand. »Ich weiß, daß er verschiedene Sachen an meine Schwester geschickt hat.«

Er ließ ihre Haare wieder los. »Haste gehört, Ralph? Ihre Schwester!«

»Telefonnummer?«

Elaine haßte sich selbst dafür, aber sie gab ihm die Telefonnummer ihrer Schwester.

III.

Draußen heulte der Wind, als Joan sich entschloß, sich vorübergehend von Angelina zu verabschieden und Feuer im Kamin zu machen. Da sie vergaß, die Lüftung zu öffnen, brauchte sie fast eine ganze Stunde, bis das Feuer endlich brannte, und eine weitere halbe, bis der Qualm wieder abgezogen war. Dann legte sie eine Platte auf und summte das romantische Opernduett leise mit.

Sie räumte den kleinen Eichentisch ab und stellte eine blühende Christrose, ein Weihnachtsgeschenk ihres Herausgebers, darauf und flankierte sie mit Kristalleuchtern, in denen große weiße Kerzen steckten. Auf Mutters antike seidene Platzdeckchen stellte sie bayrisches Porzellan in Kobaltblau mit vergoldeten Rändern. Schließlich trat sie einen Schritt zurück, um ihr Werk zu begutachten. Sie war zufrieden mit dem, was sie sah.

Dann ging sie in die Küche und kam mit ihrem Mittagessen zurück. Mitten auf das antike Platzdeckchen stellte sie einen inzwischen schon kalt gewordenen Big Mac. Gerade leerte sie die Büchse mit Erdbeeren, als das Telefon klingelte.

Sie stellte die Stereoanlage leiser und hob den Hörer ab. »Hallo!«

»Joan?« Elaines Stimme klang sehr weit weg.

»Elaine! Wie geht es dir?«

»Joan, hör mir zu.«

»Was ist denn, Elaine? Was kann ich für dich tun?«

Als Elaine jetzt wieder sprach, klang ihre Stimme kühl und kontrolliert.

»Joan, hör mir bitte zu. Hast du irgendwelche Post bekommen, die für mich oder für Eduardo bestimmt war?«

Joan öffnete die Schublade des Schreibtisches und holte den Stapel Briefe hervor, den sie dort sorgsam verschnürt aufbewahrte. »Ja, tatsächlich, da sind ein paar Sachen. Ich hab' sie hier.«

»Ist dabei auch – ich weiß nicht genau – so ein außergewöhnliches Kuvert – ich meine, ein besonders großes?«

»Ja, allerdings.«

»Mach es bitte auf«, sagte Elaine.

Joan nahm einen Brieföffner und schlitzte das Kuvert an der Längsseite auf. »Elaine, stimmt was nicht?«

»Mach es auf, Joan. Liegt eine Landkarte darin?«

Joan hielt einen zweiten Umschlag aus Plastik in der Hand, in dem sie zwei zerknitterte Teile einer Landkarte sah. Die beiden Teile paßten genau zueinander. Die ganze Karte war mit Linien und handschriftlichen Notizen beschriftet.

»Ja, Elaine. Da steht – warte mal, ja – El Corazón oder so. Kann das stimmen?«

Elaines Stimme klang erleichtert, und Joans Verwunderung wuchs mehr und mehr.

»Joan, nun hör mir mal zu. Du mußt mir diese Karte unbedingt bringen, du mußt sie nach Kolumbien bringen!«

»Elaine, um Gottes willen!«

»Doch! Hier sind ein paar Leute, die die Karte haben wollen. Wenn du sie nicht bringst, wird man mich töten. Joan, liebe Joan, hast du verstanden?«

»Elaine – mein Gott!«

»Du darfst dich nicht an die Polizei wenden, du darfst überhaupt mit niemandem darüber reden. Komm so schnell wie möglich mit der Karte hierher, und alles ist in Ordnung.«

Joan begann zu weinen, und ihre Hand zitterte so stark, daß sie kaum noch den Hörer halten konnte. »Elaine, bitte!«

»Im Hotel Emporio in Cartagena wird ein Zimmer für dich reserviert sein. Schreib dir's auf, Joan. Hotel Emporio. Wenn du ankommst, wird man dir folgende Nummer geben: 645824. Ich hoffe, du schreibst dir alles auf?«

Joan suchte in der Schublade, aber sie fand weder Kugelschreiber noch Federhalter. Ihre Erregung wuchs ins Unermeßliche. Endlich fand sie ganz hinten in der Schublade unter einem Stoß Briefe einen Bleistift. Sie kritzelte den Namen des Hotels und die Nummer auf die Titelseite ihres neuen Buches.

»Du hast doch einen Reisepaß, oder?«

»Aber den habe ich noch nie gebraucht, Elaine. Ich kenne mich doch mit den ganzen Formalitäten überhaupt nicht aus. Außerdem kann ich nicht persönlich nach Kolumbien kommen. Hast du vergessen, wie ich das Fliegen hasse?«

»Ich würde dich auch ganz bestimmt nicht darum bitten, wenn es nicht so dringend wäre...« Elaines Stimme ging fast unter in einem Schluchzen. »Sie werden mich umbringen – sie werden mich umbringen.«

»Ich werde kommen, Elaine«, sagte Joan mit halberstickter Stimme. Aber da war die Leitung schon wieder tot.

Joan war völlig benommen, als sie den Hörer auflegte. Das konnte doch nur ein Traum sein! Das konnte doch nicht in Wirklichkeit Elaine – und ihr zustoßen. Ihre Bewegungen waren mechanisch und langsam, als sie ins Schlafzimmer ging, um zu packen. Sie warf lauter nutzlose Sachen in ihren Pierre-Cardin-Koffer, den sie erst kürzlich erworben hatte. Normalerweise hätte sie tagelang geplant, überlegt und gepackt, bevor sie auf Reisen ging, doch das hier war keine gewöhnliche Reise. Sie war auf einer Rettungsmission. Sie war die einzige Chance für ihre Schwester, mit dem Leben davonzukommen. Elaine hing von Joan ab... und von der Landkarte.

Der Bolzen des Schlosses an Joans Wohnungstür gab mit leichtem Klicken nach, und dann drehte sich der Türknauf langsam nach rechts. Eine schwarzbehandschuhte Hand schlüpfte durch den Türspalt und durchtrennte mit einem Seitenschneider die Vorlegekette. Als die Tür sich dann langsam öffnete, erschien in der schwarzen Hand ein Stilett und sprang mit leichtem Klick auf. Die Klinge blitzte silbern im Mondlicht, das durch die Fenster drang. Ein großer Mann huschte ins Zimmer und unterdrückte ein Keuchen.

Seine Pilotenbrille verdeckte die zu einem Vierzigjährigen gehörenden Krähenfüße um die Augen. Seine dünnen Lippen wirkten brutal und gefühllos. Er hatte ein eckiges Gesicht, in dem die Backenknochen so hoch standen, daß es fast schien, als wollten sie durch die Haut nach außen drängen. Geschmeidig wie ein Panther schlich er durch den dunklen Flur.

Geräuschlos öffnete er die Tür des Schlafzimmers. Vom Fenster her drang sanftes Licht herein und fiel auf ein leeres Bett. Der Mann ließ das Stilett wieder einschnappen und schob es in die Tasche seines dunklen Anoraks zurück. Dann schaltete er das Licht ein. Er rannte hinüber zu dem hübsch eingerichteten Büro mit den Möbeln im Tudor-Stil und riß sämtliche Schubladen heraus. Als er dann auch den Wandschrank öffnete, war nicht zu übersehen, daß etliche Kleidungsstücke fehlten.

Auf dem Boden des Wandschranks fand er einen Karton voller Bücher – alle mit Joan Wilders Bild auf dem Umschlag. Auf dem Nachttisch sah er ein Telefon und ein Notizbuch.

Er öffnete es, um es kurz durchzublättern, und hatte schnell gefunden, wonach er suchte: Cartagena, Pan Am, Flug 82, Abflug 9 Uhr 45.

Die Lichter in der Kabine waren abgedunkelt, da die Mehrzahl der Passagiere schlief. Joan Wilder jedoch war wach. Auf dem Tablett vor ihr standen fünf kleine Flaschen mit alkoholischen Getränken – zwei mit Whisky und drei mit Rum. Bei jedem einzelnen Drink hatte sie die Serviette zerknüllt. Sie spielte mit den Erdnüssen vor ihr und fragte sich, ob sie vielleicht gut für ihren nervösen Magen sein könnten. Doch dann öffnete sie lieber die Tüte für die Luftkrankheit, falls sie sie doch noch brauchen würde.

Die Sprechverbindung zum Cockpit wurde eingeschaltet, und der Flugkapitän wandte sich an die Passagiere.

»Meine Damen, meine Herren, wie wir soeben erfahren,

ist der Flughafen von Cartagena vorübergehend geschlossen worden. Wir werden statt dessen in Barranquilla landen. Für alle Fluggäste, deren endgültiges Reiseziel Cartagena ist, werden Busse bereitstehen. Wir bedauern sehr, Ihnen Ungelegenheiten bereiten zu müssen.«

Joan hatte sich noch nicht von dieser schlechten Nachricht erholt, als sich eine Stewardeß über sie beugte und sie sorgenvoll ansah.

»Fühlen Sie sich nicht wohl? Soll ich Ihnen etwas gegen Übelkeit bringen? Wir haben vorzügliche Mittel an Bord.«

»Nein, vielen Dank. Was ist denn mit dem Flughafen...«

»Typisch Kolumbien«, sagte die Stewardeß achselzukkend. »So etwas erleben wir alle Tage.«

Als die Stewardeß wieder gegangen war, war Joan sekundenlang, als müsse sie sie noch einmal zurückrufen, um sie zu bitten, ihr etwas von ihrer Nonchalance abzugeben.

Die Stewardeß ging zum Heck der 747, wo sie an dem einzigen anderen Passagier vorbeikam, der nicht schlief. Er rauchte eine der in Kolumbien üblichen Zigarillos, und durch die dünnen blauen Rauchschwaden hindurch, die in den Lichtkegel seiner Leselampe aufstiegen, beobachtete er Joan Wilder mit wachem Interesse.

Joan suchte in ihrer Handtasche nach einem Hustenbonbon oder sonst etwas, um den nervösen Magen zu beruhigen, und nahm dabei die Karte heraus. Sie frischte ihre Lippen ein wenig auf und betrachtete sich kurz im Spiegel ihrer Puderdose. Ihr ganzes Make-up war erneuerungsbedürftig. Sie ließ die Puderdose wieder zuschnappen und steckte sie in die Handtasche zurück. Dann wollte sie die Karte wieder in die Handtasche zurücklegen, als plötzlich ihr Interesse erwachte. Sie öffnete sie, um sie ein wenig näher in Augenschein zu nehmen.

Joan wußte nicht, daß der Mann vier Sitzreihen weiter zurück auf der gegenüberliegenden Seite, der gerade so genüßlich seine Zigarillo rauchte, sie aufmerksam beobachtete. Und ihr fiel auch nicht auf, daß er seine dunkle Pilotenbrille herunterschob.

IV.

Der Busbahnhof von Barranquilla war das reinste Inferno. Nachdem Joan mitten in der Nacht auf dem Flughafen zwei Stunden auf die Zollabfertigung hatte warten müssen, verspürte sie nur noch den Wunsch nach einem heißen Bad und einem halbwegs komfortablen Bett. Statt dessen sah sie sich eingepfercht in eine lange Schlange von Indianern, die beladen waren mit lebendem Geflügel, ihren schreienden Babys und Unmengen von Gepäck, das sie zum größten Teil auf den Schultern trugen. Joan wurde einfach von der Menge mitgerissen, als sie durch den engen Ausgang nach draußen drängte, wo die Leute wie ein Schwarm Fliegen auseinanderstoben.

Joan bemerkte den großen Kolumbianer mit der dunklen Pilotenbrille nicht, der ihr die ganze Zeit folgte.

Er blieb bei einem uniformierten Soldaten stehen und zog eine Dienstmarke aus der Tasche. Der Soldat nahm sofort Haltung an.

»Pardon, Zolo«, sagte der Soldat.

Zolo konfiszierte die Pistole des Mannes und machte sich wieder an Joans Verfolgung, die sich, so gut es gehen wollte, durch die Menge quälte.

Eine lange Reihe Busse von zweifelhaftem technischen Zustand erwartete die Passagiere am Ende des Gehsteigs. Joan sah keinerlei Kennzeichnungen, an denen sie den Bus nach Cartagena hätte erkennen können.

Sie hielt schnell einen vorübereilenden Uniformierten am Ärmel fest.

»Verzeihung...«

Er ging weiter, ohne sie auch nur eines einzigen Blickes zu würdigen. Ein Mann, dessen Aufgabe es offenbar war, das Gepäck der Reisenden irgendwie zu verstauen, schnappte sich Joans Koffer und reichte ihn einem anderen Mann oben auf dem Bus, der ihr am nächsten war.

»Moment mal – sólo un momento! Cartagena?«

Der Mann war viel zu sehr in Eile, um ihr zuzuhören.

»Vámonos, vámonos.«

»Ist das der Bus nach Carta...«

In diesem Moment half ein großer Kolumbianer dem Mann auf dem Dach, den Koffer zu verstauen.

»Sí, Cartagena«, sagte Zolo.

Am anderen Ende des Gehsteiges, direkt am Eingang zur Abflughalle, fuhr ein altersschwacher R 4-Lieferwagen an den Bordstein und hielt an.

Die Tür flog auf und Ralph sprang heraus, musterte kurz die Menge und wandte sich dann an einen der überall herumstehenden Uniformierten.

»Der Flug von New York nach Cartagena – der Flug wurde nach hier umgeleitet –, ist die Maschine schon gelandet?«

Noch bevor der Uniformierte antworten konnte, sah Ralph, wie Joan im Bus verschwand. Er blickte noch einmal auf ihr Foto auf dem Buch, das er in der Hand hielt, um sich zu vergewissern. Sofort versuchte er, sich durch die Menge bis zu ihr durchzukämpfen.

Joan erwischte einen Fensterplatz und hoffte, dem Gestank hier drinnen vielleicht dadurch entgehen zu können, daß sie den Kopf aus dem Fenster hielt. Die Umhängetasche hielt sie fest an ihren Körper gepreßt, und während sich ein fetter Indianer neben sie zwängte, blickte sie sich im Bus um, der voller schreiender Kinder und gackernder Hühner war. Sie war müde und zerschlagen, und ihre Augen blieben nur gerade so lange auf einen Ort fixiert, wie nötig war, um den großen Kolumbianer zur Kenntnis zu nehmen, der ihr gerade beim Einsteigen behilflich gewesen war. Er saß im rückwärtigen Teil des Busses und rauchte gelassen den unvermeidlichen Zigarillo.

Das Getriebe des Busses krachte und ächzte, als sich das Gefährt in Bewegung setzte. Es ruckte und schüttelte sich, daß gleich mehrere Passagiere von ihren Sitzen flogen.

Die ungepflasterten Straßen waren übersät mit Schlaglöchern und Querrinnen, die den altersschwachen, hoffnungslos überladenen Bus oft geradezu beängstigend schwanken und schlingern ließen. Doch alle Beschwernisse dieser Reise und aller Lärm von Kindern und Hühnern waren jetzt nicht mehr länger in der Lage, Joan am Einschlafen zu hindern.

Sie hatte vielleicht fünfzehn Minuten geschlafen, als der Bus an eine Straßenkreuzung kam. Er verlangsamte seine Fahrt und verließ die Hauptstraße, um in eine Richtung weiterzufahren, die der nach Cartagena, wie sie auf einem Wegweiser angezeigt war, genau entgegenlief.

Nur wenige Minuten später erreichte ein alter R 4-Lieferwagen die Kreuzung und nahm dieselbe Richtung wie der Bus. Obwohl Ralph das Gaspedal bis auf den Boden durchtrat, verlor sein Wagen ständig an Boden. Die Rücklichter des Busses wurden immer undeutlicher, bis sie schließlich ganz im Dunkel der Nacht verschwanden.

Die Morgenröte sandte erste goldene Speere von den pittoresken Bergen Kolumbiens herunter auf die jungfräuliche Wildnis. Exotische, farbenprächtige Vögel stimmten das ritual ihrer Kakophonie an, um den neuen Tag zu begrüßen. Fremdartige Blüten öffneten sich zu einem echten Naturschauspiel für die Passagiere des Busses, der sich seinen Weg durch die flachen Hügel des Vorgebirges suchte.

Als Joan erwachte, hielt der Bus gerade an, und eine Menge Passagiere stiegen aus. Joan blickte durch das staubige Fenster und schob es schließlich hinunter. Das Panorama des Regenwaldes war atemberaubend. Aber – wo war sie?

»Excusa – eh – Cartagena?« Sie stieß den Indio neben ihr an, doch der war noch immer benommen, weil er schlecht geschlafen hatte, und sah sie mißtrauisch an. Sie deutete aus dem Fenster auf die Wildnis draußen. »Donde está?«

»Cartagena?«

»Sí, Cartagena«, sagte Joan, weil sie annahm, er habe auf ihre Frage geantwortet, und wandte sich wieder ab. So sah sie nicht, daß er verständnislos die Schultern zuckte.

Die Türen des Busses schlossen sich wieder, der Gang wurde krachend eingelegt, und schon waren sie wieder unterwegs. Die Straße führte beständig bergan, und das Brummen des Motors klang tiefer unter der Belastung. Schließlich erreichten sie die Spitze des Hügels, und der Bus wurde wieder schneller, als es auf der anderen Seite hinunterging.

Joan war noch immer unsicher, wo sie sich befand, und so entschloß sie sich, den Fahrer zu befragen. Mühsam bahnte sie sich ihren Weg nach vorn, wobei sie über auf dem Boden schlafende Kinder und allerlei Gepäckstücke hinwegsteigen mußte.

»Entschuldigen Sie bitte die Störung«, sagte sie schließlich zu dem Fahrer, wobei sie sich an einem der Pfosten festhalten mußte, die das Dach des Busses trugen.

Der Fahrer wandte sich kurz nach ihr um, aber sie sah ein, daß er sich besser darauf konzentrierte, sie sicher über diese Schlaglochpiste zu manövrieren.

»Qué?«

»Wann erreichen wir endlich Cartagena? Eh – ich meine – qué hora?«

»Cartagena?«

»Ja – sí – bin ich überhaupt im richtigen Bus?« fragte sie, als sie gerade eine Idee zu schnell in eine enge Kurve einfuhren und nur um Haaresbreite einem Absturz in die Tiefe entgingen.

»Cartagena – no es...«, begann der Fahrer, während sie voller Angst nach vorn blickte.

Joan schrie auf. »So ein Mist!«

Mitten auf der Fahrbahn stand ein Landrover! Der Busfahrer trat auf das Bremspedal, aber die Kollision war nicht mehr zu vermeiden. Die Bremsen kreischten erbärmlich, und aus den Netzen über den Sitzen flogen die Gepäckstücke auf die Passagiere herunter. Als der Bus auf den Landrover prallte, erfüllte ein gräßliches Kreischen und Scheppern den Dschungel ringsum.

Ganze Scharen bunter Vögel flatterten aus dem Landrover auf und ließen eine riesige Staubwolke unter sich zurück.

Joan lag der Länge nach im Mittelgang des Busses, als der

Zusammenstoß erfolgte. Ein aus dem Gepäcknetz über ihr fallender Koffer verfehlte sie nur knapp. Vorsichtig erhob sie sich wieder und tastete sich ab, um festzustellen, ob sie sich auch nichts gebrochen hatte. Doch sie hatte Glück im Unglück gehabt. Alles war in Ordnung. Dann sah sie durch die Windschutzscheibe auf das Chaos vor sich.

Erschreckt und glücklich, mit dem Leben davongekommen zu sein, verließen der Fahrer und die Passagiere den Bus. Der Fahrer ging gleich nach vorn, um das Ausmaß des Schadens zu begutachten. Die ganze Vorderseite war eingedrückt, der Motor qualmte, und drei der vier Reifen waren platt. Mit einer hilflosen Geste hob er die Hände.

Dann ging er um den Landrover herum, und die Indios folgten ihm, wobei sie mit den Augen die Hügel ringsum nach dem Besitzer absuchten.

Joan beschattete die Augen mit der Hand, während sie die Gegend ringsum und die Straße vor ihnen betrachtete. Der Besitzer hatte offenkundig eine Panne gehabt und den Landrover stehenlassen. Plötzlich explodierte der Kühler des Busses, und eine große Dampfwolke erhob sich.

Der Fahrer kam näher und trat wütend nach dem Bus. »Terminar! Terminar!« brüllte er voller Wut.

Joan klopfte sich den Staub und Dreck von den Kleidern. Ihre Reise ließ sich ja gut an.

Die Indios suchten ihre Habseligkeiten zusammen, die Hühner und die Kinder, und machten sich auf den Weg zurück, den sie gerade erst mit dem Bus gekommen waren. Joan begriff, daß das hier für sie nichts Außergewöhnliches war. Entschlossen ging sie auf den Bus zu, um ihre Sachen zu holen und sich den anderen anzuschließen.

»Sie brauchen nicht zu laufen«, sagte Zolo. »Bestimmt kommt ein anderer Bus.«

Joan wandte sich um und blickte ihn an. Er rauchte in aller Ruhe seinen Zigarillo und schien von dem Unfall gänzlich unbeeindruckt.

»Die haben keine Ahnung. Das sind alles einfache Landarbeiter«, sagte er und deutete mit dem Kopf auf die anderen.

»Ein anderer Bus? Wirklich?«

»Natürlich. Es gibt ja Fahrpläne, die eingehalten werden müssen – sogar in Kolumbien.« Er lächelte sie an, und sie hätte schwören mögen, noch nie ein schmierigeres Grinsen auf einem menschlichen Gesicht gesehen zu haben.

Joan blickte die Straße entlang und beobachtete die übrigen Passagiere, wie sie unverdrossen ihren Rückweg antraten. Sie stellte den Koffer auf den Boden und setzte sich darauf. Dann stützte sie das Kinn in die Hand und hoffte, sie werde nicht zu lange warten müssen.

Zolo beobachtete sie geduldig, während er seinen Zigarillo rauchte.

Wenig später sah Joan auf und beobachtete die letzte Indio-Frau, die gerade um die Straßenbiegung ging, an der Hand ein laut schreiendes Kind. Es war sehr still geworden hier im Dschungel – tödlich still, wie sie mit Schaudern dachte.

Sie hörte einen Pfiff und blickte auf – genau in die Mündung von Zolos Revolver! Langsam stand sie auf und wich ein Stück zurück.

»Was haben Sie vor...«, begann sie.

Er kam näher und streckte ihr die freie Hand entgegen. »Ihre Handtasche, bitte!«

Rechts hinter ihm meinte Joan eine Bewegung bemerkt zu haben.

Zolo wandte sich halb um, um zu sehen, wohin sie schaute.

Und da stand, deutlich gegen die Morgensonne zu sehen, ein Mann. Joan fiel als erstes die besondere Art auf, wie der Mann seinen Hut trug. Jesse? fragte sie sich. Nein, rief sie sich sofort selbst zur Ordnung – Jesse war eine Gestalt aus ihrem Roman, ein Phantasiegebilde. Sie zwinkerte zweimal mit den Augen, aber die Erscheinung blieb, ja, sie kam sogar näher. Joan bemerkte, daß der Fremde eine Wasserflasche bei sich hatte. Noch einmal kniff sie die Augen zusammen. Doch er blieb Realität.

Zolo flog auf dem Absatz herum und feuerte aus seinem Revolver. Der Schuß traf den Wasserbehälter, verfehlte aber glücklicherweise den Mann. Mit einer blitzschnellen Bewegung riß der Fremde ein Winchester-Gewehr vom Rücken und begann seinerseits zu schießen.

In einer Reflexbewegung hechtete Joan unter den Bus. Zolo sprang in den Bus hinein und fuhr fort, auf den Fremden zu schießen.

Joan konnte die Schritte des Kolumbianers hören, wie er in den rückwärtigen Teil des Busses zurückwich. Vor ihr kam der Fremde immer näher und jagte Schuß auf Schuß durch die Windschutzscheibe des Busses. Das Echo der Schüsse rollte durch die Berge. Es klang wie der Schlachtenlärm des letzten Weltkrieges. Joan hielt sich die Ohren zu und betete.

Glassplitter regneten rings um sie her auf den Boden. Joan rollte sich zusammen, um sich so klein wie nur irgend möglich zu machen. Über ihr schwankte der Bus hin und her, und sie fürchtete schon, er werde zusammenbrechen und sie unter sich begraben. Sie hörte, wie Zolo die hintere Tür aufstieß. Dann sprang er heraus, landete in einer gekonnten Rolle vorwärts, sprang wieder auf die Füße und rannte davon, während der Fremde immer noch schoß.

Joan wagte nicht zu atmen, als sie die Stiefel ihres Retters die ganze Länge des Busses abgehen sah, bis sie sich dem Landrover zuwandten. Dann kamen die Stiefel wieder zurück in ihre Richtung. Als sie unmittelbar vor ihren Augen anhielten, kramte sie mit zitternden Fingern in ihrer Handtasche nach dem Wörterbuch.

Er beugte sich herunter und sah sie an.

»Por favor... por favor...«, stammelte sie und fühlte, wie ihre Zunge im Mund zu einem Knoten wurde.

Er schlug ihr das Wörterbuch aus der Hand und starrte sie aus wütenden blauen Augen an.

»Verdammt noch mal, wo sind meine Vögel geblieben?«

V.

Der R 4-Lieferwagen surrte die Landstraße hoch und kam an einer Gruppe Indios vorüber, die allesamt mit Koffern und allem möglichen sonstigen Gepäck beladen waren.

Ralph sah sich mit einiger Verwunderung nach ihnen um, als plötzlich ein großer Mann aus den Büschen am Rande auf die Straße sprang und heftig mit den Armen winkte. Ralph bedachte sich nicht lange und hielt an.

Sofort zeigte Zolo ihm seine Dienstmarke, und Ralph fühlte sich auf der Stelle schlecht. Zolo sprang in den Wagen, noch während Ralph wendete. Die Beifahrertür flog auf und schloß sich wieder. Fast hätte sie Zolo erschlagen. Ralph gab Gas und jagte die Straße zurück.

Ralph war völlig entnervt, ausgerechnet einen Polizisten neben sich im Wagen zu haben. Er zog den Strohhut tiefer ins Gesicht und bemerkte voller Entsetzen, daß Zolo ihn aufmerksam musterte.

Zolo sprach ihn auf Spanisch an. »Kennen wir uns nicht?«

Hätten Ralphs Hände nicht so fest das Lenkrad umklammert, sie hätten sicher schrecklich gezittert. »No comprendo.« (Ich verstehe nicht.)

»Sind Sie Amerikaner?«

»Amerikaner! Pah!«

Ralph spie die Worte förmlich aus.

»Ich hasse die Amerikaner, ich spucke auf sie.«

»Sie müssen Franzose sein.«

Ralph hatte ein Gefühl, als müsse er sich gleich übergeben.

Joan sah zu, wie ihr »Retter« das Wrack durchsuchte, das einst sein Landrover gewesen war. Als er die Tür öffnen wollte, fiel sie aus den Angeln. Der Fahrersitz hing in der Lenksäule, und überall lagen die Trümmer von Holzkisten herum.

Sorgfältig löste er ein Bild aus einem zerbrochenen Rahmen. Er entfernte ein paar Glassplitter und legte das Bild einer Yacht frei. Es war eine schlanke, luxuriöse Yacht, ganz aus Holz und mit handgeschnitzter Reling. Es war Jack Coltons ganzer Stolz. Er faltete das Bild zusammen und verstaute es sorgsam in seinem Rucksack. Daß Joan noch immer vor ihm stand, hatte er offenkundig noch gar nicht bemerkt.

»Oh – Verzeihung... tut mir leid.«

Sie hatte den Staub aus ihren Kleidern geklopft, die Bluse wieder zugeknöpft, das Haar ein wenig gekämmt und etwas frischen Lippenstift aufgetragen. Er sah, daß sie extrem hochhackige Schuhe und eine Sonnenbrille trug. Offenkundig versuchte sie, mit Situationen wie dieser hier dadurch fertig zu werden, daß sie einfach nur nett aussah. Insgeheim wünschte er sie zum Teufel.

»Wissen Sie, wo ich hier ein Telefon finden könnte?«

Er sah sie ungläubig an. »Ich habe nicht den Schimmer einer Ahnung.«

»Es wäre aber sehr wichtig, daß ich...« Jack wandte sich wieder der selbst gestellten Aufgabe zu, seinen Besitz soweit wie möglich zu retten. »Na ja, so haben wir eben jeder unsere Probleme, wie?«

»Gibt es denn in der Nähe keine Stadt? Wird nicht bald ein Ersatzbus hier ankommen?«

Jack faßte sie am Arm und zog sie zur Mitte der Straße, wo er sie herumdrehte, so daß sie die Straße auch in der anderen Richtung übersehen konnte.

Außer Wildnis sah Joan nichts. Er trat sehr nahe an sie heran; seine blauen Augen blitzten.

»Und das ist die Hauptverkehrszeit«, sagte er.

Jack blickte hinauf in den Himmel, wo sich ganze Wolkenberge zusammenzuballen begonnen hatten. Schnell ging er zu seinem Jeep zurück, um den Rest seiner Sachen herauszuholen.

»Ich *muß* aber ein Telefon finden! Eigentlich sollte ich jetzt in Cartagena sein!« Joans Stimme klang schon ein wenig schrill.

»Cartagena? Aber da kommen sie doch gerade her, mein

Engel. Cartagena liegt an der Küste.«

»Aber man sagte mir, dieser Bus ...«

»Wer hat Ihnen denn das erzählt?«

Joan dachte einen Moment nach. »Der Mann ...«

»... der den Revolver auf Sie gerichtet hatte? Was hat er Ihnen denn sonst noch so alles erzählt?«

Jack wandte ihr den Rücken zu und ging die Straße hinauf.

Joan langte nach ihrem Koffer, und obwohl er reichlich schwer war, hatte sie den Mann bald eingeholt.

»Bitte«, sagte sie, »ich brauche Ihre Hilfe.«

»Ist das etwa meine neue Karriere?«

»Wenn Sie mich vielleicht nur zu einem Tele ...«

»Mir ist gerade ein halbes Jahreseinkommen nach Süden abgeschwirrt, mein Jeep würde bei jeder Konkurrenz moderner Kunst einen ersten Preis bei den Metallplastiken gewinnen, und in fünf Minuten wird alles, was mir auf dieser Welt noch geblieben ist, klatschnaß sein. Machen Sie's also halblang, Lady. Ich hab' einfach nicht die Zeit dafür.«

Joan hielt entschlossen mit ihm Schritt. »Sie verstehen nicht. Meine Schwester braucht mich. Es geht um Leben und Tod. Ich muß einfach zu ihr.« Sie unterbrach sich kurz. »Ich werde Sie auch für Ihre Mühen bezahlen.«

»Wieviel?« fragte Jack.

»Fünfzig Dollar.«

Jack wandte sich gerade so weit zu ihr um, wie nötig war, um ihr ins Gesicht lachen zu können, und setzte seinen Weg unbeirrt fort.

»Ich denke, Sie haben gerade alles verloren«, konterte Joan.

»Nicht meinen Sinn für Humor.«

»Also gut, wieviel wollen Sie? Ich gebe Ihnen glatte hundert Dollar – zweihundert Dollar.«

»Für fünf mach ich's.«

»Das ist nicht Ihr Ernst! Ich gebe Ihnen zwofünfzig.«

»Lady, mein absoluter Tiefstpreis, für den ich gestrandete junge Frauen zu irgendwelchen Telefonen schleppe, ist vierhundert Dollar.«

»Würden Sie dreihundertundfünfzig in Reiseschecks akzeptieren?«

»American Express?«

»Ja.«

»Gut, abgemacht.«

VI.

Im Jahre 1948 hatte ein entkommener Nazi ein Stück Urwald gerodet, um hier in Kolumbien versteckt den Rest seines Lebens zu verbringen. Mit großer Sorgfalt hatte er aus Holz ein Wohnhaus errichtet, daneben Pferdepferche und eine Scheune. In einer Art äußerem Ring um dieses Zentrum herum hatte er einige Nebengebäude errichtet als Vorratslager, Werkstätten etc. Früher einmal hatte es dort auch einen Gemüsegarten und sorgfältig gepflegte Anlagen und Blumenbeete gegeben.

Der Nazi starb 1952, und ein Jahr später konfiszierte die örtliche Polizei das ganze Areal, um darauf einen Außenposten zu errichten. Seit damals hatte niemand mehr auch nur eine Hand gerührt, um die Anlagen instand zu halten.

Die Sonne hatte so lange ungestört die Gärten verbrannt, bis von ihnen nichts als Staub übriggeblieben war. Die Dächer waren inzwischen undicht geworden, die Fußböden waren zerstört, und fast alle Gebäude waren längst von irgendwelchen Gewächsen überwuchert.

Die Gesichter der Polizisten, die in der brennenden Sonne vor sich hindösten, reflektierten die ganze Apathie, die über allem lag, in geradezu idealer Weise. Ein Mann hockte in einem nicht mehr einsatzbereiten Jeep, die Füße auf das Lenkrad gelegt, den Hut tief ins Gesicht gezogen. Ein anderer schnarchte laut vor sich hin, während er, mit dem Rücken an einen Kasten voll Abfall gelehnt, schlief.

Santos, der Jefe (Chef), saß in einem Lehnstuhl vor seinem Büro und verjagte Fliegen mit einer drei Wochen alten

Zeitung. Er hörte das Geräusch des sich nähernden Wagens wohl, aber er schenkte ihm keine besondere Aufmerksamkeit. Er erschlug eine weitere Fliege und wischte ihre Reste von der Zeitung an seiner Hose ab.

Der R 4-Lieferwagen hielt direkt vor Santos an. Der übergewichtige Polizeichef erhob sich ächzend. Während er auf den Fahrer zuging, zog er sich die Hose hoch. Er lehnte sich ein wenig vor, um den Fahrer nach seinen Wünschen zu fragen, als er auf dem Beifahrersitz Zolo entdeckte.

»Ruf deine Leute zusammen!« befahl Zolo auf Spanisch.

Santos wurde auf der Stelle hellwach und salutierte formvollendet vor seinem vorgesetzten Offizier. Dann brüllte er seinen Leuten etliche Kommandos zu, und alle erwachten binnen kürzester Frist wieder zum Leben. Santos schrie ein paar weitere Befehle, und sofort rannten die Männer los, sammelten ihre Schießeisen ein und versahen sich mit Munition und Proviant.

Während die Polizisten umherschwirrten und Zolo auf Santos einredete, stahl sich Ralph in das Hauptgebäude. Ein großer Tisch war überladen mit Zinntellern, auf denen die letzte Bohnenmahlzeit eingetrocknet war, und abgenagten Knochen, die selbst die Fliegen verschmähten. Überall lagen Papiere herum. Eine herausgefallene Fensterscheibe war durch ein nicht mehr ganz sauberes Hemd ersetzt worden. Ein einzelner Ventilator führte einen aussichtslosen Kampf gegen die brütende Hitze hier drinnen.

An der gegenüberliegenden Seite, die mit Steckbriefen geradezu tapeziert war, hing ein Telefon. Ralph flog förmlich durch den Raum und riß den Hörer des altertümlichen Geräts ans Ohr, während er die Wählscheibe drehte.

Als er sich umwandte, um einen Blick auf die drei Arrestzellen auf der anderen Seite des Raums zu werfen, entdeckte er in einer der Zellen einen schrecklich anzusehenden Amerikaner. Der Mann war bis zum Skelett abgemagert, seine Kleider waren zerrissen, und man sah, daß er geschlagen worden war. Der Amerikaner flehte ihn an, ihm zu helfen, aber Ralph hatte nur seinen Telefonanruf im Kopf. Sehr höflich entschuldigte er sich bei dem Mann und erklärte, er wolle ein Ferngespräch führen und bitte sich Ruhe aus.

Endlich kam er bis zu Ira durch, der noch immer mit Elaine auf dem Frachter war.

»Hallo, Mama? Ich bin's, Irving«, sagte er in der Hoffnung, Ira werde die Zusammenhänge doch wenigstens ahnen.

»Ralph, du Aas, wo steckst du?« erwiderte Ira.

»Nun beruhige dich, Mama. Wer sagt denn, ich würde nie anrufen?«

»Ralph, willst du mir endlich sagen, was da los ist?«

Ralph mußte sich kurz unterbrechen, da zwei Polizisten eintraten und überall nach Papieren und Waffen suchten, die sie dann schließlich in der Tischschublade auch fanden. Ralph ließ ein erleichtertes Seufzen hören, als sie endlich draußen waren.

»Du hast mal wieder wie gewöhnlich Mist gebaut, lieber Cousin. Die blöde Gans ist in den falschen Bus eingestiegen, und jetzt sitze ich hier in einer Art militärischem Trainingslager fest.«

»Wissen die Soldaten, wer du bist?«

»Wo denkst du hin! Glaubst du, das würde ich hier überall herumposaunen? Ich mache mich ganz klein.«

Ralph schlug ein Kreuzzeichen, blickte zum Himmel empor – und hatte plötzlich das Gefühl, als müsse ihm gleich das Blut in den Adern gefrieren. Da oben an der Wand hing sein eigener Steckbrief! Vor Schreck hätte er sich fast in die Hose gemacht. Er versuchte, den Steckbrief mit den Händen zu erreichen, um ihn von der Wand zu reißen, aber er war nicht groß genug. Mit jeder Minute, die verstrich, kam er seinem ersten Herzanfall ein Stück näher.

Schließlich zog er sich einen Stuhl heran, stieg darauf und versuchte noch einmal, den Steckbrief zu erreichen. Dabei redete er weiter mit Ira am anderen Ende der Leitung.

»Und die zweite kleine Panne, lieber Ira, ist, daß Zolo auch hinter ihr her ist. Hast du kapiert, du Intelligenzbestie? Wir sind nicht nur Kidnapper, sondern ich habe alle Chancen auf ein trautes Gespräch mit einem Greifer.«

Jetzt klang Iras Stimme fast genauso entsetzt wie die seines Cousins Ralph.

»Zolo . . . Zolo ist hinter ihr her? Hat er etwa auch noch eine ganze Truppe dabei?«

»Noch nicht. Er stellt sich gerade eine aus diesen lokalen Heinis hier zusammen.«

»Ralph, verdammt noch mal, es interessiert mich nicht die Bohne, wie du's anstellst, aber bring mir die Karte! Mensch, bring sie her!«

»Schrei mich nicht an, Ira, ja? Sonst kannst du mich mal sonstwo – klar?«

Und mit diesen Worten fiel Ralph vom Stuhl, riß dabei das Kabel aus der Wand – und die Verbindung mit Ira war tot.

Im Salon des Frachters saßen Ira und Elaine bei einem opulenten Mahl. Auf erlesenem Porzellan lagen gefüllte Schinkenröllchen, Butterkartoffeln und junge Möhren. Dazu gab es aus wertvollen Pokalen echten Perrier Jouet.

Elaine konnte nur in ihrem Essen stochern. Die beiden gerade geschlüpften Alligatoren neben Iras Teller nahmen ihr jeden Appetit.

Sie hätte nicht zu sagen gewußt, was schlimmer war, die Vorliebe ihres Kerkermeisters für Reptilien aller Art oder die Tatsache, daß sie zum erstenmal in ihrem Leben von Joan abhängig war. Wie hatte das geschehen können, daß das Schicksal die Rolle der beiden Wilder-Schwestern so umgekehrt hatte?

Immer hatte Elaine für Joan gesorgt, vor allem, seit ihre Eltern gestorben waren. Es hatte Zeiten gegeben, da hatte sie sich allen Ernstes gefragt, ob Joan seelisch je wirklich würde erwachsen werden. Sicher war sie zum Teil daran nicht ganz unschuldig gewesen, hatte sie doch immer alle Entscheidungen für ihre jüngere Schwester mit getroffen. Aber Joan war auch immer sehr zurückhaltend gewesen, und schon damals, als sie beide noch Kinder gewesen waren, hatte Elaine oft große Mühe gehabt, Joan in die Spiele der Gleichaltrigen im Viertel mit einzubeziehen.

Es mußte wohl in Joans Natur liegen, daß sie stets eine ganz unerklärliche, unbegreifliche Angst vor dem Leben gehabt hatte, während Elaine sich stets mit besonderer Verve in alles Neue und Unbekannte stürzte. Zu oft hatte sie die Dinge nicht richtig durchdacht, wie sie sich eingestand, aber sie hatte doch wenigstens etwas unternommen. Das zählte schließlich auch irgendwie und irgendwo.

Für Joan waren die Verrichtungen des tägliche Lebens – wie etwa der Umgang mit Banken, Einkaufen oder auch die Arbeitssuche – stets schier unüberwindliche Hindernisse gewesen. Als Elaine Joan mitgenommen hatte, um angemessene Kleider für die Autogrammstunden zu kaufen, die ihr Verlag arrangiert hatte, da hatte das zuvor nicht enden wollende Kämpfe erfordert. Geschlagene zwei Wochen wehrte sich Joan beharrlich gegen Elaines Absichten, bis sie endlich einwilligte.

Zweimal am selben Nachmittag hatte Joan dann in den besten Boutiquen Kopfschmerzen vorgetäuscht und gebeten, nach Hause zu gehen. Und immer lehnte sie modernere Stücke ab, die Elaine zu gern für sie ausgesucht hätte.

»Du bist drauf und dran, eine berühmte Persönlichkeit zu werden, Joan, und du solltest entsprechend aussehen«, hatte Elaine gesagt.

Elaine konnte noch immer nicht verstehen, warum Joan das Licht der Öffentlichkeit so sehr scheute. Wäre sie an Joans Stelle gewesen, sie hätte die Popularität ausgekostet bis zur Neige. Wer konnte denn schon sagen, wie lange es noch dauern würde?

Statt stolz zu sein auf ihre Talente und den Ruhm, für den sie schließlich viele Stunden angestrengt gearbeitet hatte, war Joan das alles eher unangenehm, und sie zog es vor, sich wieder an ihre Schreibmaschine und in ihre Traumwelt zu flüchten.

So manches Mal hatte Elaine darüber nachgedacht, ob die ganze Schriftstellerei überhaupt gut war für Joan. Gut, sie bescherte ihr die Brötchen, zahlte ihre Rechnungen und schenkte ihrer kreativen Natur Befriedigung, aber sie schnitt

Joan auch gänzlich vom Leben ab. Und Elaine liebte das Leben.

Joan war jung und sehr attraktiv, und Elaine hatte immer gehofft, daß sich eines Tages die innere Verkrampfung ihrer Schwester auch einmal lösen und daß dann die wirkliche Joan Wilder zum Vorschein kommen würde.

Von Zeit zu Zeit hatte Elaine ja auch einen Blick auf diese wahre Joan Wilder erhaschen können. So, als Joan im zweiten Jahr an der New Yorker Universität studierte und eines Tages voll schwärmerischer Begeisterung für ihren Professor der Literatur des achtzehnten Jahrhunderts heimgekommen war. Zwei Monate lang war Joan wie verwandelt gewesen. Elaine hatte zwar von allem Anfang an gewußt, daß das nicht von Dauer sein werde, doch in jener Zeit bekam sie einen ganz neuen Eindruck von ihrer Schwester.

Dann kam die Zeit, als Joan mit ihren Kommilitonen eine Reise nach Stratford-on-Avon in Kanada unternommen hatte. Joan hatte zuerst gar nicht mitreisen wollen, obwohl Elaine ihr in beredten Worten erklärt hatte, daß es sicher ein unvergeßliches Erlebnis sein werde, die Dramen Shakespeares auf einer Freilichtbühne zu erleben. Doch als Joan dann zurückkehrte, sprach sie über eine Woche lang von nichts anderem. Joan nahm neue Eindrücke stets auf wie Löschpapier die Tinte. Gestenreich schilderte sie die Busfahrt nach Kanada, die Menschen, denen sie begegnet, die Landschaften, durch die sie gekommen und das Essen, das ihr vorgesetzt worden war.

Damals dachte Elaine oft, daß unter der spröden Oberfläche Joans womöglich die Seele eines Marco Polo und die weiblichen Leidenschaften einer Fanny Hill liegen könnten. Sie waren doch Blutsverwandte, konnten also doch eigentlich nicht so sehr voneinander verschieden sein!

Mehr noch, Elaine hielt es einfach für ausgeschlossen, daß Joan solche Romane schreiben konnte, ohne daß Gefühle dieser Art, wie Joan sie so trefflich beschrieb, tief in ihr verborgen lagen. Und da man jetzt die achtziger Jahre des zwanzigsten Jahrhunderts schrieb und nicht die achtziger

Jahre des neunzehnten Jahrhunderts, hielt Elaine es, hoffnungslos romantisch, wie sie nun einmal war, durchaus für denkbar, daß sich da noch einiges tun werde, wenn nur erst der richtige Mann kam . . .

Vielleicht war das wirklich Joans Problem. Vielleicht wartete ihre Schwester nur auf diesen Tag X, an dem jener ›Richtige‹ so gewissermaßen bei ihr anklopfte, um sich zur Stelle zu melden. Elaine wußte, daß das allerdings immer eine Wunschvorstellung bleiben würde.

Elaine hatte ihrer Schwester nun aber auch nicht unbedingt ein nachahmenswertes Beispiel gegeben. Jetzt, da sie feststellen mußte, daß sie doch im Grunde gar nichts von dem Mann wußte, den sie geheiratet hatte, fühlte sie sich hin und her gerissen zwischen Trauer um seinen Tod und Wut darüber, daß er ihr Vertrauen so schändlich mißbraucht hatte. Wie war er überhaupt in die Gesellschaft von Schmugglern und Dieben gekommen – gar von Kidnappern? Wann hatte das angefangen? Bevor sie ihn geheiratet hatte oder später? Sie glaubte, es müsse schon lange vorher gewesen sein, dann er besaß sein Lagerhaus schon seit drei Jahren, als sie ihn kennengelernt hatte.

Jetzt machte sie sich bitterste Vorwürfe, für seine angeblichen Geschäftsverbindungen blind gewesen zu sein. Je mehr sie aber darüber nachdachte, desto mehr erinnerte sie sich auch wieder der nächtlichen Telefonanrufe, von denen er immer gesagt hatte, er führe sie mit alten, engen Geschäftsfreunden. Wann immer sie einmal bis spät in die Nacht arbeiten mußte, tat er es auch. In ihrer grenzenlosen Naivität hatte sie ihm nur zu gern geglaubt, wenn er behauptet hatte, er handhabe seine Geschäfte bewußt in dieser Weise, damit sie die freien Nächte miteinander verbringen konnten. Aber damals – ja, da hatte es doch sehr pausibel geklungen.

In welche Art von Schmuggel war er überhaupt verwickelt gewesen? Hatte er etwa zu jenem ›kolumbianischen Zweig‹ gehört, über den das Fernsehen berichtet hatte? Selbst wenn sie das alles hier lebend überstand, würde sie sich dann der Verfolgung durch das FBI, durch Dealer oder auch den Mob ausgesetzt sehen? Wenn er sie wirklich geliebt hatte, wie konnte er sie dann solcher Gefahr aussetzen? War sie für ihn denn nur ein Aushängeschild gewesen, hinter dem er sich versteckte? Was mochte er überhaupt gedacht haben, als er sie heiratete?

Jetzt war er tot, und sie würde die Wahrheit nie mehr erfahren. Nie würde sie wissen, ob sie vielleicht weiter nichts als ein Deckmantel für ihn gewesen war. Sie wollte genausosehr wie Joan oder vielleicht noch mehr an die Liebe glauben, aber jetzt zweifelte sie einfach an allem.

Vielleicht war ihre verschlossene Schwester weiser gewesen als sie, und die Risiken waren die Schmerzen gar nicht wert.

Sie beobachtete die riesige Standuhr aus Gold und Kristall, deren Pendel langsam, aber stetig hin und her schwang.

Im Augenblick machte sich Elaine um Joans Sicherheit mehr Sorgen als um ihre eigene. Eine innere Stimme sagte ihr, daß ihre Schwester eigentlich schon seit Stunden hier sein müßte. Sie fragte sich, ob Ira wohl auch nur die allergeringste Vorstellung davon hatte, wie sehr sie ihn dafür haßte, daß er Joan gezwungen hatte, hierher zu fliegen und sich solchen Gefahren auszusetzen.

Hätte sie nicht daran denken müssen, was jener andere Mann, Ralph, ihrer Schwester antun würde. Elaine hätte nicht gezögert, mal eben über den Tisch zu langen und Ira die Kehle mit ihrem Steakmesser durchzuschneiden.

Ira warf die Sprechmuschel der Funkanlage auf den Tisch und starrte Elaine an.

»Deine kleine Schwester hat sich in der Straße geirrt, und die dritte Mannschaft, von der ich dir erzählt habe... nun, die sind auch hinter ihr her.«

»Zu ihnen gehört der, der meinen Mann umgebracht hat, nicht wahr?« fragte Elaine, und Angst und Schrecken krochen ihr den Rücken hinunter.

»Der Schlächter, der deinen Mann umgelegt hat. Ein verdammt mächtiger Mann mit einer eigenen Armee, die ihn schützt. Egal, ob er sich nun Dr. Zolo, ›Minister für Antiquitäten‹, nennt oder Colonel Zolo, stellvertretender Chef der Geheimpolizei, er ist und bleibt ein Schlächter. Und in genau diesem Augenblick ist eine gewisse Joan Wilder auch weiter nichts als ein Lendenstück aus New York für ihn«, sagte Ira und rammte sein Messer in das Steak auf Elaines Teller. »Ich hoffe, das Mädchen lernt, wie es den Hintern in Bewegung hält.«

Ira schleuderte das Steak durch das Bullauge hinaus zu den schnappenden, gelbgestreiften Königskrokodilen dort unten.

VII.

Ein kolumbianischer ›Regenschauer‹, so erfuhr Joan, war ungefähr dasselbe wie eine mittlere Überschwemmungskatastrophe im mittleren Westen der USA. Sie wußte, daß ihr Führer irgendwo ganz nahe vor ihr sein mußte, aber sie konnte ihn weder sehen noch hören. Doch irgendwie spürte sie seine Anwesenheit, sagte sie sich selbst und wehrte sich gegen die Vorstellung, wie sehr sie es sich zumindest wünschte. Sie war bis auf die Haut durchnäßt, ihre Schuhe waren hoffnungslos ruiniert, und ihr Koffer war über und über mit Dreck besudelt. Von einer Minute zur anderen erwartete sie, ihr Arm werde unter der Last, die er tragen mußte, von ihr abfallen.

Auf der Straße hielt Jack an und sah, wie Joan auf ihn zutaumelte.

»Haben Sie da irgendwelche Wertsachen in dem Koffer?« rief er ihr durch den Regen hindurch zu.

»Nein – nun, eben meine Sachen ... meine Kleider.«

»Ist ein Regenmantel dabei?«

»Nein.«

»Und was ist mit einem Paar bequemer Wanderschuhe?«

»Nein – das hier sind die einzigen, die ich mitgebracht habe«, erwiderte sie und schluckte einen Mundvoll Regenwasser hinunter.

»Na ja«, sagte er und betrachtete sie noch einmal von oben bis unten. »Okay.«

Jack lächelte jetzt und erbot sich sogar, Joan den Koffer abzunehmen. Beruhigend klopfte er ihr auf die Schulter, und dann ging er ein paar Schritte zur Seite und schleuderte ihren Koffer weit ins Unterholz hinein.

»So, jetzt können wir vielleicht einige Zeit beieinander bleiben«, sagte er dazu und ging weiter.

Joan war empört und hatte Mühe, den Mund wieder zu schließen. Dieser Lump! dachte sie. Einen Augenblick lang wußte sie nicht, ob sie mit einer Flut wüster Beschimpfungen oder mit den bloßen Fäusten auf ihn losgehen sollte.

Joan hatte einen Schritt nach vorn getan, als plötzlich der Boden unter ihr nachgab und sie auf der Stelle verschlang! Ein Entsetzensschrei entrang sich ihrer Kehle. In weniger als einer Sekunde war sie verschwunden.

Jack hörte den Schrei, blickte sich kurz um und schaute dann vor seine Füße. Gerade barst die Erde unter ihm in einer Zickzacklinie.

»Verdammter...« Und dann verschwand Jack ebenfalls.

Kopfüber, kopfunter rollte Joan den Abhang hinunter, und Geröll und Schlamm bildeten rings um sie herum einen Wasserfall. Ihr ganzer Mund war voll Dreck, und ihre Rufe verhallten fast lautlos. Irgendwann auf ihrer rasenden Rutschpartie abwärts sah sie auch einen winzigen Augenblick lang ihren ›Retter‹, den dasselbe Schicksal ereilt hatte wie sie selbst. Wie ein Rennwagen ohne Reifen rutschte er in rasender Fahrt hinter ihr her den Abhang hinunter. Für Joan gab es nicht den Schatten eines Zweifels, daß ihre rasende Fahrt abwärts nirgends sonst als in der Hölle enden konnte. Außer Schlamm und Fels sah sie nichts mehr. Ein neben ihr in die Tiefe sausender Baumstrunk traf sie am Kopf, doch sie brachte es geistesgegenwärtig fertig, ihm weit genug auszuweichen, um ernsthaftere Verletzungen zu vermeiden. Verzweifelt versuchte sie, sich irgendwo festzuhalten, um ihre Fahrt wenigstens abzubremsen, aber nirgends fand sich auch nur der geringste Halt. Schneller und immer schneller ging es, fast wie auf einer überdimensionalen Rutschbahn, dachte sie, aber sie wußte auch, daß sie nicht in einem komfortablen Swimmingpool landen würde. Viel wahrscheinlicher war, daß sie am Ende dieser Höllenfahrt lebendig begraben werden würde.

Sie fühlte, wie ihr die Kleider wie von tausend scharfen Rasierklingen zerfetzt wurden. Sie breitete die Arme aus, und sofort riß sie ihr der Schlamm bis über ihren Kopf. Dazu hatte sie das Gefühl, als würden ihr die Beine von ihrem Hüfthalter abgeschnürt. Sie versuchte, irgendwie auf den Rücken zu kommen, um ihre Fahrt vielleicht besser kontrollieren zu können, aber alle Versuche in dieser Richtung erwiesen sich als nutzlos. Schlitterte sie gerade noch mit den Kopf voran auf dem Bauch dahin, so rollte sie schon im nächsten Augenblick wie ein Ball den Abhang hinunter.

Fast wäre sie der eigenen Hysterie erlegen, doch dann fiel ihr wieder Elaine ein. Sie mußte einfach durchhalten und versuchen, irgendwie zu Elaine zu gelangen. Mit aller Macht rief sie sich das Bild Elaines ins Gedächtnis zurück, und in diesem Moment schienen die Schläge des felsigen Untergrundes gegen ihren Körper wieder nachzulassen.

Elaine ... Elaine ... hörte sie es bis in die hintersten Windungen ihres Gehirns pochen.

Endlich blieb sie abrupt am Fuße des Abhanges liegen. Sekunden später landete Jack direkt auf ihr.

»Verdammt!« schrie er, als er sich von ihr herunterrollte. »Der Morgen fängt ja gut an!«

Joan war noch derart verdattert, daß sie gar nicht glauben mochte, noch am Leben zu sein.

»Sind Sie in Ordnung?« fragte er.

Joan spürte dicke Regentropfen im Gesicht, die den Schmutz wegwuschen. Als sie endlich die Augen aufschlug, blickte sie an sich herunter. Ihr Mantel hing in Fetzen um sie herum, und ihr Rock wurde nur noch von einem einzigen Knopf gehalten. Seltsamerweise verspürte sie keinerlei Schmerzen. Sie spürte weiter nichts als den Regen, der den Dreck aus ihren Haaren wusch und ihre Kleider tränkte.

»Ich habe gefragt, ob Sie verletzt sind!« Sie sah aus, wie man sich nach Meinung der einschlägigen Filmproduzenten einen Zombie vorzustellen hatte, wie sie dalag – reglos, mit verrenkten Gliedern und die weit aufgerissenen grünen Augen starr auf ihn gerichtet.

»Was ist los?« fragte er wieder. »Sie sind doch wohl nicht querschnittsgelähmt. Sind Sie verletzt?« Er rüttelte sie an der Schulter.

»Nein!« schrie sie zurück und spie dabei braune Klumpen Dreck aus, die ihr die Kehle verkleben wollten.

»Gut!« sagte er nur und faßte nach ihrer Hand. »Dann sagen Sie mir jetzt endlich mal, wie Sie heißen.«

Joan sah auf seine Hand und fragte sich, ob er auch zu diesen Abertausenden von Händeschüttlern gehörte, die sie aus tiefster Seele haßte.

»Joan Wilder«, sagte sie.

»Joan Wilder«, wiederholte er mit einem breiten Grinsen, »willkommen in Kolumbien.«

Obwohl der Regen wie aus Eimern auf sie niederstürzte, setzten Zolo und Santos ihre Untersuchung der Unfallstelle, wo der Bus auf den Landrover aufgefahren war, fort. Schließlich richteten sie gemeinsam den Jeep wieder auf. Zolo durchsuchte das Innere und fand ein amerikanisches Magazin, das sich mit Yachten befaßte.

»Niemand zieht die Waffe gegen Zolo. Kein Yankee. Keiner!«

Die Mitglieder von Santos' Polizeitruppe benutzten Stricke und Riemen, um den Bus von der Straße zu ziehen. Jetzt war sie wieder passierbar.

In diesem Augenblick kam Ralph mit seinem R 4-Lieferwagen um die Kurve. Als er die Polizisten, die beiden Jeeps, Zolo und Santos sah, trat er auf die Bremsen. Er wartete, bis die Polizisten mit der Beseitigung des Busses fertig waren und wieder in ihre Jeeps stiegen.

Vorsichtig fuhr Ralph dann weiter, wobei er sich immer wieder nervös die Lippen leckte und sich fragte, ob er es denn diesmal schaffen werde. Je näher er Zolo kam, desto kälter wurde ihm innerlich. Seine Nerven flatterten wie die eines Anfängers.

Zolo sah neugierig zu Ralph hinüber, als er vorbeifuhr. Ralph bedachte ihn mit einem nichtssagenden Lächeln, einem kurzen Winken mit der Rechten – dann war er vorbei und konnte seine Fahrt fortsetzen.

Die Unwetterwolken verzogen sich so schnell wieder, wie sie gekommen waren. Jack legte sein durchnäßtes Hemd auf einen großen Stein und holte ein frisches aus seinem Rucksack. Dann nahm er das Bild der Yacht zur Hand, das auf einem anderen Stein zum Trocknen gelegen hatte.

Während er auf das Bild starrte, fragte er sich, ob flüchtige Träume auf ewig sein Schicksal sein würden. Jack Colton war der einzige Sohn von Carol und Don Colton, die noch immer in ihrem Glaspalast in Malibu lebten. Jacks Vater hatte ein Vermögen mit Immobilien gemacht, und seine Mutter hatte ihr Leben lang an seiner Seite gearbeitet und ihn stets mit ihrem Optimismus und ihrem Charme unterstützt. Jack liebte seine Eltern aufrichtig, und selbst heute noch fuhr er zu Weihnachten stets nach Hause. Letzte Weihnachten allerdings war er völlig blank gewesen, und weil er so seinem Vater nicht hatte unter die Augen treten wollen, hatte er unter dem Vorwand, Geschäfte hielten ihn in Kolumbien fest, auf das Weihnachtsfest mit seinen Eltern verzichtet. Dafür hatte Jack seiner Mutter versprochen, daß er versuchen werde, im Mai anläßlich ihres Geburtstages nach Hause zu kommen. Als seine Mutter anbot, die Flugreise zu bezahlen, wußte Jack, daß er die beiden nicht einen Augenblick lang hatte hinters Licht führen können. Dafür hatte er seinen Stolz bewahrt, das einzige, das er besaß, und mit dem Verlust seiner Vögel stand jetzt für ihn fest, daß er auch zu Mutters Geburtstag nicht nach Hause würde fahren können.

Jack hatte die typische Jugend eines Sohnes der oberen Mittelklasse verlebt. Die Sommer verbrachte er beim Segeln auf dem Pazifik, er fuhr mit seinem Jeep durch die Dünen, wo er sich dann an den Abenden mit den blonden, ewig sonnengebräunten Nixen Kaliforniens traf.

Kurz vor seinem Eintritt ins College hatte er seine erste und gleichzeitig letzte ernsthafte Auseinandersetzung mit seinen Eltern. Carol Colton hatte davon geträumt, ihr Sohn werde einmal Schönheitschirurg in Beverly Hills werden. Die Liste ihrer Gründe für diesen Wunsch war schier endlos gewesen – typisch für eine Mutter, die »nur das Beste für ihren Sohn will«, wie Jack sehr wohl wußte. Bis zu jenem Tag, da er das Studium aufnahm und Finanzwesen als Hauptfach wählte, gab seine Mutter die Hoffnung nicht auf. Es gab bitterböse Auseinandersetzungen, doch als die dann erst eingesehen hatte, daß er nicht zu bewegen sein würde, auf seine Pläne zu verzichten und anderen Sinnes zu werden, war sie klug genug einzulenken. Ihr Sohn war ihr mehr wert als der Beruf, den er einmal ausüben würde.

Seine Collegejahre verliefen ereignislos, ganz ähnlich wie seine Schulzeit. Als er seine Prüfungen bestanden hatte, nahm er eine Stelle in einer New Yorker Maklerfirma an.

Dreizehn Jahre lang kleidete er sich fortan jeden Morgen in einen Westenanzug mit Nadelstreifen, speiste zu Mittag bei Lutèce mit reichen Klienten und ging allabendlich mit einem anderen ›Mädchen des Jahres‹ ins Bett. Nach fünf Jahren stellte er fest, daß New York für ihn seinen Glanz verloren hatte. Ein junges Mitglied vom Stab der Firma nach dem anderen heiratete, zog nach Connecticut oder Ohio oder sonstwohin und wurde Vater. Sie waren nicht mehr länger an Jacks sexuellen Entdeckungsreisen vom Abend vorher interessiert – und er selbst bald auch nicht mehr.

Das war auch die Zeit, als Jack bewußt wurde, daß an seiner ganzen Lebenseinstellung etwas nicht stimmen konnte. Er war bis an die Spitze der Firma aufgestiegen und stellte fest, daß es das doch gar nicht gewesen war, was er sich in Wirklichkeit vom Leben erwartet hatte. Irgendwann las er dann einen Artikel im Wall Street Journal über die Managerkrankheit, und fortan wußte er, worauf seine Depressionen zurückzuführen sein mußten.

Er fühlte sich, wie er es dort gelesen hatte, ›ausgebrannt‹, und die Therapie dafür hieß Ruhe und Tapetenwechsel. Jack entschloß sich, nach Vermont zu gehen und sich beim Skilaufen zu versuchen. Schließlich konnte das nicht sehr verschieden vom Segeln und Surfen sein, dachte er sich, und darauf verstand er sich bestens. Also studierte er eingehend die entsprechenden Reiseprospekte und wählte mit Bedacht eine Privatpension aus, die seinen Vorstellungen noch am ehesten entsprach. Dann buchte er seinen ›Aktivurlaub‹.

Als Jack sich in den Sportgeschäften nach einer adäquaten Ausrüstung umsah, stellte er sehr bald fest, daß ihn sein Urlaub ein kleines Vermögen kosten werde, denn er besaß auch nicht das mindeste an Ausrüstung, das ein solcher Urlaub nun einmal erforderte. Da er absolut sicher war, er werde diesen Sport binnen kürzester Frist beherrschen, kaufte er Skier von der allerersten Qualität, entsprechende Skistiefel, Stöcke und was sonst so erforderlich werden würde bis hin zu den Handschuhen. Da er weder einen Parka noch entsprechende Hosen besaß, erstand er auch noch eine Kombination mit roten und silbrigen Streifen, einen typischen Rennanzug. Da er im übrigen nur die Anzüge hatte, die er im Büro trug, fand er auch nicht einmal einen brauchbaren Sweater im Schrank. Also kaufte er für die zünftigen Abende am Kamin der Pension verschiedene Sweater, enge Hosen und Après-Ski-Stiefel, dazu eine Wollweste und eine bequeme Jacke. Zusammen mit all den anderen erforderlichen Sachen wie Wollsocken, warmer Unterwäsche, entsprechender Kopfbedeckung und Skibrille betrug seine Rechnung schließlich tausendachthundertundfünfundsiebzig Dollar und zweiundfünfzig Cents.

Schließlich kam der Tag, an dem er zwei Liter Frostschutzmittel in den Kühler seines Wagens füllte und sich auf den Weg nach Vermont machte. Die Berge waren atemberaubend, und er hätte schwören mögen, daß er noch nie so reine und klare Luft geatmet hatte. In der Nacht zuvor hatte es einen Schneesturm gegeben, der den Himmel blankgefegt und der Erde einen Meter besten Neuschnee beschert hatte.

Jack fuhr vor der ›charmanten und anheimelnden‹ Pension vor, wo er gebucht hatte, und stellte zunächst einmal fest, daß die Pension keineswegs so aussah wie in dem Prospekt. Irgendwie hatte Jack davon geträumt, hier einen Ort vorzufinden wie in jenem Film mit Fred Astaire und Bing Crosby, den er sich jedes Jahr zu Weihnachten angesehen hatte – das Holiday Inn hieß es wohl.

Diese Pension sah so aus, als habe sie schon zu viele Urlauber gesehen. Der Außenanstrich war schadhaft, und die Geländer an Treppen und Balkonen hatten Rost angesetzt und sahen alles andere als einladend oder gar ›anheimelnd‹ aus. Die Wege rings um das Anwesen waren zwar vom Schnee befreit, aber nicht mit Salz gestreut worden, und dazu lag auf allen Stufen der Treppe eine dünne Eisschicht.

Er öffnete eine der Drehtüren und betrat den Empfangsraum. Die Teppiche waren abgetreten, und die weißen Gardinen hätten dringend eine Wäsche gebraucht. Doch im Kamin brannte ein Feuer. Als Jack zur Rezeption ging, fand er es seltsam, daß die Halle nicht mit Touristen übervölkert war. Er betätigte die Tischglocke und wartete ab.

Vier große, handgeschnitzte Schaukelstühle standen um den Kamin herum. In ihrer Mitte sah Jack einen kleinen Tisch. Beim Klang der Glocke erschien neben der Lehne eines der Schaukelstühle das Gesicht einer alten, weißhaarigen Frau und lächelte ihm zu. Mit steifen Gliedern erhob sie sich und kam um den Lehnstuhl herum auf ihn zu, wobei sie sich schwer auf ihren Stock aus mit Elfenbeinschnitzereien verziertem Ebenholz stützte.

»Sie müssen Mr. Colton sein«, sagte sie und strahlte ihn aus den blauesten Augen an, die er je gesehen hatte.

»Ja, der bin ich.«

Als sie seine Hand schüttelte, war er erstaunt über die Festigkeit ihres Händedrucks. Sie war sicher kaum über einsfünfzig groß, und trotz der Mühsal, die sie unverkennbar beim Gehen hatte, war ihr Rücken doch stolz aufgerichtet, und ihre Schultern wirkten noch immer breit und kräftig. Wenn auch der rosige Schimmer ihrer Wangen und das Rot ihrer Lippen erkennbar das Ergebnis sorgfältigen Make-ups waren, so war Jack doch sicher, daß sie derlei Dinge in ihrer Jugend nie gebraucht hatte. Sie mußte einmal eine große Schönheit gewesen sein.

»Ich habe Sie schon erwartet«, sagte sie mit einem Augenzwinkern, das fast schon zu vertraulich wirkte. Und doch fühlte er sich sehr angenehm berührt.

Jack war einigermaßen überrascht und räusperte sich. »Haben Sie jemanden, der mir mit meinem Gepäck helfen kann?«

»Eigentlich schon, aber mein Enkel ist noch nicht aus der Schule zurück. Ich hoffe, es macht Ihnen nichts aus, zuvor noch eine Tasse Tee mit mir zusammen am Kamin zu trinken, während wir auf ihn warten?« Es war weniger eine Frage als eine Feststellung.

»Ach – eigentlich ... nein.«

Sie faßte so selbstverständlich nach seinem Arm, daß er sich schon schämte, ihr den nicht von sich aus angeboten zu haben, und dann gingen sie gemeinsam zum Kamin.

»Wie Sie sehen, sind wir hier sehr auf Zufälligkeiten eingestellt«, sagte sie. »Ach, ich kann Ihnen gar nicht sagen, wie glücklich ich war, daß Sie unsere Einladung hierher angenommen haben.«

»Verzeihung – ich verstehe nicht ganz.«

»Ich sehe in den Herrschaften hier immer mehr gute Freunde als zahlende Gäste«, erwiderte sie. »Das macht es leichter für mich.« Sie lächelte ihn an, während sie ihm dampfenden Tee in eine zierliche Tasse einschenkte. Als sie ihm die Tasse reichte, klirrte sie leise auf der Untertasse.

»Ich sage mir immer, man ist nur so alt, wie man sich fühlt, nicht wahr«, sagte sie, »aber jetzt spüre ich das Alter so allmählich doch auch in den Knochen.« Sie lachte.

»Oh, ich finde, Sie sehen bemerkenswert gut aus.«

»Wie wollen Sie das wissen? Sie wissen ja nicht einmal, ob ich fünfundfünfzig oder hundertfünf Jahre alt bin.«

»Das stimmt, aber ich wagte nicht zu fragen.«

»Sie sind ein höflicher junger Mann. Aber ich will es Ihnen

gern sagen: Letzten Donnerstag bin ich siebenundneunzig geworden.«

Jack hätte fast seinen Tee verschüttet. »Das glaube ich nicht! Meine Großmutter war sechsundachtzig, als sie starb, und Sie sehen jünger aus, als meine Großmutter damals.«

»Ich mochte schon immer Männer, die lügen.« Wieder lächelte sie.

Jack sah ein, daß es ihm kaum gelingen werde, sie zu überzeugen. Dabei hatte er selten ernster gesprochen im Leben. Jetzt, da er ihr noch näher war, bemerkte er auch, daß sie noch alle Zähne hatte, und zwar die eigenen, und vergebens suchte er auch nach dem grauen Schleier über ihren Augen, der als Hinweis auf ihr Alter hätte dienen können, und ihre Haut wies nur um die Augen herum ein paar Fältchen auf. Sie mußte hinreißend gewesen sein, als sie noch jünger war.

In diesem Moment flog die Außentür auf, und ein Junge von vielleicht dreizehn Jahren kam herein. Er klopfte sich den nassen Schnee vom Anorak und zog sich Stiefel, Schal und Mütze aus.

»Hi, Großmama Jeannine!« rief er übermütig. Die kalte Luft draußen hatte seinen Wangen und seiner Nase einen deutlich rötlichen Ton verliehen.

»Billy! Wie war es in der Schule?«

»Wie immer«, erwiderte er und setzte sich in einen der Lehnstühle, holte sich eine Schüssel voll Gebäck von dem Tischchen und begann zu knabbern.

»Das ist Mr. Colton, unser Gast, der eine ganze Woche bei uns bleiben will.«

»Hab' ich mir schon gedacht. Sie brauchen Hilfe mit der ganzen Skiausrüstung?«

»Allerdings, Billy.«

»Na gut«, sagte er, schob sich noch einen Keks in den Mund und erhob sich. »Dann fangen wir am besten gleich an.« Billy lehnte sich ein wenig vor und küßte seine Großmutter auf die Wange.

Jack murmelte eine Entschuldigung und folgte dem Jungen nach draußen, wo sie sich gemeinsam daranmachten, Jacks neu erworbene Skier vom Dach seines Wagens zu nehmen.

»Mann, sind die Klasse! So tolle Skier habe ich noch nie gesehen!« rief Billy begeistert beim Anblick von Jacks Skiausrüstung.

»Ehrlich? Läufst du gern Ski?«

»Ich bin verrückt nach Skilaufen! Jetzt trainiere ich Slalom, und eines Tages will ich bei der Winterolympiade mitmachen.«

»Prima! Glaubst du, du könntest es mir ein bißchen beibringen?«

Billy blickte ihn ungläubig an. »Sie können gar nicht Skilaufen?« fragte er.

Jack ließ ein unterdrücktes Lachen hören. »Ich dachte, so schwer könnte das doch eigentlich nicht sein.«

»Na, ein bißchen müssen Sie schon davon verstehen, denn Sie haben ja schließlich eine Ausrüstung mitgebracht, die keine Wünsche offenläßt.«

Als sie wieder ins Haus gingen, beglückwünschte Jack sich innerlich, die richtigen Verkäufer erwischt zu haben, die ihn wohl doch fachmännisch und gut beraten hatten.

Jack mußte bald erkennen, daß Skilaufen und Surfen einander etwa so ähnlich waren wie Kalifornien und Vermont. Den ersten Tag verbrachte er damit, auf dem Hintern die Hänge hinunterzurutschen, obwohl sich Billy alle Mühe gab, ihn in der Kunst des Skilaufens zu unterrichten. Die Sonne war schon hinter den Bergen verschwunden, als Jack darauf bestand, es noch ein letztesmal zu versuchen. Und diesmal hatte er auch endlich Erfolg, als er den ›Idiotenhügel‹ hinunterfuhr.

Mit dem Stolz des Eroberers, der soeben den Schatz der Inkas entdeckt hat, kehrte Jack am Abend in die Pension zurück. Während Janice, die Köchin, das Abendessen bereitete, saß Jack am Kamin bei Jeannine, um ihr von seinen Erfahrungen mit dem weißen Sport zu berichten.

In den beiden Tagen, die er jetzt hier war, hatte er sich schon so gut eingelebt, daß er ohne weiteres bereit war zuzugeben, daß er sich noch nie irgendwo so sehr zu Hause gefühlt hatte wie hier. Ihn störte es nicht, daß es kein heißes Wasser für sein morgendliches Duschbad gab oder daß die Temperatur in seinem Zimmer nur ganz knapp über dem Gefrierpunkt lag, denn die dicke Daunendecke hielt ihn warm. Sein Zimmer war spartanisch möbliert, aber die Antiquitäten überall und das breite, bequeme Bett trösteten über vieles hinweg.

Er war froh, daß außer ihm keine Gäste da waren, denn so hatte er Jeannine und Billy ganz für sich. Zum Frühstück bereitete Janice ganze Berge von Köstlichkeiten, Eiern, Pfannkuchen und was dergleichen Delikatessen mehr waren. Und jetzt konnte er den Duft gebratener Hähnchen aus der Küche riechen.

Als sie sich schließlich zum Essen setzten, war der schwere Eichentisch überladen mit lauter leckeren Dingen. Er rückte Jeannine den Stuhl zurecht und setzte sich dann neben sie. Billy nahm zu ihrer Rechten Platz. Doch da war für noch jemand gedeckt.

»Erwarten wir noch jemand?« fragte Jack. »Noch einen Touristen vielleicht?«

Jeannine lachte. »Nein, diesmal gehört unser Gast wirklich zur Familie. Billys Schwester kommt von New York herauf, um das Wochenende bei uns zu verbringen. Ich bin sehr stolz auf meine Alecia. Sie studiert Jura und will Rechtsanwältin werden.«

»Das ist in der Tat bewundernswert«, sagte Jack.

»Als unsere Mutter starb, hat sich Großmama um uns gekümmert«, erzählte Billy. »Großmama hat Alecias Ausbildung von der höheren Schule bis hin zur Universität finanziert. Jetzt wissen Sie sicher, wohin das Geld gegangen ist, das eigentlich für einen neuen Außenanstrich und für die Instandsetzung der Installation vorgesehen war.« Und dabei warf Billy seiner Großmutter einen ausgesprochen vorwurfsvollen Blick zu.

»Nun, Billy, da war ja auch noch das Geld von der Versicherung...«

»Aber nicht genug!«

»Ich bin sicher, Mr. Colton interessiert sich nicht besonders für unsere Familienfinanzen.«

»Was stimmt denn nicht mit der Installation?« wollte Jack wissen.

»Ich bin nicht ganz sicher, aber der Installateur sagte, es würde bestimmt eine Menge Geld kosten, es in Ordnung zu bringen.«

»Hätten Sie etwas dagegen, wenn ich es mir morgen früh einmal ansehe?«

»Ich will nichts mehr davon hören«, sagte Jeannine, während sie Jack das Hähnchen reichte.

Jack bemerkte aus den Augenwinkeln, wie ihm Billy kurz zuzwinkerte, und nickte kurz, um dem Jungen zu bedeuten, daß er sich am nächsten Morgen in aller Frühe im Keller einfinden werde, um mit ihm zusammen die Installationsanlagen zu überprüfen.

Sie waren noch nicht ganz mit dem Essen fertig, als Jack draußen Scheinwerferlicht bemerkte. »Ich glaube, Ihre Enkelin ist angekommen.«

Als sich die Tür öffnete, blieb Jack angesichts der schönsten Frau, die er je gesehen hatte, der Bissen im Hals stecken. Sie war groß und schlank, hatte lange blonde Haare und dieselben unglaublich blauen Augen wie ihre Großmutter. Ihr ganzes Gesicht war ein einziges Lächeln, als sie Großmutter und Bruder umarmte. Jack konnte sich später nicht mehr daran erinnern, was er sagte, als er ihr vorgestellt wurde.

Sie legte den Kamelhaarmantel ab, die braunen hochhackigen Lederstiefel und die dazu passenden Handschuhe. Sie trug einen weißen Angorasweater und apricotfarbene Slacks aus Wolle.

Jack saß Alecia am Tisch gegenüber, lauschte ihrer Unterhaltung mit ihrer Großmutter und hatte das Gefühl, als sei er gestorben und gen Himmel aufgestiegen. Auf ihrem Gesicht lag ein Leuchten, von dem er einfach nicht zur Kenntnis zu nehmen bereit war, daß es weiter nichts als der Widerschein des Kaminfeuers war, der in der Angorawolle ihres Sweaters spielte.

Nachdem Billy zu Bett gegangen und sich auch Jeannine für die Nacht zurückgezogen hatte, lud Jack sie ein, noch ein letztes Glas mit ihm zusammen zu trinken. Eine Stunde lang unterhielten sie sich über die Berge, die Geschichte dieser Pension und das Leben in New York. Als Jack schließlich eine gute Nacht wünschte und auf sein Zimmer ging, wußte er, daß er sich ernsthaft verliebt hatte.

Während seines Aufenthaltes in der Pension lernte er nicht nur voller Verbissenheit das Skilaufen, bis er einen durchaus akzeptablen Standard erreicht hatte und die Abhänge auf den Skiern hinunterfuhr, statt sie auf dem Hintern hinunterzurutschen, sondern er dichtete auch eine Menge Löcher in etlichen Rohrleitungen ab, brachte zwei undichte Ventile in Ordnung und reparierte den Heißwasserboiler. Er richtete den Thermostaten der Heizungsanlage und machte die Schieber an der Feuerung wieder gängig. Irgendwann ging er heimlich ins nächste Dorf, wo er einen Maler anheuerte, dem er auftrug, die Pension im Frühjahr neu zu streichen und ihm die Rechnung nach New York zu schicken. Was ihm sonst noch an Zeit verblieb, das verwandte er auf seine Versuche, in Alecias Bett zu gelangen. Aber damit hatte er nie Erfolg.

Es stimmte schon, was man so allgemein von der Verliebtheit sagte: Er tat die närrischsten Dinge.

Sobald das Wochenende vorbei war, kehrte Alecia nach New York zurück. Jack blieb noch die beiden restlichen Tage seines Urlaubs, und die verbrachte er damit, die Minuten zu zählen, bis er selbst wieder in die Stadt zurückkehren und sie wiedersehen konnte.

Als er aus der Pension in Vermont abreiste, ließ er Skier, Stiefel und Stöcke zurück und schenkte sie Billy, der ihm hoch und heilig versprach, jetzt noch intensiver für seine Olympiateilnahme eines fernen Tages zu trainieren. Er umarmte und küßte Jeannine. Als er zu seinem Wagen ging, sich noch einmal umblickte und die alte Frau dort stehen sah, wie sie sich auf ihren Spazierstock lehnte, den Schal fest um die straffen Schultern gezogen, wandte er sich um, lief zurück und umarmte sie noch einmal.

»Ich komme wieder«, sagte er.

»Für diesen Tag will ich leben«, erwiderte sie einfach. Sie lächelte, und wieder überlief es ihn heiß und kalt angesichts der ganzen Liebenswürdigkeit, die von ihr ausging.

Sechs Monate lang traf er sich regelmäßig mit Alecia an den Wochenenden, wenn sie nicht als Assessorin in irgendeiner Kanzlei arbeitete oder zu einer Vorlesung mußte. Jeden Freitag kam sie in sein Apartment, badete, zog sich um und machte sich fertig zum Ausgehen. Sie gingen ins Theater oder zum Essen; sie tanzten in praktisch jeder Diskothek in Manhattan, und wenn sie in seine Wohnung zurückkehrten, liebten sie sich bis in die Morgenstunden hinein.

Zweimal im März, einmal im April und dreimal im Mai fuhren sie nach Vermont, um Jeannine und Billy zu besuchen. Alle sechs Reisen unternahmen sie auf Jacks Betreiben, nicht auf Alecias. Im Mai hatte Jack einen guten Anlaß für eine solche Reise, denn er müsse, so sagte er, die Anstreicherarbeiten überwachen. Er hatte Alecia nicht gesagt, daß der Maler früher als vereinbart fertiggeworden war, und so engagierte er ihn auch noch für einen neuen Innenanstrich. Die Wahl der Farben überließ er Jeannine, die schier aus dem Häuschen war.

Am ersten Wochenende im Juni konnte Jack Alecia dann berichten, die Malerarbeiten seien abgeschlossen. Sie fuhren wieder hin – und Jeannine starb ganz überraschend während der Nacht.

Nach der Beerdigung blieb Alecia noch in Vermont, da das Testament eröffnet und die Pension verkauft werden sollten. Als sie danach wieder nach New York zurückkehrte, war sie wie verwandelt.

Sie bestand jetzt darauf, daß sie gemeinsam die Partys

besuchten, zu denen sie ständig von anderen Mitgliedern ihrer Anwaltskanzlei eingeladen wurde. Sie wollte »die richtigen Leute kennenlernen«, wie sie das nannte, und sie drängte Jack, etwas geselliger zu sein, während er sich am liebsten mit ihr zu Hause vor dem Fernseher in den bequemen Sesseln kuschelte.

So vergingen die Monate, und Jack begriff mehr und mehr, daß ihm in seiner Beziehung zu Alecia etwas fehlte. Lange Zeit machte er sich etwas vor und versuchte sich einzureden, daß ihm der nur sexuelle Teil seiner Beziehung mit Alecia genüge und ihn vollauf befriedige. Doch auf die Dauer konnte er doch nicht darüber hinwegsehen, daß er sich oft genug selbst dann noch sehr allein vorkam, wenn sie neben ihm lag. Die Spannungen zwischen ihnen wurden unmerklich ständig größer, und bald stritten sie praktisch ohne Unterlaß miteinander. An dem Tag, als Alecia ihm seinen Ring zurückgab und ihm erklärte, sie hätten wohl doch offensichtlich zu verschiedene Ansprüche und Erwartungen an das Leben, fühlte er sich erleichtert.

Es verging kaum ein Jahr, gerechnet von dem Tag an, als er zum erstenmal in Vermont gewesen war, bis Jack begriff, daß er sich zwar allen Ernstes verliebt hatte, jedoch nicht in Alecia, sondern in Jeannine. Er war jetzt zutiefst davon überzeugt, den jungen Mädchen fehle heute ganz allgemein eine bestimmte Form der Leidenschaft, eine, die er bei Jeannine gefunden zu haben meinte. Wie er es hätte beschreiben sollen, das wußte er auch nicht so recht. Vielleicht war es einfach nur ›Charakterstärke‹ oder ›Lebensbejahung‹? Doch was es auch immer gewesen sein mochte, das ihn so sehr zu Jeannine hingezogen hatte, er war sicher, es nie wieder zu finden.

Von Zeit zu Zeit sah Jack Alecia auch danach noch, wenn er in ihre Wohnung kam, um Billy zu besuchen. Noch immer fuhren er und Billy regelmäßig nach Vermont zum Skilaufen, und sie unternahmen auch einige gemeinsame Reisen nach Colorado. Ein oder zwei Jahre später heiratete Alecia einen namhaften Anwalt aus Los Angeles, und Billy zog mit ihr nach Kalifornien. Jack gab Billy Adresse und Telefonnummer seiner Eltern für den Fall, daß Billy ihn einmal brauche und ihn dann in New York nicht ausfindig machen könne.

Jack vermißte Billy, und als Freunde und Kollegen ihn fragten, wo denn sein ganzer Enthusiasmus fürs Skilaufen geblieben sei, erklärte er ihnen, er habe sich beim letztenmal eine Knieverletzung zugezogen, weswegen er seinen Lieblingssport nicht mehr ausüben könne. Da er sich auch noch über sich selbst und seine angebliche Ungeschicklichkeit lustig machte, wäre es nie jemand in den Sinn gekommen, an seinen Worten zu zweifeln.

Als sein Leben langsam zu versanden drohte in gelegentlichen Wochenenden mit irgendwelchen Freunden oder Kollegen, die fast alle auch noch irgendwo eine unverheiratete Cousine oder Schwägerin hatten, kam Jack schließlich zu der Überzeugung, ein grundlegender Wechsel in seinen äußeren Lebensumständen sei unvermeidlich geworden. Er suchte die Herausforderung und das Abenteuer. Er wollte einfach – leben.

So vermietete er sein Apartment, verkaufte seinen Wagen und seine Anzüge und machte sich auf den Weg nach Südamerika.

Damals schien das alles ja auch eine ganz gute Idee gewesen zu sein, doch nach nunmehr drei Jahren in der Wildnis und in hoffnungslos verarmten Dörfern verspürte Jack doch wieder Sehnsucht nach den Annehmlichkeiten und dem Komfort des modernen Lebens. Lange hatte es nicht gedauert, bis seine Ersparnisse aufgezehrt waren, und das nicht zuletzt deswegen, weil sein hauptsächlichster Gelderwerb darin bestand, exotische Vögel zu fangen und zu verkaufen. Damit ließ sich übers Jahr gerade so viel verdienen wie in New York in zwei Monaten.

Er wußte, er werde nie wieder in die Hektik der Wall Street zurückkehren wollen, aber da gab es noch so vieles andere im Leben, das ihm etwas bedeutete. Wieder blickte er auf das Bild in seiner Hand. Dieses Boot würde ihm die Möglichkeit verschaffen, sich erneut mit der Natur zu messen, und nur das allein regte ihn auf und an. Gleichzeitig aber würde es ihm auch eine Umgebung von einigem Luxus garantieren. So konnte er mit seiner Hilfe in geradezu idealer Weise alle seine Wünsche unter einen Hut bringen. Und dazu war das, was er vorhatte, erregend und geheimnisvoll wie die Suche nach verborgenen Schätzen.

Mit kummervoller Miene faltete er das Bild wieder zusammen und steckte es weg. Er sah sich nach Joan um, konnte sie aber nirgends entdecken. Wo mochte sie nur stecken? Frauen hatten ihm in seinem Leben immer eine Aufregung nach der anderen bereitet, das war er gewohnt. Aber diese hier war ja die reinste Plage Gottes. Schon erhob er sich, um nach ihr Ausschau zu halten, als er es hinter einem Baum in der Nähe knacken und krachen hörte.

Dort stand sie vornübergebeugt. Mit einem halb erstaunten, halb besorgten Ausdruck auf dem Gesicht fragte er: »Was ist denn los? Fühlen Sie sich nicht wohl?«

»Ich habe den Schlüssel für den Waschraum verloren!«

»Was?!«

»Den Schlüssel für den Waschraum! Er muß mir hier irgendwo heruntergefallen sein.«

»Ja, sind Sie denn völlig von Sinnen? Hier ist die Natur immer noch die beste Waschmaschine.«

Jack deutete hinüber zu dem Felsen, auf dem seine Kleider neben ihren hochhackigen Schuhen in der Sonne trockneten. Entschlossenen Schrittes ging er hinüber, nahm einen ihrer Schuhe zur Hand, holte eine Machete aus einer Scheide an seinem Gürtel und hackte mit einem einzigen Hieb die Hälfte des Absatzes einfach ab. Dann nahm er den anderen Schuh und wiederholte seine Amputation.

Joan war entsetzt.

»Das sind italienische Schuhe!« schrie sie.

»Jetzt sind es praktische.«

Taumelnd kam Joan auf die Füße und schürzte ihren Rock, um nicht zu straucheln. Was war das nur für ein Verrückter, dachte sie, als er auf sie zukam, die Machete noch immer in der Hand. Schon wollte sie weglaufen, doch er faßte sie mit festem Griff am Arm und hielt sie fest. Mit ein paar blitzschnellen Bewegungen schnitt er ihr den Rock vom Leib und drapierte ihn ihr dann in Form eines Sarong um die Hüften.

Als er die Enden des Knotens im Sarong verstaute, spürte sie seine rauhen Hände in der Gegend ihres Nabels. Sie hielt den Kopf gesenkt und beobachtete seine Finger, wie sie sich bedächtig über ihren Nabel hinweg bewegten. Die Muskeln unter ihrer Haupt sprangen deutlich hervor, seiner Berührung entgegen, als hätten sie ihren eigenen Willen. Seine Finger drangen tiefer hinunter, als er die Enden des Knotens besser verstauen wollte. Dann zupfte er sanft und fest zur gleichen Zeit an dem Stoff, um zu sehen, ob der Knoten auch halten werde. Dabei ließ er eine Hand auf ihrer Hüfte liegen, wenn auch nur ganz kurz, aber es reichte, um ihr das Blut in einer mächtigen Wallung ins Gesicht zu treiben. Sie wagte nicht, ihn anzusehen, und das weniger aus Sorge darüber, was sie in seinen Augen vielleicht lesen könnte, als vielmehr aus Sorge über das, was er womöglich in ihren sehen konnte. Es erforderte auch den allerletzten Rest an Selbstkontrolle, den sie aufzubringen vermochte, regungslos stehenzubleiben und so zu tun, als passiere gar nichts Besonderes mit ihr. Sie mochte die besitzergreifende Art seiner Hände und Finger auf ihrem Körper, und dieser Gedanke kostete sie mehr Nerven, als sie zuzugeben bereit gewesen wäre. Als er fertig war und sich wieder abwandte, redete sie sich mit aller Macht ein, das Gefühl, das sie gerade gehabt habe, sei wohl doch weiter nichts als Hunger gewesen.

»Ist Ihnen denn nichts heilig, was mir gehört?«

»Nur Ihre dreihundertfünfzig Dollar.«

Jack wandte ihr den Rücken und ging weg.

Joan starrte ihm nach, die grünen Augen voller Wut. Ihre ursprüngliche Einschätzung seiner Person war wohl doch richtig gewesen: Er war ein Bastard!

Joan nahm einen ihrer Schuhe und setzte sich. Noch im selben Moment schlugen hinter ihr in den Baum, wo gerade noch ihr Kopf gewesen war, sechs Kugeln ein!

Jack flog förmlich auf Joan zu und riß sie mit sich zu Boden. Der Aufprall seines Körpers war so heftig, daß sie mit ihm gemeinsam hinter einen Felsbrocken rollte. Jack blieb nur den Bruchteil einer Sekunde reglos liegen, um wieder zu Atem zu kommen, dann spähte er vorsichtig über den Fels hinweg.

Oben am Straßenrand standen sechs Polizisten und der fette Santos. Eine neuerliche Salve krachte, und vom Rand des Felsbrockens flogen kleine Splitter davon. Jack mußte sich wieder ducken.

»Cops? Was, zum Teufel, wollen die denn? Ich habe doch nichts verbrochen – in der letzten Zeit.«

Jack langte um den Felsbrocken herum nach seinem Rucksack, bevor eine weitere Salve ihn wieder bedrohen konnte, und holte sein Fernglas heraus.

Joan geriet beinahe in einen Freudentaumel bei der Erwähnung der Polizei.

»Polizisten? Gott sei Dank! Die werden mich zu einem Telefon bringen!«

Jack suchte mit dem Fernglas den Straßenrand ab, bis er die Polizisten im Blickfeld hatte. In einem der Jeeps stand... Zolo und blickte zu ihnen herüber.

Jack merkte nicht, wie Joan die Hände über den Kopf erhob zum Zeichen, daß sie sich ergeben wolle, und dann aufstand. Sofort krachte eine neue Salve. Jack riß seine Begleiterin, die offenbar den Verstand verloren hatte, sofort wieder zu Boden und schalt sich noch im gleichen Moment selbst einen Narren, auf diese Weise denen da oben wahrscheinlich auch noch einen Vorwand geliefert zu haben, ihn umzubringen. So dringend benötigte er dreihundertfünfzig Dollar nun auch wieder nicht!

»Verdammt und zugenäht, wollen Sie wohl unten bleiben?! Und jetzt zwinkern Sie nicht mal mehr mit den Augen und vergessen sogar das Atmen, bis ich Ihnen was anderes sage, klar?«

Joan nickte.

»Der Bursche, der schon am Bus hinter Ihnen her war...

der ist da oben ... das ist ein Cop! Ich habe doch wirklich und tatsächlich auf einen Cop geschossen!«

Gab es denn niemanden mehr, der sie jetzt noch retten konnte? Sie saßen in der Falle, sie wußte es. Ihre Augen wurden so groß wie Untertassen, als das Schießen schon wieder einsetzte.

Jack fuhr sich mit den Händen durchs Haar und konnte einfach nicht verstehen, was hier vorging. Er starrte Joan an, sah ihre zerrissene Bluse, deren Fetzen sich eng an ihre Haut schmiegten, und dann kam ihm die Erleuchtung.

»Es geht um Sie!« rief er. »Er war auf Ihrer Spur! Wer, zum Teufel, sind Sie?«

»Ich bin Schriftstellerin.«

»Und was, zum Henker, suchen Sie hier?«

»Ich hab' doch schon gesagt ... meine Schwester! – Ihr Leben hängt von mir ab!«

»Was soll der Blödsinn! Ich dachte, Sie würden da ein romantisches Märchen erzählen.«

Er sah sie so voller Wut an, daß Joan unwillkürlich ein Stück zurückwich. Dann ging ihr auf, daß ringsum alles ruhig war. Die Polizei schoß nicht länger auf sie.

Jack riskierte einen weiteren Blick durch sein Fernglas.

»Verdammt!«

Die Polizisten hatten angefangen, an der Stelle, wo der Erdrutsch seinen Ausgang nahm, lange Seile den Abhang hinunterzuwerfen, und jetzt seilten sich die ersten bereits ab. Jack verstellte das Fernglas, um die Szene näher heranzuholen. Die Polizisten waren nicht nur mit Macheten bewaffnet, sondern auch noch mit Schnellfeuergewehren. Aus der Art, wie die Rucksäcke durchhingen, ersah er unschwer, daß sie beladen waren mit Munition. Er fragte sich, ob er und seine Schutzbefohlene ihnen wohl noch entgehen konnten.

Die beiden Jeeps, die oben auf der Straße zurückblieben, waren jeder mit einem Polizisten besetzt. In dem Augenblick, wo Santos und seine Männer unten waren, setzten die beiden Jeeps sich in Bewegung und jagten davon. Jack begriff instinktiv, daß sie Verstärkung holen würden.

Zolo war der letzte, der unten anlangte. Die vier Polizisten und der schwergewichtige Santos erwarteten seine Befehle.

Jack setzte das Fernglas ab und sah zu seiner Gefährtin hinüber, in der er jetzt langsam den grünäugigen Engel des Todes zu sehen bereit war.

»Wenn Sie jetzt Ihre Schuhe anprobieren wollten, könnte das vielleicht eine große Hilfe sein«, sagte er.

Joan nahm sich nicht die Zeit, auf seinen Sarkasmus angemessen zu antworten. In Windeseile streifte sie ihre verunstalteten italienischen Schuhe wieder über.

Jack sprang auf die Füße und langte nach dem Gewehr und seinem Rucksack. Er wandte sich um und feuerte eine Salve auf die sich nähernden Polizisten. Joan hastete hinter ihm her, um die freie, von überall her einzusehende Stelle zu verlassen. Als sie sich in das wuchernde Grün des Dschungels stürzten, pflügte hinter ihnen eine neue Garbe den Boden, den sie Bruchteile von Sekunden vorher erst verlassen hatten.

Bei ihrem Lauf durch das Gebüsch schlugen Joan ständig die tiefer hängenden Äste der Bäume ins Gesicht. Zuerst versuchte sie noch, ihnen auszuweichen, aber das Dickicht wurde immer undurchdringlicher. Ein schwerer Ast verfing sich im Ausschnitt ihrer Bluse und zerriß das feine Gespinst auf der Stelle. Es kam ihr vor, als seien Jahre vergangen, bis es ihr endlich gelungen war, sich wieder zu befreien. Einmal glaubte sie schon, die Verfolger hätten sie endgültig eingeholt, weil sie plötzlich das Gefühl hatte, als griffe ihr jemand von hinten in die Haare. Ihre Hand flog empor an den Kopf, aber da hatte sich nur eine ihrer braunen Locken in einem vertrockneten Zweig verfangen. Es gelang ihr relativ einfach, sich wieder zu befreien, wenn es sie auch eine Strähne ihres prachtvollen Haares kostete.

Immer dichter wurde das Unterholz. Jack hängte sich das Gewehr über die Schulter und zog die Machete. Joan konnte seine gemurmelten Flüche deutlich hören, aber sie sagte lieber nichts. Mit sauberen, glatten Schnitten bahnte sich Jack seinen Weg durch Lianen und Geäst. Die Angst trieb ihn unaufhaltsam vorwärts, und sein Arm arbeitete mit der Gleichförmigkeit einer Maschine.

Joan blieb immer wieder in den Lianen hängen, und jedesmal war es, als werde sie von einer Riesenfaust am Weiterlaufen gehindert. Dornen drangen ihr ins Fleisch, und sie hatte weiter nichts als ihre Fingernägel, um sich wieder von ihnen zu befreien. So konnte es nicht ausbleiben, daß sie ihren ›Retter‹ bald nicht mehr sehen konnte.

In panischem Entsetzen schaute sie sich um, stolperte wieder und folgte schließlich blind dem Geräusch seiner Machete.

»Warten Sie doch!« schrie sie völlig außer Atem.

»Unser Vertrag ist gekündigt, Lady!«

Zolo, Santos und vier ihrer Männer erreichten schließlich die Lichtung. Dort sah Zolo die zurückgelassenen Kleidungsstücke auf dem Felsen, da er aber nicht wußte, in welche Richtung die Frau und ihr Begleiter im Dschungel verschwunden waren, wies er die Leute an, in einem Halbkreis die Umgebung nach Spuren abzusuchen.

Er stampfte wütend mit dem Fuß auf und schlug sich mit der behandschuhten Rechten in die flache Linke. Seine Mordlust war schier unbezwingbar.

Jeder der Männer drang in einer anderen Richtung in den Dschungel ein. Für Zolo war das alles vertane, kostbare Zeit. Doch dann kam endlich einer zurück und hielt triumphierend ein Stück einer Bluse aus feinstem Material in die Höhe. Zolo rief sofort die anderen zurück, und dann machten sie sich alle in den Dschungel auf. Die Macheten hielten sie in den Händen, jederzeit bereit, Pflanzen oder Tiere, die im Wege sein sollten, niederzumähen.

VIII.

Die Sonne sandte ihre Strahlen wie heiße rote Pfeile auf Joans Rücken nieder. Der tropische Urwald war jetzt zur Mittagszeit wie eine Sauna. Trotzdem folgte sie ihm weiter. Arme und Beine waren von Lianen, Dornenbüschen und anderem Unterholz geradezu hoffnungslos zerkratzt. Vor allem eine niedrige Palmenart mit rasiermesserscharfen Blättern machte ihr zu schaffen. Jack brauchte sie schon bald nicht mehr auf die unangenehmsten Pflanzen hier aufmerksam zu machen. Sie kannte sie bald so ziemlich alle und bewegte sich entsprechend vorsichtig.

Ihr linkes Knie allerdings wies schon einen tiefen Schnitt auf. Joan riß ein weiteres Stück von ihrer Bluse ab, um die Wunde zu verbinden und die Blutung zu stoppen. Diese kleine medizinische Selbstversorgung hätte sie fast von ihm getrennt – für immer.

Sie war sicher, schnell und fachmännisch gearbeitet zu haben, als sie sich niedergekniet hatte, um die Seide um ihr Knie zu schlingen, doch als sie aufsah, konnte sie ihn nirgends mehr entdecken. Sie wagte nicht, laut nach ihm zu rufen aus Angst, sie könnte sonst die sie verfolgenden Polizisten auf sich und ihren ›Retter‹ aufmerksam machen. Der Dschungel war so dicht, daß sie kaum noch Hinweise auf den Weg finden konnte, den er mit seiner Machete in die grüne Wand gehackt hatte. Einen bangen Augenblick lang fragte sie sich schon, ob er sie vielleicht in voller Absicht hier zurückgelassen hatte, doch als sie dann die Pflanzen in der Umgebung sorgfältiger in Augenschein nahm, entdeckte sie wieder seine Markierungen, folgte ihnen und schloß auch bald wieder zu ihm auf. Doch dieser Zwischenfall veranlaßte sie, schneller zu laufen und ihn keinen Augenblick mehr aus den Augen zu verlieren.

Zum erstenmal in ihrem Leben haßte Joan die Rolle der Abhängigen, die sie hier zu spielen gezwungen war. Sie war immer von jemand abhängig gewesen – zuerst von ihren Eltern, dann von Elaine und jetzt von ihm! Doch dann dachte sie sich, daß sie gar nicht die Abhängigkeit an sich haßte, sondern vielmehr ihn! Sie mochte ihn noch weniger als die Umstände, in die sie hier hineingeraten war. Die Situation indes hatte sich wohl nicht vermeiden lassen, wenn man es einmal realistisch und logisch betrachtete.

Sie wußte, daß er nicht besonders über die Situation entsetzt war, in die sie ihn ohne ihr Zutun gebracht hatte, und zudem wäre er grausam und egoistisch genug, sie hier mitten im Dschungel sterben zu lassen, falls er dadurch die eigene Haut retten konnte.

Joan hatte ihn jetzt genug studiert, um in ihm nicht länger ihren ›Retter‹ zu sehen, sondern lediglich eine Art Glücksfall, einen Zufall, den er selbst ganz bestimmt nicht als glücklich betrachtete. Ginge es ihm nicht um das Geld, das sie ihm versprochen hatte, würde es ihn keinen Deut interessieren, was aus ihr oder Elaine wurde.

Er war eben wie alle Männer, nur auf den eigenen Vorteil bedacht. Sie war froh, ihn schon so früh in diesem Spiel richtig eingeschätzt zu haben, bevor es vielleicht zu spät war.

In diesem Moment hörte sie das Geräusch mehrerer Macheten. Die Polizisten holten auf! Aus den Geräuschen vermochte sie die Richtung nicht festzustellen, aus der sie kamen. Aber was machte das noch aus? Nichts hatte mehr Bedeutung, weil die Polizisten – wenn sie wirklich Männer des Gesetzes waren – ihnen beiden immer überlegen sein würden.

Sie fragte sich, ob Jack eine Vorstellung davon hatte, wohin sie überhaupt liefen. Bis jetzt war sie davon ausgegangen, er wisse einigermaßen genau, wohin er wollte, da er immerhin in diesem Land lebte.

Was aber war, wenn sie sich vielleicht im Kreis durch den Urwald hackten? Ohne Vorräte und Wasser konnten sie hier draußen verhungern!

Sie würde mit ihm reden und ihm erklären müssen, daß sie einer solchen nervlichen Belastung nicht gewachsen war. Andererseits – war sie etwa eine Mimose, die sich sogar vor ihrem eigenen Schatten fürchtete? Nein, sie würde sich zusammennehmen! Alles in allem war er auch nicht besser als sie, auch wenn er vom Gegenteil überzeugt sein sollte. Und genau das würde sie ihm beweisen.

Jack konnte sie nur wenige Schritte hinter sich her durch den Urwald stolpern hören. Der Dschungel war wie ein Vorhang, dachte er sich, als er eine dicke Liane durchschlug und sich den Schweiß aus der Stirn wischte, die einzige Erfrischung in der unerträglichen Hitze. Seine Armmuskeln schmerzten und waren unter der ständigen Anspannung taub geworden. Er hatte Neuigkeiten für seine früheren Freunde zu Hause: Ein Tag im Dschungel konnte für die Fitneß mehr tun als ein Jahresvertrag mit einem Bodybuilding-Studio.

So langsam gewann er den Eindruck, als sei die Machete an seiner Hand angewachsen. Er traute sich nicht, die Finger einen Moment lang zu entspannen aus Angst, den Griff des Haumessers dann nicht mehr genügend fest fassen zu können. Jeder Schlag in das Grün vor ihm schmerzte auch noch in den Hüften. Es war einfach grausam. Er entwickelte seine eigene Technik. Er hob die Machete nur noch zu drei Vierteln seiner Reichweite über den Kopf und schlug sie dann nicht mehr bis auf den Boden durch. Mit der Linken riß er den Rest auseinander. So wurde die Arbeit besser auf beide Arme verteilt. Und er wußte, daß er keinen Augenblick lang schwach werden durfte. Jeder Zentimeter, den er tiefer in den Dschungel vordrang, führte ihn ein Stückchen weiter vom sicheren Tod weg. Was geschehen würde, wenn die Polizisten ihn zu fassen bekamen, daran dachte er besser nicht.

In Gedanken legte er für den Fall, daß er je wieder in die Zivilisation würde zurückkehren können, rein vorsorglich schon mal ein Gelübde auf ewigen Zölibat ab. Wenn es etwas gab, das ihn diese ›Expedition‹ gelehrt hatte, dann das, daß man sich einem weiblichen Wesen nie auf weniger als zweihundert Schritt nähern durfte. Falls nämlich diese rätselhaften Wesen nicht gerade darauf aus waren, einem das Herz zu brechen oder einem das Geld aus der Tasche zu ziehen, dann trachteten sie einem zumindest nach dem Leben – rein theoretisch betrachtet. Er wußte schon selbst nicht mehr, wen er eher loszuwerden wünschte, die Polizisten oder diese Joan Wilder. Deutlich konnte er ihr schweres Atmen hören, jedesmal, wenn ihr ein Ast ins Gesicht schlug oder wenn sie wieder einmal stolperte. Aber sie blieb ihm auf den Fersen wie der Hund von Baskerville.

Zu gern hätte er geglaubt, die Polizei werde ihn in Ruhe lassen, wenn er sie erst losgeworden sei, aber er wußte es besser. Sie wollten ihn genauso haben wie sie. Im Geist verfluchte er sie noch einmal. Er konnte es noch immer nicht glauben, daß er von diesem Berg heruntergestiegen war und angefangen hatte, auf diesen gottverdammten Cop zu schießen! Er hatte schon so manches im Leben fertiggebracht, aber als er etwas derart Verrücktes getan hatte, mußte er einfach von Sinnen gewesen sein. Doch wie hätte er es auch wissen können? Alles, was er gesehen hatte, war ein verunglückter Bus, eine niedlich anzusehende Lady auf einem Koffer und ein wild aussehender Typ, der mit einer Kanone auf ihren Kopf deutete. In dem Augenblick war das, was er getan hatte, doch das einzige, was er zu tun hatte. Mist, verdammter!

»Soll ich Ihnen mal sagen, wie sehr ich Sie mag?« fragte er und warf ihr einen Blick über die Schulter zurück zu.

»Sagen Sie's ruhig!«

»Wie Bauchweh!« schnappte er. »Was haben Sie sich eigentlich heute morgen beim Aufstehen gedacht? ›Heute werde ich das Leben eines Mannes vernichten‹ – oder was?«

Joan starrte ihn an, und er bedachte sie mit einem wütenden Blick. Er wollte noch etwas sagen, als er plötzlich hörte, wie sich einige Männer gegenseitig etwas zuriefen. Das Echo ihrer Stimmen schien überall zu sein. Auf der Stelle verdoppelte Jack seine Anstrengungen und schnitt sich wieder mit vollen Schlägen in das Dickicht. Der Ring singender Macheten, der ihn umgab, ließ ihm einen Schauder nach dem anderen den Rücken hinunterlaufen. Die Polizisten kamen immer näher.

Das Unterholz wurde ein wenig lichter, und Jack begann zu laufen. Joan folgte ihm, so gut sie konnte.

»Ich habe Ihren Jeep schließlich nicht mitten auf der Straße geparkt!« schrie sie ihm in einem verzweifelten Versuch, sich zu verteidigen, nach.

»Sie waren einfach eine schlechte Nachricht, die mir über den Weg laufen mußte!«

Jack blickte über die Schulter zurück und sah erste silberne Blitze durch das dichte Grün. Auf und nieder fuhren die blitzenden Klingen, und schon erfüllte das pfeifende Geräusch der Macheten die Luft ringsum. Die Polizisten gewannen schneller und schneller an Boden.

Der Schweiß rann Jack in kleinen Bächen über das Gesicht, so daß er kaum sehen konnte. Mit dem Hemdkragen wischte er sich über die Augen, dann stolperte er. Wertvolle Sekunden gingen verloren. Er sprang auf und hetzte vorwärts, das lauter werdende Geräusch der unablässig niedersausenden Macheten in den Ohren wie die Trompeten des Jüngsten Gerichts.

»Wissen Sie überhaupt, wohin wir rennen?« keuchte Joan und versuchte, nonchalant zu wirken. Dabei hatte sie Angst vor seiner Antwort.

»Weiß ich nicht!« schnauzte er sie an. »Wir sind doch auf einem Ausflug ins Blaue, oder nicht?«

Das Geräusch der Macheten wurde immer lauter. Die Verfolger mußten in jeder Hand je eine Machete führen.

Ein hohes Dickicht hinderte Jacks Vorwärtsdrang. Seine Hiebe mit der Machete wurden noch aggressiver. Doch plötzlich blieb er abrupt stehen und streckte den Arm noch gerade früh genug aus, um zu verhindern, daß Joan an ihm vorbeirannte.

Joans Augen wurden dreimal so groß wie normal, als sie über seinen Arm hinwegsah. Sie standen am Rand einer zwanzig Meter tiefen Schlucht, auf deren Grund ein reißender Bach dahinschoß.

»Lady, Sie sind das Gegenteil eines Talismans.«

»Aber da ist doch eine Brücke.«

Die Ränder der Schlucht waren zwar dicht bewachsen, aber ein paar Schritte links von ihnen war doch eine schmale, mit Lianen überwachsene Hängebrücke über die Schlucht zu erkennen. Selbst wenn dieser Steg erst kürzlich gebaut worden wäre, hätte er aufgrund seiner geradezu zierlichen Bauweise kaum mehr tragen können als einen oder zwei unterernährte Indios, aber diese Brücke war von Wind und Wetter arg mitgenommen. Die Hälfte der Trittbretter fehlte schon oder war in der Mitte entzweigebrochen.

»Das ist keine Brücke«, sagte er, »das ist präkolumbianische Kunst.«

Jack nahm das Gewehr zur Hand und lud nach. Dann kniete er sich hinter einen Baumstrunk und versuchte, die genaue Position der Polizisten auszumachen. Er achtete auf die Geräusche, wie das Unterholz niedergetrampelt wurde. Es konnte sich nur noch um Sekunden handeln, bis sie ihn hatten. Seine einzige Chance lag darin, sie einzeln zu erwischen. Noch nie war er sich seiner Schießkünste so ungewiß gewesen wie in diesem Augenblick.

»Ich wollte, ich wüßte wenigstens, wofür ich sterbe.«

Joan verspürte nicht die geringste Lust, durch eine Gewehrkugel oder sonst irgendwie umzukommen, bevor sie nicht sehr alt geworden war. Und sie war wild entschlossen, nicht hier stehenzubleiben und auf die fatale Kugel zu warten, die sie treffen und alles beenden würde. Vorsichtig bewegte sie sich entlang des überwucherten Klippenrandes auf die Brücke zu. Zögernd betrat sie dann die erste Bohle. Sie ächzte unter ihrem Gewicht, aber sie gab erfreulicherweise nicht nach.

Jack hielt sein Gewehr noch immer in die Richtung, wo die Klingen der Macheten rhythmisch aufblitzten. Er schüttelte den Kopf und beklagte innerlich sein Schicksal.

»Warum können wir auch nie auf unsere Mütter hören ...«

Joan hatte die Brücke schon fast zu einem Drittel überwunden. Es grenzte an Selbstmord! Doch dann fragte sie sich, was wohl schlimmer sein mochte: Durch eine Kugel zu sterben oder in die Schlucht hinunterzustürzen auf die spitzen Felsen dort unten, über die die lilafarbenen Wasser des Bachs hinwegtosten. Hinter ihr fielen morsche Teile der Brücke in die Tiefe, wo sie sofort von dem dort tobenden Inferno verschluckt wurden. Bei dem Gedanken, sie könne vielleicht schon in der nächsten Sekunde ebenfalls dort hinuntersausen, drehte sich ihr der Magen um. Als sie vorhin gemeinsam durch den Dschungel gehetzt waren, hatte sie Angst gehabt. Das hier aber war schlichter Terror!

Jack spähte über den Baumstumpf hinweg. Die Macheten klangen jetzt sehr nahe. Er redete leise mit sich selbst.

»Da könnte ich jetzt ein Schönheitschirurg sein – eine halbe Million Dollar im Jahr auf dem Konto – mich so richtig in Titten und Hintern hineinknien...«

Jack hob das Gewehr, spannte den Hahn und suchte schon mal nach dem ersten Ziel.

»Eine Playmate des Jahres gibt der anderen die Klinke in die Hand... aber nein. Ich bin hier – mit einer Schriftstellerin! Ich hoffe bloß, kleine Lady, du hast dir Notizen gemacht, denn hier sind Sie Zeugin einer echten Situation auf Leben und Tod geworden.«

Unbemerkt von Jack tat sie einen weiteren zögernden, tastenden Schritt. Und noch einen. Wieder setzte sie ihren Fuß auf ein anderes Brett. Sie betete. Und plötzlich – ein Knirschen, ein Brechen...

Jack wandte sich noch gerade rechtzeitig um, um Zeuge zu werden, wie das Brett nachgab, auf dem Joan gerade stand, und dann in die Tiefe sauste. Geistesgegenwärtig hatte sich Joan an einer Liane festgeklammert, die sich um das linke Geländer gerankt hatte. Ungläubig sah er zu, wie sie in die Tiefe flog und dann über dem Abgrund hin und her schwang. Mit beiden Händen hielt sie die Liane umklammert, zog die Knie bis zur Brust an, und dann schwang sie sich mit einer geschmeidigen Bewegung, die eines Tarzan würdig gewesen wäre, hinüber zu den Klippen auf der anderen Seite, wo sie wie durch eine grüne Wand in die tropische Vegetation rauschte und seinen Augen noch im selben Moment entschwunden war.

Jack war nicht nur über ihren Mut erstaunt, sondern auch über die Geschicklichkeit und die Kraft, mit denen sie sich bewegte. Noch einmal blickte er in Richtung der näher kommenden silbernen Blitze, die immer häufiger durch das Grün hindurch aufleuchteten. Dann zurrte er den Rucksack fester, warf das Gewehr über die Schulter und zog den Riemen stramm.

Sie hatte ihren Weg aus dem Inferno gesucht und gefunden. Es gab eigentlich keinen Grund, warum er weniger erfolgreich sein sollte und das, was sie vorgemacht hatte, nicht auch können sollte. Er wollte verdammt sein, wenn ihn ausgerechnet ein Weib beschämen würde! Er faßte nach einer Liane und prüfte sie auf ihre Haltbarkeit, so gut es gehen wollte. Dann trat er ein paar Schritte zurück, denn ihm war klar, daß er so viel Schwung wie nur eben möglich brauchen würde, wenn ihm sein Vorhaben gelingen sollte. Er nahm schon Aufstellung, wollte losrennen – probierte die Festigkeit der Liane ein letztesmal... und riß sie ab. Sie fiel zu Boden wie eine tote Schlange.

Sekundenlang starrte er auf seine Hand, die noch immer das eine Ende hielt. »Mist!«

Er ließ die Liane fallen und blickte über die Schulter zurück. Er stöhnte. Keine fünfzehn Fuß entfernt schnitt sich die erste Machete durch die grüne Hölle.

Schnell ergriff er eine andere Liane und probierte sie aus, indem er so fest an ihr zerrte, wie er nur irgend konnte. Er wußte, daß sie halten würde. Und wenn auch nicht – er war in jedem Fall ein toter Mann.

Er nahm drei Schritte Anlauf, dann sprang er los. Seine Hände faßten energisch zu, aber es gelang ihm nicht, die Knie so hoch anzuziehen, wie Joan das vorhin getan hatte. Der Rucksack und das Gewehr zogen ihn hinunter. Aber er schwang sich über den Abgrund hinweg.

Er war noch nicht zur Hälfte drüben, als er voller Entsetzen merkte, daß die Liane viel zu lang war. Seine Augen weiteten sich vor Schreck. Noch einmal versuchte er, die Beine hoch genug an den Körper zu ziehen, aber es mißlang. Die steile

Klippe auf der anderen Seite raste heran, und dann schlug er mit dumpfem Klatschen auf die Wand auf.

Jack blickte nach oben und sah den Rand der Klippe kaum fünf Meter über sich. Mit Händen und Füßen krallte er sich in der Steilwand fest, um Halt zu finden. Die Liane ließ er los. Dann klammerte er sich mit einer Hand und einem Fuß im brüchigen Gestein fest und suchte mit der anderen Hand und dem anderen Fuß neuen Halt. Er spürte, wie das Gewehr ein Stück abrutschte.

Seine Stimme klang heiser, als er den Kopf zurücklegte und nach ihr rief: »Joan! Joan?«

Joan lag noch immer schockiert im jungfräulichen Grün. Die Knie waren aufgeschrammt und bluteten, die Hände waren von der Liane fast verbrannt worden, die Handflächen nur noch eine blutige Masse, aus der die losgerissenen Fasern der Liane herausschauten. Die Augen wollten ihr schier aus dem Kopf fallen. Sie konnte sich nicht mehr erinnern, wo sie war oder warum sie solche Schmerzen hatte. Es gab keine einzige Stelle an ihrem Körper, die ihr nicht weh tat, und in ihrem Kopf pochte es unausgesetzt. Sie stierte auf ihre Hände, während ihr die Tränen über das Gesicht rannen.

Dann erinnerte sie sich wieder an ihn. Sie war sicher, einen Mann schreien gehört zu haben. Das mußte gewesen sein, als die Polizisten ihn eingeholt und ihm den Kopf mit einer dieser gräßlichen Macheten abgeschlagen hatten. Jetzt war sie allein. Es gab niemanden mehr, der sie beschützen oder gar retten konnte – niemanden außer ihr selbst. Auf dieser Seite des Flusses würde sie sicher sein, wenigstens für den Augenblick.

Sie begann unkontrolliert zu zittern. Irgend etwas würde sie unternehmen müssen, um sich wieder zu beruhigen. Da fiel ihr die kleine Flasche Brandy ein, die sie aus dem Flugzeug mitgenommen hatte. Wenn es je eine Gelegenheit gegeben hatte, zu der sie einen Drink gebraucht hätte, dann jetzt! Ihre Schultertasche besaß sie noch immer. Sie hatte alle bisherigen Wirrnisse überstanden – sogar Jacks Drang, sie von allem Überflüssigen zu befreien. Sie spürte, daß sie nahe daran war, endgültig in Hysterie zu verfallen. Vielleicht konnten ein paar Schlucke Brandy noch das Schlimmste verhindern. Mit zitternden Fingern durchsuchte sie die Tasche und fand endlich das so kostbar gewordene Fläschchen.

Ihre Hände zitterten und schmerzten furchtbar, als sie versuchte, den Verschluß zu öffnen. So sehr nahmen ihre Bemühungen sie gefangen, daß sie von Jacks Dilemma auch nicht das mindeste merkte.

Jack kämpfte sich derweil Zenitmeter für Zentimeter weiter nach oben der Rettung entgegen. Irgendwann gab der Karabinerhaken nach, der den Gewehrriemen schloß, und sein Gewehr fiel in die Tiefe. Jack krallte sich fester ins Gestein und blickte gerade noch rechtzeitig hinunter, um das Gewehr auf einen Felsen aufschlagen zu sehen, bevor es von den Fluten verschlungen wurde. Sekunden später war nur noch der Kolben zu sehen, der sich an einem Felsvorsprung verfangen hatte.

Jack verdoppelte seine Anstrengungen und bekam endlich mit der Rechten den Rand der Klippe zu fassen. Vorsichtig suchte er für seinen Fuß einen genügend festen Halt. Die Zähne zusammengebissen, die Muskeln aufs äußerste angespannt, gelang es ihm, sich hinaufzuziehen, bis auch seine linke Hand festen Halt auf dem Klippenrand fand.

Als er vor sich in das dichte Dickicht starrte, wurde ihm wieder bewußt, daß er Joan nicht sehen konnte und daß er sie auch in den letzten Minuten nicht mehr gehört hatte. Ob sie an den Folgen des Aufpralls vorhin gestorben war?

»Joan...« Seine Stimme hatte kaum noch Kraft. Er konnte ihren Namen nur krächzen.

Mühsam zog er sich ganz nach oben und holte zuerst einmal tief Luft. Dann massierte er sich die Beine. Er war sicher, er werde nie wieder aufstehen können, so steif waren seine Muskeln inzwischen. Doch als sich die Krämpfe dann wieder legten, warf er einen letzten Blick auf den tödlichen Fluß und machte sich daran, in die grüne Wand vor ihm einzudringen.

Als er Joan entdeckte, wie sie auf dem Boden saß und sich mit einer Flasche Brandy beschäftigte, ging er zu ihr und riß ihr die Flasche aus der Hand.

»Schnaps?!« schrie er und warf sie in hohem Bogen ins Gebüsch. »Und mich hätten sie inzwischen beinahe umgebracht!«

Bevor Joan noch auf seinen Wutausbruch reagieren konnte, bohrten sich zwei Gewehrkugeln vor ihnen in den Boden. Instinktiv hechtete Jack vorwärts, um Schutz vor den Verfolgern im Dschungel zu finden. Joan folgte ihm auf der Stelle.

IX.

Das Rauschen des Wassers hielt Santos im allerletzten Augenblick davon ab, sich noch einmal, zum letztenmal hoffentlich – ins Dickicht zu stürzen. Zolo war absolut sicher, die verhaßten Amerikaner jetzt endlich erwischt zu haben. Zudem war er durstig wie seit Wochen nicht mehr. Er stürmte heran wie ein wildgewordener Stier auf das rote Tuch und entging nur ganz knapp dem tödlichen Sturz in die Tiefe. Santos erwischte ihn gerade rechtzeitig am Arm, um seinen Vorgesetzten auf sicheren Grund zurückzureißen.

Zolo bedankte sich nicht einmal. Er starrte nur auf den tosenden Fluß und die gezackten Felsen unter ihm. Dieser verdammte Dschungel hatte es doch tatsächlich gewagt, ihm seine Rache im letzten Moment unmöglich zu machen. Er kochte vor Wut und brüllte seine Männer an, die ja nun wirklich nichts dafür konnten.

Schließlich verlangte er nach einem Fernglas und suchte die Wasserkaskaden da unten nach irgendwelchen Anzeichen der beiden ab. Er holte sich die Szenerie näher heran, und dann entdeckte er einen Gewehrkolben. Sofort untersuchte er die nähere Umgebung genauer, fand aber nichts mehr. Doch instinktiv begriff er, daß er etwas hätte finden müssen, wenn die beiden oder auch nur einer von ihnen dort hinuntergestürzt wären.

Santos deutete auf die Brücke und meinte, sie müßten wohl von der Brücke heruntergefallen sein, doch Zolo war davon überzeugt, daß die ganze Brücke zusammengefallen wäre, wenn die beiden sie betreten hätten. Einig waren sich die Polizisten nur dahingehend, daß die Brücke unpassierbar sei, aber während Santos felsenfest davon überzeugt blieb, die beiden müßten in die Schlucht gestürzt sein, hielt Zolo es für absolut sicher, daß sie irgendwie entkommen waren.

Er richtete das Fernglas auf die Steilwände jenseits der Schlucht und entdeckte dort eine Liane, die leicht hin und her schwang. Es war unwahrscheinlich – aber möglich. Die Amerikaner mußten um einiges couragierter gewesen sein, als er erwartet hatte, wenn es ihnen wirklich gelungen wäre, ihm mit Hilfe der Lianen zu entkommen.

Aufmerksam beobachtete er die Gegend, wo die Vegetation am dichtesten war. Einen Augenblick lang war er sicher, etwas wie ein Stück Kleidung gesehen zu haben. Er setzte seine Suche fort und wurde durch einen kurzen, aber deutlichen Blick auf den Amerikaner belohnt.

Sofort rief er einen seiner Männer heran, ließ sich sein Gewehr geben und drückte ab. Er schickte zwei Kugeln in genau die Richtung, in der er zuvor den Amerikaner gesehen hatte. Dann riß er das Fernglas an die Augen und mußte feststellen, daß er ihn verfehlt hatte.

Er knirschte mit den Zähnen, und seine Augen glühten vor Wut und Haß, als er sich nach Santos umsah.

»Ich kenne einen anderen Weg auf die gegenüberliegende Seite«, sagte dieser.

Santos gab seinen Männern ein paar Befehle, und die kleine Polizeitruppe folgte ihm entlang des Klippenrandes.

Joan hätte es nicht einmal zu träumen gewagt, aber dieser Teil des Dschungels war noch undurchdringlicher als die Gegend, die sie auf der anderen Seite der Schlucht hinter sich zurückgelassen hatten. Und um die Dinge noch schwieriger zu gestalten, hatte es zu regnen begonnen. Es war der schlimmste Regen, den sie je erlebt hatte. Kaum trafen die Regentropfen auf das erhitzte Blätterdach, als sie auch schon mit einem feinen Zischen verdampften, und so waren sie im Nu eingehüllt in dichte Nebelschwaden.

Insekten umschwärmten sie, und Joan wußte, daß sie wertvolle Zeit verlor, wenn sie sie alle totzuschlagen versuchte. Es mußten hundert verschiedene Moskito-Arten sein, die sich allesamt ausgerechnet eine gewisse Joan Wilder als Ziel auserwählt hatten. Fliegen, Mücken und Motten umschwirrten ihr Gesicht und flogen ihr in Mund und Augen; sie konnte sie in ihren Haaren krabbeln fühlen und auf ihrem Nacken.

Der Regenschauer schien dem Dschungel neues Leben eingehaucht und Äste und Zweige ermuntert zu haben, noch intensiver als zuvor nach ihr zu greifen und ihr die Kleider noch weiter zu zerreißen. Ihr Sarong bot so gut wie keinen Schutz mehr, und auf ihren Schenkeln prangten einige hundert kleine Schrammen.

Sie hatte jetzt noch mehr Angst als vorher, weil ihr endgültig klargeworden war, daß Jack nicht wußte, wohin sie sich wenden konnten. Sie liefen vor der Polizei davon, nun gut – aber wohin?

Sie hörte die Paarungsrufe der Papageien, Tukane und Kakadus ringsum. Jack erklärte ihr mitunter, um welchen Vogel es sich gerade handelte, und sie fragte ihn auch nach den Stimmen der anderen Tiere, die man überall hörte, aber er behauptete, das bilde sie sich nur ein. Sie war überzeugt, daß er log. Verrückt geworden war sie noch nicht – trotz allem. So war sie einmal ganz sicher, ein tiefes Stöhnen gehört zu haben wie von einem sterbenden Pferd.

Dann wieder meinte sie, so etwas zu hören wie das Knurren eines Löwen und später etwas, das sich wie das Lachen einer Hyäne anhörte. Jack behauptete, solche Tiere gebe es in Kolumbien überhaupt nicht. Aber sie war alles andere als beruhigt. Ja, sie war sicher, daß irgend etwas Schreckliches in diesem undurchdringlichen Dickicht vorging.

Am späten Nachmittag hörte der Regen wieder auf, und das Terrain wurde ein klein wenig übersichtlicher. Für Jack wurde es jetzt leichter, sich einen Weg durch den Dschungel zu bahnen, und er mobilisierte die letzten Kraftreserven, um seine Machete noch schneller die Vegetation zerhacken zu lassen. Noch immer hörte er Joan hinter sich, und ihr Keuchen und gelegentliches Stolpern klang ihm jetzt ungleich angenehmer als noch vor ein paar Stunden – er wollte sie in der Nähe wissen, denn so würde er keine Zeit mehr damit verschwenden müssen, auf sie zu warten.

Über eine Stunde lang hackte sich Jack durch das Grün und trieb sich selbst und Joan an die Grenze ihrer Leistungsfähigkeit. Schließlich sank er völlig ausgepumpt zu Boden. Er hatte das Gefühl, als könne er jetzt auch nicht einen Schritt mehr ohne fremde Hilfe tun. Schweiß rann ihm von der Stirn. Sein Hemd war klatschnaß, und sein Knie schmerzte noch immer von dem Aufprall auf die felsige Klippe, als er sich an der Liane wie ein Affe über den Abgrund geschwungen hatte. Während er sich das Knie rieb, dachte er wieder an Joans Desinteresse an seinem Schicksal, als er über dem Abgrund geschwebt hatte. Sie war ein kaltherziges Flittchen, das zuerst und zuletzt und überhaupt immer an sich allein dachte. Frauen wie sie ließen ihn sich darüber freuen, daß er in der Wildnis lebte und nicht irgendwo in einer Stadt!

Joan hatte zu ihm aufgeschlossen, und als sie ihn auf dem Boden sitzen sah, hätte sie ihn am liebsten vor Dankbarkeit umarmt und geküßt. Sie ließ sich auf die Knie nieder, obwohl sie wußte, daß sie hier nicht lange verweilen durften. Aber sie brauchte einen Augenblick, einen einzigen winzigen Augenblick der Erholung.

Im selben Moment, da Joan sich setzte, erhob sich Jack schon wieder und ging an die Arbeit. Sie warf trotzig den Kopf in den Nacken, erhob sich ebenfalls und folgte ihm auf seinem Weg tiefer hinein in den Dschungel.

Als die Dämmerung hereinbrach, hatten sie das tiefer gelegene Ufer des Flusses erreicht. Jack stand minutenlang da und beobachtete den Sonnenuntergang. Es war ein großartiges Schauspiel, wie der rote Ball der Sonne von den Bergen verschluckt zu werden schien. Die Farbe des Himmels wechselte von Rotgold zu tiefen Purpur-, Lavendel- und Malventönen. Weiße Wolken zogen über den Horizont wie ein Vorhang aus durchsichtig-feinem Gespinst. Ein Schwarm exotischer Vögel flog vom Ufer auf, formierte sich in der Luft und stob lärmend davon. Jack war von dem wundervollen Farbenspiel so begeistert, daß er fast bereit war zuzugestehen, allein um dieses Anblicks willen habe sich der Tag, der hinter ihm lag, gelohnt.

Joan langte völlig außer Atem ebenfalls am Ufer an und sank sofort zu seinen Füßen in sich zusammen. Er blickte auf sie hinunter.

»Sie können sich im Fluß waschen. Ich gehe inzwischen ein Stück stromaufwärts.«

Hätte sie auch nur noch den allergeringsten Rest von Energie in sich gespürt, sie hätte ihn angeknurrt wie eine Wildkatze. Wie konnte ein Mensch nur derart gefühllos sein! Hatte dieser Mann überhaupt ein Herz in der Brust? Wieso konnte ein menschliches Wesen nach derartigen Strapazen überhaupt noch auf den eigenen Füßen stehen? Sie selbst jedenfalls konnte nicht einmal mehr kriechen. Sie fragte sich schon, ob er vielleicht ein Wundermittel von irgendeinem südamerikanischen Zauberdoktor bekommen hatte, das ihm solche übermenschlichen Kräfte verlieh. Das entsprechende Rezept müßte man finden. Man könnte ein Vermögen damit machen!

Sie mußte zugeben, daß das Wasser kühl und einladend aussah. Es war jene indifferente Tageszeit, wenn der Mond sich noch nicht ganz schlüssig ist, ob er sich bereits zeigen soll, wärend die Sonne noch nicht so recht weiß, ob sie sich schon endgültig verabschieden muß. Der Dschungel lag in einem ganz und gar unbeschreiblichen Zwielicht da, halb silbern, halb golden.

Joan sah einer Schar kleiner weißer Vögel zu, die sich auf einem Baum hinter ihr auf der Anhöhe niederließen. Fasziniert starrte sie in die glitzernden Wasser, in denen sich die vielfältigen Farben des Urwalds und seiner Bewohner wie die des Himmels spiegelten. Als sie den Sarong löste, erinnerte sie sich wieder der Berührung seiner Hände, als er den Rock um ihre Hüften drapiert und seinen Fingern dabei erlaubt hatte, ihre zarte Haut zu erkunden.

Auf einmal war auch wieder dieses Kribbeln ganz tief in der Gegend ihres Magens da, das sie dabei empfunden hatte und das kleine Schauder über ihre Schenkel gesandt hatte und jetzt wieder sandte. Sie zitterte leicht und rieb sich die Arme.

Ihr war nur allzu bewußt, daß sie sexuell auf ihn reagierte, obwohl er – abgesehen vielleicht nur von diesem einen kurzen Augenblick, wo er ihr den Sarong um die Hüften geschlungen hatte – keinerlei Hinweis darauf gegeben hatte, daß er seinerseits an ihr interessiert sein könnte. Ganz im Gegenteil: Er hatte doch die meiste Zeit versucht, sie im Dschungel wieder loszuwerden. Jedesmal, wenn sie ganz zu ihm aufgeschlossen hatte, sah sein Gesicht jedenfalls über alle Maßen abweisend aus. Wie war es unter diesen Umständen nur möglich, daß ihr Körper in solch hohem Maße die Herrschaft über ihren Geist gewinnen konnte? Sie fragte sich, ob Sex vielleicht jetzt, wo sie älter wurde, eine größere Bedeutung in ihrem Leben gewann. In einem Artikel im *Cosmopolitan* hatte sie jedenfalls gelesen, daß die Mehrzahl aller Frauen erst Mitte der Dreißig den Höhepunkt ihrer sexuellen Empfindungen erreichte. Irgendwie erleichterte es sie in diesem Zusammenhang doch sehr, daß sie dann ja wohl noch einiges vom Leben zu erwarten hatte. Elaine hatte sich oft genug über sie lustig gemacht und gemeint, sie müsse wohl eine sexuell sehr unterdrückte Seele haben, und Joan fragte sich jetzt allen Ernstes, ob Elaine damit nicht vielleicht recht gehabt haben könnte.

Falls es nämlich stimmte, welche Erklärung gab es dann für ihre Reaktion auf *ihn?* Joan versuchte sich einzureden, das sei wohl doch eher eine ganz normale menschliche Reaktion auf den Streß ganz allgemein. Vielleicht konnte *Psychologie heute* das besser formulieren und eine eingängigere Sprache dafür finden, aber das änderte nichts daran, daß sie so eine Antwort auf ihr Problem gefunden hatte, mit der sie rundum zufrieden war.

Noch einmal blickte sie in den Fluß, dessen Wasser die sanften Kurven des Ufers zu umschmeicheln schienen, und sie entschloß sich, Bluse, Schlüpfer und Schuhe nicht auszuziehen. Dabei fürchtete sie wilde Tiere in diesem Augenblick weit weniger als ihre eigenen Gefühle.

Vorsichtig ging sie tiefer ins Wasser hinein und war überrascht, daß es überhaupt nicht kalt war. So wagte sie sich weiter hinein und genoß die Wärme, die der eines regulären Bades zu Hause in der Badewanne kaum nachstand. Der Fluß war sauber und klar, und wenn auch der Mond die einzige Lichtquelle war, konnte Joan doch bis auf den Boden sehen. Kleine rote, blaue, goldene und grüne tropische Fische schwammen in ganzen Schwärmen dort unten und kreisten um ihre Beine. Sie kicherte, als sie an ihren Zehen knabberten, und als sie den Fuß bewegte, stoben sie wieder davon.

Eine sanfte Brise strich durch die Bäume und ließ die Äste leise rauschen. Joan saugte die unbeschreibliche Nacht mit jeder Pore auf, während sie die Düfte des Jasmins, der Orchideen und Wildblumen einsog und den Rufen der Vögel lauschte, mit denen sie ihre Weibchen lockten. Das warme Wasser tat schließlich ein übriges, und sie entledigte sich ihrer Schuhe, der Bluse und schließlich auch des Slips.

Angelina wäre sehr mit ihr einverstanden gewesen, dachte sie, als sie sich in dem warmen Wasser aalte. Sie tauchte hinein in die Fluten, schwamm ein Stückchen unter Wasser und warf sich blitzschnell herum, als sie fast auf einen spitzen Felsen gespült worden wäre. Dann schwamm sie ein Stück auf dem Rücken und blickte hinauf zu den Myriaden von Sternen.

Wie oft hatte sie nicht schon Szenen wie diese hier in ihren Romanen beschrieben, ohne sie je selbst erlebt zu haben. Wie hätte sie auch wissen können, wie das ist, wenn man in einem Fluß badete – völlig nackt! So vieles hatte sie im Leben versäumt, aber es gab bestimmt andere Dinge, nach denen sie sich gesehnt hatte als ausgerechnet danach, in der Wildnis eines südamerikanischen Dschungels zu stranden!

Und doch konnte sie nicht umhin zuzugestehen, daß sie diesen Augenblick der Stille und des Alleinseins in vollen Zügen genoß.

Sie dachte nicht an Elaine und an die Möglichkeit, daß vielleicht gerade in diesem Augenblick ein Kidnapper ein Messer an ihre Kehle setzte. Sie dachte nicht an die Polizei und den Wahnsinnigen, der hinter ihrer Landkarte her war. Statt dessen überließ sie sich voll und ganz den Wundern rings um sie her und dem mystischen Zauber der kolumbianischen Nacht.

Schließlich stand sie mitten im Fluß, den Kopf in den Nacken geworfen, und wusch sich das Haar in dem kristallklaren Wasser. Was hätte sie jetzt nicht alles für ein Stück Seife gegeben! Sie wusch sich, so gut es gehen wollte, und fragte sich ein ums andere Mal, ob *er* nicht vielleicht ein wenig Shampoo oder ein Stück Seife irgendwo in seinem Rucksack versteckt hatte. Doch sie war schon dankbar für das klare Wasser des Flusses und spülte ihre Haare noch einmal kräftig durch.

Jack ging am Ufer entlang, da fiel sein Blick plötzlich auf die Stelle, wo sie mitten im Fluß stand. Sie bot ein einfach unglaubliches Bild, wie sie da im Mondlicht badete. Er starrte auf die Wassertropfen, die in ihren Wimpern und in ihren Haaren glitzerten. Das Wasser rann in silbrigen Strömen ihren Nacken entlang und zwischen ihren Brüsten hinunter. Die Hände schlossen sich zu Fäusten und öffneten sich wieder. Er verspürte den beinahe unabweisbaren Drang, ihre Brüste zu berühren, ihre ganze Fülle und Pracht zu massieren und zu kneten. Während sein Mund rasend schnell trocken wurde, versuchte er, sich den ganzen Ärger wieder ins Gedächtnis zurückzurufen, den sie ihm bereitet hatte, angefangen vom Verlust seines Landrovers und seiner Vögel, seines einzigen Vermögens, bis hin zu der Flucht quer durch den Dschungel. Er kämpfte mit Macht dagegen an, sich in der Tiefe ihrer grünen Augen zu verlieren, und redete sich ein, nicht zu bemerken, wie ihr Haar glänzte, während es in einer dunklen Welle auf ihren Rücken niederfiel. Er sagte sich selbst, so zart sei ihre Haut ja gar nicht, und ihre Lippen nicht so verlockend – aber er glaubte sich selbst schon sehr bald nicht mehr.

Wie war es nur möglich, daß eine auf den ersten Blick so nichtssagend und uninteressant wirkende Frau derart anziehend und schön wurde? Er lebte schon zu lange im Dschungel, um das allein auf die Umgebung zurückzuführen. Nein, dumm war er nicht – er war vielleicht blind gewesen, es nicht zu bemerken –, dumm war er nicht. So aus der Nähe konnte er mit aller Bestimmtheit sagen, diese Joan Wilder sei die anziehendste Frau, der er je begegnet war.

Ihr ganzer Zauber lag in mehr als nur der Art, wie sie die Lippen öffnete, als wolle sie irgend etwas sagen, obwohl sie in Wirklichkeit doch nur Luft holen wollte; oder nur in der Art, wie sie die dicht bewimperten Augen senkte, um sie dann wieder zu heben und sie betörende Sekunden lang auf ihn zu richten. Er wurde schier wahnsinnig angesichts des Lächelns, das um ihre Lippen spielte und das ihm ein Versprechen vorzugaukeln schien, um dieses Angebot schon im nächsten Augenblick zu widerrufen und seine schönsten Hoffnungen zu zerstören.

Wieviel an ihr war unverbindlicher Flirt, wieweit war sie die Art von Frauen, die er sein Leben lang immer wieder kennengelernt hatte? Ganz tief sah er ihr in die Augen, doch er fand auch nicht die Spur von Leichtsinn in ihnen. Sie hatte dasselbe Verlangen nach ihm wie er nach ihr, aber da gab es irgend etwas, das sie beide zurückhielt, etwas, das keinerlei Sinn zu ergeben schien. Körperliches Verlangen war körperliches Verlangen, und Lust war Lust. Nie hatte ihn früher irgend etwas aufhalten können; warum sollte jetzt auf einmal irgend etwas anders geworden sein?

Welches Spiel spielte sie wohl, fragte er sich, und doch war ihm bewußt, daß mit Joan irgend etwas anders war. Sie gehörte nicht zu der Kategorie seiner Gespielinnen in Manhattan, die an seiner Stellung in der Firma mehr interessiert waren als an einem gewissen Jack Colton. Aber sie war auch keine von diesen Naiven Kolumbiens, die in ihm zunächst einmal eine Fahrkarte aus Kolumbien heraus und in die Vereinigten Staaten sahen. Da war etwas anderes neben ihren körperlichen Reizen, das ihn geradezu magisch anzog, etwas, das gar nicht zu seiner Überzeugung passen wollte, er habe es mit einem kaltherzigen, nur auf den eigenen Vorteil bedachten Flittchen zu tun. Das Mondlicht mußte seine analytischen Fähigkeiten vernebelt haben, denn sie konnte nicht gut beides sein. Sie besser kennenzulernen – ja, das war vielleicht noch eine Aufgabe, die zu lösen einiger Anstrengung wert sein mochte.

Joan wurde sich plötzlich bewußt, daß sie nicht mehr allein war. Jack starrte sie an. »Ich denke, Sie wollten stromauf gehen!« schnappte sie.

»Was? Mitten durch das Wasser? Ich würde noch nicht einmal dann ins Wasser gehen, wenn mich jemand dafür bezahlte!«

Joan wußte, daß er sie nur ärgern wollte, aber sie fühlte sich auf einmal alles andere als wohl. Angestrengt starrte sie auf die Wasserfläche hinunter, aber den Boden konnte sie nicht mehr sehen. »Ich würde jetzt gern wieder aus dem Wasser kommen, wenn es Ihnen recht ist«, sagte sie. »Mir wird langsam kalt. Bitte, drehen Sie sich um.« Sie wagte gar nicht sich vorzustellen, was da womöglich unter der Wasseroberfläche alles lauerte. »Ich habe das Gefühl, als sei ich hier nicht mehr allein.«

Jack wandte sich ab und begann, ein paar Palmenzweige, die er im Arm trug, über einige waagerecht verlaufende Lianen zu breiten und dann mit Laub abzudecken, bis eine Art Hängematte entstanden war.

Joan raffte ihre Kleider zusammen, die sie am Strand zum Trocknen ausgebreitet hatte, und verschwand hinter einem Baumstamm, um sich in seinem mehr als dürftigen Schutz wieder anzuziehen. Sie brachte es einfach nicht fertig, sich selbst einzureden, daß er sie hier nicht beobachten konnte, und so kleidete sie sich, so schnell sie nur konnte, wieder an. Als sie die Bluse noch nicht ganz zugeknöpft hatte, trat sie schon wieder hinter dem Baum hervor. »Wie weit ist denn Cartagena von hier entfernt?«

»Ein paar hundert Meilen«, erwiderte er nonchalant.

»O Gott! Wir sind offenbar mitten im Nichts.« Sie versuchte, den Gürtel ihres noch immer feuchten Rocks zuzumachen. Noch während sie sich abmühte, sah sie, daß Jack das Hemd auszog, aber die Hosen und das Unterhemd anbehielt.

Er spürte ihre Augen auf sich und lächelte. »Nun, wir sind im Urwald.« Er ging ein Stück weg und setzte sich ans äußerste Ende der provisorischen Hängematte, wo er sich die Stiefel auszog. Dann streckte er sich genüßlich auf den Farnkräutern aus.

Joan blickte ängstlich zu ihm hinüber. Er erwartete sichtlich und allen Ernstes, daß sie hier in dieser aus ein paar Blättern und Ranken errichteten Hängematte unmittelbar neben ihm die Nacht verbrachte. Nein, ein Bett im King-size-Format war das wirklich nicht. Da gab es nicht genug Platz für zwei Erwachsene, um zusammen zu schlafen – für zwei Erwachsene, die nicht zusammen schliefen.

Jack machte aus seinem Hemd und seinem Rucksack ein Kissen und schob es sich unter den Kopf. Dabei sah er zu Joan auf und grinste. Ihr Gesicht war ausdruckslos. Er gähnte.

Joan blickte auf die Schlafstelle und den winzigen Platz, der ihr zum Schlafen übrigblieb. Er mußte ihre Gedanken wohl erraten haben, denn er rutschte ein Stück zur Seite und deutete neben sich.

»Sie werden doch nicht ohne eine Unterlage auf dem nackten Boden schlafen wollen?«

Joan sah das Lächeln auf seinem Gesicht und wußte, daß sie sich keine Sorgen um ihre sexuelle Attraktivität zu machen brauchte. Sie fühlte sich wie Daniel auf dem Weg in die Löwengrube.

»Nichts da«, sagte sie.

»Joan, hier geht es nicht um Sex, sondern um die Tierchen, die des Nachts über den Boden krabbeln.«

Sie trat einen Schritt zurück und lehnte sich gegen einen Baum, wo sie sich langsam auf die Fersen niedersinken ließ. »Ich bin eigentlich – noch gar nicht richtig müde. Komisch, nicht wahr?«

»Allerdings«, sagte Jack amüsiert, »sehr komisch.«

»Wirklich, ich fühle mich hier ganz wohl. Es ist recht gemütlich.« In dem verzweifelten Versuch, wenigstens sich selbst davon zu überzeugen, daß sie bequem saß, verlagerte Joan ihr Gewicht, lehnte sich stärker an den Stamm und versuchte, die Krämpfe zu ignorieren, die ihre Muskeln schon wieder heimsuchen wollten, und die Tatsache, daß es immer kühler wurde. Es fiel ihr schwer, denn man konnte zu deutlich sehen, daß Jack sich ausgesprochen wohl fühlte, wie er da, die Glieder ausgestreckt, in der provisorischen Hängematte lag. Trotzdem ... Sie versuchte sich einzureden, sie sei müde, langte nach ihrer Handtasche und ihren Schuhen und schrie dann laut auf, als ihre Hände Kontakt mit etwas Haarigem bekamen. Zu Tode erschrocken sprang sie auf die Füße und schüttelte wie wild ihre Hand ... Ein wolliger, schwarzer Tausendfüßler fiel zu Boden. Sie sprang auf Jack und seine Liegestatt zu.

»Ich komme!«

»Sie atmen ja nicht einmal schneller«, murmelte Jack, als er sich auf die andere Seite drehte.

Joan tat, als habe sie ihn nicht verstanden. Sie streckte sich neben ihm auf der Hängematte aus, wobei sie noch immer ihre Handtasche ganz fest an sich drückte. Minuten später schon entspannte sie sich dann deutlich.

Als habe er gespürt, daß ihre Wachsamkeit nachgelassen hatte, drehte sich Jack plötzlich wieder herum und preßte ihr die Arme fest an den Körper. In der Dunkelheit schien sein Gesicht über ihr zu glühen. Seine Stimme klang sehr, sehr leise, als er sagte: »Warum erzählst du mir nicht endlich einmal etwas über deine Schwester?«

Joan versuchte allenfalls symbolisch, sich gegen seine Hände zu wehren. »Das habe ich doch schon«, sagte sie gepreßt, unfähig, sich gegen seine Vertraulichkeit zu sträuben. Wie war es nur möglich, daß ein Mann eine Frau so ansah, wie Jack sie in diesem Augenblick ansah, ohne daß er zur rasenden Sex-Bestie wurde? fragte sie sich ängstlich. Sie war seit je stolz auf ihre Selbstbeherrschung gewesen, die oft genug bis an die Grenzen erprobt worden war, doch von diesem Mann konnte man in dieser Hinsicht wahrlich noch einiges lernen.

»Na, komm schon, Joan – ich möchte jetzt endlich mal erfahren, in was ich denn da überhaupt hineingeschlittert bin.«

»Unsere Abmachung besagte, daß – eh – daß du mich zu einem Telefon bringst«, erwiderte sie und konnte nur noch über sich selbst staunen, mit welcher Leichtigkeit sie sich seiner Vertrautheit im gegenseitigen Umgangston anschloß. »Mehr gibt es da nicht.«

Jack starrte sie an und wußte, daß die Barrieren längst noch nicht alle niedergerissen waren, und er fragte sich, worin sie eigentlich bestehen mochten. In jedem Fall würde er einen Weg suchen, sie niederzureißen. Kurze Zeit war ihm gewesen, als verberge sie irgend etwas, und es schien ihm an der Zeit zu sein, die Wahrheit zu erkunden.

»Ihr Mann ist gestorben. Ich bin gekommen, um ... um sie zu trösten.«

Jack spürte kalte Wut in sich hochsteigen. »Du erwartest doch hoffentlich nicht, daß ich das glaube!«

Ihr Blick war fest, als sie ihm in die Augen sah. »Es ist die Wahrheit.«

Jack starrte sie Bruchteile von Sekunden an, dann senkte er den Kopf, um sie zu küssen. Ganz gegen ihren eigenen Willen wandte Joan den Kopf ab. »Was tust du?« fragte sie ängstlich.

»Vertraust du mir nicht?« fragte er.

»Nein.« Oder etwa doch, fragte sie sich.

»Du vertraust mir sogar dein Leben an!«

»Ich habe auch dem PanAm-Piloten mein Leben anvertraut, aber das heißt noch nicht, daß ich auch mit ihm schlafen müßte.«

Jack wandte sich ab, aber sie konnte sehen, daß ihre Antwort ihn amüsierte. »Das ist gut«, sagte er, »das ist gut.« Und damit rollte er sich auf den Rücken und legte sich erneut zurecht. »Na gut, Joan, ich bin zu alt geworden für diese Spielchen.«

Joan wandte sich lächelnd ab. Sie konnte gar nicht glauben, daß sie das eben gesagt hatte. Angelina wäre bestimmt stolz auf sie gewesen.

Joan brauchte weniger als drei Minuten, um einzuschlafen. Jack wußte, daß sie müder gewesen war, als sie zuzugeben bereit gewesen wäre. Vorsichtig schob er den Rucksack ein Stück zur Seite und drehte sich dann so, daß er ihr ins Gesicht sehen konnte. Erste Löckchen rings um ihr Gesicht begannen zu trocknen, und er konnte sehen, wie sie sich in ihre natürliche Wellenform zurückverwandelten. Er hatte immer angenommen, ihr Haar sei lang und glatt, da sie es schließlich auch so getragen hatte. Warum eigentlich hatten alle Frauen diesen Drang, alles zu verändern, was ihnen die Natur mitgegeben hatte? Hatten sie straffes, glattes Haar, ließen sie sich künstliche Locken legen, hatten sie aber von Natur aus lockiges Haar, kämmten sie es straff zurück. Große Frauen sehnten sich danach, klein zu sein, und die kleinen träumten davon, noch etliche Zentimeter zu wachsen. Vollbusige Frauen suchten nach Möglichkeiten, ihre Brüste verkleinern zu lassen, und – ja, und so weiter...

Seine Hand schob vorsichtig ein paar Palmwedel zur Seite, bis er ihre Brüste sehen konnte. Noch immer konnte man deutlich die Brustwarzen erkennen, die sich durch den feuchten Stoff der Bluse abzeichneten. Ein kühler Windhauch strich durch die Bäume, und er sah, wie sie leicht zitterte und näher an ihn heranrückte. Er lächelte.

Was war eigentlich an ihr dran, das ihn in ihrer Gegenwart an prasselnde Kamine und bequeme Schaukelstühle denken ließ? Er wünschte sich auf einmal, sie hätten ein Lagerfeuer, um das sie sitzen und an dem sie miteinander plaudern könnten. Er wünschte sich, er könnte sie jetzt aufwecken, und sie würden sich dann gegenseitig in die Arme nehmen und einander zärtlich streicheln bis in den Morgen hinein. Und er wünschte sich, sie hätte nicht soviel Angst vor ihm, aber die hatte sie nun mal. Es hatte Augenblicke gegeben, da hatte er in ihren Augen nacktes Entsetzen gelesen – nicht nur jene Art von Furcht, wie auch er sie kannte, als man sie durch den Dschungel gejagt hatte, sondern etwas, das darüber hinausging, eine vielleicht unbewußte Weigerung, Vertrauen zu schenken.

Was, zum Teufel, mußte ein Mann eigentlich tun, um sich ihr gegenüber zu beweisen? Zweifellos war sie die rätselhafteste Frau, der er bisher begegnet war. Sie war schillernd wie eine Sphinx, und er hatte nicht die Spur einer Ahnung, was gerade mit ihr los war. In der einen Sekunde war sie ein Muster von einem braven Schulmädchen irgendwo im Mittleren Westen der USA, und schon im nächsten Augenblick erschien sie ihm als Flußgöttin, die ihn mit ihren sexuellen Kräften total entmachtete. Sah sie ihn in dieser Sekunde mit Augen an, die Eisen schmelzen konnten, so bedachte sie ihn schon in der nächsten mit Blicken, die töten konnten, wenn so etwas möglich wäre.

Es würde einen Mann von besonderem Format erfordern, sie zu zähmen, ohne daß er dabei den Verstand verlor. Jack unterdrückte ein Gähnen und war doch nicht in der Lage, dem natürlichen Bedürfnis nach Schlaf noch länger zu widerstehen. Als er die Augen schloß, fragte er sich noch bis in seine ersten Träume hinein, ob es da vielleicht in New York einen solchen Mann gab, der ihre Rückkehr erwartete.

Joan wurde abrupt wach und stellte fest, daß er sich herumgerollt hatte. Seine Hand hatte sich fest auf ihre Brust gelegt.

Sein Gesicht war in der Beuge ihres Nackens vergraben, und einzelne Locken ihres Haares hatten sich um seinen Hals geschlungen. Vorsichtig drehte sie sich um, und jetzt war ihr Gesicht nur noch Zentimeter von seinem entfernt. Er schien fest zu schlafen, doch noch immer hielt seine Hand ihre Brust umklammert. Einzeln löste sie seine Finger, um dann festzustellen, daß der einzige Ort, wo sie seine Hand jetzt hätte hinlegen können, ihre Hüfte oder der Raum zwischen ihren und seinen Beinen war. Von der schmorenden Pfanne direkt hinein ins hell auflodernde Feuer, dachte sie noch, als plötzlich... schnapp!

Joan blickte gerade noch rechtzeitig nach rechts hinüber, um die Lichter in den Bäumen blitzen zu sehen. Wie Glühwürmchen tanzten sie in ihre Richtung. Doch als sie dann noch einmal das schnappende Geräusch vernahm, wußte sie, daß der Alptraum aufs neue begonnen hatte.

Sie versteifte sich vom Kopf bis zu den Zehenspitzen, als sie regungslos zusah, wie ihnen die Polizisten näherrückten. Sie mußten sicher gewesen sein, sie zu finden, und diesmal hatten Jack und sie nicht die allergeringste Chance, ihnen noch zu entgehen. Wenn sie auch nur die kleinste Bewegung machte, würden die Polizisten auf der Stelle aufmerksam werden.

Unkontrollierbar rannen ihr die Tränen die Wangen hinunter, und sie spürte, wie sich ein Schluchzen gewaltsam seinen Weg zu bahnen versuchte.

In diesem Moment legte sich eine Hand über ihren Mund! Ihre Augen weiteten sich vor Entsetzen, sie schluckte das Weinen hinunter und hielt den Atem an. Würde ihr Mörder ihr jetzt ein Messer in den Rücken jagen, oder würde er sie vorerst am Leben lassen, um sie später genußreich zu Tode zu foltern? Und was war mit Jack? War er schon tot?

Gerade als sie an ihn dachte, erschien sein Gesicht über dem ihren, und ihre Augen trafen sich. Es war seine Hand, die ihr den Mund zuhielt! Er bedeutete ihr, auch nicht das allergeringste Geräusch zu machen, während er auf die brechenden Zweige und die Schritte der sich nähernden Verfolger achtete. Vorsichtig langte Jack nach seiner Machete, zog sie ganz dicht an sich heran und vergewisserte sich, daß sich in dem blanken Stahl der Klinge kein Lichtschein widerspiegeln konnte. Sein ganzer Körper war gespannt wie die Sehne eines Bogens, und Joan wußte, daß er bereit war zu töten.

Joan und Jack mußten voll Entsetzen dann auch noch den starken Lichtstrahl einer Taschenlampe erleben, der sich seinen Weg direkt auf sie zu suchte. Wie eine silberne Schlange legte er sich über Gräser, Laub und Moos auf der Suche nach seinem Ziel. Lautlos kroch der Lichtstrahl auf die Hängematte zu, wobei er jeden Zentimeter des Bodens auf seinem Weg berührte.

Jack konnte schon die Schritte des Mannes hören, der die Taschenlampe trug. Er stand jetzt keine zehn Schritte mehr von Jacks Kopf entfernt und benutzte seine Lampe weiter dazu, den Boden vor sich sorgfältig abzusuchen, bevor er sich vorwärts bewegte. Jack faßte die Machete noch fester und betete, er möge eine Chance erhalten, sie auch zu benutzen. Er haßte die Vorstellung, durch eine Kugel sterben zu müssen, ohne um sein Leben kämpfen zu können.

Der Lichtschein war jetzt kaum zehn Zentimeter vom hinteren Rand der Hängematte entfernt. Jack sah atemlos zu, wie er auf geradezu wundersame Weise weiter nach rechts in offeneres Gelände wanderte. Schon wollte er sich wieder Joan zuwenden, als der Strahl zurückkehrte und Joans Kopf nur um Zentimeter verfehlte. Er spürte Joan an seiner Seite starr werden. Wenn einer von ihnen auch nur zu atmen gewagt hätte, wäre das ihrer beider Tod gewesen.

Mit unvorstellbar grausamer Langsamkeit bewegten sich die Polizisten vorwärts. Die Lichtlanzen aus ihren Lampen waren wie Bluthunde auf der Fährte und wiesen ihnen den Weg. Jack wartete, bis sie ein gutes Stück entfernt waren, bevor er sich traute, wenigstens wieder auszuatmen.

Als er Joan ansah, hatte er das Gefühl, als werde sie gleich in tausend Stücke zerspringen. In ihren Augen lagen Panik und Entsetzen und die sichere Erwartung, daß die Polizisten zurückkehren würden.

Sie vergrub ihr Gesicht an seiner Brust und schlang die

Arme um ihn. Er strich ihr mit den Fingern durch das Haar in dem Bemühen, sie zu trösten und ihr zu helfen, das Weinen hinunterzuschlucken. Dabei flüsterte er ihr lauter beruhigende Worte ins Ohr und hielt sie fest an sich gepreßt, während er mit einem Ohr weiter in den Dschungel hineinhorchte. Mehr als je zuvor war ihm bewußt, daß er die Wahrheit aus dieser Miß Joan Wilder herausbringen und das Geheimnis ihrer Anwesenheit in Kolumbien erfahren mußte. Er war jetzt seit drei Jahren in Kolumbien, und er wußte zu genau, daß die faule Buschpolizei keine Menschenjagden dieses Ausmaßes ohne Grund vornahm. Da gab es einiges, das Joan Wilder ihm würde erklären müssen, und er war fest entschlossen, sich die richtigen Antworten zu holen.

X.

Ralph parkte den R 4-Lieferwagen am Rand der Bergstraße und ließ die Fenster herunter, um frische Luft für die Nacht hereinzulassen. Mit Hilfe einer Tischdecke und eines neuen Bettlakens, das er erst noch von seiner Plastikumhüllung befreien mußte, mit der es verkauft worden war, machte er sich ein Bett auf den Rücksitzen. Er würde es Ira schon irgendwie erklären, daß er dieses Bettuch unbedingt gebraucht hatte.

Er schaltete die Innenbeleuchtung ein, um noch ein wenig zu lesen, bevor er einschlief. Als hätten sie nur auf dieses Signal gewartet, stoben ganze Heerscharen von Moskitos mit der Präzision und Treffsicherheit einer Bomberstaffel durch die geöffneten Fenster und landeten in einzelnen Angriffswellen direkt im Ziel: Ralphs Nacken. Als Vergeltung drehte Ralph die Fenster wieder hoch und ging unmittelbar, bewaffnet mit einer Dose Insektenspray, zum Gegenangriff über. Die Schlacht war innerhalb weniger Augenblicke entschieden. Ralph blieb strahlender Sieger.

Wieder legte er sich zurecht, um sein Buch weiterzulesen:

Angelina ließ ein Keuchen hören, als sie seine Männlichkeit so gänzlich unverhüllt vor ihren Augen aufragen sah...

Blitzschnell schlug Ralph die Seite um, und vor lauter Aufregung schnitt er sich an einer der Buchseiten in den Finger. »Verdammt!« fluchte er, leckte sich die Finger und las weiter.

Es sah aus wie eine der Tulpen, die sie von ihrer Kindheit her so gut in Erinnerung hatte...

Ralph blickte hinunter zwischen seine Beine, warf das Buch in eine Ecke und sagte: »So ein Blödsinn!«

Er hatte gerade die Deckenleuchte ausgeknipst, als er ein Dröhnen und ein seltsames Klatschen hörte, das von irgendwoher über ihm direkt auf ihn zuzukommen schien. Ralph kurbelte das Fenster herunter und steckte den Kopf ins Freie, um einen besseren Überblick zu bekommen. Das Geräusch kam näher, aber noch immer war Ralph nicht in der Lage, die Richtung festzustellen, aus der es sich näherte. Dann sah er durch die dichten Baumkronen starke Lichter aufblitzen und wieder erlöschen. Jetzt konnte er den Helikopter sehen. Eine lange Strickleiter hing heraus.

Ralph vermutete, daß der Miltärhubschrauber sein Ziel gefunden hatte.

Zolo suchte den Himmel über seinem in aller Eile errichteten Biwak ab. Er hatte seine Leute angewiesen, ihre Taschenlampen entlang der Grenzen der Lichtung in die Bäume zu hängen. Zusätzlich hatte er noch ein Lagerfeuer anzünden lassen. Auf diese Weise, so hoffte er, würde man ihn leichter ausfindig machen.

Santos, der viele Jahre im Dschungel verbracht hatte, wußte, daß sie unter derart dichtem Laubwerk auf ewig in der Wildnis verschollen bleiben konnten, ohne jede Aussicht auf Rettung. Zum Glück für ihn selbst allerdings war er auf irgendwelche Rettungsaktionen auch gar nicht angewiesen. Er hatte Zolo klipp und klar erklärt, daß sein Bezirk hier ende und daß er nicht bereit sei, weiter mit ihm zu gehen. Mit Hilfe seines Funkgerätes hatte er die zurückgebliebenen Leute in seinem Außenposten angewiesen, ihn auf dieser Lichtung mit ein paar Jeeps und einem Lastwagen abzuholen und zum Außenposten zurückzubringen.

Als er jetzt den Posten zu rufen versuchte, waren nur Funkstörungen aus dem Funkgerät zu hören. Die Wagen hätten inzwischen hier sein müssen. Er hatte nicht die mindeste Lust, hier die Nacht gemeinsam mit Zolo zu verbringen. Als er später noch einmal versuchte, den Posten per Funk zu erreichen, kam die Wagenkolonne im Lager an. Santos forderte seine Leute auf, ihre Ausrüstungsgegenstände zusammenzusuchen, alles auf dem Lastwagen zu verstauen und sich für den Rückmarsch fertigzumachen.

Doch dann unterbrach das Geräusch eines sich nähernden Hubschraubers zunächst einmal alle Aktivitäten im Dschungel-Biwak. Zolo verrenkte sich fast den Nacken, als er mit dem Fernglas den Himmel absuchte. Er rief einem Polizisten einen Befehl zu, Leuchtmunition abzufeuern, und als der Mann zögerte, dem Befehl nachzukommen, und erst einmal einen fragenden Blick zu Santos hinüberwarf, ging das Temperament mit Zolo durch. Er ließ das Fernglas sinken, riß dem Mann das Gewehr mit der Leuchtspurmunition aus der Hand und feuerte selbst. Dann schob er dem Mann das Gewehr wieder in die Hände und suchte den Himmel erneut mit dem Fernglas ab auf der Suche nach dem Helikopter. Als er noch einmal verlangte, der Mann neben ihm solle Leuchtspurmunition abfeuern, bedachte dieser sich nicht lange und zog den Abzug durch.

Das Licht der Leuchtspurmunition tauchte die ganze Vegetation ringsum in gleißendes Licht und zeigte dem Piloten des Helikopters ihre Position genauestens an. Er näherte sich jetzt sehr schnell von Nordosten her.

Santos hatte seine Vorbereitungen für den Abmarsch fast ganz abgeschlossen, als der Helikopter hereinschwebte. Er stand am Feuer und machte sich letzte Notizen in sein Buch, das er nie aus der Hand legte.

Santos merkte nicht, wie Zolo an ihm vorbeiging, kurz stehenblieb, ihm über die Schulter blickte, um zu sehen, was er in sein Buch schrieb, und ihm dann das Notizbuch aus der Hand schlug.

Santos flog herum. »Aber das sind Aufzeichnungen für meinen Bericht!« protestierte er und sah seinen Vorgesetzten verständnislos an.

»Sie werden keinen Bericht anfertigen«, sagte Zolo und schob das Notizbuch mit dem Fuß ins Feuer.

Santos mochte seinen Augen kaum trauen. Dieses Notizbuch enthielt nicht nur Aufzeichnungen über diese Expedition, sondern auch das Material für alle Tagesreporte der letzten drei Wochen. Er bückte sich, um das Buch aus dem Feuer zu reißen und es vor dem Verbranntwerden zu retten.

»Aber ich habe immer ...«, stotterte Santos und kämpfte mit den Flammen.

Zolo trat schnell einen Schritt vor und setzte seinen schwarzen Stiefel auf Santos Arm, wodurch dessen Hand in die Flammen geriet.

Santos unterdrückte einen Schmerzensschrei; nur sein Gesicht verzog sich vor Pein.

»Es wird kein Bericht angefertigt. Comprende?«

»Sí, sí, sí.« Santos hätte die Worte am liebsten laut herausgeschrien, aber er hielt sich zurück. Sein Stolz verbot ihm eine solche totale Kapitulation.

»Auf immer«, preßte Zolo zwischen zusammengebissenen Zähnen hervor und trat fester zu.

»Sí. Comprendo.«

»Gracias.« Zolo gab seinen Arm frei.

Santos hatte derartige Schmerzen, daß er sich nur noch auf dem Boden wälzen und die Tränen hinunterkämpfen konnte. Zolo half ihm wieder auf die Füße.

»Sehen Sie, Santos, das hier ist eine persönliche Angelegenheit, keine offizielle Sache. Sie und Ihre Männer werden den heutigen Tag vergessen. Comprende?«

»Sí. Es ist schon vergessen.«

Santos starrte auf seine halb verkohlte Hand. Als Zolo brüderlich einen Arm um Santos Schultern legte, öffneten sich seine dünnen Lippen zu einem maliziösen Lächeln.

Wenn auch die Finger halb geröstet waren, so lief Santos noch ein Schauder den Rücken hinunter, als er zu Zolo aufsah. Er war froh, sich von ihm trennen zu können. Zolo begleitete ihn noch zu dem wartenden Lastwagen und den Jeeps.

Als Santos in den ersten Jeep einstieg und noch immer seine schmerzende Hand hielt, klopfte Zolo ihm auf die Schulter, als seien sie beide die besten Freunde.

»Es wäre ganz gut, wenn Sie den Report wirklich vergessen würden, denn ich weiß schließlich, wo Ihre Kinder schlafen«, sagte Zolo.

Santos erwiderte nichts mehr, sondern bedeutete dem Fahrer, endlich loszufahren.

Gerade als der Motor ansprang, erschien der Helikopter über ihnen und zog aller Aufmerksamkeit auf sich. Der Helikopter signalisierte, daß er landen wolle und daß der Landeplatz freigemacht werden müsse. Die Jeeps fuhren auf die Seite, und die Männer stellten sich hinter sie.

Die Rotorblätter des Helikopters wirbelten Gras, Laub und trockene Zweige auf, und Santos' Männer mußten die Gesichter mit hocherhobenen Armen schützen. Der Lärm des Motors und der Rotorblätter war ohrenbetäubend.

Santos sah von seinem Jeep aus, daß sechs Männer in anthrazitgrauen und schwarzen Uniformen den Hubschrauber verließen. Sie trugen schwaze Mützen, schwarze Handschuhe und glänzende schwarze Stiefel, und alle hatten die weißen, goldenen und schwarzen Insignien des kolumbianischen Elitekorps am Kragen.

Santos hatte schon von Zolos privater Todesschwadron gehört, aber bis zu diesem Augenblick hatte er das nur für eines jener Urwaldgerüchte gehalten, die immer mal wieder die Runde machten, genauso wie die Märchen über irgendwelche Wunderheiler. Die Männer gingen im absoluten Gleichschritt, wenn auch nicht in fester Formation. Ihre silbernen Knöpfe und Uniformabzeichen glänzten im Licht der Taschenlampen ringsum. Santos fragte sich schon, ob es wohl wahr sei, was man sich so erzählte, daß nämlich die

Kugeln, die für bestimmte Opfer vorgesehen seien, aus reinem Silber gegossen würden. Als er einen Blick auf die hochmoderne Bewaffnung, automatische Pistolen und ebensolche Gewehre warf, kam er zu der festen Überzeugung, daß es unbedingt zu Zolo passen würde, wenn seine Männer silberne Kugeln verschössen. Nein, bei diesem Unmenschen, der jetzt auf seine Leute zutrat, um sie zu begrüßen, war kein Ding unmöglich.

Zolo bewegte sich jetzt mit genau denselben abgemessenen Schritten wie seine Leute und wurde von diesen mit militärischem Gruß empfangen. Einer der Soldaten trat einen Schritt vor und reichte seinem Boß eine verpackte Uniform, die sich in nichts von der seiner Leute unterschied.

Das Plätschern des Baches auf seinem Weg dem Meer entgegen weckte Joan am folgenden Morgen. Sie brauchte lange, bis sie die Augen öffnen und dann auch gebrauchen konnte. Dann rieb sie sich Gesicht und Augen und stellte fest, daß sie bis zum Kinn mit großfasrigen Palmblättern zugedeckt war. Sie schob sie zur Seite und erhob sich erst einmal in eine sitzende Position.

Ausgiebig reckte sie die Arme und lächelte, als sie an die Nacht mit ihm zurückdachte. Noch immer meinte sie den Druck seines Körpers an ihrem zu spüren. Zu ihrer Überraschung hatte sie entdeckt, daß ihr seine Hand auf ihrer Brust sehr angenehm gewesen war, und in der Zukunft würde sie sie nie wieder bewußt von dort wegstoßen. Mit ihm zu schlafen, das konnte eine sehr erregende Erfahrung sein.

Sie wandte sich um, um ihn zu wecken und stellte fest, daß er gar nicht mehr da war! Schnell durchsuchte sie die Hängematte und stellte fest, daß mit ihm auch ihre Handtasche verschwunden war. Aber sein Rucksack war noch da. Sie sprang auf die Füße, überlegte einen Moment, welche Richtung er genommen haben könnte, und rannte dann hinein in den Dschungel.

Warum nur ließ er sie dauernd irgendwo allein? Was wollte er eigentlich von ihr? Im ersten Moment dachte sie, er könne ihr Geld wollen; dann dachte sie, er wolle ihren Körper. Vielleicht aber suchte er weder das eine noch das andere. Er war ihr schlicht ein Rätsel.

Sie lief unter den Bäumen entlang und folgte einem erst vor kurzem ins Unterholz gebrochenen Pfad. Bald schon blieb sie zum erstenmal stehen, um sich neu zu orientieren, dann rannte sie in eine mehr westliche Richtung.

Das war doch alles Wahnsinn! Sie konnte sich für immer hier draußen verlaufen, ohne zu wissen, wo sie sich befand oder wie sie in diesem unbekannten Land überleben sollte. Als das Unterholz dichter wurde, spürte sie, wie hungrig sie war. Ihr Magen knurrte so laut, daß sie überzeugt war, er werde bald beginnen, sich selbst zu verdauen. Falls sie Jack je finden sollte, nahm sie sich vor, darauf zu bestehen, daß sie ein paar Fische fingen und die Bäume untersuchten, ob sie nicht vielleicht eßbare Früchte trugen.

Als sie zu einer kleinen Lichtung durchbrach, blieb sie abrupt stehen. Dort saß er auf einem Felsbrocken, keine zehn Schritte von ihr entfernt. Er war so sehr in das Studium der Landkarte vertieft, die er aus ihrer Tasche genommen hatte, daß er sie nicht einmal näherkommen hörte. Joan spürte, wie kalte Wut in ihr hochkroch, als sie sah, wie achtlos er ihre Sachen rungsum verstreut hatte. Aber was konnte sie schließlich schon anderes von einem Dieb erwarten? Wütend marschierte sie auf ihn zu.

»Leg das hin! Gib es mir! Du hast kein Recht...«

Joan versuchte, ihm die Karte aus der Hand zu reißen, aber er wandte sich schnell ab. Als sie es noch einmal versuchte, sprang er auf und wich einen Schritt zur Seite. Joan war über seine Weigerung, ihr Eigentum herauszugeben, womöglich noch schockierter als über die Tatsache, daß er es überhaupt an sich gebracht hatte.

»Gib sie her! Der Teufel soll dich holen! Gib her!« Sie hatte keinen Sinn für irgendwelche Späße. Sie sprang ihn an wie eine Pantherin und versuchte, ihm die Karte mit Gewalt zu entreißen, aber er hob den Arm, so daß sie die Karte in seiner Hand nicht mehr erreichen konnte.

Seine Augen blickten neugierig. »Was hat das zu bedeuten?«

»Sie gehört mir!« schnappte sie. Sie hatte nicht das Gefühl, als schulde sie ihm eine weitergehende Erklärung. Wo hätte man je gehört, daß man einem Dieb auch noch Auskunft über Wert und Unwert seiner Beute geben müßte.

Jack trat einen Schritt zurück und drückte die Karte fest an seine Brust. Er blickte hinunter und las den Titel: »El Corazón« (das Herz).

»Ich weiß nicht, was damit gemeint ist!«

Joan war dermaßen enttäuscht, daß sie mit ihm über diese Karte streiten mußte – daß sie überhaupt wegen allem und jedem mit ihm streiten mußte, daß sie schließlich völlig zusammenbrach. Tränen erschienen in ihren Augenwinkeln, und sie hatte das Gefühl, als werde ihrem Körper alle Energie entzogen. Sie ließ sich auf die Knie nieder, um ihre Sachen wieder aufzusammeln, ihren Lippenstift, Puderdose und so weiter. Sie war müde und hungrig, und sie fühlte sich, als werde sie nie wieder die Kraft zu kämpfen haben. Sie war der Polizei oder den Kidnappern auf ihrer Spur und auch dem Wahnsinnigen, der nicht nur sie, sondern auch Jack, ihren ›Retter‹, haben wollte, nicht gewachsen, und sie fühlte sich Jack genausowenig gewachsen. Sie durfte einfach nicht länger mehr ihre Kräfte überbeanspruchen. Er hatte sie die letzten Reserven gekostet.

Energisch wischte sie sich die Tränen weg und schneuzte sich ausgiebig, bevor sie ihre Kosmetika in die Handtasche zurücksteckte. Gleichzeitig fand sie es merkwürdig, wie sehr ihr ausgerechnet hier und jetzt an ihren Schönheitsmittelchen lag. Womöglich war der Dschungel drauf und dran, sie in den Wahnsinn zu treiben.

Noch einmal blickte sie zu ihm hinüber. Ihr war klar, daß sie ihm die Wahrheit würde erzählen müssen. Es war wohl doch die reine Naivität gewesen, zu glauben, sie könnten gemeinsam dreihundert Meilen durch den Urwald reisen, ohne daß sie ihm den Grund für ihr Hiersein mitteilte.

»Jemand hat meine Schwester entführt. Wenn ich diese

Karte ausliefere, wird sie freigelassen. Mehr weiß ich auch nicht.«

»Erpressung? Man hält deine Schwester gefangen, um dich auf diese Weise erpressen zu können? Sie wollen wissen, was es mit ›El Corazón‹ auf sich hat?«

Seine Stimme klang ungläubig, als er auf die Karte in seiner Hand deutete. Dann hockte er sich neben sie auf den Boden, blickte ihr in die tränenerfüllten Augen und lächelte, während er ihr die Karte aushändigte. Dankbar nahm sie sie entgegen und verstaute sie wieder in der Handtasche. Aus irgendeinem Grund fand sie die Energie nicht, ihn ebenfalls anzulächeln, und als sie ihn wieder ansah, füllten sich ihre Augen erneut mit Tränen.

Alles erschien ihr so hoffnungslos. Sie konnte ja nicht einmal sicher sein, ob sie Elaine nicht vielleicht schon getötet hatten, während sie mitten im kolumbianischen Urwald gestrandet war ohne die geringste Möglichkeit, mit ihrer Schwester Kontakt aufzunehmen.

Sanft wischte er ihr die Tränen weg und half ihr, die restlichen Dinge in ihrer Handtasche zu verstauen. »Warum hast du mir das nicht schon längst erzählt?« fragte er dabei.

»Ich – weiß nicht. Wie konnte ich wissen, ob ich dir vertrauen konnte ... Ich weiß es ja noch immer nicht«, erwiderte sie, und als sie aufsah, entdeckte sie ihr Scheckbuch in seiner Hand. Sie warf ihm einen empörten Blick zu, riß ihm das Scheckbuch weg und steckte es ein.

Jack hatte das Gefühl, als sei bald der Punkt erreicht, wo sie ihn nicht länger ärgern dürfe. Er war nahe daran, von dieser New Yorker Primadonna die Nase endgültig voll zu haben.

»Ich wäre da hinten fast deiner Schwester wegen gestorben, oder hast du das auch schon vergessen?«

»Man hat mir gesagt, ich dürfe mit niemand darüber reden, verstehst du das nicht?«

»Großartig! Aber wenn wir hinter Kidnappern her sind, was haben dann die Polizisten ausgerechnet auf unserer Spur verloren? Kannst du mir das vielleicht netterweise auch erklären?«

Das war nun allerdings eine Frage, die sie sich selbst schon unendlich viele Male gestellt hatte, ohne daß sie die Antwort gewußt hätte. Sie hatte gehofft, er werde sie ihr vielleicht geben können. Immerhin wohnte er hier in diesem Land, in dem sie schließlich nur Touristin war. Ihr war dieses Land ein vollendetes Rätsel.

»Ich weiß nur, daß ich längst dort sein müßte«, sagte sie und schüttelte den Kopf, um besser gegen die wieder aufsteigenden Tränen ankämpfen zu können. »Was – was ist, wenn sie sie schon umgebracht haben?«

Jack stand auf und nahm ihren Arm. »Mach dir deswegen mal keine Sorgen«, sagte er. »Solange du noch die Karte nach El Corazón in deinem Besitz hast, wird deiner Schwester sicher kein Haar gekrümmt werden.« Joan lächelte dünn, während sie sich von ihm auf die Beine helfen ließ. »Du wirst es schon schaffen – für sie, Joan Wilder.«

Joan suchte nach seinen Augen und hoffte nur, keinen Fehler gemacht zu haben, als sie ihm die Wahrheit sagte. Welches Geheimnis bargen wohl diese stahlblauen Augen? Würde er ihr wirklich helfen, ihre Schwester freizubekommen? Kannte er den Weg zurück in die Zivilisation? Sie spürte, daß sie jemand brauchte, dem sie vertrauen konnte, und dieser Mann hatte immerhin mehr als einmal in diesen letzten vierundzwanzig Stunden sein Leben für sie aufs Spiel gesetzt! Das bloße Gefühl sagte ihr, daß er an mehr interessiert war als an den dreihundertfünfzig Dollar, die sie ihm zahlen wollte. Was also wollte er wirklich von ihr?

Noch einmal sah sie auf und blickte ihm in die Augen.

»Weißt du, worum es sich bei diesem El Corazón handelt?«

Er wandte sich abrupt ab und vermied es, ihr weiter in die Augen zu sehen.

»Ich habe nicht die mindeste Ahnung.«

Joan sah zu, wie er sich auf den Rückmarsch in ihr kleines Camp machte. Sie glaubte ihm auch nicht ein einziges Wort. Je mehr sie darüber nachdachte, desto mehr kam sie zu der Überzeugung, daß er mit der Entführung nichts zu tun hatte, und für sie stand ebenfalls absolut fest, daß er nicht von der

Polizei ausgeschickt worden war, um sie auszuhorchen. Vielleicht war er aber vom FBI oder vom CIA, doch auch das erschien ihr wenig wahrscheinlich. Joan hatte sich früher nie auf ihren Instinkt verlassen, aber auf dieser Reise blieb ihr gar nichts anderes übrig, als ihm zumindest eine Chance zu geben. Joan würde Jack weiterhin aufmerksam beobachten und darauf achten, ihm keinerlei weitere Informationen zukommen zu lassen. Obwohl es da noch eine ganze Menge zu erzählen gegeben hätte. Sie glaubte schon, daß er ein Einzelgänger war, aber trotzdem machte ihr die Frage zu schaffen, was er sich wohl mehr erhoffen könnte als die dreihundertfünfzig Dollar. Sie blickte wieder auf die Karte hinunter, die sicher in ihrer Handtasche verstaut war. Was genau war eigentlich dieses El Corazón, das so viele Leute mit solcher Besessenheit suchten, daß sie sogar vor Mord nicht zurückschreckten?

Jack hatte schon wieder alles in seinem Rucksack verstaut. Als letztes nahm er das Bild der Yacht und sah es lange an. Es gab immer noch eine Chance...

XI.

Ein großer grünblau gefärbter Papagei schwebte vom Himmel herunter und landete sicher im Geäst eines Baumes. Er blickte auf die Bergstraße unter sich und warf den Kopf auf, wandte ihn nach links und dann nach rechts und begann mit hoher Fistelstimme zu schnattern. Sofort löste sich vom Felsen hoch über ihm ein grau und orange gefärbter Hahn, schwebte auf den Nachbarbaum und stimmte in das Ständchen zu Ehren des neuen Morgens ein.

Auf der Bergstraße stand, halb verdeckt von den Kronen einer Baumgruppe, ein R 4-Lieferwagen. Für einen zufällig vorüberkommenden Passanten mußte er auf den ersten Blick leer und verlassen wirken.

Aus einiger Entfernung erklang das Geräusch eines Hubschraubers und übertönte den Gesang der Vögel, die sich daraufhin sofort erhoben, um anderswo nach einem dankbareren Auditorium Ausschau zu halten. Der Helikopter ging tiefer herunter, während ein Späher mit einem Fernglas die Gegend absuchte.

Ralph steckte den Kopf aus dem Fenster, als er das Geräusch des sich nähernden Helikopters vernahm. Er öffnete die Tür einen Spaltbreit und setzte sich auf, während er den Hubschrauber unentwegt aufmerksam beobachtete. Als der Hubschrauber direkt über seinem Wagen in der Luft stehenblieb, zwängte er sich aus dem Wagen und schloß die Tür. Dann verschwand er im nahen Unterholz. Jetzt konnte er nur noch beten, sie würden ihn nicht entdecken. Er wußte, sie würden erst schießen und dann nach seinem Ausweis fragen.

So schnell er gekommen war, so schnell verschwand der Helikopter auch wieder. Ralph trat mit zitternden Knien aus dem Unterholz auf die Straße und sah zu, wie der Hubschrauber in der Ferne verschwand. Um ihn nicht zu früh aus den Augen zu verlieren, trat er ein paar Schritte zurück, und einer dieser Schritte war dann zuviel.

Der Boden gab plötzlich nach, und dann flog Ralph, wie von einem Katapult geschleudert, den Abhang hinunter. Als er auch noch ausgerechnet in einem Dornenbusch landete, stöhnte er nicht nur vor Schmerzen auf. Er wußte, daß er Stunden brauchen würde, um sich wieder zu befreien.

Drinnen im Helikopter saß Zolo, jetzt angetan mit seiner anthrazitfarbenen Uniform. Um seinen Nacken baumelte ein starkes Fernglas. Nervös trommelte er mit den Fingern auf die Lehne des Sitzes, als er unter sich die endlose Weite des Dschungels absuchte. Plötzlich meinte er, etwas auf der Straße quer durch den Dschungel entdeckt zu haben und gab dem Piloten Anweisung, tiefer zu gehen. Er brauchte sein Fernglas bald nicht mehr, um zu sehen, daß es sich um den verlassenen Renault handelte, den er schon kannte. Im stillen hoffte er, den Fahrer habe längst die Pest geholt;

trotzdem nahm er sich vor, bei nächster Gelegenheit die örtliche Polizei einmal auf diesen Wagen aufmerksam zu machen.

Weiter flog der Helikopter über den Dschungel hin, wobei er fast die Baumwipfel streifte. Zolo versuchte mit dem Fernglas das dichte Blätterdach zu durchdringen. Doch wohin er auch blickte, überall bildete der Dschungel eine undurchsichtige Mauer, hinter der sich alle lebenden Kreaturen, die dort unten hausen mochten, seinen Blicken entzogen. Über einen Ozean hinzufliegen und nach einem Ruderboot Ausschau zu halten, war sicher genauso erfolgversprechend.

Die Stämme der Mahagoni- und der Affenbrotbäume überragten alles andere und bildeten mit ihren Kronen ein zusätzliches Schutzdach über der niedrigeren Vegetation. Mit dem Geäst verwoben waren Schlinggewächse, die voller Blüten und Früchte hingen. Es war die vollkommene Tarnung für die Amerikaner. Ob er sie nun vom Boden aus oder von der Luft her verfolgte, die beiden erwiesen sich in jedem Fall als würdige Gegner. Seine Kiefer mahlten, als er einen winzigen Augenblick drauf und dran war, sich selbst seine Niederlage einzugestehen. Doch schon im nächsten Augenblick riß er das Fernglas wieder hoch und befahl dem Piloten, eine neuerliche Runde zu fliegen.

Jack arbeitete sich mit seiner Machete durch dichter werdendes Unterholz. Die Stunden vergingen, und aus dem Morgen wurde wieder Nachmittag. Für Jack wurde die Beschäftigung mit Joans Karte nach und nach zur Besessenheit. Ängstlich achtete er darauf, daß sie nicht hinter ihm zurückblieb, und immer wieder sah er sich lächelnd nach ihr um.

Joans Nervosität war zurückgekehrt. Sie war angesichts seiner immer häufiger werdenden freundlichen Blicke sehr mißtrauisch geworden, denn ihr war nicht recht klar, woran er sich wohl erinnern mochte: an die letzte Nacht, als sie nackt im Fluß gestanden hatte, oder an die Landkarte? Doch dann wieder sagte sie sich, es sei albern, wegen eines solchen

Stücks Papier derart mißtrauisch zu sein – und doch: Sie konnte nicht dagegen an. Der einzige Grund, warum sie so sehr an dieser Karte hing, war, daß sie offenbar Elaines einzige Chance darstellte, am Leben zu bleiben. Wenn Elaine erst frei und sie beide wieder sicher in New York waren, dann konnte er die verdammte Karte ja gern haben. Sie mußte lachen bei dem Gedanken, daß dann ja er der Jäger und nicht länger der Gejagte wäre. Irgendwie würde ihm die Rolle so gut stehen wie die andere, dachte sie.

Joan half Jack, eine seltsam verwachsene Liane aus dem Weg zu räumen. Während er sie mit der Machete in kleine Stücke zerhackte, zog sie die einzelnen Teile beiseite, bis der Durchgang frei war. Jack sah, wie sich ihr Haar in dichten Wellen um ihr Gesicht legte und die Sonne goldene und rote Farbtupfer darauf setzte. Bekleidet mit ihrem Sarong und den Resten der seidenen Bluse, die sie direkt unter den Brüsten verknotet hatte, wies sie keinerlei Ähnlichkeit mehr mit der Joan Wilder auf, die er zwei Tage zuvor kennengelernt hatte.

War das wirklich erst zwei Tage her? Es kam ihm vor, als lebten sie schon ein ganzes Leben lang zusammen im Dschungel.

Joan faßte die Liane mit festem Griff und zog sie endgültig beiseite. Als sie sich dabei vornüberbeugte, konnte er ihre vollen, runden Brüste direkt vor seinen hungrigen Augen sehen, und die Versuchung, sie in die Hand zu nehmen, sie zu streicheln und zu massieren, wurde fast übermächtig. Die Muskeln in ihren langen, schlanken Schenkeln traten deutlich hervor, als sie an einer anderen Liane riß, um sie aus dem Weg zu bekommen. Ihn interessierte es auf einmal brennend, wie es wohl wäre, an ihnen zu knabbern, vor allem an den Innenseiten, wo die Haut so zart und geschmeidig war, begierig auf jede Art von zärtlicher Berührung.

Jack mußte die Augen schließen und schüttelte den Kopf in dem Versuch, das Bild aus seinem Gehirn zu verdrängen. Er hatte seine Arbeit, auf die er sich konzentrieren mußte, und niemand konnte mit Bestimmtheit sagen, wie nahe die

Polizisten wirklich waren. Bisher jedenfalls hatten sie die verdammte Angewohnheit gehabt, immer dann aufzutauchen, wenn er sicher gewesen war, er habe sie endgültig abgehängt.

Jack hatte einmal gelesen, Butch Cassidy und Sundance Kid seien damals nach Kolumbien geflohen, und die dortige Polizei habe ihrer Verbrecher-Karriere dann ein jähes Ende bereitet. Jack hätte zu gern gewußt, ob das da hinter ihnen vielleicht dieselben Bluthunde waren. Quatsch! Aber ihre unmittelbaren Nachkommen waren es – bestimmt!

Sie gelangten schließlich in eine Gegend, die nicht ganz so undurchdringlich war wie das Gelände, das sie hinter sich gebracht hatten. Joan sah zunehmend nervös zu Jack herüber, und der konzentrierte sich mit einem Eifer auf seine Arbeit, der schon nicht mehr ehrlich wirkte. Er fragte sich schon, ob sie wohl seine Gedanken hinsichtlich ihrer Schenkel erraten hatte.

»Weißt du – diese Karte, die du bei dir hast... Das ist ein Teil der Provinz Cordoba.«

»So?«

»Also versuchen wir, uns nach dorthin durchzuschlagen. Macht dir dein Schicksal eigentlich nicht zu schaffen?«

»Nein«, erwiderte sie zögernd, da sie nicht wußte, was er meinte. Auf jeden Fall schien ihr jetzt sicher, daß er wirklich nur an der Karte interessiert war.

»Ja, und bist du denn nicht ein bißchen neugierig? Du hast doch diese alte Landkarte. Wohin führen einen alte Landkarten denn für gewöhnlich?«

»Das interessiert mich nicht im geringsten!« erwiderte sie scharf. Sie spürte Wut gegen ihn in sich hochsteigen.

»Schätze! Solche Pläne führen immer zu irgendwelchen Schätzen. El Corazón – das ist spanisch und heißt ›das Herz‹. Deine Karte führt also zum Herz – doch zum Herz von was? Das Herz der Herzen? Herz aus Stein? Herz aus – Gold?«

Er wandte sich um, weil er ihre Reaktion sehen wollte, und mußte feststellen, daß sie seinen Enthusiasmus in keiner Weise teilte. Ihr Gesicht war wie versteinert.

Er entschloß sich, es noch einmal zu versuchen. »Laß es uns versuchen – laß uns El Corazón finden.«

»Du weißt ja noch nicht einmal, um was es sich dabei handelt«, sagte sie heiser.

»Ja – verdammter Mist! Aber es muß sehr wertvoll sein. Halb Kolumbien ist auf unserer Spur, um uns das Geheimnis wieder abzunehmen.«

Joan drückte die Tasche mit der Karte fester an sich und prüfte noch einmal den Schulterriemen. »Du hast verdammt recht! Sie ist wertvoll. Diese Karte bedeutet für meine Schwester das Leben!«

»Und wenn schon. Gut, am Ende dieser Karte steht das Leben deiner Schwester. Aber versuch doch, dieses El Corazón in die Hand zu bekommen, und du hast einiges zum Tausch anzubieten.«

Er wußte, daß er zu weit gegangen war. Ihre Wangen überzogen sich mit flammender Röte, und ihre Augen schossen Blitze. Sie begann zu stottern vor Aufregung, als sie nach den richtigen Worten suchte. Sie wirkte wie ein Dampfkessel, der kurz vor dem Explodieren war.

»Weniger konntest du dich wohl nicht um meine Schwester sorgen, wie? Du bist doch nur hinter einem schnellen Dollar her, wie? Du bist doch weiter nichts als ein abgetakelter Buschläufer, der bloß darauf aus ist, hilflosen Frauen das Geld abzunehmen und was sie sonst noch bei sich haben!«

Jacks Geduld hielt gerade noch. »Es reicht!« zischte er. »Ich riskiere hier pausenlos meinen Hals, um dich am Leben zu halten, damit du deine Schwester retten kannst, die ich überhaupt nicht kenne. Ich weiß ja noch nicht mal, was sie für Probleme hat. Und die ganze Zeit hast du dich nicht einmal dafür interessiert, wie ich heiße!«

Jack wirbelte herum und stieg über eine dicke Liane. Er riß die Machete heraus und ließ seine Wut an dem Gewächs aus, das seinen Weg gar nicht behindert hatte.

»Ja, das nenne ich Kälte – du bist das kälteste Weibsstück, das mir je über den Weg gelaufen ist, oder ich will verdammt sein. Du bist doch so hart wie ein Stein.«

Seine Worte schnitten in Joans Inneres wie die Machete in die Liane. Auch Elaine hatte sie von Zeit zu Zeit beschuldigt, wie ein Stein zu sein, und das hatte sie keineswegs scherzhaft gemeint. Verstanden sie denn alle nicht, daß sie sich auf diese Weise sicherer fühlte? Solange keine Gefühle ins Spiel kamen, war doch alles so einfach. Natürlich wußte sie, daß auch sie nicht perfekt war. Aber war er es etwa? Sie mußte zugeben, daß sie nicht fair war. Wenn sie versucht hätte, ohne ihn ihren Weg durch den Dschungel zu hacken, dann hätte sie nicht nur die Karte verloren, die Fahrkahrte für Elaine heraus aus Kolumbien, sondern sie wäre womöglich auch noch ermordet worden.

Sogar jetzt noch ging er wieder an die Arbeit, um gegen den Dschungel anzukämpfen – und gegen die Zeit. Der einzige Dank, den sie ihm abgestattet hatte, waren Verdächtigungen gewesen, Mißtrauen und Unhöflichkeit!

Joan wollte irgend etwas zu ihm sagen, als sie plötzlich Motorengeräusch über sich vernahm. Sie stand noch da und blickte in den Himmel hinauf, als Jack schon quer über die Lichtung hechtete, sie um die Taille faßte und mit sich ins Dickicht riß.

Eng aneinandergedrängt standen sie dann unter einem gewaltigen Mahagoni-Baum, dessen Rinde über und über mit Moos und Schlingpflanzen bewachsen war. Jack hielt sie noch immer um die Taille gefaßt. Sie konnten den Helikopter zwar hören, ihn aber nicht sehen. Das Geräusch der rotierenden Flügel verharrte direkt über ihnen, als Jack plötzlich merkte, daß er die Machete hatte liegenlassen. Die Sonne traf den Stahl der Klinge und sandte nicht zu übersehende Blitze himmelwärts.

Wenn er ihnen ein Telegramm mit ihrer genauen Positionsbeschreibung geschickt hätte, es wäre für die Polizisten nicht hilfreicher gewesen. Jack duckte sich und hielt Joan noch fester umschlungen.

Zolo steckte den Kopf aus der Tür des Hubschraubers und hielt das Fernglas fest an die Augen gepreßt. Einer der

Soldaten lehnte sich zu seinem Nachbarn hinüber und meinte flüsternd, wenn Zolo sich noch weiter vorlehne, werde er sicher gleich aus dem Helikopter fallen, und dann könnten sie alle endlich wieder nach Hause.

Zolo hörte nichts davon, so intensiv war er damit beschäftigt, die Amerikaner aufzustöbern.

Ohne Vorankündigung vollführte der Pilot eine scharfe Kehrtwendung und flog wieder in die Richtung, aus der sie gekommen waren.

Zolo wandte sich nach dem Piloten um, und in seinen Augen glommen kleine Lichter, die den Piloten veranlaßten, schnell in eine andere Richtung zu blicken.

»Was soll das heißen?« fragte Zolo scharf.

»Ich dachte, ich hätte da etwas gesehen«, erwiderte der Pilot und wußte im selben Augenblick, daß er jetzt auch etwas würde finden müssen, weil es ihn andernfalls vielleicht sogar das Leben kosten konnte. Er kannte seinen fanatischen Boß.

Zolo wandte sich zu seinem ranghöchsten Begleiter um, einem untersetzten Mann, dem einzigen, dem Zolo je so etwas wie einen Hauch von Respekt entgegengebracht hatte.

»Und Sie?« bellte Zolo. »Was sehen Sie?«

Der Mann blickte durch das Fenster nach unten und hob die Schultern. »Bäume«, sagte er, »viele, viele Bäume.«

Zolo reagierte keineswegs freundlich auf den kleinen Scherz, sondern nahm sich vielmehr vor, den Mann gleich nach ihrer Rückkehr auf die heimatliche Basis zur Rede zu stellen.

Aber wie auch immer, Zolo konnte nicht umhin zuzugeben, daß seine Leute, Scherz hin, Scherz her, den einzig möglichen Schluß gezogen hatten. Es war unmöglich, vom Hubschrauber aus irgend etwas zu entdecken. Schließlich gab Zolo sich dann endlich geschlagen.

»Es ist sinnlos«, sagte er und reichte dem Piloten das Funkgerät. »Rufen Sie unsere Jeeps her.«

Jack fühlte, wie Joan sich stärker an ihm festklammerte. Sie zitterte, als der Hubschrauber unmittelbar über ihnen regungslos in der Luft verharrte. Er brachte es nicht über sich, ihr zu sagen, daß, sollten sie hier gefaßt werden, es seine Schuld wäre, weil er die Machete auf der Lichtung hatte liegenlassen. Jack blinzelte durch das Blätterdach nach oben und sah deutlich den Hubschrauber und einen Mann, der sich weit aus der Tür lehnte. Der ohrenbetäubende Lärm des Helikopters bereitete ihm geradezu körperliche Schmerzen. Er mußte auf einmal daran denken, daß dieses El Corazón auf den ersten Blick zwar wie das Versteck eines Schatzes klang, daß es aber durchaus auch die Möglichkeit gab, daß sich hinter diesem Codewort etwas ganz anderes verbarg. Wie, wenn ›El Corazón‹ nur eine Fiktion war, ein Sinnbild für irgendein Staatsgeheimnis, ein Hinweis auf das Versteck irgendwelcher Unterlagen, hinter denen sie her waren, und kein vergrabener Schatz? Man würde es herausfinden müssen. Er war sich noch immer nicht ganz sicher, ob Joan ihm wirklich die ganze Wahrheit gesagt hatte. Welch schillernde Persönlichkeit. Was ihn so sehr an ihr verwirrte, war sicher nicht ihre unbestrittene Attraktivität als Frau. Nein, sie war wohl doch eher der intellektuelle Typ. Er blickte auf sie hinunter. Sie hatte den Kopf an seiner Brust vergraben, während der Hubschrauber sich ihnen weiter zu nähern schien.

Jack starrte unverwandt hinauf in das Blätterdach, durch das hindurch er die Umrisse des Helikopters mehr ahnen als sehen konnte, und auf einmal sah er deutlich, wie er schnell an Höhe gewann und eine Schleife zog. Auf mehr als wundersame Weise verschwanden die Verfolger wieder! Aber Jack mochte es einfach nicht glauben, bis sich das Geräusch des Motors und der Rotorblätter in der Ferne verloren hatte. Und so lange hielt er auch Joan fest umschlungen.

Als der Hubschrauber endlich ganz verschwunden war, blickte Joan zu ihm auf. Jetzt sah sie überhaupt nicht mehr aus wie eine Intellektuelle, fand er.

Joans Stimme klang sanft, und ihre Augen waren zu stillen, smaragdgrünen Seen geworden, als sie ihn fragte: »Wie heißt du eigentlich?«

»Jack V. Colton«, sagte er wie nebenbei und wunderte sich über sich selbst, daß der Blick in ihre Augen ihn innerlich so unruhig, ja ängstlich werden ließ.

»Und wofür steht das ›V‹?« fragte sie.

»Vertrauenswürdig«, erwiderte er und wandte sich ab, um seine Machete zu holen, die noch immer verräterisch blinkend im Gras der Lichtung lag.

XII.

Eigenschaften wie Pünktlichkeit, Beständigkeit und Zuverlässigkeit hatten Joan seit jeher viel bedeutet, aber als sich die Schleusen des Himmels wieder pünktlich um 15 Uhr 32 öffneten, hätte sie am liebsten vor Wut und Enttäuschung laut losgeheult.

»Regnet es etwa jeden Tag wie aus Eimern?« schrie sie über das Geräusch des pladdernden Regens hinweg.

»Immer zur selben Zeit, immer am selben Ort«, schrie er zurück.

Jack versuchte sie aufzumuntern, indem er ihr erzählte, daß sie, gingen sie in die entgegengesetzte Richtung, auf den Atrato River zu, in eine Gegend kämen, wo pro Jahr und Quadratmeter an die acht Meter Regen fielen. Das waren fast drei Zentimeter pro Tag!

Zum erstenmal fühlte Joan so etwas wie Dankbarkeit für ihr Schicksal.

Jack hatte den ganzen Nachmittag hindurch wie ein Berserker gearbeitet und gehackt. Manchmal hatte er gedacht, er sei auch nicht einen Meter weitergekommen. Die Bäume, Pflanzen, Büsche, das alles sah ständig gleich aus, egal, wo sie sich auch befinden mochten. Der Ort, an den sie kamen, unterschied sich in nichts von der Stelle, die sie gerade hinter sich gebracht hatten. Sein Kopf kam ihm hohl und leer vor, wenn er auf seinen Arm blickte, der im ständigen Gleichmaß auf und nieder schwang, um mit Hilfe der Machete einen Weg durch die Unwegsamkeit zu bahnen. Und hatte er die eine Liane, die ihnen den Weg versperrte, in der Mitte durchgehauen, wartete bereits die nächste auf ihn, die von der vorangegangenen praktisch nicht zu unterscheiden war.

Er haßte den gottverdammten Regen, der Nachmittag für Nachmittag herniederprasselte und ihn am Vorwärtskommen hinderte, er haßte es, sich durch immer neuen Dreck vorankämpfen zu müssen, und er haßte den Schlamm, in dem er gelegentlich bis an die Knie versank. Seine Kleider hatten kaum einmal Zeit, richtig zu trocknen.

Und wieder ließ Jack die Machete auf ein Schlinggewächs niedersausen – da bekam er einen Krampf im Arm. Die Machete fiel zu Boden, ein paarmal beugte er den Arm vor und zurück, und als er den Krampf losgeworden war, nahm er das Buschmesser wieder zur Hand und arbeitete weiter.

Eine halbe Stunde später ließ der Regen ein wenig nach. Jack zerhackte ein besonders kräftiges Schlinggewächs, das sich halb um einen Bananenbaum gewickelt hatte. Ein letzter Hieb noch – und er sah die Liane zu Boden sinken und den Weg freigeben.

Völlig ausgepumpt sank er auf die Knie nieder. Sogar die Knochen schmerzten vor Überanstrengung.

»Wir halten an?« fragte Joan, als sie neben ihm angekommen war.

Jack konnte kaum noch den Kopf heben, um sie anzusehen, und als es ihm dann endlich doch gelang, standen in seinen Augen Enttäuschung und Resignation. Er faßte die Machete fester, und einen Augenblick lang war er allen Ernstes entschlossen, sie gegen eine gewisse Joan Wilder zu gebrauchen. Doch er besann sich rechtzeitig und ließ sie durch die Luft sausen, bis sie in einem Bananenbaum steckenblieb.

»Löse mich doch mal ab«, sagte er. Er wußte, sie würde es kaum fünfzehn Minuten, allenfalls aber zwanzig aushalten.

Joan warf ihm einen herausfordernden Blick zu, ging hinüber zu dem Bananenbaum und riß die Machete wieder heraus, wofür sie beide Hände brauchte und zusätzlich noch einen Fuß gegen den Baumstamm stemmen mußte. Anschließend hob sie die Machete hoch über den Kopf und ließ sie in das Unterholz fallen. Sie war froh, daß sie Jack den Rücken zuwandte. So konnte er nicht sehen, daß sie kaum mehr als ein Blatt abgehauen hatte. Ein paar Zweige wiesen leichte Schrammen auf. Noch einmal schwang sie die Machete – und noch einmal. Endlich hatte sie eine armdicke Liane geschafft und hielt triumphierend die beiden Enden hoch, damit Jack es auch sehen konnte.

Doch dieser zeigte sich alles andere als beeindruckt.

Joan runzelte die Stirn und setzte ihre Bemühungen fort. Irgendwie gelang es ihr auch, ein weiteres Schlinggewächs aus dem Weg zu räumen. Aber diesmal brauchte sie schon fünf Schläge, bis sie endlich Erfolg hatte. Joan wußte, daß ihre Versuche lächerlich wirken mußten, aber sie war entschlossen, die selbst übernommene Aufgabe zu meistern. Sie hatte zwei Tage lang Gelegenheit gehabt, Jack bei der Arbeit zuzusehen, und sie erinnerte sich jetzt, daß er seinen ganz speziellen Rhythmus entwickelt hatte.

Joan stellte sich vor, sie spiele Golf. Sie holte also mit der Machete kräftig aus, wobei sie den Schwung der eigenen Hüften ausnutzte. Es war genau die richtige Körperbewegung, um ihrem Arm die Kraft zu verleihen, die erforderlich war, eine Liane gleich mit dem ersten Schlag durchzuhauen.

Jack hatte sich auf den Ellenbogen aufgestützt und sah bewundernd zu, wie Joans Hüften zuerst ein bißchen nach links schwangen, dann eine halbe Drehung nach rechts vollführten und sofort danach wieder nach links kurvten. Nach vielleicht fünf Minuten waren ihre Bewegungen zu einem ungemein reizvollen Tanz geworden. Jack fragte sich, ob sie überhaupt eine Vorstellung davon hatte, was sie da anrichtete – nicht im Unterholz, sondern bei ihm.

Sie verfügte über eine natürliche Grazie, die ihn an jemand erinnerte, aber er wußte im Moment nicht recht, an wen...

Joan arbeitete sich schon wieder durch ein anderes Gewächs hindurch, und Jack bewunderte weiter ihren biegsamen Körper, als ein merkwürdiges Geräusch ihrer beider Aufmerksamkeit erregte.

Joan hielt mitten in der Bewegung inne und blickte Jack an, der sich auf die Knie erhob.

»Was ist das?«

Jack drehte sich um und sah sie beruhigend lächelnd an. »Es ist nichts«, sagte er.

Joan ahnte instinktiv, daß er sie nur davor bewahren wollte, sich Sorgen zu machen, und dieses Wissen war ausgesprochen wohltuend. Sie wandte sich wieder ganz der selbstgestellten Aufgabe zu, gegen den Dschungel anzukämpfen. Sie hieb die Machete durch den dicken Stamm eines jungen Baumes, der über und über mit allerlei Schlinggewächsen wahrhaft überladen war, und riß das fallende Grün wie einen Vorhang auseinander. Dann blickte sie wieder auf – und schrie vor Entsetzen laut auf.

Direkt vor ihr, auf Augenhöhe, war der Kopf eines Mannes! Das Fleisch fehlte fast vollkommen; wo einst die Augen gewesen waren, sah sie zwei hohle Löcher, und von der Nase war ebenfalls nur eine tiefe Höhle geblieben.

Mit einem Satz sprang Joan zwei Meter zurück, ließ die Machete fallen und schlug die Hände vors Gesicht.

Innerhalb weniger Sekunden war Jack auf den Füßen und rannte zu ihr. Sie zitterte am ganzen Leib, die Augen waren vor Entsetzen geweitet, und sie brachte kein einziges Wort hervor. Sie versuchte wohl zu reden, aber sie brachte nur ein Stammeln zuwege und deutete unausgesetzt auf die Stelle, die sie gerade freigelegt hatte.

Jack zog das Grün vorsichtig auseinander. Als er dann den Kopf des Mannes sah, hatte er im ersten Moment das Gefühl, als müsse er sich übergeben, doch er hatte sich bemerkenswert schnell wieder in der Gewalt und schluckte die Übelkeit herunter.

Jack riß noch mehr von den Schlinggewächsen auseinander und legte auf diese Weise schließlich das Skelett eines

Mannes frei, das aus den Trümmern des Cockpits einer DC 3 herausragte. Der Mann mußte nach dem Absturz versucht haben, sich irgendwie zu befreien, aber dabei hatte er sich wohl hoffnungslos in den Schlinggewächsen verfangen. Jack nahm an, daß der Mann hier verblutet war, denn auf seiner Kleidung und am Gestänge des Flugzeugs waren große Flecken eingetrockneten Blutes zu sehen.

Im Innern des Flugzeuges fand Jack noch ein Skelett, das noch immer in den Gurten hing, mit denen die Person angeschnallt gewesen war. Der Mann trug ein bunt bedrucktes T-Shirt, das jetzt allerdings in Fetzen hing. Dieses zweite Skelett sah mit der großen Sonnenbrille über den leeren Augenhöhlen womöglich noch schrecklicher aus als das da draußen. Jack nahm sie ihm ab; das Skelett hatte mit dieser Sonnenbrille irgendwie nicht richtig tot ausgesehen.

Inzwischen wagte sich auch Joan näher heran. Gemeinsam befreiten sie den Flugzeugrumpf vom Unterholz, in dem er schon fast ganz verschwunden war. Als sie das Heck erreicht hatten, sahen sie, daß dort ein riesiges Loch klaffte. So wie das Loch aussah, und nach der ganzen Art, wie das Metall zerfetzt worden war, schloß Jack, es müsse an Bord des Flugzeuges eine Explosion gegeben haben, die letztlich auch zum Absturz der Maschine geführt hatte.

Als er mit Joan gemeinsam ins Innere des Flugzeugrumpfes kletterte, dachte er, es könne ihm im Grunde genommen egal sein, warum die Maschine abgestürzt war. Er hatte schließlich keinerlei unmittelbares Interesse an den Verhältnissen auf kolumbianischen Flughäfen und der Flugsicherung hierzulande.

Im Innern der Maschine entdeckten sie seltsam aussehende, mit Gaze überzogene Ballen, die sorgsam entlang der Wände aufgestapelt worden war. Jack warf seinen Rucksack ab und fing an, den Inhalt der Ballen zu untersuchen.

Joan blickte sich um und wandte sich schließlich an Jack. »Was hat das alles zu bedeuten?«

»Das hier? Das ist bestes Marihuana.« Er durchsuchte seinen Rucksack. »Wo ist die Machete?«

Joan blickte aus dem Loch nach draußen. »Ich habe... ja, ich habe sie draußen liegenlassen.«

»Du hast sie liegenlassen, also hol sie auch. Und wenn du schon mal nach draußen gehst, guck mal, ob du nicht ein paar Bananen finden kannst.«

Kaum war Joan draußen, als sich Jack auch schon über seinen Rucksack beugte, um nach etwas zu trinken zu suchen. Dabei fiel sein Blick auf Joans Umhängetasche. Er öffnete sie schnell, suchte einen Moment nach der Landkarte und hatte sie auch gleich gefunden.

Diesmal betrachtete er sie sehr aufmerksam und prägte sich etliche markante Punkte ein, die ihm später vielleicht von Nutzen sein konnten. Es gab auch etliche Punkte, die relativ leicht zu merken waren. Der hervorstechendste war wohl die ›Gabel des Teufels‹, mit der eine Straßengabelung bezeichnet wurde. Aber die Karte war so unvollständig, daß er nicht sicher zu sagen gewußt hätte, wo diese Straßengabelung genau lag. Gleich neben der Straßengabelung war ein Teufel gezeichnet mit einem Dreispitz, der jedenfalls nach Westen wies, doch Jack konnte nicht mit Sicherheit sagen, ob das von Wichtigkeit war. Außerdem standen auf der Karte mehrere Verse in spanischer Sprache, deren Sinn er nicht begriff, denn sie waren im Madrider Dialekt geschrieben, nicht im kolumbianischen. Die übrigen Straßen waren sehr unvollständig eingetragen, und kaum eine von ihnen trug eine Bezeichnung. Jack betrachtete die Wasserflächen und Bergregionen und war ziemlich sicher, wenigstens im großen und ganzen zu wissen, wo er suchen mußte. Er prägte sich einige der Verse ein in der Hoffnung, einmal nach Cartagena zurückzukehren, wo sein alter Freund José lebte. Er würde sie ihm vielleicht übersetzen können. Für eine Flasche Rum tat José alles.

Jack hatte sich durch die Hälfte der Verse hindurchgekämpft, wobei er die einzelnen Worte immer wieder leise für sich wiederholte, als er einen Schatten bemerkte, der von hinten her auf ihn zuzukriechen schien. Die Cops! schoß es ihm durch den Kopf. Sie hatten ihn also doch gefunden, und er hatte nicht einmal mehr seine Machete, um sich zu verteidigen. Jack sog ganz tief die Luft ein, ballte die Fäuste und machte sich bereit, den Angreifer anzuspringen, während er herumflog und ... Joan über sich gebeugt sah.

In der einen Hand hielt sie eine Bananenstaude, in der anderen die Machete. Die Machete hatte sie hoch über den Kopf erhoben und schickte sich gerade an, sie auf ihn niedersausen zu lassen! Ihre Augen glühten vor irrsinniger Angst und Wut; es war jener Blick, den er schon an ihr kannte.

Die Machete blinkte hell im Schein der Nachmittagssonne, als sie auf Jacks Kopf niederfiel – und dann an seinem rechten Ohr vorbeizischte auf den Boden, wobei sie ihm fast das Ohr abgehackt hätte. Auf dem Boden bäumte sich eine kopflose Schlange auf.

Jack verharrte mitten in seiner Bewegung, als er merkte, daß er entgegen aller Erwartung noch am Leben war. Dann nahm er die Schlange vom Boden auf und hielt sie in die Höhe.

»Die war nicht einmal giftig!«

Joan sah ihn an, zutiefst enttäuscht über seine Undankbarkeit. Sie fragte sich, wie sarkastisch er wohl reagiert hätte, wenn sie doch giftig gewesen wäre! Nein, von nun an würde es sie keinen Deut mehr interessieren, was Jack Colton dachte oder sagte. Sie war jedenfalls auf sich selbst in höchstem Maße stolz. Ja, sie gestand sich selbst ein, daß sie über die eigene Kühnheit mehr als überrascht war. Nun ja, sie lebten unter ungewöhnlichen äußeren Bedingungen, und die gestatteten ja wohl auch ungewöhnliche Maßnahmen.

Sie lächelte und dachte, so abhängig sei sie wohl doch nicht von anderen!

XIII.

Ein leichter Nieselregen ging draußen nieder, als Joan und Jack in dem Flugzeugwrack am wärmenden Feuer saßen. Joan sah schläfrig zu, wie sich der Rauch kräuselte und durch den selbstgebastelten Kamin, den Jack in das Dach des Flugzeuges geschlagen hatte, nach draußen entschwand. Der Widerschein des Feuers tanzte auf den Wänden, während Joan Jack zusah, der gerade ein neues ›Scheit‹ aufs Feuer legte. Rauch erfüllte die Luft und hüllte sie ein wie ein Laken. Jack setzte sich neben sie und machte ein neues ›Scheit‹ aus den Ballen Kontrabande, die er neben sich aufgeschichtet hatte.

Dann häutete Jack die Schlange und zog das Fleisch auf einen Spieß. Er stellte zwei V-förmige Äste auf und legte den Spieß hinein. Jack war richtig stolz auf seine Kochkünste, als er zusah, wie das Fleisch langsam über dem Feuer braun wurde.

Er legte ein neues Scheit, das er aus gepreßten Marihuanablättern geformt hatte, auf das Feuer, und neuerliche Rauchschwaden hüllten die beiden ein.

»Das nenne ich mal ein Lagerfeuer«, sagte er.

»Ein bißchen viel Qualm, findest du nicht?«

Jack holte tief Luft, inhalierte den Rauch und hielt die Luft an.

»Ja, so mag ich das«, sagte er, »genauso.«

Noch während er ausatmete, nahm er den Fleischspieß vom Feuer und schob sich ein Stück gebratene Schlange in den Mund.

Während er kaute, blickte er Joan fragend an.

Joan fühlte sich ganz seltsam. Alles schien um sie her zu verschwimmen, und als sie Jack nach dem Grund fragte, erwiderte dieser, sie sei wohl ›high‹. Abgesehen davon war sie so hungrig, daß sie einfach alles essen würde. So langte sie herüber, schnitt sich vorsichtig ein Stück Schlangenfleisch ab und probierte es.

»Das schmeckt ja großartig!« sagte sie, während sie kaute.

»Wirklich gut.«

Jack sah zu, wie sie nach einem weiteren Stück langte und es sich in den Mund schob. Als ihre Augen seine trafen, brachte er es nicht fertig, wie sonst immer wegzusehen. Selbst als sie im Bach gestanden hatte, hatte er mehr auf ihre nackten Brüste als in ihre Augen gesehen. Und jetzt war Jack gar nicht sicher, was ihm mehr zu schaffen machte, der Marihuana-Rauch oder ihre grünen Augen.

Die bohrten sich weiter in ihn. »Ich habe Menschen wie dich immer bewundert. Leute, die tun, was du tust.« Ihre Stimme klang so einschmeichelnd, daß Jack felsenfest davon überzeugt war, die Seeleute der griechischen Mythologie hätten gegen die Sirenen eine weitaus bessere Chance gehabt als er gegen Joan Wilder.

»Ein abgetakelter Buschläufer. Hast du mich nicht einen abgetakelten Buschläufer genannt?«

»Es tut mir leid, daß ich das gesagt habe.«

Jack machte eine kleine Pause und fragte sich, ob sie wirklich meinte, was sie sagte, oder ob sie nicht vielleicht einfach nur high war.

»Und was, meinst du, tue ich?« fragte er schließlich.

»Du führst ein abenteuerliches Leben, wahrscheinlich auch ein gefährliches, nicht wahr?«

Jack lächelte still vor sich hin. Ihm gefiel, was sie sagte. »Du hast es erfaßt. Dann laß dir also mal was über die Gefahren des Vogelfangs erzählen. Die Kakadus zum Beispiel sind kreuzgefährlich!«

Während er scherzte, meinte Joan es sehr ernst. Seine Welt war so verschieden von der, in der sie selbst lebte. Manchmal kam er ihr vor wie einer der Helden aus ihren Büchern.

»Ja, aber in der Wildnis leben, niemandem Rechenschaft schulden... den eigenen Weg gehen...« Sie wurde von der eigenen Begeisterung weggetragen. »Du bist einer der letzten deiner Art.«

Jacks Brustumfang nahm um gut fünf Zentimeter zu angesichts der Art, wie sie seinen höchst einfachen Lebensstil romantisierte. Über sein Gesicht lief ein breites Lächeln, und seine Augen waren vom Marihuana-Rauch blutunterlaufen und glasig geworden.

»Ja, solche wie ich werden nicht mehr hergestellt.«

Joan lächelte, als sie ihn ansah. »Und was wäre dir lieber, Jack Colton?«

Ihre Frage war ihm nicht sonderlich angenehm. »Weiß ich doch nicht.«

»Auf die Dauer wird's wohl doch einsam hier draußen, wie?«

Jack fragte sich, wie es kam, daß jemand wie Joan, die nie wirklich gelebt hatte – und das war ihm schon nach den ersten zwanzig Minuten mit ihr gemeinsam klargeworden –, so viel Verständnis aufbringen konnte. Er fühlte sich von ihr beinahe in die Enge getrieben. Sicher würde er sich wochenlang den Kopf über sie zerbrechen können, um dann am Ende vor der Tatsache zu stehen, daß er von ihr nicht mehr wußte und begriffen hatte als am Anfang. Joan Wilder verwirrte ihn mehr als je eine Frau vor ihr. Bisher war es ihm immer sehr leichtgefallen, Frauen in bestimmte Kategorien einzuteilen, und in aller Regel hatten sie auch gern die jeweiligen Rollen akzeptiert, die er ihnen zugedacht hatte. Bei Joan war das ganz anders. Ihm war bewußt, daß er ihr das mindestens schon ein dutzendmal gesagt hatte, seit er sie getroffen hatte. Es gab da etwas an ihr und im Zusammenhang mit ihr...

Joans Augen hielten Jacks Blicke fest, und sie fragte sich, was er wohl in diesen Augenblicken denken mochte. Sie wußte, daß sie zu tief in seine privaten Angelegenheiten eingedrungen war. Sie bedeutete ihm nichts, nur dreihundertfünfzig Dollar. Vielleicht war er gar nicht so allein, wie sie gedacht hatte? Vielleicht gab es da ein kolumbianisches Mädchen, das daheim auf ihn wartete, wo immer dieses Daheim auch sein mochte? Was suchte schließlich ein Mann wie Jack Colton in Südamerika? Was konnte einen Mann dazu bringen, sein Heimatland zu verlassen und in der Wildnis des Dschungels zu leben? Wäre sie damit beschäftigt, eines ihrer Bücher zu schreiben, sie hätte gesagt, ein gebrochenes Herz sei schuld daran, daß er in die Wildnis gegangen war. Selbst wenn das wahr wäre, ein Mann wie Jack Colton würde es nie zugeben. Wer weiß, vielleicht war er tatsächlich einer jener Abenteurer, die in einer Welt nicht überleben können, wo sie nicht Tag für Tag um ihr Leben kämpfen mußten? War dieser Jack Colton nun ein Held oder schlicht ein Mensch, der sein eigenes Leben leben wollte?

»Ich denke, ich sollte wohl besser noch was ins Feuer werfen«, sagte er und wandte endlich die Augen von ihr.

»Was warst du, bevor du hierher kamst?«

»Was meinst du denn, was ich gewesen sein könnte?« fragte er zurück.

Joan dachte einen Moment nach, während sie ihn prüfend von oben bis unten betrachtete. »Ein Ski-As.«

Jack warf den Klumpen Blätter schneller ins Feuer, als er an sich vorgehabt hatte. Er rollte auch sofort wieder heraus und setzte fast seine Hose in Brand. Mit einem der Fleischspieße schob er ihn ins Feuer zurück. Sie mußte ja über hellseherische Fähigkeiten verfügen, wenn sie mit solchen Sachen ankam! Konnte man vor ihr denn nichts geheimhalten?

»Habe wohl noch immer den typischen Schnee-Teint, wie?«

»Und ich könnte wetten, daß du viel Zeit in – Colorado verbracht hast.«

Als sie wieder so genau den Nagel auf den Kopf traf, war er endgültig davon überzeugt, es mit einer Hellseherin zu tun zu haben. Wenn sie jetzt auch noch Vermont erwähnte, so schwor er sich, würde er seine bescheidenen Ersparnisse für den Fonds zum Bau der neuen Synagoge in Malibu stiften.

Joan sah, wie schweigsam Jack geworden war, und fuhr unbeirrt fort: »Und dann hast du dir eines Tages, als du betrunken warst, ein Knie gebrochen – und schon war's aus, nicht wahr?«

»Junge, Junge, du hast vielleicht eine Art, sechsunddreißig Jahre auf den kleinsten gemeinsamen Nenner zu bringen.« Ihre letzte Bemerkung entsprach zwar nicht den Tatsachen, aber so ganz falsch war sie ja auch wieder nicht.

Joan ging hinüber zu Jack, beugte sich über ihn und küßte ihn auf die Wange. Es war ein geschwisterlicher Kuß, in dem nichts von der Leidenschaft lag, die er schon in ihren Augen gesehen hatte, und nichts von der Angst vor ihm, die sich so oft in ihrer Stimme ausgedrückt hatte, wenn sie sich miteinander unterhielten. Ihm gefiel es so, denn es forderte nichts von ihm. Dieser Kuß war ein schlichtes Geschenk.

»Jack Colton, ich danke dir für alles... Und die Schlange war köstlich.«

Joan wandte ihm den Rücken und begann, sich ein Bett aus den Ballen mit dem geschmuggelten Marihuana herzurichten. Sie hatte noch nie vorher auf einer Million Dollar geschlafen, und sie fragte sich, ob man darauf vielleicht besser schlafe als auf der heimatlichen Matratze.

Jack sah zu, wie Joan die langen Beine streckte und den Kopf auf den Armen bettete. Sie seufzte lang und laut, zog die Knie bis an die Taille hoch und rollte sich wie ein Ball zusammen. Jetzt sah sie aus wie ein kleines Mädchen, das zum Schlafengehen noch seinen Teddybär brauchte.

Der Widerschein des Feuers tanzte in ihren langen braunen Locken und verlieh ihren Wangen eine Farbe wie von Pfirsichen. Er wußte, daß sie seit Tagen kein Make-up mehr benutzt hatte, und doch zeigten ihre Lippen ein sanftes Rosa. Sie war schön... er hatte eine Menge schöner Frauen kennengelernt... Joan war wie keine andere... Joan war wie...

Und in diesem Moment traf ihn die Erkenntnis wie ein Keulenschlag. Der Widerschein des Feuers, das sanfte Leuchten ihrer Augen, wann immer sie ihn ansah, und ihre Art, wie sie versuchte, etwas über ihn zu erfahren, ohne aufdringlich zu werden... Joan erinnerte ihn an Jeannine! Es war etwas Beständiges an ihr, und sie war nicht weinerlich oder anmaßend geworden angesichts so vieler Erlebnisse, die ihr, das wußte er genau, so absolut fremd waren. Joan wußte viel über ihn, und doch versuchte sie nicht, ihn über seine Vergangenheit auszuquetschen, wie das die meisten Frauen so an sich hatten.

Er mochte die Art, wie sie von ihm abhängig war, ohne daß

sie die eigene Unabhängigkeit aufgegeben hätte. Sie vertraute darauf, daß er sie aus dem Dschungel herausführen werde und war gleichzeitig jederzeit bereit, ihm zu helfen, wenn sich das als notwendig erwies. Er wußte, daß er sie weiter und länger angetrieben hatte, als er eigentlich sollte, und doch hatte sie sich nie beklagt. Fast spielerisch hatte sie alle Schwierigkeiten mit ihm gemeinsam gemeistert. Sie war immer da, hinter ihm oder neben ihm, und half, einen Weg durch diese gottverdammte Wildnis zu hacken – und wann hätte er ihr je gedankt? Sicher, sie hatte ihn in diese Lage gebracht, das stimmte schon, aber er mußte zugeben, daß sie ihm keine besondere Last gewesen war.

Jack sah noch einmal zu ihr hinüber. Die verlöschenden Flammen warfen einen goldenen Schein über sie und schienen sie mit ihrer Wärme zu streicheln. Jack liebte die sanften Linien ihres Gesichtes. Er verspürte auf einmal ein heftiges Bedürfnis, sich zu ihr zu legen und sie zu umarmen.

Es gab einige wenige Leute in seinem Leben, die von Natur aus gut waren. Jeannine war die eine gewesen, und Joan war die andere. Das einzige, was ihn daran störte, war der Umstand, daß er sich in ihrer Nähe immer wie ein zweitklassiger Herumtreiber vorkam.

XIV.

Am nächsten Morgen schlug Jack wieder zwei Stunden lang eine Gasse durch den Dschungel, während Joan betete, daß doch endlich die schrecklichen Kopfschmerzen verschwänden. Sie schwor sich innerlich, nie wieder auch nur in die Nähe von Marihuana zu gehen. Dreißig Schritte Abstand wollte sie auf jeden Fall halten. Ihr fiel auf, daß Jack sich über ihr Mißgeschick nicht lustig machte; er zeigte sich im Gegenteil ausgesprochen mitfühlend. Sie brauchte nicht lange, dann war ihr klar, daß er unter denselben Beschwerden litt wie sie. Joan wurde wieder nervös, denn sie wußte nur zu genau, daß ihre Chancen, der Polizei zu entgehen, in dem Maße sanken, wie Jack sich nicht wohl fühlte. Da sie von Heilkräutern, Wurzeln und anderen Mittelchen gegen die Folgen übermäßigen Rauschgiftgenusses keine Ahnung hatte, fühlte sie sich ausgesprochen überflüssig. Als sie ihm zusah, wie er sich durch die Vegetation kämpfte, kam ihr der Gedanke, daß der Dschungel vielleicht gar nicht einmal ihr größter Widersacher war.

Als Joan schon glaubte, alles sei verloren, wurden ihre Gebete doch noch erhört.

Jack brach durch ein letztes Dickicht und war auf einmal auf freiem Gelände. Vor ihnen ging es jetzt steil bergan. Als Jack ihr zurief, jetzt hätten sie den Dschungel hinter sich gebracht, da hätten sie beide eigentlich neuen Mut schöpfen müssen – aber selbst dafür waren sie im ersten Augenblick zu ausgepumpt.

Jack machte sich an die Ersteigung der Anhöhe, blieb auf halber Höhe stehen und legte den Kopf schief.

»Ich höre Glocken.«

Joan ging an ihm vorbei. »Du wirst bald noch ganz andere Sachen hören, wenn du weiterhin solche Lagerfeuer abbrennst.«

»Nein, nein, hör doch!«

Joan entschloß sich, ihm nicht gleich zu widersprechen, und blieb ebenfalls stehen, um zu horchen. Aber sie konnte nichts hören und wollte das auch gerade sagen, als eine leichte Brise, die über den Hügel kam, das leise Klingen von Glocken mit sich trug. Dort drüben mußten Hunderte von Glocken läuten, dachte Joan.

Jack beobachtete sie, um ihre Reaktion zu sehen. Als er das überglückliche Lächeln auf ihrem Gesicht bemerkte, rannte er ihr nach, faßte sie bei der Hand, und gemeinsam liefen sie, um den Gipfel des Hügels zu erreichen.

Auf der anderen Seite sahen sie eine kleine Stadt inmitten einer ausgedehnten Hügelkette. Joan zwinkerte ein paarmal mit den Augen, weil sie nicht glauben mochte, was sie sah. Ein bißchen hielt sie es für möglich, daß sie noch immer unter den Nachwirkungen des Marihuana-Genusses litt. War es denn wirklich wahr, daß hier draußen mitten im Nirgendwo tatsächlich einige menschliche Wesen zusammen hausten? Eine Stadt – das hieß Essen, Duschen, Toiletten und... Telefone!

Für Joan war dieses Dorf ein Ziel an sich. Es schien Joan alles so sonnenklar: Wenn sie hier ein Telefon fand und die Kidnapper anrief, würden diese kommen und sie abholen. Sie würde ihnen die Landkarte aushändigen, Elaine würde freigelassen werden, und dieses unglückselige Mißverständnis mit der Polizei würde sich ebenfalls endgültig aufklären.

Jack konnte es in ihren Augen lesen, klar und deutlich. Die Realität zu schlucken würde schwer werden für sie.

»Sieh doch, Jack, ein Stück Zivilisation!« rief sie, als sie den Abhang hinunterrannte.

Er folgte ihr auf dem Fuße. Seit sie ihre gemeinsame Reise begonnen hatten, hatte er sie noch nicht so aufgeregt erlebt, und er haßte sich selbst dafür, der geborene Pessimist zu sein.

»Vielleicht.«

»Vielleicht haben sie da unten ein Telefon!« rief sie und beschleunigte ihre Schritte noch.

»Möglich.«

»Oder ein Auto.«

»Könnte sein.«

»Und ein Frühstück.«

»Nun laß uns mal nicht allzu optimistisch sein«, sagte er und wußte, daß er sie schon richtig verstand.

Als sie die ersten Hügel hinter sich gebracht hatten, übernahm Joan die Führung, als es wieder ein Stückchen bergan ging. Der Klang der Glocken wurde stärker, und jetzt konnte man eigentlich nach dem hellen Klang sagen, es seien wohl eher Glöckchen als wirkliche Glocken. Doch als sie dann die nächste Erhebung hinter sich gebracht hatten, blieben sie abrupt stehen. Vor sich sahen sie fein säuberlich in Reih und Glied eine Menge Grabsteine, und bei jedem von ihnen stand ein weiß gestrichenes Kreuz. Um jedes dieser Kreuze waren lederne Riemen geschlungen, an denen jeweils drei kleine Glöckchen leise in der sanften Brise klingelten.

Joan musterte die Grabreihen auf und nieder, und jetzt hatten die Glöckchen keinen verheißungsvollen Ton mehr für sie, sondern einen eher traurigen. Jack blickte auf das Namensschild auf dem ihm am nächsten liegenden Kreuz. ›Gringo‹ las er. (Bezeichnung für Nordamerikaner in Lateinamerika.)

Jack faßte nach Joans Hand und zog sie mit sich fort. Er hatte noch nie viel für Gräber übriggehabt und für Friedhöfe noch weniger, und diese Abneigung hatte sehr viel neue Nahrung bekommen.

Auf einer Erhebung am Rande des Dschungels befahl Zolo seinem Fahrer anzuhalten. Er nahm seinem Lieutenant das Fernglas ab und blickte auf den Friedhof hinunter. Er lächelte, als er die beiden Amerikaner entdeckte. Wenn sie auch clever genug gewesen waren, ihm im Dschungel zu entkommen, so hatte er doch zu keinem Zeitpunkt ernstlich daran gezweifelt, daß er sie schließlich doch erwischen werde, denn er hatte jede ihrer Bewegungen vorausgeahnt. Im Grunde genommen waren sie ja keine gleichwertigen Gegner für ihn, aber er versagte ihnen auch nicht seine Anerkennung dafür, daß sie diese Menschenjagd am Ende doch noch so aufregend und spannend gemacht hatten.

Zolo gab das Fernglas zurück und befahl dem Chauffeur weiterzufahren. Als der Jeep den Abhang hinunterfuhr in Richtung des Dorfes, strafte Zolos ausdrucksloses Gesicht das blutrünstige Fieber seiner Augen Lügen, die er wieder hinter der dunklen Fliegerbrille verborgen hatte.

Als sie sich dem Dorf der Glöckchen, wie Joan es insgeheim bei sich getauft hatte, näherten, waren ihre Schritte schon sehr viel weniger rasch und sicher. Der Ort sah aus, als habe er einmal als Kulisse für einen alten Film mit John Wayne gedient oder als Handlungsort eines Romans von Joan.

Die Hauptstraße war alles andere als breit. Hier konnten sich kaum zwei Autos begegnen, vor allem dann nicht, wenn am Straßenrand vielleicht noch ein Auto geparkt war. Weder die Hauptstraße noch eine der schmaleren Seitenstraßen, die von dieser Hauptstraße abzweigten, waren gepflastert oder gar asphaltiert, und als Joan sich umsah, begriff sie auch den Grund. Hier gab es keinen Autoverkehr, ein schlechtes Vorzeichen.

Ebenerdige, mit Stuck verzierte Gebäude säumten die Straße, die an verschiedenen Stellen auch einen Bürgersteig aus Brettern aufwies. Die meisten Gebäude machten einen ungepflegten Eindruck und sahen aus, als hätten sie dringend einige Reparaturen nötig. Es gab auch nicht ein einziges Dach, dem nicht ein paar Ziegel fehlten, und hier mußte ein erschreckender Mangel an Türangeln herrschen, wie Joan feststellte, als sie allenthalben die Haustüren schief in den Rahmen hängen sah.

Je weiter sie sich in den Ort vorwagten, desto mehr war Joan bereit, ihre Behauptung von vorhin wieder zurückzunehmen, hier hätten sie ein Stück Zivilisation gefunden. Es gab keine Feuerhydranten und keine Gullys, keine Telefone und offenbar nicht einmal Elektrizität. Sie war schon bereit zu glauben, sie habe es hier mit einer von ihren Bewohnern verlassenen Geisterstadt zu tun, als sie eine kleine Gruppe von Männern entdeckte, die vor der Tür eines Gebäudes herumlungerten, das wohl die örtliche Kneipe darstellte.

Sie waren unrasiert, die Haare waren ungepflegt, und sie trugen durchweg schmutzige Baumwollhemden und zerschlissene Jeans. Als Joan und Jack sich ihnen näherten, starrten sie ihnen aus ausdruckslosen Augen entgegen. Ein Mann mit pockennarbigem Gesicht und einem grauen Bart kaute auf einem hölzernen Zahnstocher, und als Joan ihn anblickte, spie er seinen Zahnstocher auf den Boden und trat ihn mit der Hacke in den Staub.

Ein paar Pferde mit billigen Sätteln und Zaumzeug waren vor einem verkommenen Gebäude angebunden. Während sie die Straße entlanggingen, sah Joan, wie sich in den einzelnen Hauseingängen nach und nach etliche Männer zeigten. Aus den Augenwinkeln konnte sie sehen, daß viele von ihnen Revolver in Schulterhalftern oder auch einfach in den Gürteln stecken hatten. Die Schauder, die ihr den Rücken hinunterrannen, ließen sie schneller gehen.

Jack kam mehr und mehr zu der Überzeugung, daß es keine gute Entscheidung gewesen war, in diese Stadt zu gehen. Er wußte, daß diese Männer hier am Rande des Gesetzes lebten, und er und Joan hatten von ihnen mindestens genausoviel zu fürchten wie von der Polizei.

Wenn hier ruchbar würde, daß Joan eine alte Landkarte mit sich trug, die womöglich zu einem größeren Schatz führte, würden diese Männer sie töten, allein um des Vergnügens willen, diese Karte einen Nachmittag lang zu studieren, ganz gleich, was sie dabei finden konnten.

Jack hielt die Blicke sorgfältig auf die Straße vor sich gerichtet, ohne allerdings die Männer in den Hauseingängen aus den Augen zu lassen.

Joan war dicht hinter ihm. Trotzdem wandte er sich immer wieder um, weil er sicher sein wollte, daß sie noch da war. Sie preßte ihre Handtasche fest gegen die Brust und signalisierte auf diese Weise allen Leuten hier, daß sie etwas Wertvolles mit sich herumtrug. Sie lächelte einem der Männer zu. Doch der hatte für sie weiter nichts als einen leeren Blick übrig. Der nächste Mann war mehr an Joans Beinen interessiert als an ihrer Handtasche.

»Sehr freundliche Leute, nicht wahr?« flüsterte Joan Jack leise zu.

»Lauter Rauschgiftschmuggler«, erwiderte er ebenso leise. »Versuch, gleichgültig auszusehen.«

Jack beobachtete Joan aufmerksam bei deren Versuch, ein ›gleichgültiges‹ Gesicht zu machen, aber sie sah nur aus, als konzentriere sie sich auf irgend etwas. Jack stöhnte.

»Und sag um Gottes willen keinen Ton«, wies er sie an.

Während sie weiter die Straße entlanggingen, wußte Jack, daß seine größte Sorge hier Joan werden würde. Gekleidet in ihren Sarong und die Reste der Bluse, war es nur eine Frage der Zeit, wann der erste Mann sich ihr in eindeutiger Absicht nähern würde. In ihren Gesichtern war zu deutlich zu lesen, daß die weit überwiegende Zahl dieser Männer seit Monaten keine Frau mehr zu Gesicht bekommen hatte. Es hatte eine Zeit in Jacks Leben gegeben, und die lag gar nicht einmal so lange zurück, da hätte er sich nicht vorstellen können, daß er je die Ehre einer Frau verteidigen werde, denn in seiner Vorstellung war so etwas wie die Ehre einer Frau seit dem Bürgerkrieg gestorben. Wenn das, was zu sein er jetzt bereit war, ein Kavalier war, gut, dann war eben chevalereskes Verhalten noch immer lebendig, und wenn auch nur in Kolumbien, Südamerika.

Joan tat, wie Jack sie geheißen, und wagte kaum zu atmen, während sie weiter die Straße entlanggingen. Sie blickte vor sich nieder, weil sie die lüsternen Augen nicht mehr ertragen konnte, mit denen die Männer sie musterten, während sie sich überall kratzten. Sie zwang ihre Beine weiterzugehen, denn wenn sie stehenblieb, würde sie vor Angst erstarren, das war ihr klar. Sie gab sich alle Mühe, so zu tun, als störe es sie nicht zu wissen, daß diese Männer sich jeden Augenblick wie Tiere auf sie stürzen konnten. Ob Jack wohl ahnte, welche Ängste sie ausstand?

Jack spürte irgend etwas hinter sich und drehte sich kurz um. Vielleicht fünfzig Schritt weiter zurück folgte ihnen einer der abenteuerlich anzusehenden Einwohner dieser Stadt. Jack ging unbeirrt weiter und hoffte nur, es handele sich nicht um einen der Honoratioren. Falls doch, stand ihnen beiden noch einiges an Ärger bevor.

Einige Augenblicke später blickte Jack sich abermals um, und diesmal waren es schon zwei Männer, die ihnen folgten. Sie folgten ihnen Schritt für Schritt, aber sie hielten den ursprünglichen Abstand ein.

Joan blickte zu Jack hinüber, der vor Aufregung zu schwitzen begonnen hatte. »Weißt du eigentlich selbst, wohin du willst?«

Jack blickte noch einmal zurück. Jetzt folgten ihnen schon vier sehr entschlossen dreinblickende Männer.

»Vorwärts«, knurrte er und ging noch etwas schneller.

Als er sich das nächstemal umsah, folgten ihnen schon sechs Leute, die alle aussahen, als stammten sie direkt aus Pancho Villas Bande.

Joan blickte Jack ängstlich an. »Was ist los?«

»Nichts.«

Joan blieb abrupt stehen, wandte sich um, legte die Hände trichterförmig vor den Mund, und als befinde sie sich mitten in New York in ihrer vertrauten Umgebung, rief sie den Männern zu: »Wir suchen nur nach einem Auto!« Dazu lächelte sie und winkte freundlich.

Die Straße verharrte in tödlichem Schweigen, und Jack fragte sich schon, ob sie ihn wohl erschießen würden, bevor sie Joan vergewaltigten, oder erst danach.

Einer der Männer lief ein Stück näher und deutete mit einem vor Schmutz starrenden Zeigefinger in eine der Seitenstraßen, die auf einen der Hügel ringsum zulief.

»Nur ein Auto in Stadt. Juan – der Glockengießer.«

Einen Moment lang dachte Jack schon, Joan wolle hinübergehen, dem Mann die Hand schütteln und sich für die Auskunft bedanken. Doch glücklicherweise wandte sie sich wieder um und ging in Richtung des Gebäudes am Ende der Straße. Jack war nicht sicher, ob Joan nun Nerven wie Drahtseile hatte und couragierter war als er selbst, oder ob sie einfach nur dumm war.

Als sie sich dem Gebäude näherten, stellten sie schnell fest, daß es sich um eine ehemalige Kirche handelte. Sie war, falls das möglich war, in noch schlechterem Zustand als die anderen Gebäude der Stadt. Die Stuckverzierungen waren fast alle abgebrochen und benötigten dringend eine Ausbesserung von Grund auf und einen neuen Anstrich. Zwei gewaltige Mahagoni-Bäume an beide Enden der Fassade hatten alle unteren Äste verloren, und soweit das Laub der obersten Äste aus dem ausgedörrten Boden noch Nahrung bezog, war es eher braun als grün.

Der Boden rings um die ehemalige Kirche war übersät mit zerbrochenen Tonformen, in denen einst Glocken aus Bronze gegossen worden waren. Breitblättrige Gräser wuchsen unter den Resten hervor, wodurch sie beinahe wie fossile Blumentöpfe aussahen. Sinnbilder einer verfallenden Stadt.

Zum erstenmal spürte Joan deutlich, daß Jack nervös war. »Willst du dich nicht zuerst einmal ein bißchen beruhigen?«

»Ich hab' von diesem Burschen gehört. Das ist ein ganz übler Zeitgenosse.«

»Der Glockengießer?«

»Tu, was du auch immer tun magst, aber erzähl ihm um Gottes willen nicht, was wir letzte Nacht als Brennmaterial für unser Lagerfeuer benutzt haben.«

»Hä?«

»In dem Flugzeug, wo wir übernachtet haben – ich könnte mir denken, daß das eine seiner verlorengegangenen Schiffsladungen ist.«

»Du meinst, er ist vielleicht ein...«

»Sprich es um Gottes willen nicht laut aus.«

Sie gingen um die Kirche herum auf einen baufälligen Anbau zu. Neben dem Hauptgebäude entdeckte Joan zwei kleine verwahrloste Schutzdächer, von denen sie annahm, sie hätten einst als Abstellmöglichkeit für Werkzeug und Geräte gedient. Dann gab es da noch einen größeren Schuppen, fast ein Stall, der sich ebenfalls an das Haus anschmiegte. Das ganze Gelände war eingezäunt, aber der Zaun war reichlich überflüssig geworden, da die meisten der Stützpfosten windschief in der Erde standen, Teile des Zaunes selbst waren entzwei, und der Stacheldraht war nicht richtig montiert worden. Man konnte ihn leicht hinunterdrücken.

Als sie auf das Haus zugingen, fiel Joans Blick auf ein erst kürzlich installiertes Guckloch in der schäbigen Haustür, von der die Farbe längst abgeblättert war. Schon wollte sie Jack sagen, er brauche nicht zu klopfen, aber da war es schon zu spät. Das Guckloch öffnete sich auf Jacks Klopfen.

»Buenos dias«, sagte Jack nervös.

»Was willst du, Gringo?«

»Wir – eh – haben gehört, Sie besäßen ein Auto. Das würden wir gern leihen – oder auch kaufen.«

»Wozu?« fragte die krächzende Stimme hinter dem Guckloch.

»Um uns irgendwohin zu bringen... eh; in eine Stadt.«

»Und wo lebe ich hier? In einem Schweinestall?«

»Nein, nein, nein... ich – meinte ja nur...«

Jacks Kehle wurde trocken, als er den Lauf eines 45er Navy Colts in dem Guckloch erscheinen sah. Während er in die Mündung starrte, wurde ihm klar, daß er einen echten Fauxpas begangen hatte. Die Mündung hob sich ein Stückchen an.

»Vaya con Dios, Gringo«, sagte die Stimme mit einem grimmigen Lachen.

Jack trat von der Tür zurück, während er die Hand entschuldigend ein wenig anhob.

»Schon gut. Jedenfalls vielen Dank.«

Jack sah zu Joan hinüber. Ihre Augen hatten sich schreckhaft geweitet, als sie hinter sich die ganze Bande näherkommen sah.

»Oh, Jesus...«

Jack wandte sich um, starrte den Colt an und tat das einzige, das ihm zu tun blieb.

»Na gut, jetzt bist du dran. Red noch einmal mit ihnen, Joan Wilder; schreib uns meinetwegen aus dieser Geschichte wieder heraus.«

In diesem Moment verschwand der Colt aus dem Guckloch. »Joan Wilder? Joan Wilder?« fragte die krächzende Stimme. Jack sah voller Staunen, wie sich die Tür langsam öffnete. »*Die* Joan Wilder?«

Die Tür öffnete sich jetzt ganz, und heraus trat ein vergleichsweise gut aussehender Mann mittlerer Größe und von annehmbarer Statur, um die dreißig Jahre alt, bekleidet mit einem bunt bedruckten T-Shirt und einer Sonnenbrille vor den Augen.

Jack dachte augenblicklich an das Skelett in dem Flugzeugwrack, und er wußte, daß er sich hinsichtlich der Person des Glockengießers nicht getäuscht hatte. Dieser Mann war alles andere als ein Wilder.

»Sie sind Joan Wilder, die Schriftstellerin?«

Joan war reichlich verwirrt. »Ja, die bin ich.«

»Ich habe alle Ihre Bücher gelesen; ich liebe Ihre Bücher geradezu. Treten Sie ein, kommen Sie herein.«

Jack war in höchstem Maße überrascht über die Begrüßung, die ihnen hier zuteil wurde, und besonders verwundert war er über die neuen Informationen, die er hier über seine Reisegefährtin erhielt.

»Joan Wilder ist die größte Schriftstellerin, die ich kenne«, sagte ihr Gastgeber, als er die Tür wieder zuschlug und so höchst effektvoll den nachdrängenden Mob draußen zurückhielt.

Joan ließ ein Seufzen hören, während Jack auf einmal ein flaues Gefühl in der Magengegend verspürte, so als seien sie hier in etwas hineingeraten, aus dem es keinen Ausweg mehr gab.

XV.

Einmal im Innern des Hauses, schwanden Jacks Befürchtungen doch deutlich, als er sich umsah. Der Raum sah aus wie die Halle in einem der vornehmen Häuser in Malibu. Er erstreckte sich in der Höhe über zwei Stockwerke mit einer kuppelähnlichen Decke darüber. In der Höhe des ersten Stockwerkes sah man lauter kleine Emporen und Balkone. Er sah ein Fernsehgerät mit Großschirm und eine Stereoanlage modernster Bauart mit Stereorecorder und acht Lautsprechern, die über den ganzen Raum verteilt waren. Eine Videoaufzeichnungsanlage war ebenfalls vorhanden, und dazu ein Videospiel mit mehreren Kassetten. In der gegenüberliegenden Ecke standen ein Poolbillardtisch und daneben eine Jukebox.

Der Raum war ausgestattet mit zartgrünen Teppichen und Sitzmöbeln in einem Pfirsichton. Eine ganze Wand wurde von einem gläsernen Regal eingenommen, auf dem in Leder gebundene Bücher, Bronzeskulpturen und Vasen aus der

Ming-Dynastie standen. An einer anderen Wand hing hinter einer in Lindgrün gehaltenen Sitzgruppe ein Ölgemälde. Der Raum wirkte ungeheuer einladend und gemütlich. Es war wie zu Hause, nur daß der Blick aufs Meer hinaus fehlte, und Jack war fast sicher, daß sein Gastgeber insoweit bereits seine Pläne hatte. Hierher paßte das alles jedenfalls nicht.

Joan sah sich ebenfalls eingehend um und vergaß fast, warum sie hier waren und wie sie hierhergekommen waren. Das alles hier mußte ein Vermögen gekostet haben – nicht nur die Einrichtung an sich, sondern auch das alles hierher in diese Weltabgeschiedenheit zu bringen. Das Kolumbien dieses Mannes unterschied sich doch gewaltig von dem, das sie bisher kennengelernt hatte.

»Haben Sie je ›die Plünderer‹ gelesen?« fragte ihr Gastgeber gerade Jack. »Oh, diese Frau – die macht einen hungrig!«

Auf Jacks Gesicht erschien ein undefinierbarer Ausdruck, von dem Joan nicht wußte, ob er ihr gefiel oder nicht.

»Nein, ich habe nie – auch nur eine Seite davon gelesen«, erwiderte Jack, während sich seine Augen in die Joans bohrten.

»Niemals?, fragte der Besitzer dieses Urwaldpalastes, der sich als Juan vorgestellt hatte, und holte ein Exemplar von Joans Buch aus dem Regal. »Da, nehmen Sie, lesen Sie!«

Jack blickte auf den geschmackvollen Einband. Er zeigte eine Frau in einer lasziven Pose, die Brüste fast ganz entblößt, weil ihr das Kleid gerade von den Schultern rutschte. Er drehte das Buch herum und betrachtete Joans Fotographie. Sie war so gekleidet, wie man sich das gemeinhin von einer Schriftstellerin vorstellte. Das glatte Haar war bis hinter die Ohren zurückgekämmt, und sie hatte kaum Make-up aufgelegt. Sie saß auf einem Stuhl mit Armlehnen, trug schwarze, lose fallende Slacks, vermutlich aus Wolle, wie er dachte, und eine tief ausgeschnittene Bluse unter einem weiten Pullover mit V-Ausschnitt. Sie wirkte ein wenig blasiert, auf jeden Fall aber sehr prominent und sich ihres Wertes bewußt.

Und sie hatte also dieses Buch geschrieben, dachte er, während er es wieder herumdrehte, um die Vorderseite zu betrachten. Und auch alle die anderen, die auf der zweiten Umschlagseite aufgeführt waren? Donnerwetter, da hatte er also seine Hängematte mit jemandem geteilt, der alles andere als ein Nobody war! Er sah zu ihr hinüber, wie sie dort neben Juan stand, um sich von ihm seine Joan-Wilder-Kollektion zeigen zu lassen. Es war unglaublich, aber sie waren ein und dieselbe Person – dieses mehr als knapp bekleidete, langbeinige Temperamentbündel mit seinen Wutausbrüchen, das hier vor ihm stand, und die renommierte Frau dort auf dem Bild, die so damenhaft-unnahbar wirkte. Er war überrascht, aber nicht schockiert. Irgendwie war ihm schon immer klargewesen, daß sie einmalig sei, nicht nur hinsichtlich ihrer Talente und Fähigkeiten, sondern auch aus Gründen, die vielleicht nur ihm wichtig waren.

Juan redete ohne Unterlaß weiter und pries seinen Gast. »Ich warte schon voll Ungeduld auf ›Angelinas Rückkehr‹. Und jetzt sind Sie selbst hier in Kolumbien! Darf ich Ihnen was zu trinken anbieten? Ich habe Jim Beam hier, Jack Daniel – oder was Sie auch sonst trinken wollen. Was also darf ich Ihnen anbieten, Joan Wilder? Vielleicht wollen Sie etwas Süßes? Oder möchten Sie vielleicht Musik hören?«

Juan trat an eine Konsole voller Schalter, die Ähnlichkeit mit dem Cockpit einer Boeing 747 hatte, und Sekunden später war der ganze Raum förmlich in Musik gebadet.

Joan lächelte Juan ein wenig unsicher an. »Um ehrlich zu sein, brauche ich im Moment nichts dringender als ein Telefon.«

Juan schüttelte den Kopf. »Hier gibt's keine Telefone, nicht ein einziges weit und breit«, sagte er. »Ich hasse Telefone. Kommen Sie, trinken wir etwas. Sie sehen aus, als müßten Sie sich ein wenig ausruhen.«

Juan führte sie zu einer in Messing gehaltenen Bar. Sie war ein Meisterstück der Glasbläser und Glasschneider, die eine Fülle kleiner Spiegelchen und sehr viel Straß ausgesprochen kunstvoll geschnitten, zusammengefügt und verklebt hatten, um so einen modernistischen Sockel entlang der fünfzehn Fuß langen Bar zu komponieren. Joan setzte sich auf einen der bequem gepolsterten Barhocker, während Juan voll Stolz seine Kollektion erlesener Gläser vorführte.

»Da fällt mir übrigens ein«, unterbrach er sich plötzlich, »daß ich ja auch Heineken-Bier hier habe.«

Jacks Gesicht hellte sich auf. »Sie haben hier Heineken? Richtiges Heineken-Bier?«

Joan wurde nach und nach ungeduldig. »Juan, wo gibt es denn ein Telefon?«

»Ich nehme ein Heineken«, sagte Jack, ohne sich um den wütenden Seitenblick zu kümmern, den Joan ihm zuwarf. Seit drei Jahren hatte er kein Heineken mehr bekommen, und er wollte verdammt sein, wenn er sich diese Gelegenheit würde entgehen lassen.

Juan schenkte Jack das eiskalte Bier ein, das er direkt aus einem selbstgebauten Kühlschrank unter der Bar hervorholte.

»Das nächste Telefon ist viele Meilen von hier entfernt«, sagte Juan und blickte Joan bedauernd an.

Joan seufzte tief auf und blickte Jack an. Seine Augen waren unverwandt auf ihre Handtasche gerichtet, die sie auf der Bar abgelegt hatte. Sie nahm sie sofort wieder an sich und legte sich auch den Trageriemen über die Schulter.

Jack wußte, daß Joan noch immer davon überzeugt war, er sei nur hinter ihrem Geld und der Karte her, und nur um sie ein bißchen zu reizen, fragte er: »Juan, haben Sie hier irgendwo ein Kopiergerät?«

Juan war ganz ernst, als er erwiderte: »Ja, aber es ist im Moment kaputt.«

Joan war erbost über Jack. Es schien, als sei sie weit und breit die einzige, die noch daran interessiert war, Elaines Leben zu retten. Wenn sie Jack weiterhin alles allein überließ, saßen sie noch nach Tagen hier, er würde Bier trinken und mit Juan über den Rauschgiftschmuggel philosophieren.

»Hören Sie, Juan, könnten Sie uns nicht vielleicht – in Ihrem Wagen...«

»Wer hat Ihnen denn gesagt, ich hätte ein Auto?«

»Die Männer im Ort.«

»Die sagen, ich hätte ein Auto? Das sind doch Spinner. Die meinten bestimmt mein kleines Muli.«

Jack hielt mitten im Schluck inne, bemerkte den entsetzten Ausdruck auf Joans Gesicht und verlor auf der Stelle seinen Durst auf Heineken-Bier.

Am Ende der Hauptstraße hielten zwei anthrazitfarben und schwarz lackierte Jeeps. Es waren speziell ausgerüstete Fahrzeuge mit Acht-Zylinder-Einspritz-Motoren. Bei ihrer Konstruktion hatte Zolo Wert darauf gelegt, daß eine exakte 49:51-Gewichtsverteilung eingehalten wurde, was soviel heißen soll, daß alle vier Räder gleichmäßig belastet wurden, wodurch sich ein optimales Brems- und Beschleunigungsverhalten erreichen ließ. Beide Motoren verliehen ihren Fahrzeugen eine Beschleunigung von null auf hundert Stundenkilometern in weniger als zehn Sekunden und eine Höchstgeschwindigkeit von 225 Stundenkilometern. Kein Wunder, daß auf Zolos Gesicht ein siegesgewisses Lächeln lag, als er in die Stadt einfuhr.

Zolos Streitmacht war um vier Leute angewachsen, und alle waren in die unverwechselbaren Uniformen der Todesschwadron gekleidet. Sie waren bis zum letzten Mann mit automatischen Gewehren, Tränengas und Spezialmunition ausgerüstet.

Zolo wies seinen Fahrer an, vor der Cantina zu halten. Eine Frau mittleren Alters saß, schlampig gekleidet und fett, auf dem brüchigen Zaun. Zolo und zwei seiner Männder sprangen aus dem Jeep und gingen zu ihr hinüber. Die beiden Soldaten stellten sich rechts und links von der Frau auf, während Zolo einen Blick ins Innere der Kneipe warf. Sie war völlig leer. Er wandte sich schließlich an die Frau. *»Gringos, Americanos?«*

Die Frau schüttelte den Kopf. Zolo faßte sie am Arm und kniff sie mit seinen spitzen Fingernägeln ins zarte Fleisch. Dann schleuderte er sie mit einem Schwung ins Innere der Cantina, als sei sie ein Sack Mehl. Seine Stiefel knallten auf dem morschen Bretterfußboden, als er ihr folgte.

Die Männer in den Jeeps warteten schweigend, während Zolo sich im Innern der Cantina zu schaffen machte. Keiner verzog auch nur eine Miene, als ihr Anführer wieder herauskam und nach einem Handtuch verlangte, um damit sein blutverschmiertes Stilett zu säubern.

»Der Glockengießer«, sagte Zolo.

XVI.

Leise und vorsichtig wie unmenschliche Wesen, die sie ja in der Tat auch waren, kreisten Zolo und seine Männer das Anwesen ein. Auf Zolos Kommando richteten sie die Gewehre auf das Haupthaus und warteten darauf, daß Zolo den Handschuh fallenließ, das Zeichen, zu feuern.

Zolo wollte gerade den Handschuh heben, als...

Die verfallenen Tore des größeren Schuppens flogen plötzlich aus den Angeln, als ein überschwerer Lkw röhrend und knatternd direkt auf Zolo und seine Männer zupreschte und sehr schnell an Geschwindigkeit gewann. Zolo sprang in seinen Jeep und entging auf diese Weise nur denkbar knapp der Gefahr, zwischen ihm und dem Truck zermalmt zu werden.

Das so unverhofft aufgetauchte Riesengefährt mit seinen Zusatzscheinwerfern auf dem Dach und dem Schriftzug ›kleines Muli‹ auf den Türen ließ die Männer alle schnellstens Deckung suchen. Während der Truck durch die Stadt raste, wirbelte er eine gewaltige Staubwolke auf, die ihn den Blicken von Zolos Scharfschützen fast völlig entzog.

Zolo und seine Leute sprangen in die Spezialjeeps und feuerten Salve auf Salve auf den davonschießenden Truck.

Eingeklemmt zwischen Juan, der am Steuer saß, und Jack zu ihrer Rechten, sah Joan aus weit aufgerissenen Augen, wie der Truck mit singenden Reifen zum Ausgang der Stadt donnerte. Sie wurde hin und her und auf und nieder geworfen wie ein Gummiball, als das schwere Gefährt über die Schlaglöcher und sonstigen Unebenheiten der sogenannten Straßen dahinschoß.

Juan, der Rennfahrerhandschuhe aus feinstem Leder trug, riß den Truck mit knapper Mühe noch in eine enge Seitenstraße am Ende der Stadt und entging so einem neuerlichen Feuerstoß aus den Waffen der Verfolger. Joan blickte sich um und sah voller Entsetzen, wie die Jeeps aufholten.

»Sehen Sie mal dort hinüber«, sagte Juan betont ruhig. »Sehen Sie das Haus dort hinter dem Zaun? Da wurde meine Mutter geboren.«

Joan und Jack blickten sich ungläubig an, als eine neuerliche Salve in den Wagen klatschte.

Völlig unbeeindruckt deutete Juan nach rechts hinüber. »Und sehen Sie dort den dritten Baum auf dem Hügel? Den hat einst mein Bruder gepflanzt.« Joan konnte es kaum glauben! Da jagten sie mit über hundert Stundenkilometern über hügeliges Gelände, während sie pausenlos von Polizisten beschossen wurden, und Juan hatte nichts Besseres zu tun, als ihnen seine Familiengeschichten aufzutischen.

»Der Kerl ist noch blöder als ich«, sagte Jack leise zu Joan.

Juan hatte ihn trotzdem verstanden. Er lächelte. »Oh, gracias! Und da – das da vor uns ist Lupes Klippe, und danach kommt dann Lupes langer Weg.«

Juan gab noch mehr Gas, und der Truck verwandelte sich von einem Moment auf den anderen in ein Flugzeug, als er über den Rand der Klippe schoß. Joan schlug die Hände vors Gesicht und hielt die Luft an. Der Truck hüpfte dreimal, als er landete, und schleuderte Joan aus ihrem Sitz hoch, daß sie sich den Kopf an der Windschutzscheibe stieß. Juan murmelte eine Entschuldigung und trat wieder aufs Gaspedal, obwohl sie direkt auf eine Baumgruppe zuhielten. Im allerletzten Augenblick riß Juan den Truck herum, ließ die Baumgruppe rechts liegen und raste zurück ins offene Grasland.

Jack sah sich nach dem kleinen Wäldchen um. »Da zwischen den Bäumen hätten wir doch Deckung finden können!« rief er.

Juan wies gestikulierend nach links. »Ich wollte Ihnen dieses Feld hier zeigen. 1850 haben meine Vorfahren in dieser Gegend gegen die Paragucchis gekämpft und sich so das Recht erworben, hier Landwirtschaft zu betreiben.«

Als eine der Kugeln mit hellem Singen den Türgriff auf Jacks Seite traf, hatte er Mühe, nicht über Joan hinwegzuspringen und diesem Verrückten ins Lenkrad zu greifen. Aber noch war er Herr seiner Nervosität.

Juan öffnete das Handschuhfach, holte eine Kassette heraus und reichte sie Joan. »Die passende Musik zu Angelina!« Kaum erklangen die aufreizenden südamerikanischen Rhythmen, als Juan das Gaspedal noch ein Stückchen weiter hinuntertrat. Der schwere Truck bahnte sich unbeirrt seinen Weg durch das hohe Gras.

Jack beobachtete im Rückspiegel auf seiner Seite, wie die Jeeps über die Klippe geflogen kamen, sicher landeten und sofort weiterfuhren.

Joan klammerte sich krampfhaft am Armaturenbrett fest, bis ihre Knöchel weiß hervortraten, während sie durch die hohen Grasbüschel preschten, die jetzt schon so hoch standen wie der Lkw. Eines dieser Büschel schlug ins Fenster und traf Jack an der Wange. Mit vor Schreck geweiteten Augen sahen sie, wie Juan das Büschel unter die Nase hielt, daran schnupperte und dann zufrieden meinte: »Ich glaube, meine Ernte ist bald soweit.«

Joan wollte zuerst an einen schlechten Scherz glauben, aber Juan trieb die Dinge jetzt einfach zu weit. Wahrscheinlich hatte Jack recht. Es konnte gut sein, daß dieser Juan einfach nur verrückt war und gar nicht vorhatte, der Polizei zu entkommen. Ihr wäre sehr viel wohler gewesen, körperlich und seelisch, hätte statt seiner Jack am Steuer gesessen.

Bockend wie ein ungebärdiges junges Pferd kam der Laster wieder aus dem Feld heraus, donnerte über einen kleineren Hügel weg und jagte auf der anderen Seite die Steigung hinunter, immer geradeaus. Unglaublich – aber die Jeeps waren noch immer dicht hinter ihnen.

Als Jack jetzt klar wurde, daß das keine normalen Jeeps

sein konnten, wurde seine Angst eher noch größer. Er sah kaum noch eine Chance für eine erfolgreiche Flucht.

Juan gab endgültig Vollgas und röhrte über eine weite, flache Ebene. Ganz anders als der feuchte, vom Regen vollgesogene Urwald hatte diese Region seit Monaten keine Feuchtigkeit mehr erlebt. Die Reifen des Truck wirbelten eine gewaltige, rostrote Staubwolke auf, als sie über das Land rollten.

Jacks Augen weiteten sich auf einmal voller Schrecken, als er den Fluß direkt vor ihnen sah.

»Sehen Sie diesen Fluß?« fragte Juan auch noch zu allem Überfluß.

»Den da ohne Brücke?«

»Zweihundertfünfundvierzig Nebenflüsse«, erläuterte Juan.

Joan sah Jack an. »Was meinst du mit dem Fluß ohne Brücke?«

Juan störte sich nicht im mindesten an dem entsetzten Aufschrei Joans. Er fuhr fort, im Ton des Fremdenführers, der die Sehenswürdigkeiten von St. Louis erklärt: »Er mündet direkt in den Amazonas.«

Jack deutete geradeaus, während er Joans Arm fest umspannt hielt, und wiederholte noch einmal für sie: »Der Fluß ohne Brücke!«

Juan beschleunigte den Truck wieder, bis der Motor noch lauter heulte.

»Dieser Fluß stellt die einzige Wasserquelle für eine Menge Dörfer dar«, fuhr er fort.

Der überschwere Laster näherte sich jetzt bedenklich dem Flußufer, und Jack hielt es einfach nicht mehr aus. »Juan!« brüllte er. »Wohin, zum Teufel, fahren wir?«

»Zu Lupes Fluchtweg. Ich habe ihn in der Vergangenheit schon ein paarmal benutzt.«

Juan zog unter dem Sitz eine kleine Schachtel hervor. Bei näherem Hinsehen hatte sie Ähnlichkeit mit dem Steuerungsgerät für ein automatisches Garagentor, und als er damit geradeaus deutete und einen kleinen roten Knopf drückte, fragte sich Jack, ob Juan inzwischen wohl endgültig übergeschnappt sei.

Aus dem Dreck und Staub erhob sich plötzlich vor dem Ufer eine schmale stählerne Rampe auf gewaltigen hydraulischen Ständern, die mit schauerlichem Kreischen und Quietschen ausfuhren.

Juan gab erneut Gas, und Joan meinte, ihr Herz setze aus, als sie weiter auf den Fluß zufuhren. Sie konnte die Rampe nicht sehen und war absolut sicher, sie müsse jetzt dem Tod ins Auge blicken. Sie klammerte sich an Jacks Arm fest und war wild entschlossen, als letzte Empfindung den Druck seines Körpers an ihrem mit hinüber ins Jenseits zu nehmen. Aber irgendwie war ihr das doch ein sehr kleiner Trost.

Im allerletzten Augenblick erschien die Rampe, und der Truck jagte sie ihrer ganzen Länge nach hinauf. Sie überspannte den Fluß zu drei Vierteln. Mit einem letzten Tritt aufs Gaspedal überflog der Truck das restliche Viertel des Flusses und landete unsanft, aber sicher auf dem gegenüberliegenden Ufer.

Juan trat auf die Bremse und blickte sich um. Er beobachtete die Jeeps, die mit heulenden Motoren auf das Ufer zufuhren. Der Fahrer des ersten Jeeps nahm die Geschwindigkeit ein wenig zurück und schrie aus Leibeskräften: »Weiterfahren!« Dann trat er das Gaspedal bis zum Anschlag durch.

In diesem Moment nahm Juan das kleine Funkgerät wieder in die Hand, deutete damit über die Schulter zurück und drückte auf einen anderen Knopf. Das Ende der Rampe klappte plötzlich hoch und stand senkrecht da als unüberwindliches Hindernis bei dem Versuch, auf die Rampe aufzufahren. Der Jeep, der gerade auf die Rampe zuhielt, konnte nicht mehr rechtzeitig bremsen und krachte in voller Fahrt gegen die Wand aus Stahl. Vier furchterweckend uniformierte Mitglieder aus Zolos Mörderbande flogen wie von einem Katapult abgeschossen über die Rampe hinweg und verschwanden im Fluß.

Juan wandte sich Jack mit einem breiten Grinsen zu.

»Tja, Lupe war mal 'ne Zeitlang bei den Pionieren in der Armee«, sagte er. »Da hat er einiges gelernt.«

Joan war überglücklich, noch am Leben zu sein, und in der Erregung, in der sie sich die ganze Zeit während ihrer Flucht schon befunden hatte, brach sie in schallendes Gelächter aus. Einem Impuls folgend, wandte sie sich Jack zu und schlang die Arme um seinen Hals und küßte ihn. Und auch noch während sie ihn küßte, hörte sie nicht auf zu lachen, bis sie plötzlich abrupt abbrach und sich bewußt wurde, daß sie genau das tat, woran sie die meiste Zeit in diesen letzten beiden Tagen hatte denken müssen.

Es war kein unmittelbares Verlangen, das sie trieb, aber trotzdem war es die ganze Zeit schon unterschwellig in ihr wach gewesen. Seine Lippen waren voll und sanft, und als er begann, sie zurückzuküssen, fragte sie sich, was es wohl sein mochte, das seine Küsse so einzigartig machte. Noch nie zuvor hatte sie ein Mann so geküßt!

Sein Arm schlang sich um ihre Schultern und zog sie näher zu sich heran. Seine Brust preßte sich gegen ihre, und sie konnte den Moment genau spüren, wo sein Herzschlag schneller zu werden begann. Mit seiner Zunge teilte er ihre Lippen, streichelte sie dann in ihrer ganzen Länge und lockte sie, ihm noch weiter entgegenzukommen. Joan hätte wetten mögen, der Blitz sei eingeschlagen, so elektrisierend war die Reaktion des einen auf den anderen. Sie wußte, daß er genau wie sie empfinden mußte, und als er sich ein wenig von ihr zurückzog, ihr beide Wangen küßte und ihr dann in die Augen blickte, fand sie ihre Vermutung bestätigt.

Zolos Jeep kam mit quietschenden Bremsen noch gerade rechtzeitig zum Stehen. Er stellte sich auf seinen Sitz, verlangte nach seinem Fernglas und starrte auf die gegenüberliegende Seite des Flusses. Der Truck fuhr gerade davon. Die Amerikaner hatten seine ganze Maschinerie ein weiteres Mal überlistet, seine tödlichen Revolver und Gewehre, und, was am demütigendsten war, seine ganze Planung. Mehr denn je schwor er sich, daß er Rache nehmen werde, aber statt sie dann schnell und leicht durch eine Kugel sterben zu lassen, würde er sie ganz langsam zu Tode foltern, genau wie sie ihn jetzt auch bis aufs Blut peinigten.

XVII.

Der höchste Berg des Berglandes der Sierra Nevada de Santa Maria war der Cristóbal Colón, aber Joan wußte, daß sie jetzt in noch höheren Regionen lebte. Nicht einmal in der Nacht, als sie gemeinsam vor dem Marihuana-Feuer geschlafen hatten, hatte sie sich so leicht und unbeschwert gefühlt. Fast wären sie gemeinsam dort hinten in diesem Fluß ums Leben gekommen, und jetzt fühlte sie sich, als sei sie bereit, das alles noch einmal zu erleben. Wäre sie nicht so frei von allen Sorgen, so glücklich gewesen, sie hätte sich sicher Gedanken gemacht, daß sie entweder immun gegen jede Art von Gefahren geworden sei oder schlicht den Verstand verloren habe.

Sie bückte sich, um eine Wildblume zu pflücken und an ihr zu schnuppern. Sie fühlte sich an Jasmin erinnert, und sie mußte kichern. War das alles hier nicht die wundervolle Seite des Lebens? Auch wenn man in fremdem Land gestrandet war, von mordgierigen Männern gejagt wurde, keine Menschenseele kannte – es gab trotz allem immer noch schöne, wohlriechende Blumen, wenn man sie nur zu finden wußte. Sie stand am Straßenrand und balancierte am Rande des Abgrunds. Sie hob ihr Gesicht in den Wind und strich sich mit den Fingern durchs Haar.

Joan hatte den Kitzel der Jagd fast genossen und die Art, wie Juan, der keine Nerven zu haben schien, den schweren Laster über das Land gefahren hatte. Er erinnerte sie ein bißchen an ein orientalisches Genie, das gleich ihm in weglosem Land in einem Märchenschloß lebte und magische Teppiche aus dem Nichts auftauchen ließ.

Sie preßte die Finger auf die Lippen. Noch immer spürte

sie auf ihnen den Kitzel von Jacks Lippen. Jacks magische Kräfte machten ihr schon eher Sorgen, denn die waren real. Auf der einen Seite wünschte sie sich, die Jagd möge auf immer so weitergehen, denn dann brauchte sie Jack nie auszuzahlen und wieder wegzuschicken. Aber so, wie es jetzt war, durfte sie hoffen, daß er um ihretwillen bei ihr war und nicht um ihres Geldes willen... oder wegen der Landkarte. Sie wußte, er wollte ihr die Karte wegnehmen. Zu oft hatte sie seine begehrlichen Blicke auf die Karte gerichtet gesehen. Aber sie wäre bereit gewesen, darauf zu wetten, daß er es im Ernstfall nicht fertigbrächte. Sie hoffte, er sei im tiefsten Innern nicht so habgierig, wie er sie offenbar glauben machen wollte, und daß seine Anständigkeit es nicht zulassen werde, das gegenseitige Vertrauen zu mißbrauchen. Ja, sie legte vielleicht ein wenig viel in eine drei Tage alte Beziehung, doch diesmal verließ sie sich auf ihre Instinkte – denn sie hatte in diesen Tagen gelernt, daß ihr das besser bekam, als wenn sie alles mit dem bloßen Verstand zu erfassen versuchte. Ob er nun ein Dieb war oder nicht – das hatte nichts mit ihren Gefühlen für ihn zu tun. In diesem Punkt war Joan auch nicht anders als andere Verliebte.

Sie versuchte, sich nicht zu sehr hineinzusteigern, denn immer noch bestand die Möglichkeit, daß er sie morgen schon allein ließ und daß sie ihn nie wiedersah. Vielleicht bedeutete sie für ihn mehr als Bargeld in seiner Hosentasche, aber das mußte nicht unbedingt heißen, daß sie eine gemeinsame Zukunft hatten. Realistisch betrachtet stand sie sich besser, wenn sie daran glaubte, Juan sei ein orientalisches Genie, als daran, sie und Jack hätten mehr miteinander gemein als die Erfahrung dieser letzten Tage.

Jack sah ihr zu, wie sie da am Rand der Straße entlangging wie eine Kunstturnerin auf dem Schwebebalken. Sie war so voller Leben, vital in einer Weise, die ihm fremd war. Er wußte, daß seine Art zu leben auf sie erregend wirken mußte, und oberflächlich betrachtet mochte es vielleicht wirklich scheinen, als habe er intensiver gelebt und mehr Erfahrungen gesammelt, auch ausgesprochen gefährliche.

Er blickte auf den Bucheinband hinunter und dann wieder auf die Frau in ihren zerrissenen Kleidern und den im Wind wehenden Haaren. Nein, Joan wußte mehr vom Leben, als er je erfahren würde, weil sie bereit war, ihre Gefühle aufs Spiel zu setzen. Seit Jahren schon versuchte er zu leugnen, vor allem vor sich selbst zu leugnen, daß er nur nach Südamerika gekommen war, um der Welt zu entfliehen.

Er hatte jeden nur erdenklichen psychologischen Trick bei sich selbst angewendet. Er hatte sich immer wieder gesagt, daß alles, was er früher erlebt hatte, ohne Bedeutung für sein Leben gewesen war. Er hatte sich eingeredet, er liebe die Gefahr, die Notwendigkeit, sich aus dem Land selbst zu ernähren. Mitunter hatte er dann allerdings melancholische Anwandlungen, und er fragte sich nicht selten, ob er nicht drauf und dran war, unbewußt Selbstmord zu begehen.

Er hatte darangedacht, wieder in die Staaten zurückzukehren und sich eingeredet, es sei der Luxus, den er vermisse. Er hatte sich sogar eingeredet, sein Traumboot werde alle seine Probleme mit einem Schlag lösen und seine Wünsche und Hoffnungen Wahrheit werden lassen. Doch wenn er ehrlich zu sich selbst war, mußte er sich eingestehen, daß er, wann immer er einen Blick auf das Bild des Bootes geworfen hatte, eine Frau gesehen hatte, eine Frau ohne Gesicht, aber eine Frau, die ihn liebte. Er war fast siebenunddreißig Jahre alt, und es gab niemanden, der sein Leben mit ihm zu teilen bereit gewesen wäre, und er war – was wichtiger war – kein Teil im Leben irgendeines anderen.

Er konnte nicht wieder zur Wall Street zurückgehen. Das war ein Dschungel, den er als langweilig empfunden hatte und in dem es für seinen Geschmack zu viele Schlangen gab. Er fragte sich, ob Joan wohl bereit wäre, vielleicht mit ihm in Südamerika zu bleiben. Nein, dachte er sich. Sie hatte ein Leben, in das sie zurückkehren wollte, Freunde, Familie und ihre Arbeit. Sicher, schreiben konnte sie überall... es mußte nicht unbedingt in New York sein.

Er blickte gerade noch rechtzeitig auf, um ihr Lächeln zu bemerken. Es war ein lockendes, verführerisches Lächeln, das sie ihm da über die Schulter zuwarf. Verdammt, hatte sie denn überhaupt eine Ahnung davon, was sie da mit ihm machte, wenn sie ihn in dieser Weise ansah? Das war nicht nur unfair, das war nachgerade unmenschlich!

Joan Wilder war in der Tat eine besondere Frau. Ihre ganze Persönlichkeit wies so viele Facetten auf, daß er sich fragte, ob ein einziges Leben überhaupt reichte, sie alle zu erforschen. Und er fragte sich weiter, ob er überhaupt der richtige Mann für sie wäre. Doch selbst wenn er sie morgen oder übermorgen nicht mehr wiedersehen sollte, er würde sich immer glücklich schätzen, sie einmal getroffen zu haben – und es würde Zeiten geben, da würde er ihren Namen verfluchen, weil sie ihm bewiesen hatte, daß es noch Menschen wie Jeannine auf der Welt gab.

Während Joan zu den Bergen hinübersah, stand Juan ein wenig abseits und erklärte die Landschaft.

»Hinter diesem Berg dort wird der Fluß sehr wild – muy peligroso. Wasserfälle, Stromschnellen... das richtige Land für eine Angelina, nicht wahr, Joan?«

»Was ist denn mit diesem Lupe passiert?« wollte Joan wissen.

»O je, o je! Schweres Unglück in der Familie!«

Jack blickte kurz in die Richtung, aus der Juans Stimme herüberklang, und sah, daß Juan hinter einem Baum auf der anderen Seite des Trucks stand und sich gemütlich angelehnt hatte, um ein wenig auszuspannen. Jacks Augen wanderten am Stamm des abgestorbenen Baumes in die Höhe zu den drei starken Ästen, in die er sich schließlich aufteilte. Von hier unten sah es fast wie eine Gabel aus oder eine dreizackige Harke.

Joan pflückte wieder Blumen, während sie mit Juan sprach. »Das kann ich mir recht gut vorstellen...«, sagte sie gerade.

Juan stieß sich von dem Baum ab und kam näher. »Er wurde später zum Priester geweiht.«

Jack folgte ihm zu dem Lastwagen, aber er konnte die Augen nicht von dem Baum lassen. Das war der Speer

Satans! Der Baum sah genauso aus wie der in Joans Karte! Er hatte ihn gefunden! Er hatte in der Tat den Schatz entdeckt oder war ihm doch zumindest sehr nahe...

Juan brabbelte in einem fort. »Ich habe seine Geschäfte übernommen. Das war auch besser so, ich bin nicht so hektisch. Er hätte sonst vielleicht am Tenedor del Diablo (Gabel des Teufels) geendet.« Juan deutete mit dem Daumen in Richtung des toten Baumes. »So wie man es immer mit Banditen machte.«

Jack sah schnell zu Joan hinüber, die gerade auf ihn zukam und den Baum musterte, auf den Juan wies.

»Ten... was?« fragte sie.

»Tenedor del Diablo.«

Jack hatte das Gefühl, als müsse ihm jeden Augenblick der Schweiß ausbrechen.

»Oh«, sagte Joan und wandte den Blick von dem Baum.

Jack atmete erleichtert auf. Sie hatte keine Verbindung hergestellt! Wenn es ihm jetzt etwa gelang, den Schatz zu finden?

Juan schreckte Jack aus seinen Gedanken auf, als er herüberlangte und Jack das Buch aus der Hand nahm.

»O Joan, fast hätte ich es vergessen...« Er schien auf einmal unsicher. »Würde es Ihnen etwas ausmachen...«

Joan lächelte ihm zu, holte einen Kugelschreiber aus der Handtasche und signierte das Buch für ihn.

Jack fing an, unruhig auf und ab zu gehen, während sie noch in das Buch schrieb. Wieder blickte er zu dem Baum und dann auf ihre Handtasche. Er mußte die Karte einfach in die Hand bekommen und eine Kopie davon anfertigen. Jetzt war von ausschlaggebender Wichtigkeit, was mit diesen Versen gemeint war. Er war sicher, sie seien irgendwie Wegweiser. Wenn es ihm gelänge, sich in den Besitz dieses Schatzes zu bringen...

In diesem Moment faßte Juan nach Jacks Arm und drängte ihn zum Truck zurück. »Es tut mir leid, daß ich Sie nicht bis nach Cartagena bringen kann. Aber da werde ich steckbrieflich gesucht.«

»Sie waren großartig. Es ist schon in Ordnung, wirklich«, erwiderte Joan voll Dankbarkeit.

»Ich bringe Sie noch bis zur nächsten Stadt. Da fährt am Morgen immer ein Bus durch. Der wird Sie mitnehmen.«

Jack stieg als letzter in den Truck, und bevor er die Tür schloß, warf er noch einen letzten Blick zum Tenedor del Diablo.

XVIII.

Elaines schlanke Handgelenke waren an die Lehnen eines antiken Stuhls aus der Zeit Ludwigs XVI. gefesselt. Immer wieder verwirrte sie das widersprüchliche Verhalten ihres Kidnappers. Sie wurde mit bester französischer Küche verwöhnt – mit Kompotten aus erlesenen tropischen Früchten, französischen Croissants und Kaffee aus New Orleans zum Frühstück, bis hin zu Rouladen aus Lendenstücken und ebensolchen Steaks zum Abendessen; und gleichzeitig traute sich Ira nicht, sie auch nur so lange aus den Augen zu lassen, wie sie für ein Bad gebraucht hätte. Sie hatte Schach, Backgammon und etliche andere Spiele mit ihm gespielt, aber obwohl es an Bord des Frachters eine große Bibliothek gab, erlaubte er ihr nicht, ein Buch zu lesen. Ihr kam es oft genug vor, als habe sie es mit einer gespaltenen Persönlichkeit zu tun.

Meistens behandelte er sie mit geradezu freundschaftlicher Attitüde, wie sie eines Gastgebers bei einer Party würdig gewesen wäre, der über alle Maßen um das Wohlergehen seiner Gäste besorgt ist. Dann wieder erschreckte Ira sie mit seinen Krokodilen in dem Sumpf draußen, oder er weckte sie mitten in der Nacht auf, um sie daran zu erinnern, daß, sollte Joan die Karte nicht hergeben, er Ralph anweisen werde, sie zuerst zu töten und ihr erst dann die Karte abzunehmen.

Von Ira erfuhr Elaine dann auch, wie ihr Mann in Schmuggelaffären verwickelt worden war.

Vor etlichen Jahren war Eduardo durch eine riskante geschäftliche Transaktion bankrott gegangen und hatte riesige Schulden gemacht. Nachdem er monatelang vergebens bei den regulären Banken um Kredite gebeten hatte, ging Eduardo schließlich zu Iras Onkel, der als Finanzmakler arbeitete, und dieser half ihm aus der Klemme. Eduardo bezahlte alle seine Schulden und startete den Buchhandel. Seine Rückzahlungsverpflichtungen bei Sol, dem Onkel Iras, hielt er regelmäßig ein. Es war eine für beide Seiten erquickliche Zusammenarbeit.

Doch als dann die Rezession mit Macht einsetzte und der Bücherumsatz zunächst stagnierte und schließlich fast gänzlich zum Erliegen kam, mußte Eduardo bald erkennen, daß er seine Schulden nicht würde zurückzahlen können. Sol ›verführte‹ Eduardo dann, sich an Schmuggelgeschäften zu beteiligen, indem er ihm dunkle Andeutungen hinsichtlich der Sicherheit Elaines machte und durchblicken ließ, wie leicht einem doch heutzutage ein Unfall widerfahren könne. Eduardo blieb praktisch gar keine andere Wahl, als sich an diesen undurchsichtigen Geschäften zu beteiligen und mit Sol zusammenzuarbeiten.

Für Elaine war Ira weiter nichts als ein widerwärtiger, abstoßender Mensch, der ihr das alles nur aus lauter Boshaftigkeit erzählte. Doch sie war dankbar, daß sie auf diese Weise endlich erfuhr, was wirklich geschehen war, denn die Wahrheit schmerzte weit weniger als alle ihre Mutmaßungen zuvor.

Eduardo hatte sie geliebt. Da hatte er sie nicht belogen. Doch an dem Tag, da er sich mit Sol zusammengesetzt hatte, da hatte er eine sehr unkluge Entscheidung getroffen. Sie fragte sich, ob es wohl Stolz gewesen sein könnte, der ihn davon abgehalten hatte, sich an seine Familie zu wenden, oder ob er nicht vielleicht genau das getan hatte, aber möglicherweise abgewiesen worden war. Welche Verzweiflung mußte er durchlebt haben, als er sich gezwungen sah, Kriminellen zu helfen!

All das, was Ira ihr nur erzählt hatte, um sie damit zu

quälen, hatte bei ihr das genaue Gegenteil bewirkt, denn Elaine zog viel Trost aus dem Wissen, Eduardo nicht falsch eingeschätzt zu haben. Nein, er hatte sie nicht hintergangen. Er hatte für seinen Fehler mit dem Leben bezahlt, aber er hatte nicht gewollt, daß sie auch noch mit dem ihren bezahlen sollte.

Das Klingeln des Telefons, der einzigen Verbindung mit dem Land, riß Elaine aus ihren Gedanken. Ira nahm den Hörer auf und sprach mit leiser Stimme, damit sie ihn nicht verstehen sollte. Dann schwieg er eine Zeitlang, um plötzlich vor Wut loszubrüllen wie ein Stier.

»Verdammt noch mal, Ralph, alles hättest du mir sagen dürfen, aber nicht, daß du sie aus den Augen verloren hast. Das kostet dich die letzten Zähne in deiner gottverdammten Fresse!«

Ralph stand in einer roten Telefonzelle in Fiesta Town. Seine Kleider waren in einem erbarmungswürdigen Zustand. Er war unrasiert, fühlte sich ausgepumpt und hungrig und schäumte vor Wut über seinen Cousin, der ja keine Ahnung von dem hatte, was er mitmachen mußte.

»Jetzt will ich dir mal was sagen, Ira! Ich kann dich auch nicht riechen, ich habe dich noch nie gemocht. Mir stinkt deine Art zu denken, ich kann es nicht ausstehen, wie du dich immer anziehst. Ich mag die Art nicht, wie du dir das Haar auf beiden Seiten deines Kopfes kämmst... Und noch was, Ira...« Ralph unterbrach sich, als sein Blick zufällig auf das Grand Hotel auf der anderen Straßenseite fiel und er Jack und Joan aus dem Truck aussteigen sah. Sie schüttelten Juan die Hand und winkten dem davonfahrenden Laster nach. »... Du bist doch wirklich der glücklichste Bastard, der frei auf dieser Erde rumläuft! Die verdammte Schnepfe ist hier in der Stadt. Ich sehe sie!«

Am anderen Ende der Leitung bekam Ira vor Aufregung fast einen Herzanfall. »Sie ist da? Die ist wirklich wieder aufgetaucht? Vielleicht will sie mich anrufen. Frag sie, ob du ihr solange die Handtasche halten darfst.«

Ralph blickte noch einmal zu Joan hinüber und vergewisserte sich, ob sie ihre Handtasche noch hatte; aber sie hatte sie glücklicherweise nicht im Dschungel verloren. »Sie ist mit einem Kerl zusammen.«

»Was für ein Kerl?« wollte Ira, besorgt über diese neue Entwicklung, wissen.

»Wie, zum Teufel, soll ich das wohl wissen? Sie mag nun mal Männer. Na und? Du doch auch!«

»Schon gut, laß deine verunglückten Versuche in Sachen Humor, Ralph, und besorg mir noch heute nacht die verfluchte Karte. Und jetzt keine neuen Verwicklungen mehr, klar? Es ist mir scheißegal, was du machst. Hauptsache, du bringst mir die Karte.«

Elaine sah, wie ihr Gefängniswärter den Hörer auf die Gabel warf, und seufzte erleichtert auf. Joan war noch am Leben! Dann hatten sie also beide noch immer eine Chance, diesem Irrsinn zu entkommen. Noch heute nacht... vielleicht waren sie und Joan noch in dieser Nacht wieder frei.

XIX.

Joan ging neben Jack zum Eingang des Grand Hotels. In der alten, verschlafenen Stadt wirkte das sechsstöckige Hotel aus Kalksteinen, die aus der nahegelegenen Kalkgrube stammten, wie ein Monument für die Petrodollars, die Kolumbien immer schneller ins Industriezeitalter führten. Im selben Gebäude waren mehr als ein halbes Dutzend Boutiquen, Herrenausstatter und Juweliere, die kolumbianische Edelsteine ausstellten, untergebracht. Die Marmorfassaden, Kippfenster, mit Markisen überspannte Eingänge und die gepflasterten Bürgersteige erinnerten eher an eine Einkaufsstraße in Palm Beach als an ein Dorf im spanischen Stil, wie sie es erwartet hatte.

Die drei Meter hohen, ganz in Messing und Glas gearbeiteten Eingangstüren des Hotels wirkten imponierend auf Joan, als sie davorstand und nicht wußte, was sie nun zu Jack sagen solle. Sie blickte die Straße hinunter und sah den Truck gerade um eine Kurve verschwinden. Es war vorbei, dachte sie, und sie spürte einen dicken Kloß im Hals. Tränen wollten ihr in die Augen steigen, und sie blickte auf ihre Zehenspitzen hinunter in der Hoffnung, Jack werde nicht merken, wie schwer es ihr fiel, jetzt Abschied zu nehmen.

Und wenn sie sich auch tausendmal selbst gesagt hatte, daß dieser Augenblick mit Sicherheit kommen würde, so hatte sie doch nie ernstlich daran gedacht. In den letzten drei Tagen hatte sie intensiver gelebt, mehr getan und mehr gefühlt als in all den Jahren zuvor in ihrem Leben; und jetzt mußte sie tatenlos mitansehen, wie das alles zu Ende ging. Sie würde die Aufregung nicht vermissen, den Nervenkitzel der Jagd, die Gefahren durch die Polizei und den Dschungel, denen sie gemeinsam ins Auge gesehen hatten – nein, sie würde Jack vermissen, ihn und sonst nichts. Sie versuchte, die Situation nicht zu romantisch zu sehen, und nichts in ihre Begegnung hineinzuinterpretieren, das nicht den Tatsachen entsprach: Und doch wurde ihr in diesen Augenblicken klar, daß sie sich in ihn verliebt hatte. Aber jetzt – war es wohl zu spät.

Sie hatten sich gegenseitig nichts versprochen, nichts verabredet, und Jack war nicht in sie verliebt; ja, sie war nicht einmal sicher, ob er sie attraktiv fand. Doch das änderte nichts an der Tatsache, daß sie ihn liebte. Sie wünschte sich den Mut, es laut herauszuschreien. Es wäre ihr egal gewesen, wenn er sie für verrückt gehalten hätte, sie hätte es ihm schon erklärt. Aber tief in ihrem Herzen wußte sie, daß das einzige war, wovon sie immer träumen, was sie immer mehr wünschen würde, als alles andere auf der Welt, daß er ähnlich für sie empfinden möge wie sie für ihn. Doch sie sagte nichts, sondern blickte auf die Telefonzelle ganz in der Nähe.

Jack beobachtete sie, wie sie sehnsüchtig zur Telefonzelle hinüberblickte. Er wußte, daß sie intensiv darüber nachdachte, wie sie es wohl anstellen sollte, ihn auf gute Art so schnell wie möglich wieder loszuwerden, denn jetzt war sie frei und in der Lage, ihre Schwester anzurufen. Er machte ihr daraus keinen Vorwurf. Was er getan hatte, hätte er für jeden anderen auch getan, der in Not gewesen wäre und ihn um Hilfe gebeten hätte. Wieviel mehr half er dann jemandem, der ihm etwas bedeutete. Er erinnerte sich nur zu genau, wie er sich gefühlt hatte, als er sie beschützen durfte. Das war ein Gefühl gewesen, das er jederzeit seinen unsinnigen Depressionen vorgezogen hätte.

Er wünschte sich, es hätte immer so weitergehen mögen – nicht insofern, als sie Zielscheibe der Polizei gewesen waren –, sondern wegen der gemeinsamen Zeit im Dschungel. Wieder blickte er auf ihre Handtasche. Wenn er wenigstens diese Landkarte in die Finger bekommen könnte...

»Ich denke, jetzt bekomme ich meine drei siebenundfünfzig.«

Joan sah in seine blauen Augen und wußte, sie würde ihn nie wiedersehen. Schnell öffnete sie ihre Handtasche, um nach ihren Reiseschecks zu suchen, bevor sie etwa noch zu weinen begann.

»Drei siebenundfünzig...«

»So war die Vereinbarung, nicht wahr?«

»O ja, natürlich«, bestätigte sie und sah das ausgefüllte Scheckformular an, als handele es sich um ihr Scheidungsurteil. Sie konnte ihn einfach nicht so gehen lassen! Irgend etwas mußte ihr noch einfallen.

»Sieh mal, du könntest... ja, könntest du mich nicht noch nach Cartagena bringen?« Joans Augen strahlten in neu aufkeimender Hoffnung, als sie ihm seinen Scheck aushändigte.

»Wie denn – in meinem Jeep etwa?«

Joan hatte gedacht, der Erdrutsch, den sie überlebt hatte, habe sie sicher auch hart genug gemacht, eine Situation wie diese zu überstehen, doch sie hatte sich getäuscht.

»Oh, ja... ich –.« Es gab nur noch eines, das sie jetzt tun konnte. Sie steckte das Scheckbuch in die Handtasche zurück und versuchte, so wenig emotional wie nur möglich zu sein. »Ich kann mich ja noch nicht einmal verständlich machen.

Wenn der Bus nicht bis morgen früh...« Sie spürte, wie sie drauf und dran war, ins Stottern zu verfallen, und hatte alle Mühe, nicht einfach loszuheulen. »Ich – ich weiß nicht, was ich dann anfangen soll...«

»Warum rufst du, zum Beispiel, nicht endlich an?«

«Ja, ja – natürlich, du hast ja recht.«

»Ich versuche inzwischen, für dich ein Zimmer zu bekommen, damit du dich frisch machen kannst. Hier ist heute Markttag. Da könnte es voll werden im Hotel.«

Joan nickte und ging zu der Telefonzelle, aus der gerade ein kleiner Mann in zerlumpter Kleidung herauskam.

Als Jack die Hotellobby betrat, hoffte er inständig, Joan möge es nicht ganz so eilig haben, ihn loszuwerden, wie er die ganze Zeit fürchtete. Einen kleinen Augenblick lang meinte er, einen Bruch in ihrer Stimme bemerkt zu haben, doch dann wieder hatte sie ihm seinen Lohn derart kühl ausgehändigt, daß er schon wieder bereit war zu glauben, er habe sich geirrt.

Die Lobby des Hotels war aufs teuerste und vornehmste ausgestattet. Fußboden, Wände und Pfeiler bestanden aus exklusivem grünem Marmor. Das Zentrum bildete eine zierliche Sitzgruppe in unverkennbar italienischem Stil, ganz mit weißer Seide bezogen und um Tische aus Messing und Glas gruppiert. Auf jedem der Tische standen schwarze Keramik-Vasen, in denen Blumen in allen Regenbogenfarben leuchteten. Die Bogenfenster, die vom Fußboden bis zur Decke reichten, hatten weiße Tüllgardinen und waldgrüne Vorhänge. Drei Kristalleuchter von je mindestens zwei Metern Durchmesser hingen von der Decke herab. Jack blickte sich kurz um und trat dann an den Empfangstisch aus grünem Marmor.

Er hatte bereits gesehen, wie mißbilligend der Mann hinter dem Empfangstisch seine zerrissene Kleidung musterte und indigniert die Brauen hob. Es wunderte ihn nicht, daß der Mann ihn schlicht zu ignorieren versuchte, als er an den Empfangstisch trat. Ungeduldig drückte Jack auf die Messingglocke. Der Mann lächelte sauertöpfisch.

»Buenas tardes, señor. Tiene un cuarto para una noche – con baño?« (Guten Abend. Haben Sie ein Zimmer für eine Nacht – mit Bad?)

Der Mann räusperte sich und erwiderte in einwandfreiem Englisch: »Alle Zimmer stehen noch zur Verfügung.« Damit öffnete er erwartungsvoll sein Empfangsbuch.

Jack lehnte sich vor und flüsterte: »Gibt es in dieser Stadt auch ein Kopiergerät?«

Der Hotelportier deutete in eine Nische neben dem Lift auf den Verkaufsstand für Andenken. Jack lächelte.

»Gut, gut«, sagte er. Das Gerät, das er dort sah, würde für seine Zwecke reichen.

Joan hängte den Hörer ein, trat aus der Zelle und ging auf das Hotel zu, wo sie am Eingang fast mit Jack zusammenstieß. In ihren Augen standen Tränen, als sie ihn ansah.

»Ich habe mit Elaine gesprochen. Es geht ihr gut. Sie wartet morgen auf mich. Ich soll den Bus nehmen.«

»Dann beeil dich. Die Leute gucken schon.«

Jesus! dachte er, warum nur sah sie so verloren drein? Nie hatte er gelernt, einer Frau, die Trost benötigte, im richtigen Augenblick die richtigen Worte zu sagen, es war aber auch noch nie so schwer gewesen, wie jetzt im Falle Joans. Vorsichtig schob er eine Strähne ihres Haares hinter das Ohr und dachte dabei an die Nacht, die sie gemeinsam in der engen Hängematte aus Lianen verbracht hatten. Wieder stand das Bild vor seinem Auge, wie er aufgewacht war und sie neben sich schlafen sah. Genauso würde er sie in Erinnerung behalten, das Haar wirr um den Kopf, und wie sie gezittert und sich an ihn gedrängt hatte. Am liebsten hätte er jetzt die Arme um sie gelegt, sie hochgehoben und sie, wie Tarzan seine Jane, in den Urwald zurückgetragen. Aber er hatte ihr ja nichts anzubieten, kein Haus, keinerlei Luxus, keine Zukunft. Sicher wäre es das, was sie von ihm erwartete; jedenfalls war es das, was er ihr bieten wollte. Und wenn er alles richtig in die Hand nahm, bestand vielleicht immer noch eine Chance...

»Ich glaube, das wär's dann wohl!«, sagte Jack, berührte mit den Fingerspitzen sanft ihre Wange und ließ sie langsam zu ihrem Hals hinunterwandern.

Joan spürte, wie ihr unter seiner Berührung wieder Schauder den Rücken hinunterliefen. »Warte noch«, sagte sie mit heiserer Stimme. »Ich – möchte dich wenigstens noch zum Abendessen einladen.«

Jack sah in ihre jadegrünen Augen und überlegte krampfhaft, wer hier in wessen Falle gegangen war. »O ja – sicher ... vielen Dank. Dann geh' jetzt nach oben, nimm ein heißes Bad, und ich seh' mich inzwischen nach ein paar manierlichen Sachen zum Anziehen für uns beide um.« Er zog den Zimmerschlüssel aus der Tasche. »Da, nimm – Nummer sieben.«

Joans Augen verließen seine keinen Augenblick, als er ihr den Schlüssel in die Hand legte. »Meine Glückszahl.«

»Meine auch.«

Ralph stand vor dem Hotel und sah einem Polizisten zu, der seine Runde machte. Aus der Hosentasche förderte er einen Dauerlutscher hervor und steckte ihn sich genüßlich in den Mund, während er zum Himmel hinaufblickte, wo die Sonne langsam am Horizont versank. Jetzt würde es nicht mehr lange dauern ...

XX.

Das Hotelzimmer war exklusiv eingerichtet, fand sie, als sie über den dunklen Steinboden zu dem weißen Wollteppich ging. Die Textiltapeten der Wände waren weiß gestrichen, während die Decke dunkelbraun war, um ein Gegengewicht zu dem dunklen Steinboden zu bilden. Die raumhohen, doppelflügeligen Fenster hatten Vorhänge aus walnußfarbenem Samt. Etwas erhöht stand in einer Ecke ein Kamin, und daneben waren Holz, Papier und Streichhölzer aufgeschichtet für den Fall, daß die Nacht ein wenig kühl wurde. Neben dem Bett gab es noch einen riesigen Schrank aus Mahagoni mit echten Handschnitzereien nach indianischen Motiven. Dann wandte sich ihre Aufmerksamkeit dem riesigen französischen Bett zu und entdeckte nach kurzem Suchen auch den Hinweis, es hier mit einem Original-Import aus Frankreich zu tun zu haben. Über das Bett war eine Tagesdecke aus weißer Seide gezogen, und darunter fand Joan in Seide gefaßte Bettücher aus feinstem Leinen. Alle sechs Kissen waren mit echten Daunen gefüllt, und als Joan ihre Hand auf eines legte, verschwand sie fast vollständig darin. Das ganze Bett war mit einem Himmel aus weißer Seide überspannt, von dem große Moskitonetze herunterhingen.

Das Bad war fast so groß wie das Schlafzimmer. Boden und Wände waren mit waldgrünen Teppichen ausgelegt, beziehungsweise bespannt, in denen kleine goldene Pünktchen blinkten. In der einen Ecke sah Joan eine bequeme Liege, die mit Samt ausgeschlagen war, und davor ein kleines Rauchtischchen mit einem Kästchen voller Zigaretten mit goldgeränderten Mundstücken und einem goldenen Feuerzeug. An der Wand gegenüber war über einem Frisier- und Toilettentisch im französischen Stil ein Klappspiegel mit drei Flügeln angebracht. An der Stirnseite, ihr direkt gegenüber, befand sich unter einem Leuchter aus Messing und Kristall die größte, ornamentreichste Badewanne, die Joan je zu Gesicht bekommen hatte. Drei mit grünem Teppichbelag versehene Stufen führten hinauf zu der mindestens zweieinhalb Meter langen Wanne mit ihren vergoldeten Wasserhähnen und Brausearmaturen. In Griffnähe standen auf einer kleinen Ausbuchtung Badeseife, Pflegeöle, Badesalz und Körperlotion neben einem Sortiment Shampoos.

Joan wartete auch nicht eine Sekunde länger und warf die Reste ihrer Kleider ab, während sich die Wanne mit heißem Wasser füllte, von dem kleine Nebelschwaden aufstiegen. In der obersten Schublade des großen Schrankes fand sie Badetücher, einen kleinen Rasierapparat und sogar ein Nähset für kleinere Reparaturen. Joan war wie im Taumel, als sie fast eine halbe Flasche wohlriechendes Badesalz in die Wanne schüttete.

Anschließend verbrachte Joan fünfundvierzig herrliche Minuten im warmen Wasser, seifte sich ein, spülte sich die Seife wieder von der Haut, shamponierte sich die Haare mindestens dreimal, und als sie endlich wieder aus der Wanne kam, fühlte sie sich wieder wie ein neuer Mensch.

Als sie sich das Haar mit dem Handtuch trockenrubbelte, warf sie einen Blick ins Schlafzimmer. Zwei sauber verschnürte Pakete lagen auf dem Bett. Sie schlang das Badetuch um den nackten Körper, lief barfuß hinüber und setzte sich auf die Bettkante. Sie zerriß die Verpackung, ohne die hübschen Seidenbänder zu schonen, mit denen die Pakete verschnürt waren.

In der größeren Schachtel fand sie ein Kleid, ganz ähnlich dem auf dem Einband ihres Buches, nur daß dieses hier von bestem Schnitt und bester Verarbeitung war. Das schräg geschnittene trägerlose Oberteil bestand aus lavendelfarbener Seide, und der dreistufige Rock war ein Gedicht aus verschiedenen, ineinander übergehenden Schärpen mit einem unbeschreiblichen Farbenspiel von Lavendel über Malve bis zu zartestem Rosa. An der Taille war eine riesige Chiffonrose aus schwarzem Samt mit einem Zentrum aus Gold und Lavendel befestigt. Im ersten Augenblick hielt Joan das Kleid für das Modell eines kolumbianischen Modeschöpfers, doch sie suchte vergebends nach einem entsprechenden Etikett.

In der anderen Schachtel fand sie ein Paar hochhackige, pechschwarze Riemensandalen und... guter Gott im Himmel – einen Schlüpfer!

Joan nahm das Kleid, rannte ins Badezimmer, wischte den Spiegel sauber und hielt sich das Kleid vor den Körper. Oh, diese Farben! So etwas hätte sie niemals für sich selbst gekauft. Sie konnte nur über Jacks Augenmaß staunen, das offenbar besser war als ihr eigenes, denn das Kleid saß perfekt.

Joan nahm es als Indiz dafür, daß er sie begehrte, und

dieses Wissen machte sie sehr sinnlich... und – ja, in gewisser Weise auch schön. Nie hätte sie gedacht, daß so etwas je geschehen könnte! Es hatte Augenblicke im Dschungel gegeben, wo sie dachte, er verspüre vielleicht Verlangen nach ihrem Körper, doch dann hatte er sie jedesmal mit einer Kälte behandelt, die unüberwindbar schien. Sie war überrascht, wieviel er hier von der romantischen Seite seines Wesens preisgab, und sie konnte nicht umhin, sich selbst einzugestehen, daß sie davon nicht unberührt blieb.

Die ganze Zeit hatte sie sich nie gestattet zu glauben, zwischen ihnen beiden könne es je mehr geben, als diese drei gemeinsamen Tage im Dschungel. Und jetzt sagte er ihr auf so unüberhörbare Weise, daß sie ihm alles andere als gleichgültig war. *Er* hatte sie schon als Angelina gesehen, als *sie* einen solchen Gedanken noch weit von sich gewiesen hätte. Jack hatte eine festgefügte Vorstellung von ihr, und es gab gute Gründe, ihn nicht von vornherein einen Spinner zu nennen.

Noch einmal wischte Joan über den Spiegel und starrte auf das Kleid, auf ihr noch feuchtes, lockiges Haar und das ihr selbst bisher unbekannte Lächeln um ihre Lippen. Zum erstenmal im Leben fühlte sie, daß sie mehr und anders war, als sie ihrer Umgebung zeigte.

Jack saß aufrecht auf dem Stuhl, als ihn der Friseur herumdrehte, damit er in den Spiegel sehen konnte. Es war erstaunlich, was eine Rasur und ein einfacher Haarschnitt bei einem Mann bewirken konnten, dachte er, als er das Handtuch abnahm, sich erhob und seine Rechnung bezahlte. Während er auf das Wechselgeld wartete, bediente er sich noch einmal aus der Flasche mit dem herben Parfüm. Er musterte seine neuen weißen Schuhe und die Bügelfalte seiner weißen Leinenhose. Im Spiegel richtete er noch die blau-graue Seidenkrawatte und knöpfte die Manschettenknöpfe an seinem weißen Baumwollhemd zu. Dann setzte er den neuen Panamahut auf, rückte ihn ein ganz klein wenig schief und lächelte das Bild des jungen, unternehmungslustigen Mannes an, das ihm aus dem Spiegel entgegenlächelte. »Jeder einzelne Penny gut angelegt«, murmelte er für sich, tippte dem Friseur noch einmal auf die Schulter und verließ den Salon.

Als er die Straße entlangschlenderte, pfiff Jack ein Liedchen vor sich hin, während der Nachtwind in den Kronen der Palmen flüsterte. Es war wundervoll gewesen, sein Geld für all diese Dinge, einschließlich des Kleides für Joan, auszugeben. Er wünschte sich nur, er hätte noch mehr für sie kaufen können. Da hatte er zum Beispiel einen Badeanzug gesehen – ein schwarzes Etwas wie eine Ladung Dynamit, in dem sie wie eine Göttin aussehen müßte – und dann dieses rosa Nachthemd, durchsichtig von oben bis unten. Aber vielleicht war es ganz gut, daß er diese Dinge nicht auch noch gekauft hatte, denn die hätte er ihr doch nur vom Körper gerissen, kaum daß sie sie angehabt hätte.

Wenn er daran dachte, daß er mit ihr zusammen den weiten Weg durch den Dschungel gemacht hatte, daß sie völlig nackt vor ihm gestanden hatte, von ihm nur durch ein paar Meter Wasser getrennt, ja, daß sie sogar die Hängematte zum Schlafen miteinander geteilt hatte, und er nicht den geringsten Versuch unternommen hatte – ja, dann fragte er sich schon, ob er nicht womöglich gar zum Eunuchen geworden war.

Als er ihr heute das Kleid gekauft hatte, war ihm bewußt geworden, was er stets vor sich selbst zu leugnen versucht hatte: Er hatte sich in Joan Wilder verliebt. Die ganze Zeit hatte er sich doch etwas vorgemacht, beispielsweise, als er sich eingeredet hatte, sein Interesse an ihr beschränke sich auf ihren Körper, und er werde sie ohnehin nie wiedersehen; oder wenn er vor sich selbst behauptet hatte, alles, woran er wirklich interessiert sei, sei die Landkarte. Nein, das stimmte nicht – so jedenfalls nicht. Natürlich hatte er Verlangen nach ihrem Körper verspürt, brennendes, quälendes Verlangen. Aber nicht weniger hatte er Joan als Mensch haben wollen, als Partnerin; und wenn er sich eingeredet hatte, er habe es nur auf ihre Landkarte abgesehen, weil sie vielleicht zu einem Schatz führt, dann doch nur deshalb, weil ein solcher Schatz die Voraussetzungen dafür schaffen könnte, daß er mit ihr auf immer zusammenbliebe. Er bekannte sich gern vor sich selbst schuldig, ein verdammter, egoistischer Bastard zu sein, aber nichts würde ihn davon abhalten können, diesen Schatz in die Finger zu bekommen. Nicht einmal Joan.

Der zentrale Platz der Stadt wurde von seinen Straßenlaternen gerade ausreichend erhellt. Überall sah man große Blumen aus Pappmaché und farbenfrohe Fähnchen und Banner. Die Fiesta, unumgänglicher Höhepunkt und Abschluß eines jeden Markttages, begann bereits. Überall schossen fröhliche Menschen Feuerwerkskörper ab. Eine kleine Gruppe Kinder und Jugendlicher spielten mit Knallfröschen und Feuerrädern, und der ganze Himmel war übersät mit tausend bunten Funken. Unter dicht belaubten Bäumen entdeckte Jack immer wieder einzelne Pärchen, die verstohlen einen Kuß tauschten, um danach wieder lachend zu den anderen zurückzukehren. Unter einem weißen Zeltdach spielte eine Kapelle verträumte südamerikanische Melodien, zu denen die Pärchen weltvergessen tanzten. Besonders ein Pärchen fiel Jack durch das absolute Gleichmaß der Bewegungen auf. Ihre Körper schienen miteinander verschmolzen, und nach jeder Drehung schien die Harmonie zwischen den beiden noch größer zu werden. Als die Musik geendet und die beiden sich wieder getrennt hatten, wurden sie von den anderen Pärchen mit Beifall bedacht.

Jack wandte sich gerade zum Gehen, als ein kleiner Junge auf ihn zukam. In der Hand schwenkte er verschiedene Getränkedosen. Jack strich dem Kind kurz über das lockige, schwarze Haar und wollte sich schon abwenden, als der Junge ihn mit großen Augen ansah.

»Por favor, señor.« (Bitte, mein Herr.)

Joan hatte nach dem Etagenkellner geklingelt und gebeten, man möge ihr sofort Bescheid sagen, wenn Jack ins Hotel zurückkam. Sie wußte, er würde den Aufzug nehmen, und genau das war es, was sie am wenigsten wünschte.

Eine Nacht wie diese war wie einem Roman entnommen, und sie war entschlossen, sie bis zur Neige auszukosten. Als sie das Hotel vorhin zum erstenmal betreten hatte, war ihr sofort die luxuriöse Treppenflucht aus Marmor mit ihren Messinggeländern aufgefallen, die zum Speisesaal im zweiten Stock hinaufführte. Joan hatte ihr ganzes Leben lang davon geträumt, einmal eine solche Treppe hinunterzugehen. Eine solche Szene war noch in jedem ihrer Romane vorgekommen.

Als der Zimmerkellner sie rief, eilte sie aus dem Zimmer, nahm den Lift zur zweiten Etage hinab, ging den Korridor entlang und kam gerade rechtzeitig oben an der Treppe an, um Jack zum Aufzug eilen zu sehen. Sie sah, wie der Etagenkellner ihm etwas zuflüsterte, worauf Jack sich umwandte.

Joan nahm die drei ersten Stufen ein wenig zu schnell, doch dann verlangsamte sie ihren Schritt, feuchtete sich die Lippen mit der Zunge an und beobachtete Jack, der ihr entgegenkam. Als er dann unten am Fuß der Treppe angekommen war, blieb er stehen, und es schien fast, als sei er zur Salzsäule erstarrt.

Für Joan hatte sich die Mühe gelohnt, und sei es auch nur, um das Verlangen in seinen Augen auflodern zu sehen. Sie konnte nur noch hoffen, er werde auch begreifen, wie sehr sie ihn begehrte. Er sah unbeschreiblich gut aus, und jetzt, da er keinen Bart mehr hatte, trat das erstaunliche Blau seiner Augen noch deutlicher hervor. Sie waren so blau wie der Himmel und der Ozean; für Joan lag in ihnen die ganze Welt. Sie hoffte, ihr Haar liege noch richtig, sie hoffte, ihr Make-up habe keinen Schaden genommen – ach, sie hoffte so unendlich vieles...

Jack war fasziniert von der Erscheinung, die da auf ihn zukam. Mit großer Freude sah er, daß sie ihr Haar in seinen natürlichen Locken getrocknet hatte. Jetzt fiel es leicht und locker um ihre Schultern, so wie er es gerne hatte. Das Licht der Kronleuchter tanzte in den weichen Wellen. Als sie neben ihm stand, mußte er an sich halten, um nicht in diese

Pracht hineinzugreifen und mit ihren Locken zu spielen. Ihre jadegrünen Augen hatten noch immer diesen unschuldigen Ausdruck, dem er einfach nicht widerstehen konnte, und dabei versuchte sie in keiner Weise, ihr Verlangen nach ihm zu leugnen. Es war eine verwirrende Mischung. Er hätte wetten mögen, daß sie die mädchenhafte Scheu noch nicht überwunden hatte und doch bereits über viel Selbstbewußtsein als Frau verfügte. Sie feuchtete sich wohl verstohlen die Lippen an, aber diese zitterten dabei ganz unmerklich.

Sekundenlang standen sie unbeweglich, Joan eine Stufe höher als er, so daß ihre Augen mit seinen auf gleicher Höhe waren. Sie wollten beide so vieles sagen und wußten doch, wie sinnlos Worte sein konnten. Nur ihre Augen konnten den Worten noch Sinn geben, und ihr Lächeln drückte ihrer beider Gedanken aus. Joan hätte ihm so gern gesagt, wie gut er aussah, aber sie brachte nicht mehr zuwege als ein Nicken als Ausdruck dafür, wie einverstanden sie mit ihm war.

Jack war so gefesselt von ihrem Anblick, daß er gar nicht merkte, wie andere Hotelgäste hinter ihm warteten, daß er den Weg auf die Treppe freigab. Schließlich tippte ein Mann ihm höflich auf die Schulter. Erschreckt und verwirrt murmelte er eine Entschuldigung, trat einen Schritt zur Seite und bot Joan seinen Arm.

»Joan Wilder? Darf ich um die Ehre bitten?«

Joan nahm seinen Arm, und als sie aus dem Hotel auf die Straße traten, wußte sie schon nicht mehr, ob ihr Fuß seit jener letzten Stufe überhaupt noch einmal den Boden berührt hatte.

Während Joan verträumt die in dunklem Purpur und Grün schimmernden Hügel ringsum und den Himmel mit seinen Myriaden von Sternen betrachtete, erzählte Jack ihr, er habe dieses Restaurant ausgewählt, weil man von dessen Terrassen aus einen so wundervollen Blick hatte, und sie beglückwünschte ihn zu seiner Wahl. Das Restaurant lag etwas außerhalb der Stadt an einen Hügel gelehnt. Rings um sie herum wucherte das üppige Grün des Tropenwaldes, das

Joan als so bedrohlich kennengelernt hatte, seit sie nach Kolumbien gekommen war. Doch anders als in den vorangegangenen Nächten waren die Düfte des Dschungels heute ein wahres Aphrodisiakum. Sie saßen einander an dem kleinen runden Tisch gegenüber. Mitten auf dem Tischchen brannte eine Kerze, und gleich daneben blühte in einer Vase eine einzelne Orchidee. Jack nahm sie heraus und heftete sie Joan ins Haar. Sie nahmen die Touristen ringsum genausowenig wahr, wie die Einheimischen, die den Klängen der Combo lauschten. Joan nippte Chicha aus einem zierlichen Kristallglas und sah Jack unverwandt in die Augen.

Als der Kellner kam, um das Gedeck abzuräumen, und fragte, ob sie noch Dessert oder Kaffee wünschten, mußte er zweimal fragen, bevor Jack reagierte.

Joan hatte noch nie ein solches Zusammensein mit einem Mann erlebt, was beileibe nicht heißen soll, sie habe bisher wie eine Nonne gelebt. Doch wie konnte es geschehen, dachte sie, daß sie anläßlich ihrer Verabredungen mit dem guten Dutzend Männer, die sie gekannt hatte, nie eine Nacht wie diese erlebt hatte? Romantik war für Joan immer nur eine Sache des Kommerzes gewesen; ein phantastisches Etwas, um das herum sie Geschichten erfunden hatte, um damit ihren Lebensunterhalt zu verdienen. Ihr optimistisches Wesen hatte immer danach gedrängt, an Romantik als an etwas Reales zu glauben – und jetzt, da Jack in ihr Leben getreten war und jeden ihrer Gedanken ausfüllte bis auf den Grund, hatte sie den Beweis für die Realität ihrer Traumwelt gefunden.

Sie brauchte nicht in den Spiegel zu sehen, um sicher zu wissen, daß ihre Augen nie so gestrahlt, ihre Haut nie so geschimmert und sie nie glücklicher gelächelt hatte, als jetzt.

Es hatte nicht in Jacks Absicht gelegen, seine Wünsche so deutlich werden zu lassen, als er die Hälfte seines Bargelds für Joans Kleider ausgegeben oder als er dieses Restaurant ausgesucht hatte, doch als er jetzt ihre Hand an seine Lippen führte, um jede einzelne ihrer Fingerspitzen zu küssen, da war das etwas ganz anderes.

Über Jahre hinweg hatte er seine Gefühle für Jeannine zu analysieren versucht, und immer wieder hatte er sich gewundert, warum er so viel an eine Frau denken mußte, die immerhin siebenundneunzig Jahre alt war. Es hatte Zeiten gegeben, da hatte er sich selbst pervers geschimpft, und dann wieder sagte er sich selbst, er habe Jeannine nur als Vorwand benutzt, um sein Verhältnis mit Alecia nicht in einer Ehe enden zu lassen. Erst als Joan förmlich in sein Leben gestolpert war, hatte er die Wahrheit begriffen.

Jeannine hatte Jack ohne ihr aktives Zutun dahin gebracht, in sich hineinzuhorchen und Qualitäten bei sich und anderen zu entdecken, die ihm bis dahin verborgen geblieben waren, und ihn den Mut finden lassen, an die Verwirklichung seiner Träume im besten Sinne zu glauben. Joans innere Würde und Ehrenhaftigkeit richteten Jack in ähnlicher Weise auf, wie er das einst an Jeannine erlebt hatte.

Er hatte sich immer geweigert zuzugeben, daß er es leid war, vor dem Leben davonzurennen. Doch Joan hatte ihn mit dem wirklichen Leben konfrontiert. Und das fand er überaus erstaunlich. Da hatte er zehn Jahre in der Wildnis New Yorks verbracht, ohne daß ihm jemand wie sie begegnet wäre, doch als er dann im Dschungel Kolumbiens so gut wie untergegangen war ohne Plüsch-Apartment, ohne Sportwagen, ohne Kreditkarten, da erschien seine Traumfrau plötzlich förmlich aus dem Nichts! Nein, das war einfach nicht gerecht!

Er wußte, daß alle diese Dinge Joan nichts bedeuteten. Wenn sie ihn wie jetzt mit ihren seelenvollen Augen ansah, spürte Jack den großen Wert nicht nur in ihr, sondern auch in sich selbst. Ohne ein einziges Wort, ohne irgend etwas zu tun, hatte Joan in ihm eine wahre Revolution ausgelöst. Er hatte es bisher immer abgelehnt, sich mit sich selbst zu beschäftigen, und genau das tat er nun. Vielleicht hatte er sich immer vor dem gefürchtet, was er tief in seinem Innern finden würde; womöglich war er schlechter, als er selbst geglaubt hatte? Aber Joan hatte ihm Mut gemacht, sich zu stellen. Und als er erst einmal angefangen hatte, sein Innerstes ein wenig genauer in Augenschein zu nehmen, hatte er festgestellt, daß er in so manchem ungleich besser war, als er selbst erwartet hätte.

Ihm war inzwischen klargeworden, daß er nicht das schwarze Schaf der Familie war, nur weil er nicht Arzt werden wollte, und daß ihn seine Eltern immer noch liebten, obwohl er den Kakadu-Fang zu seinem Lebensinhalt gemacht hatte. Und womöglich hatte er auch weit weniger Herzen gebrochen, als er selbst immer geglaubt hatte. O ja, es tat gut zu entdecken, daß man ja vielleicht gar nicht so verworfen war, wie man selbst immer gedacht hatte.

Eines allerdings wußte er mit letzter Sicherheit – was er für Miß Joan Wilder, alias Angelina, fühlte, das ging über bloßes körperliches Begehren weit hinaus.

Der Kellner brachte dampfenden Kaffee und delikates Gebäck gerade in dem Moment, als Jack Joan sagte, sie sei wunderschön. Der Kellner lächelte, bedankte sich bei Jack und ging wieder.

»Ach, das meinst du doch nicht wirklich. Du willst dich nur über mich lustig machen.«

»Du bist schön!« bekräftigte Jack, nahm ihre Hand, küßte sie wieder und führte sie dann an seine Wange.

»Bist du sicher...«

»Ich war noch nie einer Sache sicherer.«

Joans Gesicht überzog sich mit einem feinen Rot. »Weil ich – nämlich nie geglaubt hätte – wirklich...«

»In dir vereinigen sich alle Erscheinungsformen der Schönheit. Und du bist mir im genau richtigen Augenblick begegnet.«

Jacks Lächeln wirkte sexy, aufreizend, und er brauchte kein weiteres Wort mehr zu sagen, um das leichte Rot auf Joans Wangen zu flammendem Purpur werden zu lassen. Jack suchte in seinen Taschen.

»Ich hatte da doch noch etwas für dich...«

Er zog aus der Tasche ein goldenes Medaillon an einer Kette und erklärte ihr, er habe es auf der Fiesta von einem Kind gekauft. Joan nahm die Kette und las die Inschrift.

»El Corazón? Du bist romantischer, als ich dachte.«

Jack sah ihr wieder tief in die Augen. »Manchmal erwischt es eben selbst mich.«

Joan wußte, daß er meinte, sie solle zwischen den Zeilen lesen, doch bevor sie noch etwas erwidern konnte, intonierte die Band einen heißen Calypso. Jack stieß seinen Stuhl zurück und griff im Aufstehen nach Joans Hand.

»Komm, laß uns tanzen.«

»Nein, Jack, ich kann gar nicht tanzen...«

»Entschuldigungen werden nicht angenommen.«

Joan wollte Jack erklären, daß sie daheim in Akron, Ohio, das einzige kleine Mädchen gewesen war, das nicht durch Martha Mayes Tanzschule gegangen war, und daß sie in ihrem ganzen Leben nur zweimal in die Verlegenheit gekommen war, tanzen zu müssen, und zwar einmal anläßlich der Hochzeit eines Kommilitonen und davor bei der Einweihung eines Partykellers einer ihrer Schulfreundinnen. Joan tanzte eigentlich nie. Jack zog sie einfach mit sich zur Tanzfläche, legte den Arm um sie und preßte sie fest an sich. Mit den Hüften lehrte er sie die rhythmischen Bewegungen des Calypso, während sein starker Arm sie von sich wegschob und wieder heranzog. Er hielt sie noch fester und spürte ihre langen Beine an seinen Hüften, während sich ihr Arm um seinen Nacken schlang. Als sie den Kopf an seiner Schulter barg, wünschte er sich, diese Nacht möge nie mehr zu Ende gehen.

Ralph stand am Eingang und beobachtete Joan und Jack. Joans Handtasche hing einladend über der Stuhllehne. Zwischen Ralph und dieser Tasche lag eine lange Reihe weiß gedeckter Tische. Er war stolz darauf, auch ohne Iras Belehrungen zu wissen, wie man die Tasche an sich brachte, ohne gesehen zu werden.

Ralph duckte sich hinter einer großen Pflanze in einem Kübel, wartete, bis das Paar zu seiner Linken zur Tanzfläche ging, und schlüpfte dann blitzschnell unter ihren Tisch. Dort erhob er sich auf die Knie, und jetzt konnte er am Ende eines langen weißen Korridors Joans Handtasche herunterbaumeln sehen.

Als Ralph den zweiten Tisch erreichte, sah er, wie der Mann mit den Krokodillederschuhen, der dort saß, unter den Tisch langte und eine Handvoll Banknoten von der Frau ihm gegenüber im Empfang nahm. Die Frau trug einen engen, schwarzen Rock, Schuhe aus glattem, schwarzem Leder und Strümpfe mit Laufmaschen.

Am nächsten Tisch wäre Ralph beinahe über ein langes, schlankes Frauenbein gestolpert. Die Frau trug einen Reif um den Knöchel mit der Aufschrift ›Linda‹. Daneben schimmerte ein kleiner Rubin. Ralph hielt die Luft an, als eine sauber manikürte Hand unter den Tisch langte, um das Männerbein direkt neben ihrem zu streicheln. Ralph war wie elektrisiert, als er die Hand auf und nieder fahren sah, und schon wurden ihm die Augenlider schwer. Doch als er dann auch noch das feine Zirpen vernahm, mit dem sich der Reißverschluß der Hose des Mannes öffnete, kroch er weiter.

Kaum erreichte er den nächsten Tisch, als eine Kinderhand unter der Tischdecke erschien und ihm beinahe einen Kaugummi in die Haare klebte. Doch zum Glück verschwand der Kaugummi dann sicher unter der Tischplatte. Noch bevor er sein Gleichgewicht wiedergefunden hatte, streifte sich ein Mann die Schuhe ab, worauf sich eine Duftwolke erhob, die Ralph um ein Haar narkotisiert hätte. Er hielt sich die Nase zu und kroch weiter.

Ralph konnte den nächsten Tisch ohne weiteres Hindernis passieren, doch dann sah er sich auf einmal mit einem Paar Cowboystiefel konfrontiert, denen auf der anderen Seite des Tisches ein zweites Paar gegenübersaß, das womöglich noch eine Nummer größer war. Schon wollte er zwischen ihnen hindurchschlüpfen, als seine Augen sich vor Schreck weiteten. Eine schwere, narbenübersäte Hand erschien an dem einen Stiefelschaft und zog einen Dolch zur Hälfte heraus. Die Stiefel auf der anderen Seite des Tisches verschwanden, und Ralph vernahm Stimmen über sich. Doch dann wurde der Dolch langsam wieder zurückgeschoben. Es schien an ein Wunder zu grenzen, aber die vier Stiefel gingen einträchtig nebeneinander davon.

Ralph setzte seinen Weg fort, die Augen unverwandt auf die Tasche gerichtet. Er wußte, ihn trennten nur noch Augenblicke von einem Vermögen...

Ausgerechnet in diesem Moment erschien eine Kinderhand unter dem Tisch und warf ihm eine ganze Ladung Gemüse ins Gesicht!

Still vor sich hin fluchend, setzte sich Ralph zunächst einmal hin und reinigte sich Gesicht und Anzug, so gut es ging.

Ralph hatte allerdings nicht bemerkt, daß er zu Beginn seiner Exkursion mit dem Absatz des rechten Schuhs im Saum eines sehr langen Kleides hängengeblieben war; wie immer er sich auch bewegen mochte, der Stoff machte die Bewegung mit.

Nach den ersten beiden Tänzen hatte Joan genug Selbstvertrauen, ein paar andere Schrittfolgen zu versuchen. Jack erwies sich als wundervoller Lehrer, und er hatte sehr viel Geduld mit ihr. Sehr bald schon entdeckte sie, daß ihr nicht nur das Tanzen an sich großes Vergnügen bereitete, sondern vielleicht mehr noch die Wirkung, die der Schwung ihrer Hüften und die Bewegungen ihres Körpers auf Jack hatten. Er war in allerbester Laune, ermunterte sie, ständig neue Tanzschritte zu erproben, und freute sich mit ihr, wenn sie sie gemeistert hatte.

Die Musik wurde langsamer, einschmeichelnder, und Joan legte ohne zu zögern beide Arme um Jacks Nacken. Jack blickte ihr in die Augen und zog sie so nahe an sich heran, daß sie sich fühlte, als seien sie miteinander verschmolzen. Wie sich sein Fuß auch bewegte, ihrer folgte. Wenn seine Hüften vor oder zurück oder zur Seite schwangen, machten ihre die Bewegung mit, und wenn er sich fast über sie lehnte, war ihr sein Gesicht so nahe wie nie. Die Menge applaudierte.

Eines der Mitglieder der Kapelle tippte Jack auf die Schulter und bot ihm eine Flasche an. Jack nahm einen Schluck und bot sie dann Joan an. Sie blickte zuerst ein wenig skeptisch, doch auf der Kapelle und Jacks Drängen hin nahm sie ebenfalls einen Schluck. Ihre Augen füllten sich auf der Stelle mit Tränen, und der feurige Likör schien ihr die Lippen verbrennen zu wollen, doch sie störte sich nicht daran. Jack küßte sie schnell auf den Mund, wo er noch den Geschmack des Likörs fand, und hielt dann ihren Arm hoch empor. Wieder applaudierte die Menge. Jack gab dem Gitarrespieler die Flasche zurück und nahm Joan wieder in die Arme.

Die Musik klang auf, und immer mehr Pärchen drängten auf die Tanzfläche, summten die Melodien mit oder klatschten im Rhythmus in die Hände.

Nach und nach wurde dann aber die Aufmerksamkeit aller Besucher von einem Vorgang am anderen Ende des Saales abgelenkt.

Der übergewichtige, fast kahle Mann, der an einem Tisch direkt gegenüber dem von Jack und Joan saß, war derart verdutzt, daß er sich ein halbes Glas Wein über das frisch gestärkte Hemd schüttete. Die junge Frau neben ihm, die ein trägerloses, recht offenherziges Kleid trug, ließ vor Staunen den Löffel mit der Schokoladencreme in die Kaffeetasse fallen und starrte ungläubig auf das Schauspiel am anderen Ende der Tischreihe.

Dort saß eine extrem vollbusige Señora, die dunklen Locken kunstvoll aufgetürmt und mit Bändchen zusammengehalten, in einem trägerlosen Kleid mit gerafftem Oberteil. Die stark geschminkten Augen der Frau weiteten sich mehr und mehr, als sie spürte, wie jemand unter dem Tisch an ihrem Kleid zupfte. Der dünne Stoff war bis an die Grenze seiner Leistungsfähigkeit beansprucht, und die enormen Brüste der Frau befanden sich in akuter Gefahr, bald vor jedermanns Augen offenzuliegen.

Unter den Tischen merkte Ralph von der hochkarätigen Show zu seinen Häupten nicht das mindeste. Er strebte unentwegt Joans Handtasche entgegen, die ihn mit magischer Kraft, wie die Seufzer der Geliebten, anzog. Als er dann den letzten Meter auf dem Weg zu Joans Handtasche hinter sich brachte, zerrte sein Absatz noch einmal kräftig am Kleid der Señora.

Der Mann ihr direkt gegenüber bekam Stielaugen, und die Frau schräg hinter ihr in dem flamingorosa Kleid atmete laut, als die bedauernswerte Frau die Hände vor ihren praktisch völlig entblößten Busen legte und leise aufschrie. Sie zerrte an ihrem Kleid, um es wieder dorthin zu bringen, wohin es gehörte, mußte aber feststellen, daß dies nicht möglich war. Da sah sie, wie das Kleid unter dem Tisch davongezogen wurde. Auf der Stelle war ihr klar, daß dort irgendein Rüpel unter dem Tisch versuchte, sie auszuziehen. Sie stieß einen spitzen Schrei aus und riß heftiger an ihrem Kleid, während ihr Mann laut nach dem Kellner rief.

Ralph knallte mit dem Kinn auf den Boden und biß sich fast die Zunge ab, als ihm der Fuß so einfach weggerissen wurde. Und dann wurde er zu allem Überfluß ohne große Formalitäten denselben Weg zurückgerissen, den er gekommen war.

Wieder zerrte die Frau an ihrem Kleid und wunderte sich, wer oder was am anderen Ende daran zog. Sie fuhr fort, ihr ellenlanges Abendkleid einzuholen wie ein Schiffstau, und als auch noch ein Bein in ihrem Schoß landete, schrie sie und sprang auf.

Die Frau schrie immer noch, als Ralph unter dem Tisch hochsprang wie ein Fisch aus dem Wasser und dabei krampfhaft versuchte, seinen Schuh aus ihrem Kleid zu befreien. Dabei riß er den Tisch um, ein paar andere folgten, und alle Gäste sahen ungläubig auf den Mann, der da in dem Wickelgewand der fetten Frau herumtobte.

Der Kellner kam in Begleitung des Geschäftsführers und befreite Ralph gewaltsam aus den Falten des Kleides. Ralph war wütend auf sich selbst. Weil er die Tasche nicht in die Finger bekommen hatte, und er verspürte einen geradezu irrealen Haß auf die fette Frau, weil sein perfekter Plan an ihr gescheitert war. Als er sich endlich frei fühlte, holte er kräftig aus und landete einen Aufwärtshaken im Magen des Geschäftsführers.

Aber da war er an den Falschen geraten. Der junge Mann war der anerkannte Herausforderer des kolumbianischen Meisters im Boxen der Mittelgewichtsklasse. Er packte Ralph kurzerhand mit einer Hand am Hosenbund und trug ihn hinaus ins Freie, wo er ihn zuerst einmal auf den Boden warf. Dann wartete er, bis Ralph wieder aufrecht stand, bevor er ihn halb bewußtlos schlug.

XXI.

Joan achtete kaum auf das Durcheinander in den Sitzreihen, das von einer Frau ausgelöst worden war, die man in aller Öffentlichkeit fast ganz ausgezogen hatte. Sie hörte nichts als heiße Musik, die zu einem Crescendo anschwoll. Die Arme über den Kopf erhoben, ließ sie die Fingerspitzen schnalzen, ihr Körper wand sich geschmeidig, und Joan tanzte mit wahrer Besessenheit zu den wilden, ungezähmten Rhythmen. Ihre langen Haare wehten um sie herum, als sie sich immer schneller drehte. Jacks Hände waren an ihrer Taille und glitten immer wieder bis auf ihre Schenkel, bis er sich wieder einmal selbst drehte, in die Hände klatschte und mit den Füßen aufstampfte. Sie lachten und sangen zur Musik, die immer lauter und schneller wurde.

Plötzlich endete die Musik mit einem letzten, wilden Akkord, und wie auf ein Zeichen schien der ganze Himmel im selben Augenblick in einer bunten Feuerkugel zu explodieren. Tausende von Feuerwerkskörpern mußten im selben Augenblick gezündet haben. Jack legte den Arm um Joans Taille, während sie gemeinsam in den bunten Feuerregen ringsum blickten.

Doch kaum war das Feuerwerk verlöscht und sein bunter Schein vom Himmel verschwunden, als sich die Schleusen dort oben übergangslos öffneten und die Gäste, die auf den Terrassen saßen und auf den kolumbianischen Urwald hinaussahen, bis auf die Haut durchnäßten.

Joan blickte zu Jack hinüber. Der lächelte, nahm sie in seine Arme und tanzte weiter, als die Band einen neuen Calypso anstimmte. Ein Pärchen nach dem anderen verließ die Terrasse, um drinnen Schutz vor dem Regen zu suchen, und schon bald waren Joan und Jack ganz allein.

Sie standen inmitten des warmen Regens, eingehüllt von der Musik, und bewegten sich kaum noch. Jack nahm Joans Gesicht in beide Hände und zog sie noch näher an sich heran. Seine Lippen waren weich und kühl, fand sie, als er ihr drei zärtliche Küsse auf ihre geschlossenen Lippen gab. Einen winzigen Augenblick lang blickte er ihr ganz tief in die Augen, als suche er dort nach der Antwort auf eine Frage, die sie nicht verstand. Als er seine Augen schloß und ihre Lippen mit seiner Zunge teilte, fühlte sie sich, als werde sie in einen Strudel hineingerissen. Sie konnte den Regen spüren, wie er ihr das Make-up von den Wangen wusch und das feurige Mal ein wenig kühlte, das seine Lippen auf ihren hinterlassen hatte.

Wieder küßte er sie, und seine Zunge erforschte mit aufreizender Langsamkeit ihre Lippen und ihre Zunge. Jacks Kuß durchfuhr sie wie eine tropische Hitzewelle, durchbrach ihre Reserviertheit endgültig und ließ die letzten Reste von Widerstand, die vielleicht noch in ihr wach gewesen waren, ins Nichts entschwinden.

Sie drängte ihren Körper gegen seinen und spürte die Knöpfe seines Hemdes deutlich durch den dünnen Stoff ihres Kleides. Ihre Arme legten sich um seinen Nacken. Ihr Mund, ihr Leib, ihre Arme und ihre Beine versanken in ihm wie eine sterbende Motte, die den Bruchteil einer Sekunde die lockende Flamme kennengelernt hatte, die doch nur eines anzubieten hat – die Auflösung…, das Ende…

Sein fordernder Kuß durchbrach die letzten Schranken und setzte alle Leidenschaft frei, die sie bisher unterdrückt hatte. Voll wilden Verlangens und einer Leidenschaft, deren sie sich nie für fähig gehalten hätte, küßte Joan ihn wieder, gierig nach jeder Sekunde, die seine Lippen die ihren bedeckten. Er war ihr Retter in mehr als einer Hinsicht, und mit Lippen, Zunge und Körper sagte sie ihm deutlicher, als Worte es vermocht hätten, daß sie ihn nicht weniger begehrte, als er sie.

Sie spürte den Druck seiner Hüften, und als seine Hand auf ihrem Rücken tiefer hinunterglitt, folgte sie willig seinem Druck und versuchte, ihm noch näher zu kommen. Sie wußte, bald würde sie ihn besitzen und er sie.

Jacks Kuß nahm sie völlig in Besitz und zerstörte auch die letzten Reste von Selbstbeherrschung; die Zügel, die sie sich selbst stets angelegt hatte, zerrissen unter dem Eindruck seiner Leidenschaft. Für Joan hatte sich die ganze Welt von einer Sekunde zur anderen völlig verändert, und als Jack ihr Gesicht zu sich emporhob und sie mit seinen intensiv blauen Augen ansah, wußte sie, daß sie beide sich auf etwas einzulassen im Begriff standen, das ungleich erregender sein würde als alles, was sie bisher gemeinsam im Dschungel erlebt hatten.

Sie gingen durch den Regen über die Plaza, durch die gepflasterten Straßen, über sorgfältig angelegte Bürgersteige zurück zum Hotel. Joan begann zu frösteln und zitterte. Jack blieb unter einer Straßenlaterne stehen, nahm sein Jackett ab und legte es ihr über die Schultern. Dann beugte er sich über sie und küßte sie noch einmal lange und heiß. Als sie aus dem Lichtkreis der Laterne traten, erinnerte sich Joan wieder der Pärchen, die sie von ihrem Hotelzimmer aus gesehen hatte.

Als sie im Hotel ankamen, ließ Jack sofort ein heißes Bad für Joan ein, weil er wußte, wie gefährlich eine Erkältung gerade im tropischen Klima Südamerikas sein konnte. Nach all den Gefahren, die sie überstanden hatte, meinte er, wäre es allzu schade, wenn ihr Gefahr ausgerechnet von einer einfachen Erkältung drohen würde. Und damit streifte er ihr das Kleid ab. Jetzt schätzte er sich über alle Maßen glücklich, kein Geld mehr für eine komplette Garnitur Unterwäsche gehabt zu haben.

Jack blieb die Luft weg, als er sie völlig nackt vor sich stehen sah. Sie war eine Göttin! Er hatte sie schon einmal ganz nackt gesehen – und doch war er auf ein solches Maß an Schönheit nicht vorbereitet gewesen. Sie trug die Nacktheit wie ein maßgeschneidertes Kleid. Er war wie geblendet und konnte sie nur noch anstarren.

Plötzlich verschränkte Joan die Arme über der Brust, und in ihren Augen erschienen Tränen. »Bitte, sieh mich nicht so an!«

»Das verstehst du ganz falsch«, sagte er schnell, nahm sie in die Arme und küßte sie. »Aber du bist einfach zu schön.«

Er blickte ihr in die Augen und wußte, daß sie ihm nicht glaubte; doch genauso sicher wußte er, daß er sie überzeugen werde, wenn ihnen nur genug Zeit bliebe. Er küßte sie zärtlich auf die Augen, schmeckte die salzigen Tränen und ließ seine heißen Lippen weiter über ihre Wangen, ihre Ohren und ihre Nase wandern. Während ihre Tränen langsam versiegten, flüsterte er ihr tausend leise Worte ins Ohr.

Schließlich entledigte er sich ebenfalls seiner Kleider und nahm Joan auf seine Arme. Er trug sie die Stufen zur Badewanne empor und setzte sie vorsichtig ins warme Wasser. Dann stieg er selbst in die Wanne und setzte sich ihr gegenüber.

Joan reichte ihm einen Schwamm, doch er ließ ihn achtlos zu Boden fallen. Als sie nach der Seife langte, faßte er nach ihrem Arm und zog sie zu sich heran, bis ihre Brüste seine Brust berührten.

»Das hätte ich schon im Dschungel tun sollen.«

Jack beugte den Kopf vor, und als ihre Lippen sich trafen, küßte er sie mit einer Wildheit, die Joan zur willenlosen Puppe werden ließ. Sie fühlte eine Hitzewelle von einem Ende ihres Körpers bis ans andere rasen, der alle ihre Nervenenden in Brand setzte. Jeder Zentimeter ihrer Haut gierte nach seiner Berührung.

Langsam glitt seine Hand von ihrem Nacken hin zum Ansatz ihrer Kehle. Sie glaubte, wahnsinnig werden zu müssen vor Verlangen, als seine Hand ihren Weg nach kurzem Verweilen bis zu ihren Brüsten fortsetzte. Wieder blieb seine Hand liegen, Jack hielt die Luft an, und dann stöhnte er fast qualvoll auf, als er sie wieder küßte. Sie begriff, daß die Bedachtsamkeit, mit der er vorging, für ihn nicht weniger quälend sein mußte als für sie.

Seine Hände strichen über das seidige Terrain ihrer Hüften, ihrer Schenkel und Beine, und seine Küsse wurden immer feuriger. Als er wieder ihre Brüste streichelte, zitterten seine Hände.

Plötzlich stand er auf, nahm sie in seine Arme und trug sie tropfnaß, wie sie war, ins Schlafzimmer. Er kam sich vor wie ein Räuber, der seit Wochen mit seiner Beute herumlief und der jetzt nur noch Zentimeter von der rettenden Grenze entfernt war, jenseits derer er sich seines Schatzes freuen durfte. Ein Gefühl von Freiheit, Kraft und Zuversicht durchströmte ihn, denn er hielt den größten Schatz in seinen Armen, den er je hatte finden können. Er blickte in ihre sanften grünen Augen und wußte, daß sie ihm verfallen war. Sie vergrub ihr Gesicht in der Beuge seines Nackens, und die Flut kleiner Küsse, mit denen sie seine Haut überschüttete, fühlte sich an wie ein Schauer aus lauter kleinen Blüten.

Als er sie auf dem Bett niederließ und sich dann neben sie legte, wunderte er sich, daß das drängende Verlangen, sie endlich zu besitzen, das ihn seit dem Tanz in dem Restaurant nicht mehr losgelassen hatte, verschwunden war. Er schob den Arm unter ihren Kopf und zog sie ganz nah an sich heran. Die Augenblicke schienen sich zu Unendlichkeiten zu dehnen, während sie nur einfach dalagen und einer dem Herzschlag des anderen lauschte. Sie spürten beide, wie die Wärme ihrer Körper sich vereinigte.

Jack legte die Hand auf ihre Brust und sah, wie sie sich unter ihrem Atem hob und senkte; dann nahm er ihre Hand, und ihrer beider Finger verschränkten sich ineinander. Ohne daß ein einziges Wort fiel, schien das ganze Zimmer von ihrem totalen gegenseitigen Einverständnis erfüllt zu sein, und unendliche viele Worte schienen im Raum zu schweben. Für Jack waren es bedeutungsvolle Worte, aber noch traute er sich nicht, sie auch auszusprechen, denn dieser Moment hatte etwas Geheiligtes an sich. Sein ganzes Inneres schrie nach ihr, und doch näherte er sich ihr nicht weiter.

Er fühlte sich verletzlich, doch statt darüber erschreckt zu sein, überließ er sich gern dem Bewußtsein, alle Gefühle mit ihr zu teilen. Als er ihr in die Augen sah, schien sie in die Tiefen seiner Seele hinabzusteigen, wo sie sich einnistete und ihn auf eine überirdische Weise in Besitz nahm, die ihn erzittern ließ. Sie zog ihn näher zu sich heran, schlang die Arme um seinen Hals und streichelte ihn zärtlich.

Unter dem Eindruck des zärtlichen Spiels ihrer Finger auf seinem Rücken erwachte Jacks Leidenschaft jäh aufs neue. Er wühlte sein Gesicht in ihre Halsbeuge, wo sich ihre weiße, zarte Haut seinen Zärtlichkeiten darbot. Ihr feuchtes, lockiges Haar duftete nach Jasmin, als er eine Spur entlang ihres Halses mit seinen Lippen zog bis hinunter in das Tal zwischen ihren Brüsten. Schließlich spielte er mit der Zunge um ihre Brustwarzen und zupfte mit den Lippen an ihnen, bis sie prall und fest waren und er Joan lustvoll stöhnen hörte. Noch nie hatte ihn der Körper einer Frau so sehr erregt wie der Joans, und nie hätte er geglaubt, sie werde so leidenschaftlich auf ihn reagieren.

Ihre Hände lagen auf seinem Kopf, als wolle sie ihn beschützen, ihm Sicherheit geben, damit er nie mehr fortgehe. Sie drängte ihn zu nichts, führte ihn in keiner Weise und schien doch Freude zu schöpfen einfach aus der Tatsache, daß er ihr nahe war und sie berührte.

Mit jeder Pore saugte er ihren Körper in sich auf, als er ihn jetzt erkundete. Er ließ die Phantasien der letzten Tage Wirklichkeit werden, als er mit den Lippen auf der Innenseite ihrer Schenkel spazierenging und immer wieder das einladende, weiße Fleisch zwischen seinen hungrigen Lippen spürte. Er kitzelte ihre Kniekehlen mit seiner Zunge und überzog ihre Knöchel mit einer Fülle von kleinen Küssen, die sich in seiner Vorstellung zu Kettengliedern formten und sie auf immer an ihn fesselten.

Als er sich über sie schob, suchte er noch einmal die sanfte Festigkeit ihrer Brüste und legte seinen Kopf ganz in die Nähe ihres pochenden Herzens, um sich selbst zu vergewissern, daß das alles hier kein Traum war. Er blickte ihr in die

Augen, und ihr grenzenloses Vertrauen ließ ihn keine Sekunde mehr zögern, sie in Besitz zu nehmen.

Sie war vor Verlangen nach ihm so feucht geworden, daß er ohne die geringsten Schwierigkeiten in sie eindringen konnte, und schon begann ein langsames, genußreiches Streicheln. Mit jedem neuen Stoß hob sie ihm ihre Hüften entgegen, und jedesmal, wenn er sich wieder zurückzog, legte sie die Hände auf seinen Rücken, als wolle sie sichergehen, daß er sie nicht endgültig verließ. Ihre und seine Ekstase wuchsen im gleichen Maß und schienen sie in ihrer Intensität zu überwältigen. In seinem Verlangen, immer mehr von ihr Besitz zu nehmen, wurden seine Bewegungen schneller und trugen sie in betäubende Höhen, bis ihr Stöhnen schließlich zu kleinen Schreien totaler Wollust wurde.

Joan schüttelte sich unter Jack, und ihr schweißnasser Körper brannte vor Verlangen nach ihm. Er zog an ihren Brüsten und reizte sie so sehr, daß sie glaubte, sie müsse schreien vor ungebändigter Lust, die er ihr schenkte.

Noch immer voller Kraft und tief in ihr, rollte Jack sich auf den Rücken, wobei er Joan mit sich zog. Sie mochte die besitzergreifende Art, wie er sie festhielt und an sich preßte. Mit dem Finger zeichnete er die Linien ihrer Wangen nach. Er wollte etwas sagen, brachte aber keinen Ton hervor. Statt dessen zog er ihren Kopf auf seine Schulter herunter und umarmte sie stürmisch. Noch nie hatte Joan solche Lust und ein solches Maß an Erfüllung gefunden.

Träume, Wünsche und Gefühle durchtobten sie, als sie unter dem Eindruck der totalen Erschöpfung nach dieser Stunde hemmungsloser Leidenschaft in Jacks Armen einschlief.

Der Morgen war noch weit, als Joan erwachte. Irgendwann mußte Jack sich erhoben haben, denn im Kamin brannte ein Feuer, vor das er ihre Kleider zum Trocknen ausgebreitet hatte. Gleich neben ihm blinkte in einem Kühler voller Eis eine Flasche Wein, und das Moskitonetz war heruntergelassen und schloß die Liebenden von der übrigen Welt ab.

Joan lächelte ihm zu, während Jack sich auf dem Ellenbogen aufrichtete und mit der freien Hand seinen Namen quer über ihre Brüste schrieb. Sie berührte seine Wange und strich ihm mit den Fingern durch das zerwühlte Haar. Lächelnd beugte er sich vor und küßte sie auf die Brustwarzen, und als er spürte, wie sie unter seiner Zärtlichkeit größer wurden, zupfte er wieder mit den Lippen daran.

»Weißt du eigentlich, wie du mir jetzt vorkommst?« fragte er sie mit einem amüsierten Grinsen, während er die vollendete Rundung ihrer Brüste nachzeichnete.

»Nein, wie denn?« fragte sie und spürte ein Kribbeln in der Magengegend.

»Du bist sanft... zärtlich und graziös... genau wie meine Lady.«

»Deine... deine – Lady?« Angst schoß in ihr hoch und wollte ihr die Kehle zuschnüren.

»Allerdings hat sie dir einiges voraus. Vor allem schläft sie besser.« Sein Lächeln wirkte nur den Bruchteil einer Sekunde traurig, doch schon lachte er wieder und drückte seine Hand leicht auf ihren Leib. »Du hast wirklich einen leichten Schlaf.«

Jack sah den verwirrten Ausdruck auf ihrem Gesicht und langte unter das Bett, holte das Bild seines Traumbootes aus der Tasche und entfaltete es. Sie seufzte erleichtert auf, als er es ihr zeigte. Am Bug stand deutlich der Name: ›Lady‹.

»Eines Tages... wenn ich je das Geld zusammenbekomme.« Er blickte sehnsuchtsvoll auf das Bild.

Joan rollte sich über Jack, der sofort die Beine um ihre Hüften legte und ihr mit beiden Händen beruhigend über den Rücken strich. Dazu lächelte er sie an, als er spürte, wie seine Kraft zurückkehrte.

Joans Gedanken überschlugen sich. »O Jack, vielleicht wird das eines Tages Wirklichkeit. Ich möchte deinen Traum zu gern verwirklichen.«

Jack war mehr als erstaunt über ihre schnelle Antwort. Er fühlte sich plötzlich sehr verunsichert.

»Eh – ich verstehe nicht...«

»Hör zu«, sagte sie, »wenn ich jetzt nach Cartagena fahre, wäre doch alles erledigt, nicht wahr?«

»Ich weiß noch immer nicht...«

»Und das macht mir Sorgen. Er hat mir erlaubt, heute nacht hierzubleiben.«

»Wer?«

»Der Mann am Telefon! Du weißt schon, der, der Elaine bewacht. Er klang so selbstsicher.«

»Warum auch nicht? Du wirst ihm die Karte bringen. Genau das will er doch.«

»Ich will aber nicht, daß er sich dessen so sicher ist! Die nächste Runde in diesem Spiel möchte ich nach meinen Regeln spielen.«

Endlich meinte Jack, so etwas wie einen Sinn in ihren Worten zu erkennen. Gedankenverloren streichelte er ihre Brüste. »Und wer sagt dir, daß das nicht möglich ist?« fragte er und schnappte mit den Lippen nach ihren Brustwarzen.

»Du! Denn wenn ich mehr hätte als nur die Karte – wenn ich den Schatz finden könnte...«

»Ach, du weißt doch gar nicht, ob es sich dabei um einen Schatz handelt oder um etwas anderes.« Jack fuhr fort, mit ihrem Körper zu spielen und lächelte zufrieden, als er spürte, wie sie auf seine Zärtlichkeiten reagierte.

Ihre Stimme klang leise und schon ein wenig atemlos, als sie fortfuhr: »Aber ich denke, alle alten Landkarten führen zu irgendwelchen Schätzen.«

Joan beugte sich vor und küßte ihn zärtlich. Schon wieder spürte sie das Begehren wie Pfeile durch ihren Körper rasen.

Als Jack sie losließ, verschränkte sie die Arme auf seiner Brust und legte das Kinn auf ihre Arme. Sie blickte ihn an, als erwarte sie eine Antwort auf ihre Frage.

»Was erwartest du denn jetzt von mir?« fragte er. »Was soll ich dir sagen?«

»Jack, du weißt, wir sind nahe an der Stelle, sehr nahe.«

»Das hier ist eine große Provinz.«

»Der Baum! Du weißt doch noch, die Gabel des Teufels. Genau da haben wir doch heute nachmittag mit Juan gehalten. Zuerst ist es mir ja gar nicht aufgefallen, aber wenn ich jetzt so darüber nachdenke, bin ich absolut sicher. Wir sind an dieser Gabel des Teufels gewesen!«

»Wo?«

»Wo wir angehalten haben, nachdem wir die Polizisten losgeworden waren. Der Baum sah genauso aus, wie der auf der Karte!«

»Unsinn«, erwiderte Jack und wünschte sich nichts sehnlicher, als daß Joan ihre Aufmerksamkeit wieder auf das richten werde, das jetzt im Augenblick allein wichtig war.

»Doch – da war es. Sieh mal...«

Joan streckte den Arm aus und wollte nach ihrer Tasche greifen, die außerhalb des Moskitonetzes auf dem Boden lag. Doch Jack hielt ihren Arm fest und streichelte ihn. Seine Augen wirkten verhangen, als sie ihn ansah.

»Vielleicht hast du recht«, sagte er. »Wir werden früh aufstehen. Dann sehen wir es uns noch einmal an.« Sein Mund wanderte an ihrem Arm entlang und küßte jeden ihrer Finger einzeln, bis seine Zunge schließlich in ihrer Handfläche spielte.

Joan spürte ein Kribbeln, als liefen ihr tausend Ameisen über den Körper. Sie verstand kein Wort von dem, was Jack sagte, und die Karte verlor von einem Augenblick auf den anderen alle Bedeutung für sie. »Schön«, stöhnte sie, als er den so überaus sensiblen Punkt an ihrem Hals küßte. »Du bist verrückt, wenn du nichts anhast.«

»Ich bin nicht nur das«, erwiderte Jack und zog sie wieder tiefer zu sich herunter. Sein Verlangen ließ sich nicht länger leugnen, als er sie wieder küßte, während sie die Arme unter seinen Kopf schob.

Mit einer Hand streichelte Jack ihre Hüfte, während die andere hinunter neben das Bett ging, die Karte aus seiner Tasche holte und sie in Joans Handtasche schob.

Dann rollte er sie wieder auf den Rücken und streichelte sie mit geradezu quälend langsamen Bewegungen. Er spürte, wie sie unter seinen Händen erschauerte. Seine Hände strichen sanft über die Innenseiten ihrer Schenkel, und das

Zittern verstärkte sich noch. Er hörte ein leises Stöhnen und lächelte vor sich hin.

»Ich habe einmal einen bekehrten Kannibalen getroffen«, sagte er und senkte seinen Kopf über ihre Brüste, »und der hat mir gesagt, welcher Teil des menschlichen Körpers der schmackhafteste sei.« Sein Kopf ging hinunter zu ihrem Nabel.

Joan stöhnte leise, während ihre Hüften ihm entgegenkamen.

»Und welcher Teil war das?«

XXII.

Die Dämmerung stieg von den Bergen herab und goß ihre Farben über den Himmel vom zartesten Rosa über sanftes Rot bis hin zu strahlendem Gold. Die Hinterlassenschaften der Fiesta bedeckten das Pflaster der Plaza. Ein Reinigungstrupp erschien, dessen Mitglieder noch schwere Lider vom Abend vorher hatten, und begann, die Spuren des vergangenen Abends zu beseitigen. Zerbrochene Flaschen, geknickte und verwelkte Blumen verschwanden neben nassem Konfetti und aufgeweichten Luftschlangen in großen Abfalleimern. Transparente und Fahnen wurden wieder eingerollt und für die Fiesta des nächsten Jahres verstaut.

Ralph stolperte über den Gehweg und konnte noch immer nicht begreifen, was ihm da letzte Nacht widerfahren war. Nach zwei Stunden in der Unfallstation des Krankenhauses und fünf Stichen, mit denen sein Kinn genäht worden war, hatte er nur noch den Wunsch nach Ruhe und Schlaf. Vorsichtig tastete er sein rechtes Auge ab, das fast ganz zugeschwollen war, winselte ein bißchen vor Schmerzen und dachte daran, daß ihm der Arzt gesagt hatte, er müsse sich mit seiner gebrochenen Nase so schnell wie möglich in Behandlung begeben. Hätte er dazu noch die Kraft aufgebracht, er hätte Ira erschlagen. Doch so, wie die Dinge jetzt lagen, würde er ihn wohl noch brauchen, damit er die Arztkosten bezahlte. Wenn sie doch in der Krankenkasse wären! Aber Ira hatte ja nie hören wollen...

Ralph fiel fast über die eigenen Füße, und beinahe hätte er die letzten Meter bis zum Parkplatz des Hotels nicht mehr geschafft, wo sein Renault parkte. Als er endlich bei seinem Wagen anlangte, öffnete er die Hecktür, breitete das Laken aus und war im selben Moment eingeschlafen, nachdem er sich endlich hingelegt hatte.

Die Spezialjeeps mit Zolos Todesschwadron röhrten in die Stadt hinein. Zolos Augen waren kalt wie Eis, als er einen Betrunkenen an einen Baumstamm gelehnt sah, neben ihm auf dem Bürgersteig ein zerrissener Party-Anzug neben einer schier endlosen Reihe leerer Flaschen.

Zolo war, im Gegensatz zu seinen Leuten, keinerlei Müdigkeit anzusehen. Er saß aufrecht auf dem Beifahrersitz, die schwarz behandschuhten Hände im Schoß gefaltet und die Augen aufmerksam auf die Straße gerichtet bei der Suche nach selbst dem kleinsten Anzeichen für die etwaige Anwesenheit der Amerikaner hier. Zwei seiner Männer waren auf dem Rücksitz eingenickt, aber daran störte Zolo sich nicht, als er den Fahrer anwies, zum Grand Hotel zu fahren.

Zolos Adrenalin-Ausstoß hatte bedenkliche Formen angenommen, jetzt, wo er wußte, daß er den Amerikanern so nahe war. Er konnte ihre Anwesenheit in der Stadt förmlich riechen.

»Es wird Zeit, alle Reserven einzusetzen. Sie werden diese Provinz nicht mehr verlassen.«

Er hatte seinen Männern ein paar Stunden Schlaf und eine gute Mahlzeit versprochen, bevor sie erneut mit der Suche begannen. Aber wenn er auch in der Lage war, mehrere Tage und Nächte ohne Schlaf auszukommen, so galt das nicht für seine Leute. Was aber schlimmer war – er brauchte sie. Die Amerikaner waren gewitzter, als er gedacht hatte. Bis jetzt hatte er es als Sport angesehen, sie zu jagen, und das war nicht ohne Reiz für ihn gewesen. Doch jetzt hatte er reichlich genug von diesem Spiel.

»Nein.«

Jack rollte sich wieder über sie, und im selben Augenblick klopfte es energisch an die Wand zum Nebenzimmer.

Jack schrie etwas in spanischer Sprache zurück, und das Klopfen hörte wieder auf.

»Und nun bring zu Ende, was du begonnen hast, kleines Mädchen«, sagte Jack und drängte ihren Kopf auf seinen Leib hinunter.

Als das Quietschen begann, sprang Zolo auf die Füße und pochte viermal kräftig gegen die Wand, um seine Nachbarn darauf aufmerksam zu machen, daß sie nicht allein auf der Welt waren. Von der anderen Seite erklang eine Flut undeutlich gemurmelter Flüche und Obszönitäten in spanischer Sprache. Doch dann drangen noch ein paar Worte in klarem, unmißverständlichem Englisch durch die papierdünne Wand.

»Americanos«, sagte Zolo, holte den Revolver aus dem Schulterhalfter, überprüfte die Munition und zog sich auf der Stelle wieder die Stiefel an.

Er glitt lautlos in die leere Empfangshalle, legte ein Ohr an die Tür zum Nebenzimmer und lauschte aufmerksam. Dann hob er einen Fuß und trat die Tür ein. Mit einem Satz war er im Zimmer und sah ein Moskitonetz vor einem leeren Bett leicht hin und her schwingen.

Sofort wandte er sich der Badezimmertür zu, lehnte sich mit dem Rücken an die Wand, richtete den Lauf des Revolvers auf die Tür und drehte langsam den Knauf. Die Tür ging auf, und Zolo sprang in das Badezimmer, den Revolver schußbereit in der Rechten. Doch auch im Bad war niemand mehr. Er rannte zu dem kleinen Balkon, riß die Tür auf und trat hinaus.

Auf der Straße unter ihm rannten Jack und Joan auf einen geparkten Renault zu und versuchten noch im Laufen, sich die restlichen Kleider überzustreifen. Kaum hatten sie den altersschwachen Wagen erreicht, als Jack auch schon seinen Rucksack und den Rest ihrer Kleider auf den Rücksitz warf.

Zolo hieb die Faust auf das Geländer des Balkons und stieß eine Verwünschung aus. Doch dann verlor er keine Sekunde mehr und weckte seine Leute.

Ralph wurde wach, als ihm ein Rucksack mitten ins lädierte Gesicht flog. Dann hörte er, wie eine Frau sagte: »Dieses Keuchen werde ich mein Lebtag nicht vergessen.«

Ralph hob vorsichtig den Kopf, gerade genug, um Jack auf dem Fahrersitz und Joan neben ihm zu sehen. Sofort duckte er sich wieder unter seine Laken. Er wußte, es gab für ihn im Moment keinen Ort auf dieser Erde, an dem er besser aufgehoben wäre.

Jack hantierte unter dem Armaturenbrett an den Kabeln und versuchte verzweifelt, die Zündung kurzzuschließen. Aber er schaffte es nicht. Schließlich wandte sich Joan, die die ganze Zeit das Hotel im Auge behalten hatte, kurz nach ihm um. Sie beugte sich über ihn und drehte den Zündschlüssel im Schloß, den er vor lauter Aufregung glatt übersehen hatte. Knatternd und keuchend sprang der Motor an. Jack gab Gas und jagte die Hauptstraße entlang.

Zolo weckte zuerst seinen besten Scharfschützen und zog ihn mit sich auf den Balkon vor dem Bad. Doch als der Mann schon auf den davonjagenden Renault zielte, drückte Zolo plötzlich den Lauf hinunter und befahl dem Mann, jetzt nicht zu schießen.

Das wäre zu einfach gewesen, fand er. Jetzt, da das Spiel vorüber war, sollten die Amerikaner ruhig noch ein wenig schwitzen. Er hob sein Walkie-Talkie an den Mund und bellte ein paar Befehle an seine Crew hinein. Dabei behielt er den Renault im Auge, der fast schon das Ende der Hauptstraße erreicht hatte.

»Objekt flieht Richtung Osten. Bleibt dran, aber laßt euch nicht sehen. Sie sollen denken, sie wären in Sicherheit.«

XXIII.

Jack stellte schnell fest, daß man nur dreimal das Gaspedal leicht antippen und dann bis auf den Boden durchtreten mußte, und schon setzte sich der Renault tatsächlich in Bewegung. Abgesehen von einer total verstellten Zündung und defekten Stoßdämpfern war das Gefährt noch in einem einigermaßen guten Zustand. Jack wünschte sich allerdings, er hätte jetzt einen Porsche 928 S unter dem Hintern, als er in den Rückspiegel blickte.

Diesmal machte er sich hinsichtlich ihrer Chancen, dem Wahnsinnigen in der Polizeiuniform zu entkommen, keine großen Hoffnungen.

Joan saß neben Jack und studierte die Landkarte. Sie drehte sie herum und versuchte, anhand der dort eingezeichneten Straßen ihre augenblickliche Position festzustellen.

»Kannst du was finden?« fragte Jack.

»Ich weiß nicht. Sieh mal! Auf der Rückseite steht auch noch was.«

»Ist es wichtig?« wollte er wissen.

»Vielleicht muß man die Karte falten«, überlegte sie und ließ den Worten auch gleich die Tat folgen. Sie faltete die Karte mehrmals entlang bereits bestehender Kniffe und machte auch ein paar neue, aber es ergab einfach keinen Sinn. Schließlich gab sie es auf. »Ich glaube, ich habe mich geirrt«, meinte sie.

»Zum Teufel mit der Karte. Wir werden uns schon so zurechtfinden. Ist jemand hinter uns?«

Joan wandte sich um.

»Nichts zu sehen«, sagte sie. »Wer weiß, vielleicht haben wir noch einmal Glück.«

Ralph duckte sich ganz tief in sein Versteck, als Joan über ihn hinweg aus dem Rückfenster sah. Welch ein Glücksfall! Nicht nur, daß er Joan und die Karte hatte – nein, die beiden fuhren ihn auch noch geradewegs zu dem Schatz! Bald würde er in der Lage sein, mitsamt der Karte und dem Schatz zu Ira zurückzukehren. Er kuschelte sich noch ein wenig tiefer in sein Versteck und überlegte, was ihm eigentlich passieren könnte, wenn er Ira nicht die volle Wahrheit erzählte. Mußte er überhaupt irgend etwas berichten? Wer weiß, vielleicht waren alle Träume, alle Wünsche, die er je gehabt hatte, ganz nahe davor, sich zu erfüllen, und in seiner Wunschliste rangierte Unabhängigkeit von Ira ganz obenan.

Jack folgte Joans Anweisungen, und so fanden sie sich einige Stunden später auf einer miserabel ausgebauten Landstraße wieder. Joan musterte aufmerksam die Gegend und hielt beständig Ausschau nach irgendwelchen markanten Geländepunkten. Gleichzeitig aber vergaß sie nicht, hin und wieder einen Blick zurück auf die Straße zu werfen. Es kam ihr doch seltsam vor, daß die dunklen Jeeps noch nicht aufgetaucht waren. Der Renault gab nicht mehr als siebzig Meilen pro Stunde her, so sehr Jack auch auf das Gaspedal treten mochte. Für die Jeeps war das eine geradezu lächerliche Geschwindigkeit. Wo also blieben sie? Auch ohne daß er es sagte, wußte Joan, daß Jack sich wegen der Jeeps womöglich noch mehr Sorgen machte als sie, denn er blickte immer wieder mit verkniffenem Mund in den Rückspiegel.

Joan war jetzt mehr denn je davon überzeugt, die richtige Entscheidung getroffen zu haben. Wenn es ihr gelang, den Schatz in die Hände zu bekommen, mußten Elaines Überlebenschancen beträchtlich steigen.

Als sie um die nächste Kurve fuhren, deutete Joan plötzlich aufgeregt nach vorn. »Da ist es!« rief sie. »Da vorn!«

Jack trat auf die Bremse, und der Wagen kam in einer riesigen Staubwolke zum Stehen.

»Dieser Asthmatiker, den du da glücklicherweise im Hotel gleich erkannt hast, muß knapp hinter uns sein«, sagte er. »Willst du wirklich hier aussteigen und suchen?«

»Ein bißchen riskant, wie?«

»Da könntest du recht haben.«

»Trotzdem!« beharrte sie. »Wir nehmen das Risiko auf uns.«

Jack schüttelte den Kopf und legte den Gang wieder ein. Sie war schon ein echtes Teufelsweib, dachte er. Was mochte das wohl für Mühe machen, sie aufzuhalten, wenn sie sich einmal allen Ernstes etwas in ihr hübsches Köpfchen gesetzt hatte!

Auf einem flachen Hügel, direkt unter einer Gruppe gewaltiger Mahagonibäume, saß ein Soldat auf dem Rücken seines Pferdes. Mit dem Fernglas blickte er auf die gut dreißig Meter unter ihm vorbeiführende Straße und vergewisserte sich, daß ein Mann und eine Frau in dem Wagen saßen. Dann hob er den Walkie-Talkie an den Mund und sagte auf spanisch: »Sie sind in die Straße von der Heiligen Jungfrau eingebogen. Weit kommen sie jetzt nicht mehr.« Während er den Walkie-Talkie wieder verstaute und erneut das Fernglas zur Hand nahm, spielte ein maliziöses Lächeln um seine Lippen.

Der Renault schaukelte den ausgefahrenen Dschungelpfad entlang und mußte immer wieder umgestürzten Baumriesen oder großen Felsbrocken ausweichen. Joan hielt sich am Türgriff fest und hielt weiterhin Ausschau nach etwas, das vielleicht eine Entsprechung in der Landkarte fand. Langsam machte sie sich Sorgen, denn nun fuhren sie schon seit gut vierzig Minuten durch ständig dichter werdenden Urwald, ohne etwas anderes zu finden als das sattsam bekannte und verhaßte Grün ringsum. Sie warf einen kurzen Blick zu Jack hinüber und wußte, daß er genauso besorgt war wie sie, die Polizisten könnten sie hier aufstöbern.

Plötzlich meinte Joan, das Herz müsse ihr stehenbleiben. Vor ihnen endete die Straße, die diesen Namen schon seit einigen Meilen nicht mehr verdiente, direkt vor einer undurchdringlichen grünen Wand aus Bäumen und Unterholz, die das Ufer eines Flusses säumten.

Jack hielt an der Stelle an, zog die Handbremse an und stieg aus. Joan gesellte sich zu ihm und starrte ungläubig auf das jähe Ende der Straße.

»Wir müssen ganz nahe sein«, meinte sie.

Jack teilte ihren Optimismus nicht. »Das ist das Ende«, erwiderte er mutlos.

»Und sowas sagt der ewige Optimist, als den du dich selbst bezeichnet hast?« fragte Joan zurück.

Jack schüttelte den Kopf. Er hatte sich die Karte oft genug angesehen um zu wissen, daß sich dort nirgends ein Hinweis auf eine Straße fand, die im Nichts endete. Irgend etwas stimmte nicht. »Aus der Karte ergibt sich keine solche Stelle«, sagte er resignierend.

»Jack ...« Joan legte den Kopf schief und lauschte angestrengt. »Hörst du nicht?«

»Ja, da muß in der Nähe ein Wasserfall sein«, erwiderte Jack. »Und was hilft uns das?«

Joan nahm die Karte zur Hand und faltete sie noch einmal. Als sie diesmal fertig war und ihm die Rückseite zeigte, war deutlich das Bild eines Wasserfalls zu erkennen.

Jack war verblüfft. »Wie bist du nur daraufgekommen?« fragte er.

Als Jack zum Wagen zurückging, um seinen Rucksack zu holen, duckte sich Ralph schnell wieder, nachdem er ihnen die ganze Zeit zugesehen hatte, wie sie am Ende der Straße diskutiert hatten. Er hatte nicht hören können, was sie sagten, aber er war entschlossen, es herauszufinden. Als Jack nach seinem Rucksack langte, hielt er sekundenlang die Luft an. Endlich klappte die Tür wieder zu. Er wollte noch warten, bis die Luft sauber war, bevor er den Wagen verließ.

Jack nahm Joan bei der Hand, und gemeinsam machten sie sich an den steilen Abstieg hinunter zum Ufer des Flusses. Ein paarmal mußte er auch wieder die Machete benutzen. Auch als sie dem Lauf des Flusses in entgegengesetzter Richtung folgten, mußten sie sich ihren Weg immer wieder mit dem großen Buschmesser freikämpfen. Aber das Geräusch der niederstürzenden Wassermassen kam beständig näher. Manchmal konnten sie auch durch das seichte Wasser am Ufer waten, und während Jack dann seinen Rucksack hoch über den Kopf erhob, las Joan laut die spanischen Inschriften auf der Karte vor, die sie gemeinsam zu deuten versuchten.

Hinter der nächsten Biegung sahen sie den gewaltigen Wasserfall. Die Wassermassen wurden auf ihrem Weg abwärts zweimal abgelenkt, bevor sie sich in das Becken ergossen, an dessen Rand sie jetzt standen. Im Licht der Nachmittagssonne bildeten die stäubenden Wasserschleier einen herrlichen Regenbogen, der fast mit den Händen greifbar zu sein schien. Joan blieb wie verzaubert stehen und nahm sich vor, einen solchen Ort in ihrem nächsten Roman als heimlichen Treffpunkt für ein Liebespaar zu beschreiben.

Ihr Blick ging hinüber zu Jack. Er beobachtete sie schon die ganze Zeit, während um seine Mundwinkel ein feines Lächeln spielte. Nun deutete er mit dem Kopf auf den Eingang zu einer Höhle, der hinter den Wasserschleiern kaum zu erkennen war. Gemeinsam umrundeten sie das Becken und stiegen die wenigen Meter bis zum Zugang der Kaverne hinauf.

Dort nahm Jack eine Taschenlampe zur Hand und richtete sie auf die Karte.

»Leche de Madre?« fragte er verwundert, als sie sich in den engen Gang zwängten. Er ging voraus und richtete den Strahl seiner Taschenlampe auf die vor Nässe glänzenden Felswände. Es war kühl und feucht hier drinnen, und Joan glitt mit ihren bloßen Füßen immer wieder auf dem nassen Felsgestein aus. Ein bißchen war es wie auf einer Eisfläche, fand sie. Aber bei Jack hatte sie jederzeit einen stabilen Halt.

»Was heißt das – ›Leche de Madre‹?« wollte sie wissen.

»Muttermilch«, brummte Jack. Der enge Tunnel knickte nach rechts ab, und kaum hatte Jack den Knick umrundet, als er abrupt stehenblieb. »Nein, das ist nicht wahr!« sagte er überrascht.

Vor ihnen öffnete sich der schmale Durchlaß zu einer natürlichen Höhle, die gut und gern die Grundfläche der Lobby des Plaza-Hotels in New York hatte. Jack ließ den Strahl der Taschenlampe über die Felswände wandern. Unter der Decke hingen ein paar Stalaktiten, von denen regelmäßig kleine Wassertropfen auf einen ausgehöhlten Fels fielen, wo sie sich sammelten, bevor sie in lauter kleinen Wasserfällen in eine Art Sammelbecken liefen. Weiter zur Linken sahen sie andere Stalaktiten, deren Wasser genügend Kalk mit sich führte, um auf dem Boden Stalagmiten zu bilden, die ihnen langsam entgegenwuchsen. Es sah fast aus wie ein Vorhang aus lauter rosa, blauen, pfirsichfarbenen und pastellgrünen Felsnadeln und erinnerte ein wenig an die Pfeifen einer großen Orgel. Eine Vertiefung am Fuße dieser ›Orgel‹ hatte sich ganz mit schillerndem Wasser gefüllt und lief beständig über. Im Verein mit dem feinen Wasserschleier auf den Wänden sah es aus, als befänden sie sich in einem unterirdischen Glaspalast.

Sie leuchteten die Wände ringsum ab und konnten sich nicht sattsehen an dem Naturschauspiel.

Jack klopfte schon überall den Boden ab. Er hatte eine Felsformation entdeckt, die ein wenig an einen chinesischen Tempel erinnerte und über der besonders farbenprächtige Stalaktiten von der Decke hingen. Doch Jacks Aufmerksamkeit konzentrierte sich nur auf einen besonders großen und hellen Stalaktiten, von dem das Wasser in eine darunter liegende Vertiefung tropfte. Das Wasser dort war von dem in ihm gelösten Kalk fast weiß.

Joan sah es, und sie staunte, wie weiß das Wasser schon war, als es von dem Stalaktiten heruntertropfte.

Jack wühlte in seinem Rucksack, holte einen alten Klappspaten hervor und fing an, den weißen, wäßrigen Schlamm aus der Vertiefung zu holen. Joan entdeckte einen Stock und stocherte damit gleichfalls in der weißen Brühe herum.

»Muttermilch«, murmelte sie leise vor sich hin, während sie sich das Haar aus der Stirn strich. Sie lächelte Jack glücklich an. Sie waren drauf und dran, den Schatz zu finden! Elaine würde freikommen, Jack bekam sein Traumboot, und sie und Jack...

»Ich kann es immer noch nicht glauben, was ich tue«, sagte sie und sah zu ihm herüber.

»Was kannst du nicht glauben?« fragte er.

»Daß ich nach verborgenen Schätzen suche... mit dir zusammen«, erwiderte sie.

Jack richtete sich einen Moment auf und lächelte sie an. Er war auch glücklich, hier mit ihr allein zu sein.

»Jack – letzte Nacht...« begann sie zögernd, unterbrach sich aber gleich wieder, weil sie nicht wußte, wie sie es sagen sollte, was ihr auf der Seele lag. Dabei hätte es ihr so leichtfallen müssen, besonders jetzt. Letzte Nacht – ja, da waren sie irgendwie der Wirklichkeit entrückt gewesen, gefangen in einem magischen Netz, das sie gemeinsam um sich gewoben hatten. Doch jetzt wollte sie ihm mit vergleichsweise kühlem Kopf sagen, daß sie ihn liebte. Vielleicht konnte sie es deshalb nicht sagen, weil sie noch nie jemand gesagt hatte, daß sie ihn liebe, vielleicht fehlte ihr einfach nur die Routine. Ob das auch für ihn der Grund gewesen war, warum er es nicht gesagt hatte? Sie hoffte es inständig. Noch ein letztesmal sagte sie es sich innerlich vor... Ich liebe dich, Jack...

Laut aber sagte sie: »Du bist der bessere Teil meines Lebens.« Es schien ihr weniger pathetisch.

»So, bin ich das?« fragte er mit belegter Stimme. »Das habe ich noch nie von jemandem gehört.«

Jack hatte dasselbe Problem wie Joan, nur mit dem einen Unterschied, daß er wußte, warum er es nicht sagen konnte. Er hatte einfach Angst. Er hoffte, er brauche es nicht als erster zu sagen, weil er zuvor Gewißheit über ihre Gefühle für ihn haben wollte.

Bevor er über diese Frage noch weiter nachdenken konnte, stieß sein Spaten auf etwas Hartes. Er erstarrte mitten in der Bewegung. Das hatte nicht wie Felsgestein geklungen! Er warf den Spaten weg und kniete sich nieder, um den restlichen Schlamm mit den Händen beiseite zu räumen.

Er brauchte nicht lange, um ein längliches, festes Objekt zu ertasten. Sofort versuchte er, es zu packen und hochzuheben, aber seine Hände glitten immer wieder ab. Das Kalkwasser hatte einen schleimigen Film über den Kasten oder was immer es sonst sein mochte gelegt, in dem seine Hände keinen Halt finden konnten. In Windeseile säuberte er das Objekt von dem weißlichen Schlamm, bis er endlich darunterfassen konnte. Trotzdem mußte er noch zweimal nachfassen, dann erst gelang es ihm, den Schatz ans Tageslicht zu befördern.

Es war eine Statue.

Joan verschlug es fast die Sprache.

»Jack, wenn diese Statue ein prähistorischer Kultgegenstand ist, dann ist sie unbezahlbar!« japste sie schließlich.

»Unbezahlbar?« schnaufte Jack enttäuscht. »Daß ich nicht lache! Das ist eine ganz billige Tonfigur aus unseren Tagen! Meine Vogelkäfige waren ja mehr wert!«

Joan wollte es einfach nicht glauben! Da hatten sie tagelang ihr Leben aufs Spiel gesetzt, sich durch den Dschungel gekämpft und einer Eliteeinheit der Polizei ein Schnippchen nach dem anderen geschlagen – gar nicht zu reden von ihrer Schwester und Eduardo, der dieser Figur wegen gestorben war ... und das alles wegen eines Klumpen gebrannten Lehms? Das wäre doch lachhaft gewesen!

Plötzlich hatte sie eine Idee.

»In meinem ersten Buch ›Schätze der Lust‹ hat man einen Schatz in einer solchen Statue versteckt!« rief sie.

Jacks Gesicht erhellte sich auf der Stelle. Er nahm die Taschenlampe und schlug damit gegen den Ton, der sofort in tausend Stücke zerbrach.

Im Nu war die ganze Höhle von blitzenden grünen Lichtreflexen erfüllt, die sich an den Wänden brachen. Jack hielt einen riesigen herzförmigen Smaragd in der Hand, und er wußte, daß dieser sehr wohl ein Vermögen wert war!

Joan nahm ihm die Taschenlampe ab und richtete ihren Schein voll auf das Juwel. Es schimmerte in einem unglaublich klaren Grün, dessen Leuchtkraft noch zuzunehmen schien, als Jack den Smaragd ein wenig höher hielt. Die ganze Höhle schimmerte grün, als die beiden in atemlosem Staunen ihren Schatz betrachteten.

Jack konnte nur noch stammeln. »Du lieber Gott im

Himmel – der könnte uns in ganz schöne Schwierigkeiten bringen.«

»Großer Gott!« japste auch Joan. »Was um alles in der Welt ist das?«

»Ein Smaragd«, sagte eine Stimme hinter ihnen.

Ralph trat aus dem engen Gang in die Höhle und deutete mit einer Pistole direkt auf Jacks Kopf. Als er den Hahn spannte, warfen die Wände ringsum das Echo hundertfach zurück. Es klang wie eine Gewehrsalve.

XXIV.

Selbst der untersetzte Mann in den zerlumpten Kleidern, der dort im Eingang zur Höhle stand und mit seinem Revolver auf Jack zielte, schien in einem geheimnisvollen grünen Licht zu strahlen.

Joan hatte auf einmal das Empfinden, als sei sie in einem Alptraum gefangen, aus dem sie sich so schnell wie möglich befreien mußte.

Mit beiden Händen wischte sie sich über die Augen, aber das Bild blieb. Jack stand reglos da, und nur das grimmige Lächeln auf seinen Zügen bewies, daß er noch lebte. Und auch diese lächerliche Gestalt mit dem bedrohlichen Revolver in der Hand wich nicht von der Stelle.

Ja, dieser Mann starrte sie auch noch an, leckte sich kurz über die Lippen und warf ihr dann eine Tasche mit dem Emblem der PanAm zu. Sie konnte die Tasche gerade noch rechtzeitig abfangen, bevor sie ihr mitten ins Gesicht geflogen wäre.

»Stecken Sie ihn dort hinein, Miß Wilder«, sagte er mit seiner unangenehm krächzenden Stimme. »Und im übrigen – ich hasse Ihr Buch!«

Joan blickte Jack an, der genauso verdutzt war wie sie selbst.

»Wer ist das?« fragte er sie.

»Ich habe ihn noch nie gesehen«, erwiderte Joan wahrheitsgemäß.

Ralph stampfte wütend wie ein kleines Kind mit dem Fuß auf. »Hier rede nur ich!« schnappte er.

Joan lehnte sich ein wenig zu Jack hinüber. »Das klingt, als komme er aus New York«, flüsterte sie.

»Ist Ihnen nicht vielleicht jemand gefolgt?« wollte Jack wissen.

Ralph zitterte vor Wut. Da hielt er eine geladene Pistole auf ihren Kopf, und sie respektierten ihn nicht im geringsten. Sie behandelten ihn nicht anders als Ira auch. Es war einfach nicht zum Aushalten! Ob sie ihn vielleicht eher gefürchtet oder doch wenigstens respektiert hätten, wenn er eine Maschinenpistole in der Hand haben würde?

»Ich habe New York seit drei Jahren nicht mehr gesehen!« fauchte er. »Verstanden?! Nicht das kleinste bißchen habe ich von New York gesehen, seit ich achtunddreißig bin! Und jetzt geben Sie mir die Tasche. Ihre Sachen lassen Sie gefälligst liegen, wo sie jetzt sind, und dann verschwinden wir.« Er machte eine bezeichnende Geste mit der Pistole. »Denkt daran, ich werde immer nervös, wenn ich achttausend Meilen vom nächsten Hilton-Hotel entfernt bin.«

Jack überlegte fieberhaft. Er mußte diesen Mann doch einfach schon einmal irgendwo gesehen haben, wenn der ihm bis hinein in die Wildnis gefolgt war.

»Wer ist dieser Mensch?« fragte er Joan noch einmal. Er war fast sicher, daß sie die Antwort wußte.

»Schnauze!« schrie Ralph. »Seht ihr das hier? Ich habe ein ganzes Paket Schießpulver bei mir. Ihr verdammten Hunde habt mich durch die Hölle und zurück gehetzt! Seht euch mal an. Ihr seid doch viel zu sauber!«

Damit beugte er sich nieder und nahm eine Ladung Dreck und Schlamm in die Hand und bewarf Jack damit. Die ganze Wut, die sich in den Jahren unter Iras Fuchtel in ihm aufgestaut hatte, brach sich Bahn, als er noch eine Handvoll Schlamm nahm und ihn diesmal auf Joan warf. Und dann bewarf er Jack wieder und immer wieder mit Dreck, bis die ganze weiße Hose von grau-weißem Schlamm überzogen war. Schließlich riß er auch noch Joans Buch aus seiner Jackentasche und zerfetzte es in der Luft.

»Das nennen Sie ein Buch!« schrie er sie an, warf die Fetzen auf den Boden und trampelte darauf herum.

»Ich mach' euch kalt! Ich mach' das Arschloch von Ira kalt! Ich lege jeden um, der sich in den nächsten Sekunden auch nur bewegt!« tobte er weiter.

Joan und Jack sagten nichts. Ein Verrückter wie dieser Bursche war womöglich wirklich in der Lage, seine Drohungen auch wahrzumachen. Joan legte den Riesensmaragd in die Tasche, wie der Wahnsinnige es verlangte, und reichte sie ihm dann.

Anschließend verließen sie die Höhle wieder. Jack mußte vorangehen, dann kam Joan, und den Schluß bildete Ralph. Auf dem Weg entlang des seichten Ufers fragte Joan sich immer wieder, ob der Wahnsinnige hinter ihr sie nun bald in den Rücken schießen oder im Fluß ertränken werde. Es gab für ihn schließlich keinen Grund mehr, sie oder Jack am Leben zu lassen, nachdem er den Schatz erbeutet hatte. Schweigend gingen sie bis zu der Stelle, wo sie an den Fluß gelangt waren, und von dort wieder das steile Ufer hinauf zu der Stelle, wo der Wagen stand. Dort mußte Jack sich ganz nahe an das Dickicht stellen, das den Blick auf den Fluß verwehrte, während Ralph von Joan verlangte, daß sie sich ans Steuer setzte.

»Wird Zeit, daß ich meinen eigenen Chauffeur bekomme«, sagte Ralph grinsend.

»Würden Sie uns noch einen Augenblick geben ... nur, um uns voneinander zu verabschieden?« fragte Joan.

»Was glauben Sie eigentlich, wer ich bin, Sie Miß Einsames Herz?« fragte er höhnisch zurück. „Wir sind doch hier nicht im Kintopp. Na los, schieben Sie Ihren sehr geschätzten Arsch schon hinters Lenkrad.«

Joan blickte Jack an, und in diesem Blick lag die Angst, ihn nie mehr wiederzusehen, die sie peinigte. Ihr war zumute, als werde ihre ganze Welt in Trümmer gelegt. Hätte ihr die

Angst nicht die Kehle zugeschnürt, sie hätte bestimmt laut geweint. Es war so offensichtlich, daß er ihr noch so unendlich vieles sagen wollte, aber sie konnte die Worte nicht von seinen Lippen ablesen.

Ralph bohrte ihr seine Waffe in die Rippen, und Joan ließ sich auf den Fahrersitz schieben. Dabei blickte sie unverwandt zu Jack hinüber, der die Pistole, die auf ihn gerichtet war, gar nicht beachtete. Er machte einen Schritt auf sie zu, aber sofort hob Ralph die Mündung seiner Waffe, und Jack trat wieder zurück. Ralph setzte sich auf den Beifahrersitz und befahl Joan, den Motor anzulassen.

Jacks Augen waren weiter unverwandt auf Joan gerichtet, die genau wußte, daß sie die Tränen jetzt nicht mehr lange wurde zurückhalten können.

»Wir sehen uns wieder«, sagte Jack zu ihr mit einem Lächeln, das ihr Mut machen sollte.

Ralph richtete den Revolver abermals auf Jack.

»Aber nur im Traum, Bursche«, sagte er grinsend. »Mal sehen, wie dir das gefällt, mitten im Urwald allein zu sein.«

Joan startete schnell den Motor, bevor es diesem Irren etwa noch einfiel, Jack kurzerhand über den Haufen zu schießen; Minuten später sah sie ihn winken. Sie konnte den Blick nicht vom Rückspiegel lassen, bis Jack ihren Blicken ganz entschwunden war.

Als Jack sie mit dem Wagen verschwinden sah, kam er sich so hilflos vor, wie noch nie vorher in seinem Leben. Es gab nichts mehr, das er für sie hätte tun können, und selbst der herrliche Smaragd bedeutete ihm auf einmal nichts mehr. Warum hatte er denn dem Kerl nicht gesagt, er solle den Smaragd einfach nehmen und ihn mit Joan allein lassen? Warum nur hatte er nicht wenigstens versucht, ihm die Pistole wegzunehmen und ihn in den Wald zu jagen? Und warum hatte er Joan nicht mehr gesagt, daß er sie liebte?

Jack machte sich endlich auf den Weg zurück zu der Landstraße. Für ihn stand fest, daß es keinen Ort auf Erden gab, den er mehr haßte als Südamerika.

XXV.

Joan wurde ordentlich durchgerüttelt, als sie den Renault über die tiefen Schlaglöcher der Dschungelstraße manövrierte.

Aus den Augenwinkeln beobachtete sie Ralph, der auf dem Beifahrersitz in sich zusammengesunken war und die Tasche liebevoll an seine Brust drückte. Sie mußte sich auf die Lippen beißen, um nicht die Selbstbeherrschung zu verlieren. Pausenlos zerbrach sie sich den Kopf, wie es gelingen könnte, ihm die Pistole wegzunehmen. Aber er hielt sie noch immer auf sie gerichtet, selbst dann, wenn er nach vorn auf die Straße blickte.

Zum erstenmal in ihrem Leben verspürte sie Mordlust. Nicht nur, daß sie in Gefahr war, auch Jack und Elaine mußten um ihr Leben fürchten, und das alles nur, weil diese Mißgeburt ihnen in die Quere gekommen war!

Joan trat das Gaspedal bis auf den Boden durch. Das Gras rechts und links des Weges stand oft so hoch wie der Wagen war, und immer wieder mußte sie umgestürzten Bäumen und abgerissenen Ästen ausweichen. Joan forderte den Renault bis an die Grenze seiner Leistungsfähigkeit bei ihrem Slalom um Felsen, Bäume und unzugängliche Dickichte. Mit geradezu sadistischer Freude sah sie, wie das Gesicht ihres Entführers von Zeit zu Zeit aschgrau wurde, wenn sie den Wagen wieder einmal knapp an einem Abgrund entlangsteuerte oder über einen Buckel raste, so daß der Wagen herrliche Augenblicke lang den Kontakt zum Boden verlor und wie ein Vogel durch die Luft flog, um dann krachend wieder auf seinen Rädern zu landen. Und immer wieder vermied sie, so gut es ging, Zusammenstöße mit Felsbrocken oder Baumstrünken erst im allerletzten Augenblick.

Ralph war übel, aber er traute sich schon bald nicht mehr, seiner Gefangenen irgendwelche Befehle zuzubrüllen, aus Angst, er könne sich übergeben, sobald er auch nur den Mund aufmachte. Für Augenblicke war ihm selbst nicht mehr recht klar, wer hier das Sagen hatte, er mit seiner Waffe oder sie mit dem Lenkrad.

Joan trat das Gaspedal noch einmal kräftiger durch, als sie sich einem steilen Hügel näherten, auf dessen anderer Seite die Landstraße entlangführte, von der sie vorhin abgebogen waren.

Sie hatte den Kamm des Hügels gerade erreicht, als ihr Gesicht kreideweiß wurde, während Ralph das Gefühl bekam, als halte ihm jemand die Kehle zu. Auf der Straße war eine Blockade aus sechzehn anthrazitgrauen und schwarzen Jeeps aufgefahren! Joan trat voll auf die Bremse und brachte den Renault noch gerade rechtzeitig zum Stehen.

Im vordersten Jeep stand Zolo, das starke Fernglas direkt auf Joans Gesicht gerichtet. Selbst auf diese Entfernung hin spürte Joan unter seinen Blicken eiskalte Schauder den Rücken hinunterlaufen.

Voll Entsetzen sah sie, wie die uniformierten Mörder aus Zolos Privatarmee ihre teuren Gewehre mit den aufmontierten Zielfernrohren direkt auf sie richteten. In Gedankenschnelle wendete sie den Wagen und trat in genau demselben Augenblick aufs Gaspedal, als Zolo seinen Leuten das Zeichen gab. Und schon erfüllte das Krachen der ersten Salve aus den Gewehren die Luft ringsum. Die Kugeln prallten auf Felsgestein auf und jaulten als Querschläger davon oder gruben sich in Baumstämme. Doch nicht eine einzige Kugel kam nahe genug, um Joan ernsthaft zu gefährden.

Im Zickzack jagte sie den Wagen wieder den Abhang hinunter, den sie gerade heraufgefahren war, immer bemüht, nicht etwa in einer Wurzel hängenzubleiben oder auf ein Hindernis aufzufahren. Derartige Anforderungen waren noch nie an ihre Fahrkünste gestellt worden, und so war es nur verständlich, daß ihre Nerven zum Zerreißen angespannt waren.

Jack trabte im Dauerlauf den Dschungelpfad entlang, als er auf einmal Geräusche vernahm, die direkt auf ihn zuzukommen schienen. Doch schon bald war ihm klar, woher diese

Geräusche stammten. Gewehrfeuer! Das konnte nur eins bedeuten: Die Polizisten waren in der Nähe. Und dann sah Jack auch schon den Renault in panischer Flucht den Abhang hinunterrasen.

Jack wunderte sich nicht im mindesten, als er wenig später Zolos Jeeps auf der Höhe erscheinen sah. Erstaunlich wäre allenfalls noch gewesen, daß die ausgebildeten Scharfschützen in den Jeeps den Renault noch nicht in ein Sieb verwandelt hatten.

Gehetzt blickte er sich nach Deckung um in einer Gegend, wo es praktisch keine Deckungsmöglichkeiten gab. Tagelang hatte er gegen ganze Ozeane wuchernder Vegetation gekämpft, und jetzt, da er sie nötiger gebraucht hätte denn je, gab es weit und breit nur Felsbrocken und schütteres Gras. Also machte er auf dem Absatz kehrt und jagte den Dschungelpfad zurück, den er gekommen war.

Joan blickte voller Verzweiflung in den Rückspiegel, doch es half nichts – die Jeeps blieben hinter ihr. Ralph war wie versteinert. Er flog von einer Seite auf die andere, und hinter ihm feuerte die Polizei unentwegt auf ihn. Er warf die PanAm-Tasche in die Ablage zwischen den beiden Vordersitzen und stemmte sich mit beiden Händen gegen das Armaturenbrett.

Joans Augen glühten wie im Fieber, als sie Jack gewahrte, der einfach vor ihr davonrannte. Aber was hätte er auch tun sollen? Sie hätte ihn ohnehin nicht ins Auto holen können.

Jack blickte über die Schulter zurück und versuchte, die Entfernung zwischen sich und der sich anbahnenden Katastrophe abzuschätzen. Als er sich wieder umwandte, um tiefer in den Dschungel zu rennen, sah er eine Patrouille der berittenen Dschungelpolizei direkt auf ihn losstürmen. Alle zwölf Reiter trugen die Jack schon so vertrauten anthrazitfarbenen und schwarzen Uniformen. Zudem trugen die Reiter ausnahmslos Gewehre schwersten Kalibers, wohlgefüllte Patronengürtel und lange Macheten.

Joan sah, wie Jack urplötzlich stehenblieb, als sei er zur Salzsäule erstarrt. Doch sie sollte den Grund für sein Verhal-

Mit kreischenden Bremsen hielten die Jeeps vor dem Grand Hotel. Während sich die Männer ins Innere schleppten, musterte Zolo noch ein letztesmal die Umgebung. Es hätte ja sein können, daß die Amerikaner noch oder schon unterwegs waren.

Da das Hotel fast ganz leer war, erhielten Zolo und seine Leute Zimmer im ersten Stock. Zolo gab ihnen noch einige letzte Anweisungen, bevor die Männer sich endlich in ihre Zimmer zurückziehen durften. Zolo selbst ging zum Ende der Halle, wo er zwei aneinander grenzende Türen sah. Er blieb vor Nummer sieben stehen und verglich die Nummer noch einmal mit der auf seinem Schlüssel. Dann trat er einen Schritt zur Seite und schob ihn ins Schloß der Tür zu Nummer sechs. Drinnen angekommen, zündete er sich einen Zigarillo an, zog sich die Stiefel aus und fiel auf das Bett. Er paffte eine Zeitlang vor sich hin und lauschte auf die Geräusche der langsam erwachenden Stadt. Schließlich drückte er den Zigarillo aus und schloß die Augen.
Gerade wollte ihn der Schlaf übermannen, als im Nebenzimmer die Bettfedern zu quietschen begannen.

Jack war völlig ausgepumpt, während Joan so wach wie selten war. Sie alberte im Bett herum und lachte und kicherte wie ein Schulmädchen. Jack brachte es einfach nicht über sich, ihr den Spaß zu nehmen – bis sie seinen empfindlichen Punkt auf dem Rücken gleich unter dem Arm entdeckte. In Sekundenschnelle hatte er ihre Arme gefaßt, sie über ihren Kopf erhoben, und dann rollte er sich über sie und nagelte sie auf dem Bett fest.

»Weißt du eigentlich, was mit kleinen Mädchen passiert, die sich nicht zu benehmen wissen?« fragte er.

»Darf ich raten?«

»Eine Woche lang keinen Dauerlutscher.«

Sie machte sich wieder frei, griff nach seinem Hintern und zog ihn näher heran. »Hm! Könntest du das eine ganze Woche lang aushalten, Jack?«

ten bald erfahren. Als sie den Reitertrupp herangaloppieren sah, schrie sie auf wie ein waidwundes Tier. Ralphs Hand flog an den Mund hoch. Er war grün im Gesicht wie das Laub des Urwalds.

Jack geriet genau ins Kreuzfeuer der Jeeps und der Patrouille, und es schien hoffnungslos für ihn. Er drehte sich wie ein Kreisel um sich selbst und starrte dem sich nähernden Renault entgegen.

Joan mußte das Lenkrad herumreißen, um ihn nicht zu überfahren, und diesmal gehorchte das Auto ihren Fahrkünsten nicht mehr. Es drehte sich dreimal um sich selbst. Die Beifahrertür sprang auf, Ralph flog in hohem Bogen ins Freie und rollte in einer Staubwolke den Abhang hinunter.

Aber Jack sah noch mehr. Er sah, wie die PanAm-Tasche ebenfalls aus dem Wagen geflogen kam und hinter Ralph her rollte. Er dachte kaum nach über das, was er tat, als er sich mit einem Hechtsprung auf die Tasche warf, sie sich unter den Arm klemmte und zu dem Renault hinübersprintete. Aber Joan gab schon wieder Gas, als habe sie ihn überhaupt nicht gesehen. Jack mobilisierte die letzten Kraftreserven und schaffe es wirklich, den Wagen noch zu erreichen. Und noch immer zeigte Joan nicht die mindeste Neigung, seinetwegen die Geschwindigkeit zu drosseln.

»Fahr langsamer!« schrie er gellend.

»Dann schnappen sie uns!« schrie Joan zurück. Aber sie lehnte sich wenigstens herüber und stieß die Tür auf, so daß er im Hechtsprung hineinspringen konnte.

Jack bekam keine Zeit, Joan nach den Gründen für ihr Verhalten zu fragen, denn jetzt hatten sie die Jeeps auf einmal vor sich. Seine Augen wurden zu schmalen Schlitzen, als er sich für den unvermeidlichen Aufprall zusammenrollte.

Ralph hörte Bremsen kreischen und Motoren aufheulen und kam gerade noch rechtzeitig in die Höhe, um zu sehen, wie sein Renault eine halsbrecherische Schleife vollführte und dann wieder direkt auf ihn zukam. Zolo und seine Todesschwadron waren bereits unmittelbar hinter dem heranrasenden Renault. Schnell schaute er in die entgegengesetzte Richtung und sah dort die berittene Truppe heranstürmen. Es bedurfte keiner sonderlichen Intelligenz, um sich auszurechnen, daß der Zusammenprall an genau der Stelle stattfinden mußte, an der er sich im Moment befand.

Plötzlich schien es Gewehrkugeln zu regnen, und sofort warf Ralph sich auf den Boden und verschränkte die Hände über dem Kopf. So – das hatte er in einem entsprechenden Kurs in der Grundschule gelernt – hatte man sogar bei einem Atombombenangriff angeblich noch eine Überlebenschance. Er sah nichts mehr, er hörte nur noch, daß jetzt die ersten Kugeln in das Blech seines Autos einschlugen und rings um ihn die festgefahrenen Spurrinnen der sogenannten Straße umpflügten. Als die Pferde heranstürmten, konnte er den Boden erzittern spüren. Es konnte sich nur noch um Sekunden handeln, bis von ihm weiter nichts als eine blutverschmierte Masse übrigblieb!

Joan sah Ralph mitten auf der Straße liegen und riß den Wagen nach rechts herüber. Sie hätte es selbst in einer Situation wie dieser nie über sich gebracht, einen Menschen einfach zu überfahren, ganz gleich, was er auch immer angerichtet haben mochte. Die Jeeps verließen ebenfalls einer nach dem anderen die Straße und folgten dem Renault. Als der letzte Jeep die Straße verlassen hatte, donnerte die Reiterstaffel vorüber.

Ralph hielt den Kopf weiter gesenkt. Er fürchtete sich, dem Tod so unmittelbar ins Auge zu sehen. Das Motorengeräusch war vorüber, das Trappeln der Pferdehufe war verstummt, und Ralph konnte sich nur noch über den leichten Tod wundern, den er gehabt hatte. Schnell sprach er noch ein Gebet und dankte Gott, daß er es ihm so leichtgemacht hatte. Vorsichtig blickte er dann unter seinem Arm hindurch, aber außer Staub konnte er nicht das geringste erkennen – oder sollte es sich schon um eine Wolke handeln?

Ein leichter Windhauch vertrieb die Staubwolke, und als Ralph wieder klar sehen konnte, stellte er fest, daß er eine Wand aus lauter Pferdebeinen erblickte. Auf höchst wundersame Weise war er mit dem Leben davongekommen! Doch als er dann in die Höhe blickte und direkt in die Augen der Reiter über ihm sah, dachte er sich, er wäre vielleicht doch besser gestorben.

Joan erinnerte sich noch einigermaßen an das Terrain, und so gelang es ihr vorübergehend tatsächlich, die Polizisten abzuschütteln. Doch je näher sie dem Fluß kamen, desto weniger war der in allen Fugen ächzende Renault den Jeeps mit ihren hochgezüchteten Motoren gewachsen. Obwohl die Windschutzscheibe von Kugeln durchlöchert war, war Joan unverletzt geblieben, und auch Jack war den Kugeln entgangen.

Doch schon bald tauchten die Verfolger wieder im Rückspiegel auf. »Sie kommen näher!« rief Joan verzweifelt.

»Und das verdammt schnell!« bestätigte Jack nach einem kurzen Blick zurück. Er wußte, daß es diesmal für sie kein Entrinnen geben würde. Hier gab es keinen üppig wuchernden Dschungel, in dem man sich hätte verstecken, keine Lianen, mit denen man sich hätte über den Fluß schwingen können, es gab keine hydraulisch betätigten Rampen und Brücken, es gab schlicht keinerlei Hoffnung. Er hatte ihnen gemeinsam mit Joan eine harte Partie geliefert und auch dann nicht aufgegeben, als selbst er nicht mehr an ihre Chance glauben wollte. Doch jetzt war es aus, endgültig. Mit steinernem Gesicht sah Jack die grüne Wand auftauchen, die eine undurchdringliche Barriere vor dem Fluß bildete. Das Dröhnen des Motors klang in seinen Ohren wie die Trompeten des Jüngsten Gerichts.

Doch genau in dem Augenblick, wo Jack erwartet hätte, daß Joan auf die Bremse treten werde, gab diese noch einmal Gas, daß er sich erschrocken ganz klein machte. In der grünen Wand vor ihnen wurde ein schmaler Durchlaß erkennbar.

»Joan!« schrie er. »Wohin fährst du?«

»Wohin ich fahre?« schrie Joan zurück und trat das Gaspedal bis auf den Boden durch, daß der Renault das Hindernis aus Gebüsch und Rankenwerk durchbrach, die steile Uferböschung hinunterschlitterte und im Fluß landete.

»Lupes Fluchtweg!« schrie sie und riß die Arme in aberwitzigem Triumph in die Höhe.

Wie aus kleinen Springbrunnen drang das Wasser durch die Einschußlöcher in den Türen und Fensterscheiben ins Innere des Wagens. Sekunden später schon war das Fahrzeug halb versunken. Noch bevor die Räder den Boden erreichten, wurde es von der reißenden Strömung weggerissen. Ein Blick durch die zerschossenen Scheiben zeigte Joan, daß sie direkt auf ein paar im Fluß liegende Baumstämme, die sich verhakt hatten, zutrieben, und als könne sie ihnen noch ausweichen, drehte sie verzweifelt am Lenkrad.

Trotz der tödlichen Gefahr brach Jack bei ihrem Anblick in schallendes Gelächter aus. Joans Augen rollten voller Wildheit, als sie das Steuer mal nach rechts, mal nach links herumriß. Es lag bestimmt nicht an Joans verzweifelten Versuchen, den treibenden Wagen zu steuern, aber Tatsache war jedenfalls, daß sie nicht auf die Hindernisse auf ihrem Weg den Fluß abwärts aufliefen.

Jack preßte die PanAm-Tasche an die Brust und streichelte sie wie ein lebendes Wesen, dem man Mut zusprechen mußte. Er war überglücklich, noch am Leben zu sein, und um das Maß des Glücks voll zu machen, hatte er darüber hinaus auch noch Joan und den Schatz.

Die Jeeps fuhren nebeneinander auf und hielten exakt auf einer Linie. Zolo stand auf seinem Sitz und schrie Befehle.

Die erste Abteilung seiner Soldaten sprang von den Fahrzeugen und raste hinunter ans Flußufer, um von dort das Feuer auf die Flüchtigen zu eröffnen. Die zweite Abteilung rannte ein Stück abwärts, um weiter unten nach freiem Schußfeld auf die Fliehenden zu suchen.

Zolo riß sein Präzisionsgewehr an die Schulter und schoß auf den dahintreibenden R 4, traf aber nur den Rückspiegel. Als der Lieferwagen um eine Kurve verschwand, konnte Zolo sich nicht mehr beherrschen. Wutentbrannt warf er das Gewehr auf die Erde, trampelte darauf herum und schwor bitterste Rache. Joan sollte als erste sterben, und sie würde einen sehr langsamen Tod erleiden...

XXVI.

Jack blickte über die Schulter zurück und sah die Soldaten hinter der Flußbiegung verschwinden, dann wandte er sich wieder Joan zu, auf deren Gesicht ein triumphierendes Lächeln stand. Mit der einen Hand hielt er die Tasche fest, die andere legte er um Joans Schulter, beugte sich zu ihr hinüber und küßte sie.

Es war eine nicht alltägliche Bootsreise. Trotzdem fand Joan es sehr romantisch, als Jack sie küßte. Selbst wenn sie hundert Jahre alt werden sollte, dessen war sie gewiß, würde sie sich nie dem unbeschreiblichen Kitzel entziehen können, den ihr seine Küsse bescherten. Als er mit der Zunge ihre Lippen teilte und das Innere ihres Mundes erforschte, ging ihr Puls auf der Stelle schneller, und sie hörte nichts mehr um sich herum als das Rauschen in den Schläfen.

Jack zog sie näher zu sich heran und streichelte ihre Brüste. Joan fühlte, wie ihr Herz zu rasen begann und schwer gegen die Rippen pochte. Das Brausen in ihren Ohren nahm im selben Maß zu wie die Intensität seiner Küsse. Joan fühlte sich so leicht und unbeschwert, als schwebe sie durch alle Himmel. Sie war trunken vor Glück und Stolz darüber, daß sie wieder einmal die Polizei ausgetrickst und den Schatz entdeckt hatten, und nicht zuletzt, daß es ihnen gelungen war, den kleinen Schmierfinken los zu werden, der versucht hatte, ihnen ihren Schatz zu stehlen. Als Jacks Hand in ihr Kleid schlüpfte und nach ihren Brustwarzen tastete, wurde das Rauschen zum ohrenbetäubenden Brausen.

Sie öffneten beide gleichzeitig die Augen und stellten fest, daß ihr Kuß sie keineswegs allem Irdischen entrückt hatte, wie sie vielleicht geglaubt haben mochten. Als sie nach vorn blickten, weiteten sich ihre Augen in blankem Entsetzen, denn jetzt näherten sie sich unausweichlich ihrem Untergang!

Vor ihnen verschwand der Fluß im Nichts; das unaussprechliche Brausen, das sie beide vernommen hatten, rührte von einem neuerlichen Wasserfall her!

In panischer Angst deutete Joan hinaus aufs Wasser. »Jack, was sollen wir tun?!« schrie sie.

Jack preßte die Tasche an sich, dachte den Bruchteil einer Sekunde nach und schrie dann zurück: »Los, spring!«

Der Renault wurde immer schneller, und die Strudel rissen ihn herum wie ein welkes Blatt. Auf Jacks Kommando hin warf sich Joan mit aller Kraft gegen die Tür, um sie zu öffnen, aber die tosenden Wassermassen preßten sie von außen her zu. Als sich das Auto einen Moment lang auf die linke Seite legte, nutzte Jack die Gelegenheit gedankenschnell, um die Tür auf seiner Seite zu öffnen und aus dem Wagen zu springen.

Joan kämpfte noch immer verzweifelt mit ihrer Tür. Aber es ging einfach nicht. Sie war gefangen. Vor ihr toste der Wasserfall, und das Brüllen der entfesselten Elemente wollte sie schier betäuben. Verzweifelt versuchte sie, das Fenster herunterzukurbeln, aber es klemmte. Schon wollte sie resignieren und sich damit abfinden, in diesem Auto ihr Grab gefunden zu haben, da spülte eine Welle durch Jacks inzwischen offene Tür. Sie begriff auf der Stelle, kletterte hinüber auf Jacks Seite und sprang kopfüber in den tosenden Fluß.

Der Renault wurde jetzt mit atemberaubender Geschwindigkeit direkt auf die steil abfallende Kante zugetrieben, über die das Wasser in die Tiefe stürzte, und schon war er verschwunden. Joan wollte nach Jack rufen, aber sofort hatte sie den Mund voll Wasser. Mit allen ihr zur Verfügung stehenden Kräften versuchte sie, gegen die Strömung anzukommen, aber die Wassermassen waren stärker. Augen, Ohren und Mund liefen immer wieder voll Wasser, während sie verzweifelt nach Jack Ausschau hielt. Näher und näher kam der todbringende Abgrund, sosehr sie sich auch gegen die Urgewalten stemmen mochte, die sie hinunterziehen wollten ins Verderben. Und doch mußte sie schließlich einsehen, daß sie den Kampf verloren hatte. Ein letzter Strudel erfaßte sie, trug sie an den Rand des Abgrunds, und sie fühlte sich hinabgezogen in ihr nasses Grab.

Ein Strudel riß Jack zunächst einmal bis fast auf den Grund hinunter, ehe er ihn wieder freigab. Er bekam gerade Zeit, Luft zu holen, als es ihn wieder in die Tiefe riß. Er kämpfte verbissen gegen die unbarmherzigen Strudel an und schaffte es schließlich, an die Oberfläche zu gelangen. Endlich konnte er sich mit einigen kräftigen Schwimmstößen von den unberechenbaren Strudeln unmittelbar vor dem Abgrund entfernen.

Mit aller Kraft strebte er dem linken Ufer zu. Bange Augenblicke lang hielt er sich an Schlinggewächsen fest, um nicht abgetrieben zu werden, während er das geschluckte Wasser wieder ausspie. Endlich spürte er Grund unter den Füßen. Mit letzter Kraft umklammerte er die Tasche und schleppte sich auf das Ufer. Dort ließ er sich auf den Bauch fallen und spie noch einmal Wasser aus. Doch es dauerte noch einige Sekunden, bis er wieder halbwegs normal atmen konnte.

Als er endlich begriffen hatte, daß er noch lebte, erhob er sich auf die Knie, blickte liebevoll auf die gerettete Tasche und hielt Ausschau nach Joan. Erst jetzt traf ihn die Erkenntnis wie ein Keulenschlag, daß sie nicht an seiner Seite war.

Auf zitternden Beinen stand er am Ufer und suchte den Fluß ab. Da sah er den Wagen über den kritischen Punkt hinwegtreiben und in den tosenden Wassern verschwinden. Sekunden später entdeckte er auch Joan, die etwas schrie, das wie sein Name klang – dann war auch sie nicht mehr zu sehen.

Starr vor Entsetzen suchte er die schäumenden Fluten am Fuße des Wasserfalls nach einem Lebenszeichen von Joan ab.

Tonnenweise ergoß sich das Wasser über die Kante, stürzte hinunter und kehrte teilweise als weiße Gischt und Nebel zurück. Joan aber blieb verschwunden.

Die tobenden Wasser schienen ihre ganze Wut allein an Joan auslassen zu wollen. Sie fühlte sich hin und her, auf und niedergerissen. Ihre Lungen schmerzten wie noch nie, und sie glaubte, der Kopf müsse ihr in zwei Teile zerspringen. Am schlimmsten aber war, daß sie bald nicht mehr wußte, wo oben und wo unten war. Schon meinte sie, auf dem Weg an die Oberfläche zu sein, als sie feststellen mußte, daß die Wasser sie nach unten, dem Boden entgegen, drückten.

Ihr rechter Arm stieß gegen einen Felsbrocken, und ein scharfer Schmerz durchzuckte ihren Körper. Von allen Seiten her schienen sich unbekannte Mächte auf sie stürzen zu wollen, und sie glaubte nicht mehr daran, daß sie noch überleben könnte.

Jack ließ die Tasche achtlos fallen. Er hatte an nichts mehr Gefallen, nicht einmal mehr am eigenen Leben. Immer wieder suchten seine Augen den Fluß ab in der Hoffnung, ein Lebenszeichen von Joan entdecken zu können. Schon wollte er sich wieder in die Fluten stürzen, um nach ihr zu tauchen, als sich ein Lächeln auf seine Züge stahl.

Zwanzig Meter hinter dem tosenden Kessel, in den das Wasser stürzte, hatte er Bruchteile von Sekunden Joans Kopf aus den Fluten auftauchen sehen. Und dann sah er sie, spuckend und keuchend auf das gegenüberliegende Ufer hinaufkriechen.

Auf allen vieren, die Schultertasche noch immer umgehängt, rang sie nach Luft.

»Heh!« schrie Jack gellend. »Heh – Joan Wilder!«

Beim Klang seiner Stimme wandte Joan den Kopf und sah ihn am anderen Ufer stehen, die PanAm-Tasche triumphierend hoch über den Kopf erhoben.

Jack war außer sich vor Freude, daß sie noch lebte. »Was für ein Tag!« schrie er über das Tosen des Wassers hinweg.

»Du sagst es«, erwiderte Joan, aber nicht laut genug, als daß er es hätte verstehen können. Sie war halbtot und konnte nicht begreifen, wo er die Energie hernahm, noch auf den eigenen Beinen zu stehen.

»Ich dachte, du bist ertrunken!« rief er hinüber.«

»Viel hat ja auch nicht gefehlt«, schrie sie zurück und versuchte, wieder auf die Füße zu kommen. Aber sie schaffte es nicht. Erst beim zweiten Versuch klappte es. Völlig ausgepumpt starrte sie zu ihm herüber.

»Ist alles in Ordnung? Bist du verletzt?« rief er.

»Mir geht's prächtig!« schrie sie zurück. »Mich stört eigentlich nur, daß du auf der anderen Seite des Flusses bist.«

Jack suchte mit den Augen den Fluß ab, soweit man ihn übersehen konnte, aber er fand keine Stelle, an der man den Übergang hätte wagen können. Soweit das Auge reichte, war der Fluß eine einzige tobende Hölle.

Joan ging auf der anderen Seite auf und ab, und Wut auf den Fluß und auf Jack durchtobte sie. Kein Wunder, daß er so glücklich dreinschaute! Er hatte schließlich den Schatz, und jetzt, wo sie hier nicht mehr weg konnte, würde er doch bestimmt wieder versuchen, sich ihrer zu entledigen, wie er es soo oft im Dschungel versucht hatte.

»Es gibt keinen Weg über dieses Inferno!« rief er hinüber.

»Versuch es!«

»Versuch du es doch!«

»Hältst du es eigentlich immer so, daß du festhältst, was du sicher hast?« schrie sie mit sich überschlagender Stimme.

»Darauf kannst du jede Wette halten!« erwiderte er.

»So?«

»Ich liebe dich!«

Seine Worte erfüllten die ganze Luft ringsum, sie löschten sogar das Tosen des Wasser aus. So sehr hatte sie sich gewünscht, diese drei Worte aus seinem Mund zu hören, als sie miteinander geschlafen hatten – und jetzt zweifelte sie daran, daß er sie ernst meinte.

»Dann komm doch zu mir!« flehte sie, und in Gedanken setzte sie noch hinzu: Bitte, bitte, lieber Jack, belüg mich nicht.

»Wir treffen uns im Hotel Emporio in Cartagena, einverstanden?« rief er hinüber. »Du gehst von jetzt an immer mit der Sonne, dem Abendrot entgegen. Dann kommst du automatisch nach Cartagena. Und da sehen wir uns wieder.«

Joan schäumte vor Wut, als sie sich auf den Weg stromabwärts machte. Was für ein Spiel spielte Jack Colton da mit ihr? Könnte sie doch nur auf die andere Seite des Flusses gelangen! Sie würde ihm den Hals umdrehen! Als wenn er sie in Cartagena suchen würde! Lachhaft!

»Und du erwartest wirklich von mir, daß ich dir das glaube?!« schrie sie zu ihm hinüber. »Jetzt, wo du ›El Corazón‹ hast? Was soll zum Beispiel aus meiner Schwester werden?«

»Ihre Entführer brauchen ja nicht die ganze Wahrheit zu wissen«, erwiderte er. »Die Karte hast du ja noch!«

»Aber du hast den Smaragd!«

Bevor Joan noch mehr sagen konnte, erklangen hinter ihnen etliche Gewehrschüsse. Sofort verschwanden sie beide im dichten Ufergebüsch, um Deckung zu suchen.

Zolo und seine Mörderbande erreichten den Wasserfall gerade noch rechtzeitig, um Joan auf der anderen Seite aus dem Wasser kriechen zu sehen. Von seinem Standort aus konnte Zolo allerdings Jack auf dem gegenüberliegenden Ufer nicht sehen und nahm daher an, er sei ertrunken.

Der Anflug eines maliziösen Lächelns erschien auf Zolos Lippen. Dann gab er seine Anweisungen. Die Männer fingen sofort an, Eisenhaken in das Felsgestein zu treiben, an denen sie dann lange Seile befestigten, um sich in die Tiefe zu hangeln. Zolo beobachtete die erste Schwadron durch sein Fernglas. Als die Männer unversehrt unten angekommen waren, befahl er den anderen, ihre Gewehre wieder zu entsichern. In Sekundenschnelle waren die Männer feuerbereit und warteten nur noch auf sein Kommando.

Unten arbeitete sich der andere Trupp langsam vorwärts, wobei er sich stets in Deckung des Ufergebüschs hielt. Zolo beobachtete jede Bewegung seiner Leute, ohne dabei Joan auch nur eine Sekunde aus den Augen zu lassen.

Als sie prustend und spuckend aus dem schäumenden Wasser auftauchte, staunte Zolo über sich selbst, daß er ihr ganz spontan für ihren Sieg über den sicher geglaubten Tod applaudierte. Ja, mehr noch, er brachte ihr großen Respekt entgegen, und für Zolos Verhältnisse war das das äußerste, was man von ihm an Gefühlen für jemand anderen erwarten konnte. Diese Joan Wilder war schon eine außergewöhnliche Frau, fand er. Wenn er auch nie wirklich daran gezweifelt hatte, am Ende über sie zu triumphieren, bewunderte er gleichwohl ihren Mut, wie etwa ein Epikureer eine vorzüglich geführte Küche bewundern würde. Als die Schlösser der Präzisionsgewehre hinter ihm mit vernehmlichen Klicken einschnappten, wünschte er sich – fast –, sie könne es ebenfalls hören. Aber er wünschte es sich eben nur fast. Der Überraschungsmoment war jetzt sein größter Trumpf.

Doch noch gab er den Feuerbefehl nicht, sondern hob das Sprechfunkgerät an den Mund und gab seinen Leuten unten am Fluß Befehl, näher an Joan heranzugehen.

Der Anführer des Trupps am Fluß teilte in knappen Worten mit, daß auch Jack überlebt habe und sich am diesseitigen Ufer des Flusses aufhalte. Zolo bezähmte seine Wut nicht länger und befahl, ihn kurzerhand zu erschießen.

Jack stand am Ufer und sah traurig zu Joan hinüber. Ihre jadegrünen Augen schossen Blitze, und gleichzeitig lag ein einziges Flehen in ihnen, sie jetzt nicht allein zu lassen. Sie war hinreißend, wie sie dastand, die Beine leicht gespreizt und die Hände in die Hüften gestemmt. Ihre nassen Kleider hatten sich eng an ihren Körper geschmiegt, und selbst noch auf diese Entfernung hin konnte er die Linien ihrer fabelhaften Beine mit den Augen verfolgen. Nie gekannte Gefühle durchzogen ihn. In diesem Augenblick wünschte er sich, er könnte ihr alles über sich erzählen – er hätte ihr so gern von Jeanine und Billy berichtet, von seinem alten Job in New York –, und noch so unendlich vieles andere hätte es zu berichten gegeben; er wollte sie mitnehmen nach Malibu, um sie seinen Eltern vorzustellen, und er wollte ihr sagen, daß er immer für sie dasein werde, wenn sie ihn einmal brauchen sollte; er wollte sie festhalten, sie beschützen und sie verwöhnen. Und das alles war jetzt unmöglich.

Durch seine enorme Breite und seine tödliche Gewalt verwehrte der Fluß Jack die Möglichkeit der Wahl. Er und Joan würden jeder einen eigenen Weg nach Cartagena suchen müssen. Noch immer sah sie ihn an, und er wußte, daß sie ihm nicht glaubte.

»Vertrau mir!« schrie er gellend hinüber und warf ihr eine Kußhand zu.

Noch ein letztesmal blickte er zu ihr hinüber. Sie war für eine Frau erstaunlich widerstandsfähig, doch auch ihm war klar, daß sie nie allein durch den Dschungel gekommen wäre. Als er sah, wie ihre Kiefer mahlten, dachte er, daß ihre Wut auf ihn vielleicht doch die Kraft geben würde, die sie brauchte, um bis nach Cartagena zu gelangen. Er zwang sich zu glauben, daß sie es schaffen werde, aber die Zweifel ließen sich so einfach nicht beschwichtigen.

In Augenblick, als er die Hand hob, um ihr zum Abschied ein letztesmal zu winken, schlugen ringsum Gewehrkugeln in den Boden. Sofort tauchte er in das Gestrüpp. Auf der anderen Seite des Flusses verlor Joan keine Sekunde mehr, es ihm gleichzutun.

Der Darwinismus behauptet, daß der Überlebenstrieb der stärkste aller Triebe sei. Als Joan durch den Tropenwald hetzte, betete sie, es möge etwas dran sein an dieser Theorie. Ohne Jack an ihrer Seite war sie eher noch ängstlicher, und ihr wurde geradezu schmerzlich bewußt, wie sehr sie doch von ihm abhängig geworden war. Ihr einziger Vorteil lag im Moment darin, daß das Unterholz vergleichsweise licht war, so daß sie keine Machete benötigte, um vorwärts zu kommen. Es war ohnehin schwer genug, die Kräfte richtig einzuteilen. Das Gelände war sehr hügelig, und ihre Oberschenkel schmerzten schon bald unter der Anstrengung, die vielen Erhebungen überwinden zu müssen. Ihre Fußsohlen waren bald zerkratzt und zerschnitten, denn ihre neuen

Sandalen hatte sie längst verloren. Aber wenn sie auch nicht in bester Verfassung war, so hatte sie doch den unbändigen Willen, sich nicht unterkriegen zu lassen.

Joan nutzte alle Tricks, die Jack sie gelehrt hatte. Immer wieder lauschte sie nach ihren Feinden, doch sie konnte keine Gewehrschüsse mehr vernehmen oder das bekannte Pfeifen von Macheten oder Motorengeräusche. Sie war bei Jack durch eine gute Schule gegangen. Sie *spürte* die Nähe der Verfolger. Sie wußte, daß die Mörder hinter ihr waren. Aber sie waren weit genug weg, daß sie sie noch nicht hören konnte. Noch hatte sie einen Vorsprung, aber wenn sie nicht noch die letzten Reserven mobilisierte, würden sie sie schnell einholen.

Mit jeder Minute, die verstrich, wurden Joans Sinne schärfer, und zum erstenmal bemerkte sie, aus welcher Richtung der Wind wehte, sie nahm bewußt den Untergrund wahr und die Form der Wurzeln, die aus dem Erdreich ragten und mehr als einmal förmlich nach ihren Knöcheln zu greifen schienen. In der ersten Stunde ihrer überstürzten Flucht war sie noch hin und wieder das Opfer irgendwelcher Äste und Zweige geworden, die ihr ins Gesicht schlugen oder ihr die Kleidung zerrissen. Doch als der Nachmittag sich seinem Ende zuneigte, hatte sie gelernt, den unangenehmsten Hindernissen durch eine bloße Körperdrehung auszuweichen. Wenn der Wind drehte, änderte auch Joan ein wenig die Richtung und entging so den hin und her schwingenden unteren Ästen besser, die ihr bisher so oft ins Gesicht geschlagen waren.

Sie mied die felsigen Seiten der Hügel und blieb, wo es ging, auf deren nördlicher, von Gras und Moos überwachsener Seite. Sobald sie höher gelegene Punkte im Gelände erreichte, visierte sie eine markante Stelle an, die ihr dann als nächstes Ziel diente. So gelang es ihr, nicht an der selbst gestellten Aufgabe zu verzweifeln und stetig voranzukommen.

Das Klima war hier in den Hügeln weniger heiß und feucht als im Dschungel, und Joan fühlte sich noch recht frisch, als die Sonne langsam im Westen versank. Als sie für eine kurze Rast anhielt, war sie mit Recht stolz darauf, bereits eine so große Strecke bewältigt zu haben.

Sie stand jetzt auf dem höchsten Hügel, den sie bisher überwunden hatte. Weit entfernt konnte sie den Fluß erkennen, doch der interessierte sie nicht sonderlich. Sehr viel mehr Aufmerksamkeit schenkte sie da schon der näheren Umgebung, auf der Suche nach Anzeichen für die Anwesenheit der Jeeps. Da sie nichts entdecken konnte, kam sie zu dem Schluß, daß ihr Zolo und seine Männer, wenn überhaupt, zu Fuß folgten.

Als die Sonne plötzlich hinter dem Horizont versank, war Joan einmal mehr von dem prächtigen Farbenspiel ringsum fasziniert. Die grünen Hügel lagen jetzt in tiefem Purpur da, während der Himmel sich mit rosa-, malven- und lavendelfarbenen Streifen überzog. Sie fühlte sich an die Nacht im Dschungel gemeinsam mit Jack erinnert und an das Kleid, das er für sie gekauft hatte, und als sie auf die verwüstete Seide hinunterblickte, konnte sie nicht verhindern, daß ihr ein paar Tränen in die Augen traten.

Doch sie wollte sich jetzt nicht durch irgendwelche romantische Anwandlungen von ihrem Ziel abbringen lassen, denn immerhin ging es hier um ihr Leben. Nach einem kurzen Rundblick meinte sie, es noch bis zu einer Baumgruppe am gegenüberliegenden Hügel schaffen zu können, bevor die Nacht hereinbrach.

Vorsichtig machte sich Joan an den Abstieg, der doch steiler war, als es zunächst ausgesehen hatte. So hangelte sie sich von Baumstamm zu Baumstamm abwärts und schaffte den Abstieg in weniger als einer halben Stunde. Bis sie dann endlich die anvisierte Baumgruppe auf dem anderen Hügel erreicht hatte, war es stockdunkel geworden.

Joan erinnerte sich wieder an das, was Jack ihr über die Möglichkeiten gesagt hatte, die der Waldboden mitunter bot, und so ließ sie sich schließlich in ein Loch fallen, das das Wurzelwerk eines umgestürzten Urwaldriesen hinterlassen hatte. Es wurde langsam empfindlich kühl; sie zog die Knie ganz weit hoch bis fast an die Brust und schob sich das Kleid über die Knöchel hinab. Dann legte sie den Kopf auf die Knie und lauschte auf die Geräusche des nächtlichen Urwalds.

Jetzt hatte sie keine Angst mehr vor den vielfältigen Lauten rings um sie. Sie kannte inzwischen den Unterschied zwischen dem abgehackten Rufen des Kakadus und dem Schnappen eines Gewehrschlosses. Und was sie sonst noch hörte, war auch nicht besorgniserregend. Hier gab es keine Löwen, keine lachenden Hyänen und – zum Glück – keine Menschen. Für eine Weile jedenfalls war sie in Sicherheit.

Eigentlich hätte sie hinreichend müde sein müssen, um sofort in tiefen Schlaf zu fallen, aber sie konnte an nichts anderes denken als an Jack. Den ganzen Nachmittag waren alle ihre Sinne und Instinkte so wach gewesen, hatten sie geführt und ihr geholfen, zu überleben; und als ihr dieselben Instinkte jetzt sagen wollten, sie werde Jack nie wiedersehen, konnte sie die Tränen nicht länger mehr zurückhalten.

Sie schalt sich selbst dafür, ein Opfer der eigenen Romantik geworden zu sein, einer Romantik, die ihr nur unwirkliche Bilder vorgegaukelt hatte. Gerade sie hätte das besser als jeder andere wissen müssen, denn sie bestritt schließlich ihren Lebensunterhalt mit dem Erfinden romantischer Märchen. Es ließ sich nicht leugnen: Sie war selbst schuld, daß sie Jack erlaubt hatte, aus ihrer eigenen Verwundbarkeit Nutzen zu ziehen.

Seit jener Nacht, da er sie nackt im Fluß hatte stehen sehen, hatte er mit grausamer Konsequenz und Folgerichtigkeit darauf hingearbeitet, ihr die Karte abzuluchsen, wobei er seine Attraktivität als Mittel zum Zweck eingesetzt hatte. War sie etwa nicht am nächsten Morgen wach geworden und hatte ihn dabei überrascht, wie er die Karte studierte? In der Rückschau kam es ihr jetzt auch so vor, als habe er in jedem unbewacht geglaubten Augenblick sehnsüchtig zu ihrer Handtasche hinübergesehen. Die vielen Ungereimtheiten, an die sie sich erinnerte, ergaben, betrachtete man sie unter diesem Aspekt, endlich einen Sinn.

War sie einst geblendet von ihm und seiner Attraktivität

und der Vielfalt ihrer Gefühle für ihn, so kannte sie jetzt endlich die Wahrheit.

Jack Colton war ein Ungeheuer, genau wie sie ihn von Anfang an eingeschätzt hatte. Ob der Grund für ihre spätere Fehleinschätzung seiner Person in dem schwermütig stimmenden Dschungel lag oder in ihrem eigenen sexuellen Verlangen nach ihm, in jedem Fall hatte sie sich selbst zum Narren gemacht.

Sie hatte nicht nur ihr Herz an einen Schuft verloren, sondern sie hatte ihm zuliebe sogar noch das Leben ihrer Schwester aufs Spiel gesetzt, denn nun besaß Jack den Smaragd. Wenn sie jetzt ihre Rolle gegenüber den Kidnappern nicht kühl und überlegt spielte, sobald sie mit ihnen zusammentraf, mußte Elaine für Jacks Verrat mit dem Leben bezahlen. Das durfte sie nie geschehen lassen, und sie war wild entschlossen, alles zu tun, damit die Kidnapper weiter an den Wert der Karte glaubten.

Ein kräftiger Windstoß fuhr durch die Bäume über ihr, und Joan zog die Knie näher heran, um sich zu wärmen. Noch immer lauschte sie in die Nacht hinein, um keine Anzeichen für die eventuelle Annäherung ihrer Verfolger zu überhören. Die Vögel hatten sich längst schlafen gelegt, und nur das Zirpen der Zikaden durchbrach die Stille der Nacht. Erleichtert darüber, daß sie in keiner unmittelbaren Gefahr war, legte sie den Kopf zurück.

Ob die Polizisten sich wohl auf Jacks Spuren gesetzt hatten, weil sie ahnten, daß er den Schatz bei sich hatte? Vielleicht hatten sie ihn sogar schon erwischt? Da sie die Überlegenheit ihrer technischen Ausrüstung kannte, schien ihr dies nicht ausgeschlossen zu sein. Versuchte ihr Gefühl nur deshalb, ihr zu sagen, daß sie ihn nie wiedersehen würde, weil er schon tot war? Hatten sie ihn mit einer Kugel umgebracht, oder ihn lebend erwischt und zu Tode gefoltert?

Bei diesem Gedanken wollte sich Joan der Magen umdrehen. Nein, das wollte sie einfach nicht glauben! Jack hatte bitte, bitte am Leben zu sein! Er konnte sie jetzt doch nicht im Stich lassen! Nicht, solange sie ihn so sehr liebte!

Die Tränen liefen ihr über die Wangen, als sie sich das Bild ins Gedächtnis zurückrief, wie er da auf der anderen Seite des Flusses gestanden und herübergerufen hatte, er liebe sie. Und das hatte er doch wirklich und tatsächlich gesagt! In dem Augenblick hatte sie kaum darauf geachtet, weil sie so wütend über seine offenkundige Freude war, den Smaragd noch zu besitzen. Aber er hatte es gesagt – oder?

Es war so einfach, diese drei Worte zu sagen, aber immerhin hatte nur Jack den Mut dazu gefunden, sie selbst nicht. Sie erinnerte sich an die gemeinsam verbrachte Nacht im Hotel. Da hatte sie es ihm sagen wollen, ganz bestimmt, doch statt dessen hatte sie über nichts anderes reden können als über diese Landkarte! Plötzlich schrie sie die Worte in die Nacht hinaus.

Sie lächelte unter Tränen. Jack liebte sie! Wie hatte sie nur so taub sein können, es einfach zu überhören, als er etwas derart Wichtiges sagte? Welche Prioritäten galten denn eigentlich für sie selbst?

Sie fühlte sich plötzlich schuldig. »Was bin ich doch für ein Riesenrindvieh!« schluchzte sie.

Sie hatte sich noch nie so schlecht gefühlt. Es bestand Gefahr für Jacks Leben. Wenn er noch am Leben war, mußte er sie für das kaltherzigste Weibsstück unter der Sonne halten, wenn nicht sogar für schlimmeres – für einen Stein, wie er sie einmal genannt hatte. Sie wünschte sich, jetzt dürfte sie wirklich einmal ein Stein sein; sie würde sich vielleicht nicht so tief verletzt fühlen. Jack liebte sie, und sie saß hier und versuchte, ihn und seine Liebe zu ihr auseinanderzudividieren. Sie war zwar noch immer wütend auf ihn, aber nur darüber, daß er so viele Zweifel in ihr Herz gesät hatte, obwohl sie doch einander vertrauen müßten.

Wieder überfiel sie eine Welle von Schuldgefühlen. Er hatte sie doch gebeten, ihm zu vertrauen! O Gott, warum war alles nur so schwierig? Zu lieben und zu vertrauen – das hatte immer so einfach geklungen. Ein Kinderspiel schien es zu sein. Warum war es ihr immer unmöglich gewesen? Er hatte für sie einen Weg durch undurchdringlichen Dschungel gehackt, umgeben von Gewehrkugeln und Mördern, und sie war mit ihm in halsbrecherischer Fahrt über Klippen und Felsen bis hinein in einen tosenden Fluß gefahren, und doch brachte sie es nicht fertig, ihm vorbehaltlos zu vertrauen, ausgerechnet ihm nicht, dem Mann, an den sie unwiderruflich ihr Herz verloren hatte.

Sosehr Joan sich auch darum bemühen mochte, sie wurde nicht Herrin ihrer Tränen. Und noch als ihr die Augen zufielen, murmelte sie vor sich hin: »Jack Colton... zum Teufel mit dir...«

Zolo blickte zähneknirschend zur untergehenden Sonne hinauf und fluchte. Ohne Tageslicht war es sinnlos, weiter nach Joan Wilder zu suchen. Sicher, sie hatte einen gewissen Vorsprung, aber dafür hatte sie eine deutlich erkennbare Spur hinterlassen.

Wenn er auch an dem Fluß mit dem Übersetzen eines Teils seiner Leute ans andere Ufer viel Zeit verloren hatte, machte sich Zolo keine Gedanken über den unvermeidlichen Ausgang seines Unternehmens.

Er hatte seine Truppe wieder in zwei Abteilungen aufgeteilt, eine, die nach Jack, und die andere, die nach Joan suchen sollte. Weil er den Mut dieser Frau bewunderte und mehr noch deshalb, weil er die Karte bei ihr vermutete, entschloß sich Zolo, den Trupp, der nach ihr suchte, selbst anzuführen. Sie war jedenfalls die lohnendere Jagdbeute, in mehr als einer Hinsicht. Er hatte da noch eine spezielle Feier mit ihr im Auge. Es würde eine sehr private Angelegenheit zwischen ihm und Joan werden, an deren Ende dann ihr Tod stand.

XXVII.

Im Lexikon hatte Joan unter dem Begriff ›Alptraum‹ gelesen: ›Schrecken einflößender Traum, begleitet von einem Gefühl der Bedrohung, das den Schläfer schließlich aufwachen läßt.

Weiter ein Vorkommnis, das große Angst auslöst.‹ Für Joan Wilder waren die Träume, die sie mitten im kolumbianischen Urwald, zusammengekauert in einem Erdloch, träumte, nur um weniges schrecklicher als die Wirklichkeit, in der sie sich befand. Schwarzgekleidete Soldaten ohne Gesichter folterten sie auf immer neue Arten zu Tode, während sie nicht einmal mehr schreien konnte.

Wie betäubt vor Erschöpfung und Angst hatte Joan Mühe, zwischen dem Schreien, Quietschen und Knarren in ihren Alpträumen und den natürlichen Geräuschen des nächtlichen Dschungels zu unterscheiden. Die Luft ringsum war erfüllt mit Geräuschen, die sie zu bedrohen schienen. Erschreckt angesichts der ungewöhnlichen Klänge, rollte Joan sich noch weiter zusammen. Aber es half nichts – die Geräusche wurden immer intensiver.

In ihrem wieder einsetzenden Traum knirschten ihre Folterer mit den Zähnen, lachten hin und wieder und amüsierten sich offenbar großartig, wenn sie vor Schmerzen schrie. Sie stöhnte im Schlaf und flehte die Männer um Schonung an. Sofort überschütteten diese sie mit Versprechungen, sie freizulassen, wenn sie nur endlich erwache. Doch angesichts der Qualen, die sie für sie bereithielten, zog Joan es vor, wieder einzuschlafen und sie ihr grausames Spiel fortsetzen zu lassen.

Sie schlugen sie mit der neunschwänzigen Katze, bis Joan die Schmerzen nicht mehr ertrug. Bevor sie in Ohnmacht fiel, sah sie noch ein helles Licht. Einer ihrer Peiniger flüsterte ihr ins Ohr, dieses Licht bedeute den Tod. Joan war es egal, ob sie jetzt sterben werde. Sie schaute auf das Licht und lauschte gleichzeitig dem Rumpeln, von dem es begleitet wurde, und das nur fernes Donnergrollen bedeuten konnte. Sobald dieses Donnern und das Licht sie erreicht hatten, das wußte sie, würde sie sterben.

Joan war in ihrem Traum unempfindlich für die Schläge ihrer Folterer und taub für deren Beschimpfungen gewesen, aber jetzt hörte sie dem Donnern weiter zu. Sie erhob sich auf die Füße und hatte zuerst Mühe, auch nur das Gleichgewicht zu finden, doch dann stolperte sie dem Licht entgegen. Im selben Maß, wie sie sich ihm näherte, wurde es heller, und sie lächelte, denn jetzt konnte es keinen Zweifel mehr geben, daß sie ihren Verfolgern entkommen werde.

Das Donnern wollte ihr die Trommelfelle sprengen, und das Licht hätte sie fast geblendet, so hell war es geworden. Aber Joan rannte immer schneller darauf zu. Ein gleichförmiges Rumpeln mischte sich in das Donnern, und dann vertiefte sich ihr Lächeln, als ihre Augen endlich klar wurden und sie endgültig in die Realität zurückfand.

Einer nach dem anderen rollten die leeren, hölzernen Güterwaggons eines Güterzuges an ihr vorüber. Joan lief schneller neben dem Zug her und versuchte, sich auf einen der Waggons hinaufzuziehen. Aber sie verfehlte die Eisenstange am Ende des ersten Waggons, die das kurze Geländer für zwei Stufen bildete, die zu einer kleinen Plattform vor dem eigentlichen Laderaum führten. Einen Augenblick lang lief sie etwas langsamer, um wieder zu Atem zu kommen. Dann versuchte sie es erneut mit dem nächsten Waggon. Diesmal hatte sie Glück und konnte sich nach oben ziehen. Sekunden später war sie im Innern des Waggons und hob die Arme, um dem tropischen Regenwald adieu zu sagen.

Um zwölf Uhr fünfunddreißig war die Lobby des Hotels Emporio in Cartagena überfüllt mit ernst blickenden Kaufleuten und Damen, die in Samt und Seide gekleidet gingen und Schuhe aus feinstem Leder trugen. Das Gartenrestaurant mit seinen zierlichen weißen Möbeln war voller würdiger Herren, die sich bei einem Rumcocktail über die verschiedenen Salate unterhielten, die auf der Speisekarte standen.

Seit Jahrzehnten war das Emporio berühmt für seine Exklusivität und seine geschmackvolle Innenausstattung. Hier legte jedes einzelne Teil, von den chinesischen Teppichen über die mit Brokat bezogenen Sitzgruppen bis hin zu den Lüstern aus dem französischen Barock, Zeugnis davon ab, daß diesem Hotel mit Recht der Ruf vorauseilte, eine Insel ausgesuchtesten Raffinements zu sein.

Der Hoteldirektor, selbst ein Beispiel für erlesenen Geschmack in Sachen Kleidung und Auftreten, an dem sich alle Angestellten des Hotels orientierten, blickte von seinem in Leder gebundenen Meldebuch auf und sah eine zerlumpte, über alle Vorstellung hinaus verdreckte Frau vor sich stehen, die Haare wirr um den Kopf und voll trockenem Laub und Gras.

Joan lehnte sich über den Marmortisch mit seinen vergoldeten Einlegearbeiten, blickte ihn aus geschwollenen, blutunterlaufenen Augen an und sagte mit schwerer Zunge:

»Ich bin Joan Wilder. Auf meinen Namen ist ein Zimmer reserviert worden. Ich hätte gern die größte Suite, die Sie haben, mit der größten Badewanne, die je auf der Welt hergestellt worden ist. Und dann schicken Sie mir bitte eine Flasche Rotwein hinauf. Meine Wünsche zum Dinner werde ich Sie noch wissen lassen. Ach ja, und noch etwas: Sobald hier ein gewisser Jack Colton auftaucht, informieren Sie mich bitte umgehend.«

Der Hoteldirektor drehte sich auf dem Absatz seiner Krokodillederschuhe herum, nahm den Schlüssel für eines der vornehmsten Apartments vom Haken und rief den Liftboy, damit er die ›Dame‹ so schnell wie möglich in ihre Räumlichkeiten bringe. Als Joan auf dem Weg zu den Aufzügen war, musterte er diskret die Gäste in der Lobby nach Anzeichen von Unruhe. Als die befürchtete Revolution ausblieb, atmete er erleichtert auf und wandte sich wieder seinem Meldebuch zu.

Kaum hatte der Liftboy die Vorhänge zurückgezogen, die Klimaanlage eingestellt und Joan die Wandschränke und das Bad gezeigt, als Joan ihn auch schon wieder wegschickte. Sie schloß die Tür hinter ihm ab und ging sofort zum Telefon. Sie wählte die Nummer, die sie von den Kidnappern erhalten hatte. Kaum klingelte am anderen Ende das Telefon, als auch schon abgehoben wurde.

Ira war entzückt, ihre Stimme zu hören, und das war ihm auch unschwer anzuhören. »Dann haben Sie es also doch noch geschafft, Miß Wilder«, sagte er erleichtert. »Haben Sie denn die Karte noch?«

»Ich habe sie bei mir«, erwiderte sie. »Kann ich mit Elaine sprechen?«

»Sobald ich die Karte in der Hand habe«, erwiderte er abweisend. »Und jetzt werde ich Ihnen genau erklären, was Sie zu tun haben. Sehen Sie jenseits der Bucht das Fort mit dem Turm?«

Joan ging schnell durchs Zimmer, öffnete die Glastür und trat auf den Balkon hinaus. »Ja«, sagte sie nach einem kurzen Blick über die Bucht. Ihr direkt gegenüber lag tatsächlich ein verfallenes Bauwerk, das einst eine wehrhafte Burg gewesen sein konnte.

»Sie nehmen sich eines der Mietboote direkt vor Ihrem Hotel«, fuhr er fort. »Wir treffen uns um neun Uhr am Anlegesteg direkt vor dem alten Fort. Und zu niemandem ein Wort. Haben Sie verstanden?«

»Zum Fort also, in Ordnung«, erwiderte sie. »Aber...«

Noch bevor sie weitersprechen konnte, hatte der Entführer schon eingehängt und ihr so alle Hoffnung genommen, vielleicht doch noch mit Elaine sprechen zu können. Einen Augenblick lang wollte Angst in ihr hochsteigen, als sie daran dachte, daß mit Elaine vielleicht nicht mehr alles in Ordnung war, doch dann schob sie ihre Bedenken schnell beiseite. Nein, sie hatte zu vieles mitgemacht und zu hart gekämpft, als daß jetzt alles umsonst gewesen sein sollte. Elaine ging es gut, sagte sie sich immer wieder.

Joan legte den Hörer wieder auf und betrachtete sich im Spiegel. Sie sah aus, als habe sie gerade eine schwere Krankheit überstanden. Ihre Augen waren dick geschwollen. Dafür wirkten ihre Wangen eingefallen. Es gab keinen Zentimeter Haut mehr, der nicht von einer kleinen Schramme, einem Insektenstich oder einer verkrusteten Narbe verunziert wurde. Ihr einst so wunderschönes Kleid hing in Fetzen herab. Ihre Haare wieder in Ordnung zu bringen, würde etliche Stunden dauern.

Sie nahm den Hörer noch einmal auf und telefonierte nach

dem Zimmerservice. Dann bestellte sie ein dickes Steak, Salzkartoffeln, eine große Portion gemischten Salat, Butter und zwei Stücke Käsekuchen als Nachtisch. Sie brauchte jetzt Kraft, seelische und körperliche, denn am Abend würde sie stark sein müssen.

Dann rief sie den Friseurladen im Erdgeschoß an und bestellte eine Haarbürste, einen Kamm, Shampoo und verschiedene Toilettenartikel auf ihr Zimmer. Bei der Gelegenheit erkundigte sie sich nach den Öffnungszeiten der nächstgelegenen Boutique und erfuhr, daß man dort auch Reiseschecks entgegennahm.

Ihr Essen kam fast gleichzeitig mit den Toilettenartikeln an. Sie brauchte kaum zwanzig Minuten, das reichhaltige Mahl zu beenden, und während sie das Badewasser einlaufen ließ, aß sie auch noch den Kuchen auf.

Sie mußte die Wanne viermal vollaufen lassen, bis wirklich auch der letzte Grashalm gurgelnd durch den Ausguß verschwand. Das heiße Wasser tat auch ihren vielen kleinen Verletzungen ausgesprochen gut. Die ärgsten Wunden desinfizierte sie kurzerhand mit ein paar Tropfen Wein. Ein paar Eiswürfel ließen die Schwellungen unter ihren Augen deutlich zurückgehen, und sie wirkten danach nicht mehr so rot. Gegen drei Uhr am Nachmittag sah sie fast schon wieder wie ein Mensch aus, fand sie.

Noch einmal nahm sie den Telefonhörer auf und fragte beim Empfang nach, ob Jack Colton vielleicht inzwischen eingetroffen sei.

Der Hoteldirektor berichtete ihr mit ausgesucht höflichen Worten, dies sei bisher noch nicht der Fall gewesen.

Joan legte den Hörer enttäuschter zurück, als sie zuzugeben bereit gewesen wäre. Auch wenn sie in Rechnung stellte, daß sie mit dem Güterzug besonders schnell bis nach Cartagena gekommen war, meinte sie doch, auch er müsse inzwischen hier sein. Doch es gelang ihr, sich selbst damit zu beruhigen, daß vor Ablauf von weiteren zwei Stunden noch kein Grund zur Panik gegeben sei.

In der Zwischenzeit konnte sie nicht gut in einem zerrissenen Kleid, das ihre Brüste halb frei ließ, durch Cartagena laufen. Also vergewisserte sie sich, daß sie noch genug Bargeld in ihrer Handtasche hatte, und machte sich auf den Weg zur Boutique.

Einkaufen war eher Elaines Stärke als Joans, und angesichts ihrer doppelten Besorgnis wegen Elaine und wegen Jack war es kaum verwunderlich, daß sie sich nicht entscheiden konnte, ob sie nun die extrem weit geschnittene Bluse – Original-Import aus Italien! – und die enge schwarze Satinhose nehmen sollte oder vielleicht doch lieber die kleidsame Leinenjacke, zu der der enge dunkle Rock zu passen schien. Sie entschied sich für die bequemere Version mit der weiten Bluse. Ob der Designer in Mailand wohl ahnte, anläßlich welch zwielichtiger Geschäfte sein Modell getragen werden sollte? Dann erstand sie noch pechschwarze Strümpfe, schwarze Schuhe mit hohen Absätzen und eine neue Tasche mit Tragriemen, bevor sie die Boutique wieder verließ.

Joan kehrte in ihr Zimmer zurück, meldete ein Gespräch mit dem Flughafen an und buchte für sich und ihre Schwester nach New York. Die Maschine ging fünfzehn Minuten nach Mitternacht. Joan nahm sich vor, keine Zeit bei irgendwelchen Plaudereien mit den Entführern Elaines zu vergeuden. Ein weiterer Telefonanruf galt einem Taxiunternehmen, damit sie pünktlich am Flughafen sein konnten.

Um Viertel nach fünf hatte Joan auch den letzten Tropfen Wein getrunken. Als sie noch einmal beim Empfang unten anrief, zitterten ihre Hände.

»Ist Mr. Jack Colton noch nicht angekommen?« fragte sie.

Diesmal war der Hoteldirektor eher kurz angebunden als höflich, und seine Antwort war keineswegs dazu angetan, ihre wachsende Unruhe zu dämpfen. Die Alpträume, die sie in der Nacht im Wald gehabt hatte, kehrten zurück, nur daß sie diesmal nicht sich, sondern Jack schreien hörte.

XXVIII.

Drei Stunden sind an sich keine besonders lange Zeitspanne, aber diese hundertachtzig Minuten hatten gereicht, um Joans nervliche Verfassung vollends auf den Nullpunkt zu bringen. Zuletzt waren die Abstände, in denen sie den Empfang anrief, auf unter eine Minute geschrumpft. Es war schon fast Zeit, sich mit den Kidnappern zu treffen, und noch immer hatte sie kein Lebenszeichen von Jack.

Als sie aus dem Aufzug trat und zum Empfangstisch eilte, zog der wilde, gehetzte Ausdruck auf ihrem Gesicht alle Blicke an. Sie spürte die neugierigen und verwunderten Blicke der Leute deutlich, aber es gelang ihr nicht, die Angst um Jacks Schicksal einfach hinunterzuschlucken.

Mit dem letzten Rest von Optimismus, der ihr noch geblieben war, lief sie auf den Hoteldirektor hinter dem Empfangstisch zu.

Der verzog das Gesicht, als er sie sah. Trotzdem lächelte er unverbindlich und versuchte, die fragenden Blicke der anderen Gäste zu ignorieren.

»Ist Mr. Jack Colton noch nicht angekommen?« fragte sie.

Er wandte sich um und warf einen Blick auf die große Standuhr hinter ihm. Es war genau halb neun. »In den letzen zwei Minuten nicht«, sagte er mit einem deutlichen Seufzer in der Stimme.

Joan biß sich auf die Lippen, um nicht in Tränen auszubrechen, und wandte sich ab, um jetzt endlich zum Eingang zu gehen.

Dichter Nebel lag über dem wichtigsten Hafen Kolumbiens. Man konnte kaum einen Meter weit sehen. So konnte ihr auch der lange schwarze Lincoln mit den getönten Scheiben nicht auffallen, der gegenüber dem Hotel geparkt war.

Joan überquerte die Straße und ging dann mit schnellen Schritten zur Mole hinunter. Sie kam an einer Reihe Fischerboote vorbei, deren teils bedenklicher Zustand der dichte Nebel gnädig den Blicken der wenigen Passanten entzog. Sie konnte das Wasser leise gegen die hölzerne Verschalung der Kaimauer und die Bootsrümpfe plätschern hören, während sie sich dem Ende der Mole näherte, wo sie ein Boot für die Überfahrt zu mieten hoffte.

Ganz am Ende der Pier saß ein alter Mann in verblichenen Jeans und einem kurzärmeligen Hemd, das eine Menge Tätowierungen sehen ließ. Auf dem massigen Schädel thronte eine alte Uniformmütze. Als er sie sah, grinste er sie einladend an. Er sprach gerade genügend Englisch, um sich mit ihr über den Fahrpreis zu einigen.

Dann half er Joan aufs Boot und ließ den Motor an. Als sie von der Mole ablegten, konnte Joan an nichts anderes mehr denken als an die bevorstehende Rettung ihrer Schwester.

Ein alter Ford ohne Klimaanlage und ohne Radio, der der Taxi-Gesellschaft von Cartagena gehörte, fuhr vor dem Hotel Emporio vor. Jack Colton stieg aus dem Taxi, bezahlte den Fahrer mit seinen letzten Pesos und eilte ins Hotel.

Zum zweitenmal an diesem Tag fiel dem Hoteldirektor der Unterkiefer beim Anblick eines neuen Gastes herunter. Der abgerissene Tramp mit der PanAm-Tasche unter dem Arm steuerte zielsicher auf den Empfangstisch zu und stellte sich als Jack Colton vor. Als der Hoteldirektor ihn dahingehend informierte, Miß Joan Wilder habe das Hotel nur Minuten vorher verlassen, brachte der Amerikaner den Hoteldirektor mit einem lauten Fluch in englischer Sprache um den letzten Rest seiner Fassung, bevor dieser durch die Lobby zum Ausgang stürmte.

Der Hoteldirektor erlitt einen mittleren Herzanfall, als etliche der eher konservativen Gäste, die die Lobby bevölkerten, lautstark ihrem Unmut Luft machten, und wohl auch deshalb, weil der Vizepräsident plötzlich direkt hinter ihm stand und ihn in sein Büro beorderte.

Jack hetzte über die Straße und hinunter zu den Docks. Auch ihm fiel der schwarze Lincoln nicht auf. Er stürmte die Pier entlang und erreichte ihr Ende noch gerade rechtzeitig, um das Boot im Nebel verschwinden zu sehen.

»Joan!« schrie er aus Leibeskräften. »Joan!«

Das Motorgeräusch des Bootes verklang, und er begriff, daß er sie verpaßt hatte. Doch bevor Jack noch darüber nachdenken konnte, was jetzt zu tun sei, machte es plötzlich ›klick‹.

An seiner Schläfe spürte er den kalten Stahl einer Revolvermündung.

Der Gestank von hundert Jahren Verfall drang Joan in die Nase, als das Boot sie an dem schmalen Steg absetzte, von dem aus es zu dem alten spanischen Fort hinaufging. Joan lehnte sich über das Geländer und blickte in das trübe Wasser hinunter. Es schien ihr unvorstellbar, daß es dort noch Leben geben könnte. Sie spürte auf einmal wieder eine große Unsicherheit, doch mit aller Macht versuchte sie, sich einzureden, sie dürfe gerade jetzt keine Angst haben. Elaine war hier, sie mußte einfach hier sein. Unter ihren Füßen knarrten leise die Bohlen des Landungsstegs, und es klang ihr, als wollten die Bretter ihr sagen, wie vergeblich doch all ihr Hoffen sei.

Auf den Natursteinwänden des alten Forts wucherte das Moos fingerdick. Mit bangem Herzen stieg Joan die Treppenstufen aus Eisen hinauf, wobei sie sich ständig umsah, obwohl es in dem dicken Nebel nichts zu sehen gab. Als sie sich dem Innenhof des Komplexes näherte, schienen sie aus tausend Ecken und Nischen schwarze Schatten anspringen zu wollen; der Tod schien ihr in der Luft zu liegen. Hätte sie einen Gruselroman schreiben wollen, sie hätte kein geeigneteres Szenarium entwerfen können.

Die Spanier hatten dieses Fort im Jahre 1578 gebaut, um den Hafen vor Piratenüberfällen und Invasionsversuchen der Engländer zu schützen, mit denen sie sich damals im Kriegszustand befanden. Die Chibcha-Indianer, die von den Spaniern unterworfen worden waren, hatten die Steinquader in den nahegelegenen Bergen brechen und hierher transportieren müssen. Mit den bescheidenen Mitteln der damaligen Zeit hatte es ungefähr zehn Jahre gedauert, bis der Komplex mit allen Nebengebäuden fertiggestellt war.

Auf Meereshöhe befand sich jetzt eine gemauerte Pier, an der auch größere Boote festmachen konnten. Von dort führte eine aus Eisen konstruierte Treppe bis zum Erdgeschoß der Anlage, wo sich Joan im Moment befand. Vier Nebengebäude, in denen einst die Offiziersunterkünfte, Schlafräume, Küchen und Speisesäle untergebracht waren, gingen strahlenförmig vom Hauptgebäude ab. Das zentrale Gebäude war drei Stockwerke hoch und wurde von einem gut fünfzehn Meter hohen Turm überragt, in dem die Wachtposten und Späher untergebracht gewesen waren. Von dort oben aus konnte jemand mit guten Augen ein Schiff schon auf große Entfernungen entdecken.

Das ganze Areal war umgeben von einer zwei Meter hohen Mauer aus roh behauenen Felssteinen, in die sicher hundert Öffnungen für Kanonenmündungen eingelassen waren. Im Falle eines Angriffs war diese Mauer mit der in ihr untergebrachten Artillerie der einzige Schutz für die Besatzung des Forts. Die meisten Kanonen waren nicht mehr da, und die Öffnungen, die sie einst verdeckten, hatten für Joan verteufelte Ähnlichkeit mit großen, toten Augen, die sie unentwegt beobachteten.

Joan blickte zu den mit Eisenstäben vergitterten Fenstern direkt über ihr hinauf und fragte sich, wie viele Unschuldige hier wohl eingekerkert gewesen waren. Sie hatte einmal einen Artikel über verwunschene Schlösser und Burgen in einer Zeitschrift gelesen, und dort war auch dieses Fort erwähnt worden. Angeblich war es ebenfalls verwunschen. Zwei Psychologen und ein Parapsychologe hatten das Areal untersucht und dabei Fotos von schemenhaften Gestalten gemacht, von denen sie behaupteten, es handele sich um Poltergeister. Joan hatte den Artikel damals natürlich nicht ernstgenommen, doch als sie jetzt zu den Fenstern hinaufblickte, meinte sie, ein grünliches Leuchten hinter dem vierten Fenster zur Linken zu bemerken.

Joan schüttelte sich, aber das half nichts. Das Leuchten wurde eher noch heller. Sie zwang sich, in eine andere Richtung zu blicken, aber ihre Augen wurden immer wieder magisch von diesem Fenster angezogen. Doch dann war der Lichtschein ganz plötzlich wieder verschwunden. Joan verspürte keinerlei Neigung herauszufinden, ob sie einer Halluzination erlegen war oder ob sie wirklich einen Lichtschimmer entdeckt hatte. Schnell ging sie an der Wand entlang.

Aus den Bullaugen eines im Wasser dümpelnden Frachters drang Licht, aber es reichte nicht, den schwammigen Boden zu beleuchten, über den sie gerade ging. Auf ihrem Weg entlang dem Gebäude kam sie an einer alten Fahnenstange vorbei. Noch immer sah sie keine Menschenseele. Plötzlich kam ihr der Gedanke, die Entführer könnten vielleicht die Wahrheit über den Schatz erfahren haben. Dann wäre Elaine in tödlicher Gefahr! Joan hatte Mühe, den Kloß hinunterzuschlucken, der ihr in der Kehle saß, aber sie zwang sich weiterzugehen. Der Turm kam immer näher.

»Hallo! Ist da jemand?« rief sie, so laut sie konnte, und war selbst erschrocken, wieviel Angst in ihrer Stimme mitklang.

Nicht weit von ihr entfernt vernahm sie ganz kurz etwas, das wie das Plätschern von Wasser klang, gefolgt von einem eigentümlichen klatschenden Geräusch. Sie spürte eisige Kälte in ihre Glieder fahren, und während sie noch in die Stille hineinhorchte, ahnte sie, daß diese Geräusche nicht menschlichen Ursprungs waren.

Nur noch zentimeterweise tastete sich Joan weiter an der Wand entlang, bis sie unter einer Palme stand. Ihre Augen versuchten, die wabernden Nebel zu durchdringen, aber sie mußte feststellen, daß sie jetzt noch weniger erkennen konnte als vorhin bei ihrer Ankunft. Von irgendwoher drang plötzlich eine Stimme durch den Nebel herüber.

»Bleiben Sie da stehen!«

Joan verharrte mitten in der Bewegung und wagte kaum noch zu atmen.

»Zeigen Sie mir die Landkarte«, verlangte die Stimme.

»Wo sind Sie denn?« fragte Joan, während sie in ihrer

Handtasche kramte und versuchte, wenigstens die Entfernung abzuschätzen, wo ihr Gesprächspartner zu finden sein könnte.

»Lassen Sie mich die Karte sehen«, verlangte die Stimme ungerührt.

»Lassen Sie mich Elaine sehen«, erwiderte sie tapfer.

In diesem Moment erschien Elaine, die Hände auf dem Rücken gefesselt, im Lichtkreis eines der Bullaugen des Frachters. Auf ihren Zügen lag nacktes Entsetzen. Joan konnte nicht sehen, ob sie jemand und wenn ja, wer, festhielt, aber es schien ihr sicher, daß ihre Schwester nicht freikommen werde, bevor die Kidnapper die Karte nicht in Händen hielten.

Elaine starrte auf die Frau vor ihr und fragte sich, wer sie wohl sein mochte. Ihre Stimme klang wie die Joans, aber in dem Nebel war nicht einmal das sicher. Er verzerrte selbst den Klang vertrauter Stimmen. Joan jedenfalls hatte nie derartige Kleider getragen, und das Haar dieser Frau war üppig und lockig und schien auch heller als das Joans. Wenn ihrer kleinen Schwester etwas zugestoßen sein sollte, sie würde es sich nie verzeihen.

»Joan?« rief Elaine. Die Frau vor ihr legte den Kopf ein wenig schief und lächelte. Elaine seufzte erleichtert auf. »Joan«, sagte sie noch einmal, aber jetzt klang es nicht mehr fragend.

Wieder war die Stimme zu hören. »Legen Sie die Karte dorthin und treten Sie ein paar Schritte zurück«, verlangte sie.

Joan tat, wie ihr geheißen, und sah, wie Elaines Entführer aus dem Schatten hervortrat. Er war klein, untersetzt und wirkte irgendwie schäbig, aber Joan entging auch nicht das kalte Glitzern seiner Augen. Er wirkte zwar nicht so skrupellos, wie sie erwartet hatte, aber sie hütete sich dennoch, ihn zu unterschätzen. Noch immer hatte er Macht über Elaines Leben und nun auch über ihres. Als er nähertrat, starrte Joan ihn mit derselben Angst an, die sie schon empfunden hatte, als Elaines Anruf sie in New York erreicht hatte. Oh, hätte sie doch einen Revolver gehabt! Sie hätte den Abzug durchgezogen, ohne sich das geringste dabei zu denken.

Ira warf Joan einen nicht weniger finsteren Blick zu.

»Wenn das nicht die Original-Karte ist, wenn Sie etwa eine Kopie gezogen haben ...« sagte er drohend, als er auf die Karte zuging und sie aufhob. Aus der Brusttasche seines Hemdes holte er eine winzige Stablampe hervor und richtete ihren dünnen Strahl auf die Karte.

Joan beobachtete sein Gesicht, um seine Reaktion zu sehen. Er schien nicht eben glücklich. Seine Augen verengten sich, während seine Brauen in die Höhe wanderten. Er hatte die Zähne fest zusammengebissen, und um seinen Mund zeigten sich scharfe Linien. Je länger er die Karte studierte, desto deutlicher sah Joan, daß an seiner Schläfe ein kleines Äderchen rhythmisch zu zucken begonnen hatte.

Joan hielt den Atem an, Elaine begann zu frösteln.

Ira holte aus der Hosentasche eine Lupe, wie sie Juweliere benützen und musterte die Karte noch eingehender. Die Sekunden tropften in tödlichem Schweigen dahin. Endlich blickte Ira wieder auf. Seine Kiefer mahlten und seine Augen glitzerten kalt wie Eis. Joan wußte, wenn man diesen Mann auch nur ein kleines bißchen zu weit trieb, war er fähig, einen Menschen kaltblütig zu ermorden.

»Joan Wilder ... Sie und Ihre Schwester ...« sagte er mit einem drohenden Unterton in der Stimme, daß Joan spürte, wie sich alle ihre Muskeln unwillkürlich anspannten, »... können gehen.« Ira sprach die letzten Worte fast gleichgültig, ohne jeglichen Unterton. Nur ein Grinsen zeigte sich ganz kurz auf seinen Zügen, so als erheitere ihn der eigene schlechte Scherz.

Aus den dunklen Schatten traten zwei große Männer. Joan sah ihre Gewehre, von denen eines direkt auf Elaines Rücken wies. Es war eine üble Methode, die beiden Frauen daran zu erinnern, wer hier Macht über Leben und Tod hatte, fand Joan. Aber sie zwang sich, sich nicht im geringsten von diesem verdreckten Mann oder seinen Killern beeindruckt zu zeigen.

Elaine, die davon nichts mitbekommen hatte, vollführte einen Luftsprung und umarmte ihre Schwester. »Joanie ...«

»Ist ja gut, Elaine«, erwiderte Joan mit tränenerstickter Stimme. »Komm, wir gehen nach Hause.«

Joan warf Ira zum Abschied noch einen verächtlichen Blick zu und zog Elaine mit sich zu der Mauer hin. Aber sie hatten noch keine zwei Schritte getan, als plötzlich Maschinengewehrfeuer die Stille der Nacht zerriß und der Erdboden vor Joans Füßen unter den Einschüssen hoch aufspritzte.

Zwei große Männer in schwarzen und anthrazitfarbenen Uniformen sprangen aus den Schatten und schlugen den beiden Killern ihre Gewehrkolben über die Schädel. Sie gingen beide gleichzeitig zu Boden, ohne auch nur einen Ton hervorzubringen.

An der Palme erschien jetzt eine dunkle Gestalt, die zuerst nur an den glänzenden schwarzen Stiefeln und dem Schimmern des Pistolenlaufs zu erkennen war. Ira spürte, wie ihm der kalte Stahl einer Revolvermündung in den Rücken gestoßen wurde, noch bevor er den Soldaten, der das Schießeisen hielt, zu Gesicht bekommen hatte. Ira hielt die Luft an und reckte die Arme unaufgefordert zum Himmel.

Wie von Zauberhand erschien jetzt auch noch Jack im hellen Lichtschein des Frachters. Joan fühlte sich erleichtert und wollte schon zu ihm laufen, als sie spürte, daß sich auch in ihren Rücken ein Revolverlauf bohrte. Sie meinte, das Blut müsse ihr in den Adern gefrieren, als drei weitere Soldaten aus den schwarzen Schatten auftauchten und sie und Elaine in ihre Mitte nahmen. Sie spürte, wie Elaines Griff um ihr Handgelenk fester wurde, als sie gemeinsam in ein halbes Dutzend Gewehrmündungen starrten.

Als Joan in Jacks Augen sah, wußte sie, daß er nur ihretwegen hier war. Er hatte ihr gesagt, sie solle ihm vertrauen, und sie hatte es nicht vermocht, an seine Integrität zu glauben. Sicher, sie hatte gebetet, er möge es schaffen, und sie hatte gehofft, er werde kommen, aber wirklich vertraut hatte sie ihm nicht. Als er jetzt dort vor ihr stand, wußte sie, daß sie Jack trauen konnte.

Jack wünschte sich in diesem Augenblick nichts sehnlicher, als daß Joan ihn nicht immer so ansehen möge, als sei er ihr Retter aus höchster Not. Er war voller Dankbarkeit für das Schicksal, daß sie dem Urwald heil entkommen war, aber aus diesem Dilemma hier sah er keinen Ausweg. Er hatte ihr keinen Gefallen getan, als er den Wahnsinnigen praktisch direkt zu ihr geführt hatte, wie er jetzt in Sekundenbruchteilen begriff. Er besaß keine Waffe, um sie zu verteidigen, und keinen Dschungel, um sich mit ihr darin zu verstecken. Jetzt würde er sich nur noch auf seinen Witz und seine Kaltblütigkeit verlassen können, aber mit einem Gewehrlauf im Rükken fühlte er sich nicht sonderlich witzig.

In diesem Augenblick flammte zu seiner Linken ein Feuerzeug auf und beleuchtete Zolos Gesicht. Im Angesicht seines endgültigen Triumphes teilte sogar ein dünnes Lächeln seine Lippen. Das war das Ende der Vorstellung, und der Vorhang begann sich schon für Joan und Jack zu senken.

XXIX.

Unverhohlene Lust glomm in Zolos Augen auf, während er Joan unentwegt anstarrte. Seine schwarzen Augen tasteten ihren Körper ab und verweilten bei ihren Brüsten und ihren Schenkeln. Im Dschungel hatte es Augenblicke gegeben, da hatte Joan geradezu körperlich gespürt, wie er sie durch sein Fernglas betrachtete und in Gedanken vergewaltigte. Sie hatte solche Gefühle stets als Ausgeburt einer blühenden Phantasie abgetan, aber eines hatte sie Kolumbien bisher gelehrt: Die Tatsachen waren oft unglaublicher als die Phantasie.

Joan stand stocksteif da, die Augen weit aufgerissen, die Nerven zum Zerreißen angespannt. Als sie ihn jetzt so betrachtete, wurde ihr klar, daß er die ganze Zeit schon mehr an ihr als an der Karte interessiert gewesen war. Er war ein Sadist, und sie schwor sich für den Fall, daß sie lange genug lebte, es ihm nicht leichtzumachen. Ihre Finger krümmten sich bei der Vorstellung, sie ihm um die Kehle zu legen und mit den Daumen seinen Kehlkopf einzudrücken. Ihre Wut wuchs noch, als sie ihn lachen hörte und sah, wie er den Zigarillo wegwarf und sich abwandte.

Das war wohl nur Teil der Torturen, die er ihr zugedacht hatte, glaubte Joan, und sie war sicher, er werde sich bald erneut mit ihr befassen, dann aber anders.

Zolo ging zu Ira hinüber und hielt ihm die offenen Hand entgegen. Einen kurzen Augenblick starrte Ira seinen siegreichen Gegner an wie in weidwundes Reh, dann übergab er ihm die Karte. Zolo warf einen kurzen Blick darauf, faltete sie in genau der Weise, daß auf der Rückseite der Wasserfall zu sehen war, und nickte. Dann holte er sein Feuerzeug hervor und zündete Iras kostbaren Plan kurzerhand an.

Ira schnappte hörbar nach Luft und sah zuerst Zolo und dann die brennende Karte an.

Zolo grinste höhnisch und ließ die brennende Karte zu Boden fallen. Voller Entsetzen warf sich Ira auf das Papier in der Hoffnung, die Flammen noch löschen zu können, bevor es unwiderruflich zu spät war.

Zolo blickte geringschätzig auf Ira hinunter. »Die Karte ist völlig wertlos«, sagte er.

In diesem Augenblick führten zwei Soldaten Ralph in den Lichtkreis.

Zolo nickte seinem Leutnant zu, der Ralph mit eisernem Griff gepackt hielt. »Sie haben den Stein schon«, sagte Zolo.

Ira konnte es einfach nicht glauben und sah Ralph aus stieren Augen an, während dieser seinen Cousin dämlich angrinste.

»Ich hatte ihn, Ira, in meinen Händen«, sprudelte er hervor. »Unbeschreiblich! Den hättest du auch mal –«

Zolo packte den schmächtigen Ralph am Arm und schleuderte ihn mit einem einzigen Ruck gegen die Wand, wo Ralph sich anschließend winselnd und keuchend auf dem Boden wand.

Völlig ungerührt nahm Zolo einen neuen Zigarillo aus dem

Etui und zündete ihn an, während er seine Gefangenen der Reihe nach betrachtete. Dann ging er ein paarmal auf und nieder, und es schien, als überlege er sich das weitere Vorgehen. Schließlich ging er zu einem halbverrosteten eisernen Gitter neben der Mauer und starrte hinab. Einige Minuten blieb er so stehen, dann beugte er sich noch ein wenig weiter vor, nahm den Zigarillo aus dem Mund und warf ihn in die Tiefe.

Schnell wie der Blitz sprang ein riesiges Krokodil mit eigentümlichen gelben Streifen auf dem Rücken in die Höhe, riß die gewaltigen Kiefer auf und schnappte nach dem brennenden Zigarillo. In Sekundenschnelle gesellten sich weitere Krokodile hinzu, und gemeinsam krochen die Bestien ins Licht.

Als Zolo wieder von dem Sumpf aufsah und sich Joan näherte, meinte diese, noch nie ein solches Maß von Gemeinheit im Gesicht eines Menschen gesehen zu haben. Sie haßte ihn, und das wußte er genau. Es war vielleicht gerade diese grenzenlose Wut in ihren Augen, die ihn trieb. Sie versuchte, sich zu beherrschen und gleichmütig dreinzuschauen, aber es wollte ihr einfach nicht gelingen. Unter ihren angewiderten Blicken stahl sich ein heimtückisches Grinsen auf seine Züge. Sie war wie gelähmt vor Angst und hatte das Gefühl, als habe sie statt Muskeln nur noch Steine unter der Haut. Ihr Herz klopfte zum Zerspringen.

Elaine drückte sich furchtsam hinter Joan, als Zolo näherkam. Sie verstand die Welt nicht mehr. Wer waren diese Männer, die Joan ganz offenbar kannte?

Das Gesicht nur Zentimeter von ihrem entfernt, schienen Zolos schwarzen Augen Joan durchbohren zu wollen.

»Wo ist er?« wollte er wissen.

»Ich weiß es nicht.«

»Wo ist der Stein?«

»Ich weiß doch...« stotterte Joan und sah, wie seine Augen immer bedrohlicher funkelten. Sie spürte seine Bewegung, mit der er die Pistole zog, mehr, als daß sie es sehen konnte. »Wir haben... da gegraben, aber nichts gefunden.«

Das nahm er ihr nicht ab, und sie wußte es.

Zolo deutete auf Ralph. »Er hat ihn aber gesehen.«

»Er ist ein Lügner! Er lügt!« schnappte Joan.

Zolo straffte sich und bellte ein paar Befehle auf Spanisch. Zwei der Soldaten packten Joan unter den Achseln und schleppten sie zu der Mauer. Sie wehrte sich verzweifelt und versuchte, wieder freizukommen, aber einer von ihnen schlug ihr gerade fest genug die Faust in die Rippen, um sie jeden Gedanken an Widerstand vergessen zu lassen.

Auf der Stelle wollte sich Jack dazwischenwerfen, aber der Soldat hinter ihm rammte ihm die Gewehrmündung in den Rücken und ließ die Waffe hörbar repetieren. Jack blickte sich verzweifelt nach einer Fluchtmöglichkeit um, aber er fand keine. Er fühlte sich so hilflos wie schon lange nicht mehr.

Mit schlangengleichen Bewegungen ging Zolo auf Joan zu. Als er nach ihrer Hand faßte, spürte sie, wie ihr der Schweiß ausbrach. Zolo nahm ihre Hand und führte sie mit der Grazie eines Dandys an seine Lippen, als wolle er sie küssen.

Seine Berührung war kalt und feucht, und allein die Vorstellung, diese Hände könnten sich bald auch auf die zarte Haut ihres Körpers legen, ließ Übelkeit in Joan hochsteigen. Sie zweifelte allen Ernstes daran, daß dieser Mensch Blut in den Adern hatte, denn an ihm war nicht die geringste Wärme zu spüren. Es schien ihr undenkbar, daß Zolo eine Mutter gehabt hatte, denn Gestalten wie er entsprangen in ihrer Vorstellung direkt der Hölle.

Er zwang sie, ihn anzusehen, während er mit ihr sprach. »Krokodile haben Tränen in den Augen, während sie ihr Opfer verschlingen«, sagte er. »Bestimmt haben Sie schon von diesen Tränen gehört. Aber haben Sie sie auch schon einmal gesehen?«

Mit einer schnellen Bewegung zog Zolo ein Stilett. Die Klinge blitzte kurz auf, und ehe Joan wußte, wie ihr geschah, hatte Zolo ihr eine tiefe Schnittwunde auf dem Handrücken beigebracht. Sie wollte vor Schmerz schreien, aber sie beherrschte sich und biß sich auf die Zunge.

Jack versuchte, sich seinem Bewacher zu entwinden. »Aufhören!« schrie er. Der Soldat rammte ihm das Gewehr in die Magengrube, daß Jack sich vor Schmerz zusammenkrümmte. Er hätte schreien mögen vor Pein. Mit Mühe gelang es ihm, wenigstens wieder einen klaren Blick zu bekommen. Seine Augen trafen sich mit Joans Blicken, und mit den Lippen formte er die Worte »ich liebe dich«.

Joans Augen hielten Jacks Blicke fest, denn sie wußte, daß alles leichter zu ertragen sein würde, wenn sie an etwas anderes dachte. Sie legte alle Hoffnungen und ihr ganzes Vertrauen in Jack. Er würde sich etwas einfallen lassen – er würde sie retten.

Einer der Soldaten verstärkte seinen Griff an ihrem Arm noch, und sie spärte einen stechenden Schmerz bis hinauf in die Schulter. Zolo nahm ihre Hand, führte sie über die eiserne Abdeckung und drückte sie dann hinunter, bis sie fast in Reichweite der Krokodile war.

Joan spürte ein kleines Rinnsal Blut über ihren Handrükken laufen und in das schlammige Wasser tropfen. Zolos Gesicht war ihrem sehr nahe, und sie konnte seinen kalten Atem an ihrer Wange spüren.

Mit seinem ganzen Gewicht lehnte er sich gegen sie und preßte ihren Arm noch stärker hinunter. Ganz offenbar zog er großes sexuelles Vergnügen daraus, sie zu quälen, und Joan fühlte sich angewiderter denn je. Nein, dieser Mann war kein menschliches Wesen.

Joan war drauf und dran, auch den letzten Rest von Hoffnung aufzugeben. Wie sollte sie sich denn auch gegen Zolo wehren? Sie hörte das Glucksen des Wassers, als die Krokodile versuchten, an ihre Hand zu gelangen. Schließlich stiegen sie aufeinander, um höher hinaufzureichen, und dann spürte Joan auf einmal schuppige, kalte Haut an ihren Fingerspitzen und versuchte zurückzuspringen. Doch alles, was sie damit erreichte, war, daß sich Zolos Körper noch fester gegen ihren preßte. Sein Lächeln war teuflisch und geil, als er ihr ins Gesicht sah und seine Augen dann hinunter zu ihren Brüsten wandern ließ. Joan war nicht mehr sicher, woher ihr die größere Gefahr drohte.

Ihre Augen waren weiter flehend auf Jack gerichtet. Sie vertraute ihm noch immer rückhaltlos, aber er machte es ihr nicht gerade leicht! Wie lange wollte er noch einfach alles hinnehmen, bevor er sich ernstlich wehrte? Wollte er etwa warten, bis zuerst ihre Hand und dann ihr ganzer Arm dieser gelbgestreiften Bestie da unten als Abendmahlzeit gedient hatte? Wieder spürte sie Tränen aufsteigen, aber noch fand sie die Kraft, sie auch wieder hinunterzukämpfen, bis die Wut wieder größer war als die Angst.

»Sie können diesen Zustand sehr schnell beenden«, sagte Zolo. »Sie brauchen mir nur zu sagen, wo ›El Corazón‹ jetzt ist. Wo also ist der herzförmige Smaragd?«

»Schon gut! Schon gut!« schrie Jack dazwischen. »Sie wollen ihn haben? Gut, ich werde Ihnen sagen, wo er ist.«

Zolo grinste Joan verächtlich an, als wolle er ihr sagen, daß ihr Beschützer nicht viel tauge, wenn er so feige den Rückzug antrat. Aber er ließ sie wenigstens los und bedeutete auch seinen Soldaten, ihren eisernen Griff zu lockern. Joan lächelte Jack dankbar an.

Jack zögerte. »Er befindet sich – eh, es gibt da eine Bar auf dem Weg in die Stadt. Ich glaube, sie heißt Lupes Bar. Da habe ich eine Frau kennengelernt. Der habe ich den Stein gegeben, weil ich ja nicht zahlen konnte...«

Joan schluchzte angesichts seiner barmherzigen Lüge. Sie hoffte nur, er wußte, was er da tat. Es war ja wohl offensichtlich, daß er auf Zeitgewinn setzte, aber sie war ein wenig in Sorge, daß sie am Ende diejenige sein würde, die draufzahlen mußte, falls der Trick nicht funktionierte, den er da scheinbar versuchte.

Zolo wirbelte auf dem Absatz herum und sah Joan ins Gesicht. Für Jack hatte er keinen Blick mehr übrig.

»Ich hoffe für Sie, er war als Liebhaber besser denn als Lügner«, zischte er.

Jack sah die Verzweiflung in Joans Augen. Ihrer beider Rettung lag in seiner Hand, und er hatte nicht den kleinsten Trumpf in diesem ungleichen Spiel. Selbst wenn er Zolo den Smaragd gab, schien es ihm noch längst nicht erwiesen, daß er sie laufenlassen würde. Zolo war ein zu allem entschlossener Mann, der um des Smaragdes willen bereits gemordet hatte. Da machten ein paar Leichen mehr im Krokodilsumpf nichts mehr aus.

Zolo faßte Joans Arm wieder fester und preßte ihn erneut nach unten, wo die Krokodile hausten.

Joan meinte, es nicht mehr länger ertragen zu können. Immer gieriger schnappten die gewaltigen Kiefer der Krokodile, als sich ihre Hand ihnen immer weiter näherte. Sie wußte, daß sie gleich zu schreien anfangen würde. Ihre Selbsbeherrschung war zu Ende. Ihre Augen suchten voll grenzenloser Verzweiflung nach Jack, und zum erstenmal hatte sie das Gefühl, als lasse er sie im Stich. Zuerst hatte sie noch ein wenig daran geglaubt, sie könnten abermals entkommen, doch es schien klar, daß sie jetzt nicht mehr die Spur einer Chance hatten. Sie hatte sich schon fast daran gewöhnt, in Jack einen allmächtigen Gott zu sehen, für den es nichts Unmögliches gab, und mußte jetzt doch erkennen, daß auch er nur ein Mensch war. Er konnte sie so wenig retten, wie sie sich selbst retten konnte. Als sie einen kurzen Blick nach unten riskierte, sah sie, daß eines der Krokodile nur noch Zentimeter von ihrer Hand entfernt den Rachen aufriß!

»Okay, okay, fangen wir also noch mal von vorne an«, sagte Jack mit heiserer Stimme, als ihm einer der Soldaten den Gewehrlauf in den Rücken bohrte. Ein heller Ton erfüllte den Bruchteil einer Sekunde die Luft ringsum. Der Soldat schien zur Salzsäule zu erstarren, während Zolo Jack mit wachem Mißtrauen beoachtete.

Jack stieß einen lauten Schmerzensschrei aus und fiel vornüber. Dabei fuchtelte er wild mit Armen und Beinen. Alle Augen waren jetzt auf ihn gerichtet.

Joan sah die Pein in seinen Augen, als er kurz zu ihr herübersah. Aber da war auch noch ein anderer Ausdruck in seinen Augen – das Eingeständnis der Niederlage? Ganz plötzlich verzog sich Jacks Gesicht zu tausend verschiedenen Grimassen, und er sah aus, als sei er dem Wahnsinn nahe. Er langte hinter sich an seinen Rücken, einmal von oben her, dann wieder vom Gesäß her. Dazu zitterten seine Beine, das Zittern wurde zu konvulsivischen Zuckungen. Er zappelte herum von einer Stellung in die andere, und nicht eine von ihnen hatte etwas mit einer auch nur halbwegs normalen Körperhaltung gemein. Einen Moment lang dachte Joan, er müsse irgendeinen Anfall haben. Dabei gingen seine Augen von einem Gesicht zum anderen, ohne irgendwo zu verweilen.

Joan sah den mordlüsternen Blick in Zolos Augen, als er ihre Hand weiter nach unten drückte und zusah, wie die Krokodile immer näher rückten. Sie wußte, Jack konnte das Verhängnis nicht aufhalten. Elaine hatte sich hinter einen Haufen Steine geflüchtet, die Augen weit aufgerissen vor Entsetzen, und Joan meinte, das Herz ihrer Schwester selbst über diese Entfernung hinweg pochen zu hören.

Die beiden Kidnapper wirkten angesichts von Jacks verrücktem Tanz nicht weniger verwirrt, als alle anderen auch. Sein linkes Bein flog ein letztesmal nach links, dann blieb Jack abrupt stehen und lächelte Zolo ausgesprochen freundlich an.

»Das Herz?« fragte er. »Hier, fangen Sie es doch.«

Bei diesen Worten rollte der große grüne Edelstein aus Jacks Hosenbein und blieb auf seiner Stiefelspitze liegen.

Mit einem Ruck entriß Joan Zolo ihren Arm und starrte Jack an. »Wie lange wolltest du denn noch warten?« fragte sie.

Jack erwiderte ihr Lächeln und riß sein Bein so schnell in die Höhe, daß der sagenumwobene Smaragd hoch hinauf in die Luft flog, wobei sich das wenige Licht tausendfach in seiner Oberfläche brach und als grüne Blitze zurückgeworfen wurde. Joan war fasziniert von dem Anblick, wie der kostbare Riesensmaragd durch die Luft flog und dabei einen Schweif aus grünen Lichtblitzen hinter sich herzog. Sie mußte daran denken, welche Bedeutung dieser Stein für ihr Überleben und das ihrer Schwester, wie auch das von Jack hatte. El Corazón hatte Morde provoziert und Leben ruiniert und würde für einen von ihnen das Glück bedeuten – und wer das sein würde, das stand auf einmal für sie gar nicht mehr so fest.

Aller Augen waren himmelwärts gerichtet, um den Weg des grünen Schatzes zu verfolgen. Als er den Scheitelpunkt seiner Flugbahn fast schon erreicht zu haben schien, verschwand er plötzlich im Laubdach einer Palme.

Ein Gefühl der Hoffnungslosigkeit wollte sofort von Joan Besitz ergreifen. Mit dem Smaragd schien auch die Hoffnung auf Rettung verschwunden. Es dauerte fast endlose Augenblicke, bis er wieder zu sehen war und von einem Ast der Palme zum anderen hinunterrollte. Es sah fast aus, als werde das Juwel von Hand zu Hand gereicht, wobei seine Fallgeschwindigkeit ständig zunahm.

Joan war, als verstrichen Ewigkeiten, während sie zusehen konnte, wie ihre einzige Chance auf Rettung im Blätterdach der Palme blinkte wie ein Regentropfen in der Sonne.

Als El Corazón den letzten Palmwedel auf seinem Weg nach unten erreicht hatte, streckte sich eine Hand aus und fing ihn auf, um ihn dann Zolo weiterzureichen. Besitzergreifend schlossen sich dessen Finger um das riesige Juwel, während er Jack aus haßerfüllten Augen anstarrte.

»Danke«, sagte Zolo.

In diesem Augenblick wußte Jack, daß Zolo jetzt unverzüglich seinen und Joans Tod befehlen würde.

Zolo hob auch schon den Arm und öffnete den Mund, um die entsprechenden Befehle zu brüllen, als plötzlich ein lautes Krachen erklang. Die total verrostete Abdeckung über dem Sumpf mit den Krokodilen zerbarst unter dem Ansturm des gelbgestreiften Krokodils, das sich auf der Stelle auf Zolo stürzte und seine rasiermesserscharfen Zähne in seinem Arm vergrub. Mit einer einzigen Drehung seines gewaltigen Kopfes trennte das Krokodil Zolos Arm samt El Corazón vom Rumpf. Zolos Schreie zerrissen die Nacht, als er auf die Knie niedersank, wobei er sein Stilett verlor. Mit der gesunden Hand griff er sich an den blutenden Armstumpf und starrte ungläubig auf den abgetrennten Arm. Sein Gesicht sah aus wie eine Horrormaske.

Jack ergriff die Chance und rammte dem Mann hinter sich den Ellenbogen mit aller Kraft in den Magen. Aber dieser war durchtrainiert bis in die Fingerspitzen und war in Sekundenbruchteilen wieder einsatzbereit. Jack konnte seinem Schwinger nicht ausweichen und wurde voll am Kopf getroffen. Doch die Todesangst verlieh Jack ungeahnte Kräfte. Er landete einen Aufwärtshaken genau im Gesicht seines Gegners, und dann schlug er immer wieder zu. Seine Schläge fielen so dicht und schnell, daß der Mann keine Chance mehr zur Abwehr hatte. Es dauerte nicht einmal fünfzehn Sekunden, und er ging bewußtlos zu Boden. Bevor überhaupt noch jemand begriffen hatte, was vorging, hatte Jack schon eines der automatischen Gewehre an sich gerissen und jagte die Soldaten mit einer Garbe wie einen Hühnerhaufen auseinander.

Noch während die uniformierten Soldaten und die Kidnapper in Deckung gingen, hob Joan blitzschnell Zolos Stilett vom Boden auf und zog Elaine mit sich hinter ein paar herumliegende Steine.

Mit siegesbewußtem Lächeln sah Joan, wie die Kugeln aus Jacks Gewehr die Gegner in Deckung zwangen. Einer der Soldaten hatte es nicht mehr rechtzeitig geschafft. Er wurde von einer Kugel ins Bein getroffen und fiel schreiend zu Boden, wobei er sein Gewehr weit von sich warf.

Jack wirbelte herum und feuerte eine weitere Garbe als Sperrfeuer ab. Dabei erwischte er einen anderen Soldaten, dem seine Deckung wohl nicht sicher genug erschienen war und der gerade in ein anderes Versteck wechseln wollte. Mit lautem Schreien fiel er zu Boden, hielt sich den getroffenen Arm und kroch davon.

Zolo handelte wie in Trance. Mit letzter Kraft hatte er sich hinter einen Stapel alter Kisten geschleppt. Der Armstumpf blutete fürchterlich. Aber Zolo konnte nicht nur hart gegen andere sein. Im Notfall schonte er auch sich selbst nicht. Und so band er den Stumpf kurzerhand mit seinem Halstuch ab. Als er auf diese Weise seine schwere Verwundung so gut es ging versorgt hatte, lehnte er sich einen Moment kreidebleich mit dem Rücken gegen die Kisten, um die Situation zu überdenken. Obwohl seine Linke zum Gotterbarmen zitterte, faßte er mit ihr in die Tasche, holte einen Zigarillo hervor und zündete ihn an. Er inhalierte tief und lange, bis seine Lungen voll des aromatischen Rauchs waren. Er hustete nicht einmal. Sein Blut kochte, und alles, woran er noch denken konnte, war Rache. Er fand sogar noch die Energie zum erneuten Angriff. Von einer der Kisten riß er ein Brett ab, um die rostigen Nägel als Waffe zu benutzen. Zuerst würde er damit auf Joan Wilder losgehen. Seine Augen blitzten, als er daran dachte, wie er ihr das Brett mit den hervorstehenden Nägeln über das Gesicht ziehen würde. Wie würde sie vor Schmerzen schreien!

Ralph jagte an Zolo vorbei zu der Treppe, die hinunter ans Wasser führte, immer darauf gefaßt, von einer Kugel aus Jacks Gewehr getroffen zu werden. Doch alles ging gut. Dafür hatte er auf einmal ein Krokodil hinter sich. Er blickte über die Schulter zurück und sah weiter nichts als gleißende weiße Zähne und glitschige Schuppenhaut. Einmal mehr verfluchte er Ira wegen seiner Leidenschaft für diese Viecher und schwor bittere Rache. Doch dann hielt er abrupt an. Vor ihm war der Weg zu Ende, und an Umkehr war nicht zu denken. Er saß in der Falle.

Im Augenblick der allerhöchsten Not entdeckte er eine morsche Fahnenstange, auf die er unverzüglich hinaufkletterte. Das Holz ächzte unter seinem Gewicht, aber es brach nicht. Ralph gelang es, sich am Knauf oben festzuhalten. Unter ihm klappte das furchterregende Maul des Reptils zu, bevor es sich niederlegte, um zu warten. Und es kamen immer mehr Krokodile aus dem Sumpf an Land gekrochen.

Das größte aber, das die Absperrung durchbrochen und den anderen den Weg freigemacht hatte und das Jack bei sich insgeheim King Croc getauft hatte, bewegte sich mit erstaunlicher Schnelligkeit entlang der Umfassungsmauer.

Jack entdeckte King Croc genau in dem Augenblick, als das Reptil den Smaragd hinunterschluckte. Er ließ auf der Stelle das Gewehr fallen, um nach dem Krokodil zu greifen. Sein erster Versuch scheiterte, da er nicht an den gewaltigen Schwanz des Reptils gedacht hatte. Beim zweitenmal bekam er die Bestie zwar zu fassen, rutschte aber an der glitschigen Haut ab, als King Croc mit dem Schwanz nach ihm schlug und ihn gegen die Wand warf. Doch Jack gab nicht auf, auch wenn er im Moment ein wenig benommen war. Er holte tief Luft, schätzte die Entfernung genau ab, und jetzt gelang es ihm endlich, sich auf die Bestie zu werfen und sich festzuklammern.

»Hab ich dich, du verdammtes gelbes Ungeheuer!« schrie er.

Mit aller Kraft versuchte Jack, das Krokodil unter Kontrolle zu bringen, wie er das auf Krokodilfarmen gesehen hatte. Dadurch entging ihm völlig, daß Ira im Zickzack über den freien Platz hetzte und dabei pausenlos auf Zolos Männer schoß, bis er sich hinter der Umfassungsmauer einigermaßen in Sicherheit bringen konnte.

Dort wartete er in aller Ruhe ab, daß sich Jack und das Krokodil ihm weit genug näherten. Es war ein erbitterter Ringkampf zweier Gegner, die einander würdig waren, aber dafür hatte Ira keinen Blick. Ihm war nur wichtig, daß das Krokodil sich weiter auf ihn zu rollte. Es hätte sich nicht kooperativer zeigen können, wenn es dressiert gewesen wäre. Immer näher kam das ungleiche Ringerpaar.

Zweimal entging Jack nur knapp umherjaulenden Querschlägern, aber er ließ King Croc auch nicht den Bruchteil einer Sekunde los. Es hätte sein Ende sein können. Er achtete längst nicht mehr darauf, wer hier eigentlich auf wen schoß. Er hatte nur den Smaragd im Sinn, den das verdammte Krokodil im Magen mit sich herumschleppte. Seine Hände waren schon über und über mit eigenem Blut verschmiert. Die Zähne des Untiers waren scharf wie die Klingen eines Rasierapparates, und nicht immer konnte er dem fürchterlichen Gebiß ausweichen. Trotzdem ließ er nicht los. Als es dem Krokdil gelang, ihn ein zweitesmal loszuwerden und mit seinem gewaltigen Schwanz gegen die Mauer zu schleudern, verlor er fast das Bewußtsein. Er sah sekundenlang nur

Sterne, und seine Augen waren nicht mehr fähig, sich auf einen Punkt zu konzentrieren. Keuchend und hustend versuchte er, wieder zu Atem zu kommen, aber seine Lungen brannten wie Feuer. Er konnte nichts mehr hören und war vorübergehend ohne jede Orientierung.

Als King Croc dann noch einmal mit dem mächtigen Schwanz gegen die Wand schlug, an der Jack hing, brachte ihn diese Erschütterung wieder einigermaßen in die Gegenwart zurück. Er hörte Leute herumrennen und schreien, und das Krachen der Gewehre ließ ihn fast taub werden. Trotzdem brauchte er noch einen Augenblick, um zu begreifen, wo er war.

Doch schließlich waren auch seine Augen wieder klar, und er konnte sich umsehen. King Croc war auf dem Weg zu einer der leeren Schießscharten. Jack erhob sich wieder, obwohl er noch nicht ganz sicher auf den Beinen stand.

Plötzlich sprang Ira aus dem Schatten hervor und rammte Jack seinen Revolver in die Brust.

»Jetzt ist endgültig Schluß, Kleiner!« schrie Ira.

Schäumend vor Wut, daß jemand es wagte, sich in seine Jagd auf King Croc einzumischen, ballte Jack die Faust und schlug Ira die Waffe einfach aus der Hand. Der Revolver flog scheppernd an der Mauer entlang und blieb unweit der Schießscharte liegen. Für Jack war Ira eher eine Beleidigung als eine Bedrohung. Er packte ihn kurzerhand beim Kragen, hob ihn hoch und warf ihn hinunter in den Sumpf.

Jack wandte sich gerade noch rechtzeitig wieder der Schießscharte zu, um King Croc durch die Öffnung verschwinden zu sehen. Sofort sprang er hinterher, bevor das Reptil außer Sicht gelangen konnte, und erwischte King Croc gerade noch am Schwanz. Mit allen Kräften kämpfte Jack um einen festen Griff, während das Krokodil erfolglos versuchte, ihn abzuschütteln. Doch diesmal würde Jack nicht wieder loslassen, das schwor er sich. Er mußte dem Krokodil seine Beute unter allen Umständen abjagen, und er war auch fest davon überzeugt, am Ende Sieger zu bleiben – vorausgesetzt, es kam nichts Unvorhergesehenes mehr dazwischen.

Sirenenklang in der Ferne lenkte Joans Aufmerksamkeit von Jacks Kampf mit dem Krokodil ab. Schnell griff sie nach Elaines Arm und drückte sich mit ihr an der Mauer entlang. Es wurde Zeit zur Flucht.

Elaine klammerte sich so fest an den Arm ihrer Schwester, daß Joan das Gefühl bekam, als sei ihre Blutzirkulation unterbrochen worden. Dies war eigentlich der erste Hinweis darauf, wie entsetzt Elaine wirklich war. Sie hatte noch nicht ein einziges Wort hervorgebracht, das hatte Joan auf Elaines gute Nerven und ihre Selbstbeherrschung zurückgeführt. Jetzt aber mußte sie sehen, daß Elaine einen Schock erlitten hatte und vermutlich nicht begriff, in welcher Gefahr sie sich beide befanden. Elaines Augen waren eine Spur zu glasig, um noch normal zu sein. So wurde ihre Schwester zu einer zusätzlichen Belastung für sie. Während sie vorsichtig an der Mauer entlangschlichen, achtete Joan darauf, daß sie immer im Schatten blieben. Elaine sagte nichts und folgte ihrer Schwester willig. Joan betete, die Soldaten möchten mehr auf die Sirenen achten und den letzten Hafenarbeiter, der noch immer auf sie feuerte. Mit einem kurzen Blick zurück vergewisserte sie sich, daß sie durchaus eine Chane hatten, den Treppenaufgang ungesehen zu erreichen, wenn es ihnen nur gelang, das letzte Stück über den Hof, wo es keine Deckung mehr gab, schnell genug zu überwinden.

Doch dann lief Joan ein eiskalter Schauder den Rücken hinunter, als sie hinter sich ein allzu bekanntes Keuchen vernahm. Sie drehte sich um und gewahrte Zolo kaum zwei Meter hinter sich! Der Armstumpf war mit der Jacke umwikkelt, die schon vollständig von seinem Blut durchtränkt war. In der gesunden Hand trug er ein vor rostigen Nägeln starrendes Brett. In seinen Augen funkelte die alte Mordlust, als er langsam näherkam. Von der Unterlippe baumelte der unvermeidliche Zigarollo.

»Wie willst du sterben, Joan Wilder?« fragte er. »Langsam wie der Gang der Schildkröte oder schnell wie die dahinfliegende Sternschnuppe?«

Joan runzelte die Stirn, und ihr erster Gedanke war, daß sie schon bessere Vergleiche in ihren Romanen formuliert hatte. Sie lachte nervös und wunderte sich über sich selbst, welch unsinnige Dinge einem doch durch den Kopf gingen, wenn man dem Tod so unmittelbar ins Gesicht sah. So bedauerte sie auf einmal, daß sie ihr Buch nie werde fertigstellen können, und daß sie nie im Herbst nach Paris fahren könnte. Nie würde sie Schlittschuhlaufen lernen oder ihre Rückhand beim Tennis verbessern, und sie würde nie mehr Gelegenheit bekommen, den Käsekuchen von Miß Grimble in der Upper West Side zu probieren. Eigentlich müßte sie ihren Kühlschrank mal wieder reinigen... und mit Jack zusammensein. Nein wirklich, sie wollte noch nicht sterben!

Joan schirmte Elaine mit ihrem Körper ab, während sie langsam rückwärts ging. Elaines Augen waren weit aufgerissen, sie klammerte sich an ihre Schultern und starrte auf das Ungeheuer, das sich ihnen unerbittlich näherte. Und dann spürte Elaine die Wand im Rücken und flüsterte Joan zu, von nun an gehe es nicht mehr weiter rückwärts.

Joan starrte auf den drohenden Schatten, der sich gegen das diffuse Licht aus dem Hintergrund deutlich abhob. So blieb ihr wenigstens der Trost, im Augenblick des Todes nicht in die Augen dieses Ungeheuers blicken zu müssen. Er näherte sich ihnen jetzt noch langsamer als zuvor, und Joan wußte nur zu genau, daß auch er das als Teil der Torturen verstand, die er ihr zugedacht hatte.

Joan wünschte sich, sie bestünde aus unzerstörbaren Materialien, damit wenigstens Elaine hinter ihr unverletzt bleiben würde. Aber außer Fleisch und Blut hatte sie nun einmal nichts zu bieten, und das war nicht eben viel! Sie mußte schnellstens an etwas anderes denken! Es ging doch um ihr Leben! Und da erinnerte sie sich plötzlich! Es war ihre einzige Chance, und es war keine geringe.

Auf dem Rücken klappte sie Zolos Stilett auf und wartete geduldig auf seinen nächsten Schritt in ihre Richtung...

Er hatte gerade den Fuß vom Boden gehoben, als sie das Stilett hoch über den Kopf erhob und auf ihr Ziel schleuderte.

Schnell wie der Blitz ließ Zolo das Brett mit den Nägeln

fallen und griff in die Höhe. Er fing das Stilett mitten im Flug und auch noch genau am Griff ab!

Joan schluckte den Kloß tapfer hinunter, der ihr die Kehle zuschnüren wollte. Sie wußte, jetzt gab es keinen Trick mehr, den sie hätte anwenden können. Warum nur hatte sie das getan? Wo war der Punkt, an dem für sie die Fantasien zur Realität geworden waren? Hatte sie denn wirklich allen Ernstes angenommen, ein Trick, wie sie in ihrem Buch über Angelina beschrieben hatte, könnte diesen Unmenschen beeindrucken?

Als Elaine sah, daß der Mann das Messer in der Hand hielt, trug sie eine gnädige Ohnmacht davon, und sie brach am Fuß der Mauer zusammen.

Zolos Augen glitzerten noch stärker, als er einen weiteren Schritt auf Joan zu tat. Die Angst wollte Joan das Blut in den Adern gefrieren lassen, als sie den Mund zum Schrei öffnete.

»Jack!«

Jack war noch immer vollauf mit King Croc beschäftigt. Als er Joans Entsetzensschrei hörte, wandte er sich halb um und sah, wie Zolo auf Joan zuging. Jack hatte als sicher angenommen, daß Zolo außer Gefecht sei, nachdem ihm das riesige Krokodil den Arm abgerissen hatte. Er versuchte, die Entfernung abzuschätzen, als er Iras Revolver sah, aber er konnte ihn nicht ganz erreichen.

Mit jeder Pore genoß Zolo Joans Tod bereits im voraus, als er nach ihr griff. In dem verzweifelten Versuch, sich zu wehren, hob Joan ihre neue Tasche vor das Gesicht. Mit ihr als Schild konnte sie Zolo erst einmal gegen das Knie treten und ihm dann mit den langen Fingernägeln das linke Auge zerkratzen, so daß Blut floß. Sie erschrak über sich selbst, daß ihr die Freude darüber, ihm Schmerzen zuzufügen, größer war als die Angst vor seinem mörderischen Grinsen, das auf seinem Gesicht festgefroren schien. Ja, sie wollte ihn verletzen, ihn vernichten, bevor er sie oder irgend jemand sonst umbringen konnte.

Als Zolo einen Schritt zurücktrat, um von ihr freizukommen, machte sie die Bewegung mit und versuchte, ihm auch das andere Auge zu zerkratzen. Aber diesmal erwies er sich als stärker, obwohl er nur noch einen Arm hatte, und schleuderte sie gegen die Mauer. Sie hatte das Gefühl, als seien ihr sämtliche Rippen gebrochen worden.

»Jack!« konnte sie mit letzter Kraft noch einmal schreien.

Aber Jack wollte das Krokodil mit seinem kostbaren Mageninhalt nicht einfach loslassen und versuchte, mit dem Fuß an Iras Pistole heranzukommen. Wenn er sie mit den Zehen zu sich heranziehen konnte, hatte er eine Chance, Zolo zu erschießen und Joan zu retten, ohne seinen Schatz loslassen zu müssen. Er keuchte vor Anstrengung bei dem Versuch, sein Bein noch ein wenig weiter zu strecken, aber die Pistole lag einfach zu weit weg.

King Croc mußte Jacks Dilemma gespürt haben, denn jetzt wurden seine Schwanzschläge immer heftiger, aber Jack zeigte sich ihm gewachsen, auch wenn seine Muskeln vor Anstrengung schmerzten.

Wieder blickte er zu Joan hinüber, dann auf das Krokodil und zurück zur Pistole. Er wußte nicht, wie er sich entscheiden sollte. Schließlich schloß er eine Art Kompromiß mit sich selbst. Er ließ das Krokodil mit einer Hand loß, um mit der anderen nach der Pistole zu tasten, aber sie lag zu weit weg. Die widerstreitendsten Empfindungen kämpften in ihm. Ließ er das Krokodil ganz los, war der Schatz weg und er und Joan würden nie miteinander leben können. Wenn es ihm aber nicht gelang, Joan vor diesem Amokläufer zu retten, hätte der Besitz von noch so viel Geld für ihn keinen Sinn mehr gehabt. Die Realität war grausam!

»Jack!« schrie Joan schon wieder in Todesangst.

»Verdammter Hundesohn!« keuchte Jack.

Er ließ den Schwanz des Reptils los, und sofort verschwand King Croc mit lautem Klatschen im Wasser und entkam seinem Möchtegern-Dompteur, den sagenumwobenen Smaragd sicher in seinem Magen verstaut.

Mit einem Sprung hatte Jack die Pistole erreicht, riß sie an sich und legte auf Zolo an.

Es machte dreimal ›klick‹.

Die Pistole war leergeschossen.

»Verdammter Hurensohn!« schrie Jack abermals außer sich vor Wut und warf die Waffe in hohem Bogen ins Wasser.

Zolo preßte Joan inzwischen mit dem Knie und der Schulter gegen die Mauer, während sich die Hand mit dem Stilett langsam ihrem Gesicht näherte. In seinen Augen glühte purer Haß, und Joan hatte mehr Angst vor diesen Augen, als vor dem Stilett in seiner Hand. Mit letzter Kraft umklammerte sie sein Handgelenk, um seinen Arm zurückzuhalten, aber seiner Kraft war sie auf die Dauer kaum gewachsen. Ihre Muskeln zitterten, aber noch gelang es ihr, sich Zolo vom Halse zu halten. Sie konzentrierte sich auf ihre Arme, wild entschlossen, das Stilett unter Kontrolle zu behalten.

Ihre Beine gaben nach, und sie wußte, daß sie nicht mehr lange Widerstand leisten konnte. Sie verließ sich auf Jack! Jack würde sie retten, sagte sie sich immer wieder, während sie auf die Klinge des Stiletts blickte, die ihr schon den Handrücken aufgeschlitzt hatte. Sie spürte, wie ein Krampf ihre Schenkel lähmte, als Zolo seinen Körper mit seiner überlegenen Kraft gegen ihren preßte und sie in die Knie zwang.

Aus den Augenwinkeln sah Joan das Brett mit den vielen Nägeln in unmittelbarer Reichweite auf dem Boden liegen. Wenn sie Zolo auch nur einen Augenblick mit einer Hand allein halten könnte...

Jack hatte das Gefühl, als sei er schon sein Leben lang auf sie zugelaufen und immer noch hundert Schritt von ihr entfernt. Glühende Feuer tobten in seinen Lungen, und er bekam nur noch schwer Luft. Dies mußte einer jener Alpträume sein, wie er sie in New York zuletzt gehabt hatte. Ganz gleich, wie schnell er auch immer laufen würde, er gewann keinen Zentimter an Boden.

Er konnte das Stilett nur wenige Zentimeter von Joans Gesicht entfernt erkennen und wollte etwas tun, irgend etwas, doch als er den Mund öffnete, um etwas zu schreien, das Zolo im letzten Moment davon abhalten könnte, Joan zu töten, kam kein Laut über seine Lippen.

Jack sah Ralph nicht, der hoch über ihm auf der Fahnenstange hing. Ralph wollte seine Lage ein wenig verändern, weil ihm die Glieder einzuschlafen drohten, und dabei machte er eine Bewegung zuviel. Krachend gab das morsche Holz nach, und er segelte wie eine Witzfigur aus einem Zeichentrickfilm durch die Luft, die Fahnenstange zwischen die Beine geklemmt. Dazu schrie er aus Leibeskräften.

Jack blickte gerade noch rechtzeitig hoch, um zu merken, daß Ralph direkt auf ihm landen würde, wenn er sich nicht zur Seite rollte. Er war aber nicht in der Lage, sich zu bewegen. Ralph fiel auf ihn, und gemeinsam rollten sie über den Boden. Jack strampelte sich frei und erhob sich taumelnd. Dann sprang auch Ralph auf die Füße, griff nach Jacks Hand und schüttelte sie.

»Danke, danke«, sprudelte er hervor. »Sie haben mir das Leben gerettet! Wenn Sie nicht gewesen wären...«

Jack knurrte den kleinen Kerl an, der ihm und Joan beinahe das Leben gekostet hätte, packte ihn am Arm, warf ihn gegen die Mauer und setzte sich endlich in Bewegung, um Joan zu helfen.

Joan sah die Spitze des Stiletts keine fünf Zentimeter vor ihrem rechten Auge. Zolo starrte sie haßerfüllt an, den brennenden Zigarillo noch immer im Mundwinkel. Einen Fuß hatte er auf ihren Arm gesetzt und hinderte sie so daran, das Brett zu ergreifen. Joan versuchte verzweifelt, ihren Arm wieder freizubekommen, doch sie erreichte weiter nichts, als daß sie sich das Handgelenk unter seinem Stiefelabsatz noch mehr verletzte.

Zolo war es müde, mit seinem Opfer nur zu spielen. Er nahm noch einen tiefen Zug an dem Zigarillo, bevor er sie töten wollte. Dabei verringerte er den Druck mit dem Stilett ein wenig, um dann um so stärker zustoßen zu können. Während er den Rauch tief inhalierte, keuchte er noch schlimmer als sonst.

Joan handelte blitzschnell. Sie ließ sein Handgelenk los und riß ihm den Zigarillo aus dem Mund. Sie drückte die Glut auf seinen Handrücken, und das Zischen des verbrannten

Fleisches klang ihr wie Musik in den Ohren. Zolo brüllte auf und ließ das Stilett los. Joan ergriff die sich bietende Chance.

Sie schlug ihm die Faust mit aller Kraft ins Gesicht und spürte die feinen Knochen seiner Nase unter ihren Fingern brechen. Hätte sie die nötige Kraft in den Fäusten gehabt, sie hätte ihm voll Wonne den Kiefer gebrochen.

Zolo faßte sich an die lädierte Nase und wich ein wenig zurück.

Sofort sprang Joan auf die Füße. Noch im Aufspringen faßte sie nach dem nagelstarrenden Brett. Auch Zolo kam taumelnd wieder hoch und wollte sich auf sie stürzen, aber Joan wandte sich ab, faßte das Brett fester mit beiden Händen und schlug es ihm mit voller Wucht seitlich gegen den Kopf, so daß er rückwärts gegen die Mauer krachte und zurückprallte. Mit ausgesprochen elegantem Schwung flog Colonel Zolo, stellvertretender Kommandant der Geheimpolizei, von dort in einen Sumpf, wo ihn sein grausiger Tod bereits erwartete.

Joan rannte zu der Stelle an der Mauer, wo einst ein Gitter aus Eisen den Zugang zu dem tiefer gelegenen Sumpf abdeckte, und bekam noch gerade rechtzeitig mit, wie sich vier Krokodile um ihren unerwartet späten Besucher kümmerten.

In diesem Moment kam auch Jack und blickte mit ihr gemeinsam hinunter. Es gehören starke Nerven dazu, Krokodilen bei einer solchen Mahlzeit zuzusehen, fand er.

Er blickte Joan an, die ihn bereits mit schweißüberströmtem Gesicht erwartete. In ihren Augen loderte der Triumph. Sie hatte Zolo mit eigener Hand ausgeschaltet, und das war etwas, wovon er selbst nicht sicher war, ob er es auch geschafft hätte. Sie kam ihm schöner vor denn je – selbstbewußt, wild und tapfer. Eine wie sie würde er nie wieder finden, denn sie war wie seinesgleichen. Jack nickte voller Zustimmung.

Als Joan endlich wieder frei atmen konnte, lächelte sie ihn an. Sie empfand große Genugtuung darüber, von nun an ihr eigener Held zu sein.

»Du hast dich verdammt gut geschlagen, Joan«, war alles, was Jack noch herausbrachte.

In diesem Moment wurde plötzlich die ganze Bay von gleichzeitig aufflammenden Scheinwerfern erhellt, die auf Polizeibooten installiert waren. Sirenenklänge von Polizeifahrzeugen erfüllte die Luft. Joan fühlte sich sehr erleichtert. Sie hatte schon gedacht, sie würde dieses Gefühl nie mehr erleben dürfen. Diesesmal war es wirklich vorüber, und sie alle konnten wieder in Frieden leben. Sie strahlte Jack glücklich an, doch dieser war nicht mehr an ihrer Seite.

»Wende dich an das amerikanische Konsulat«, sagte er. »Da brauchst du nur zu erzählen, was passiert ist...«

Joan machte ein ungläubiges Gesicht. »Was soll das heißen?« fragte sie. »Wohin willst du?«

»Dir werden sie bestimmt glauben«, erwiderte er. »Aber erwähne nur ja nicht meinen Namen.« Die ersten Polizisten stürmten bereits die eiserne Treppe von der Mole aus herauf. »Den Cops von Cartagena gehe ich besser aus dem Weg.«

»Du willst weg?« schrie sie auf. »Du willst mich verlassen? Warum?«

Das mußte ihr passieren! Nach allem, was sie durchgestanden hatte, dachte sie, ein Anrecht auf ihren Helden zu haben. Gab es denn kein Happy-End dieses unglaublichen Abenteuers? Begriff er nicht, daß sie dieser Geschichte ein ganz anderes Ende gegeben hätte, wenn sie sie geschrieben hätte? Wie konnte er sie einfach verlassen, wo sie ihn doch liebte?!

Die schwarzen Schatten hatten Jack schon fast verschluckt. »Es wird dir gutgehen, Joan Wilder«, sagte er, als er endgültig verschwand. »Dir wird es nie an etwas fehlen.«

Joan sah nur noch sein Lächeln, und dann war auch das in den Schatten und Nebeln der Nacht verschwunden.

»Du warst doch immer...«

Es war sinnlos, er war gegangen. Es war, als habe es ihn nie gegeben. Joan war wie versteinert.

»Jack Colton, ich liebe dich...«

XXX.

Der Frühling wartete bereits in den Zweigen, aber noch schien er nicht bereit zu sein, sein Debüt zu geben, als Joan an diesem Aprilmorgen durch den Central Park spazierte. Sie zog den Schal fester um den Hals, um den kalten Wind abzuhalten, während sie die Hände in den Manteltaschen vergrub. Schneeglöckchen und Krokusse streckten bereits ihre Köpfe durch die letzten Reste des Schnees, während die obersten Zweige der Bäume erstes zaghaftes Grün angesetzt hatten.

Es war jetzt auf den Tag genau drei Monate her, daß sie Kolumbien wieder verlassen hatte. Die ersten Tage hier in New York waren für sie sehr schwer gewesen.

Sie konnte noch immer nicht begreifen, warum Jack sie so abrupt allein gelassen hatte, und dann war da ja auch noch ihre Schwester Elaine, die sie über den Tod Eduardos hinwegtrösten mußte.

Bei ihren Verhören durch die kolumbianischen Behörden war ihr Respekt vor ihrem Schwager auf den Nullpunkt gesunken. Das hatte sich aber schnell wieder gelegt, als hier sein Testament eröffnet wurde. Zwei Tage, bevor er Elaine geheiratet hatte, hatte er eine Lebensversicherung über eine halbe Million Dollar zu ihren Gunsten abgeschlossen! Elaine konnte alle Schulden bezahlen, und den Rest investierte sie, um seinen Buchhandel wieder zu dem zu machen, was er einst gewesen war.

Erst gestern abend noch hatte Elaine anläßlich eines gemeinsamen Abendessens an der Upper East Side gesagt, sie denke allen Ernstes daran, demnächst in Soho eine Filiale zu eröffnen.

Joan freute sich für Elaine, die auf dem besten Wege war, ihr Leben wieder in den Griff zu bekommen, und sie war stolz auf sich, weil sie dazu hatte beitragen dürfen. Auch sie würde wieder oder endlich jetzt etwas aus ihrem Leben machen.

Sie weigerte sich nicht mehr, Autogrammstunden zu geben, bei Talkshows mitzumachen oder was ihr Verlag ihr sonst vorschlagen mochte. Doch das alles sah sie nur als eine Möglichkeit, ihr Lesepublikum und dessen Wünsche besser kennenzulernen. Wenn sie sich jetzt an ihre Schreibmaschine setzte, hatten ihre Helden mehr Profil, und ihre Stories zeichneten sich durch eine Lebensbejahung aus, die ihnen vorher oft genug gefehlt hatte.

Als Elaine irgendwann mit dem Hausputz begann und Eduardos persönliche Dinge für wohltätige Zwecke stiftete, kam Joan zu der Überzeugung, es sei an der Zeit, daß sie endlich einmal ihren eigenen Stil in ihren persönlichen Dingen entwickelte. Joan hatte noch nie in ihrem Leben auch nur ein einziges Zimmer selbst eingerichtet, da sie noch nie etwas anderes besessen hatte als die von ihren Eltern geerbten Möbel, und Elaine sich immer darum gekümmert hatte, wie die Einrichtung vervollständigt werden konnte.

Da ihr Schlafzimmer immer der am meisten vernachlässigte Raum ihrer ganzen Wohnung war, begann sie dort. Sie behielt von den Möbeln nur das Doppelbett ihrer Eltern, riß die blaue Blümchentapete herunter und ersetzte sie durch helle Textiltapeten. Die Holzteile an Fenstern und Türen strich sie in einem dunklen Walnußbraun und ließ einen neuen Parkettfußboden verlegen. Und ganz zum Schluß suchte sie New York so lange ab, bis sie endlich dreißig Meter Moskitonetze aufgetrieben hatte.

An den Abenden, wenn sie sich einen ganzen langen Tag mit Angelina und ihren temperamentvollen Abenteuern beschäftigt hatte, legte sie sich stundenlang in die Badewanne, die mit parfümiertem Wasser gefüllt war. Anschließend legte sie sich in das riesige Bett, ließ das Moskitonetz herunter und träumte sich in Jacks Arme zurück.

Romantisch, wie sie nun einmal war, gab sie auch nicht ein einzigesmal während jener einundneunzig Tage, die seit ihrer Trennung von ihm verstrichen waren, die Hoffnung auf, ihn doch eines Tages wiederzusehen. Sie liebte ihn, und sie vertraute ihm. Sie wußte aber auch, daß es sehr gut möglich war, daß sie ihn nie mehr wiedersah, doch das lag dann, dessen war sie sicher, nicht etwa daran, daß er sie nicht mehr liebte. Falls er von der Polizei von Cartagena gesucht wurde, konnte es ja auch sein, daß es für ihn unmöglich war, Südamerika zu verlassen. Doch dann mußte sie auch wieder denken, daß es für einen Mann wie ihn nicht schwer sein konnte, aus Südamerika zu verschwinden, wenn er das ernstlich wollte.

Auf der anderen Seite aber vergrub sich Joan jetzt nicht etwa in ihren Weltschmerz wegen ihrer Trennung von Jack. Sie und Elaine gingen öfter aus als je zuvor, und Carolyn hatte sie bereits einigen sehr interessanten Männern vorgestellt. Auch Andrew, ein Börsenmakler, hatte dezent angedeutet, daß er noch zu haben sei. Aber wenn sie sich auch zunehmend wohler in der Gesellschaft von Männern fühlte, so hörte sie doch nie auf, Jack zu lieben. Und wenn es ihr Schicksal sein sollte, ihr ganzes Leben lang einen Mann zu lieben, mit dem sie nur vier Tage zusammen war, dann ließ sich das auch nicht ändern. Ihr war es gleichgültig.

Zuerst hatte sie erwartet, Elaine würde das nicht verstehen. Doch das war nicht so. Elaine sagte ihr einmal, sie mache sich nur Sorgen, Jack könne sie eines Tages aus seinem Leben und aus seinen Erinnerungen streichen. Doch Joan war sicher, daß sie das besser beurteilen könne, und so blieb auch Elaine am Ende nur die Hoffnung, ihre Schwester werde Jack eines Tages doch wiedersehen.

Als Joan an jenem Morgen von ihrem Spaziergang im Park nach Hause zurückkehrte, waren ihre Schritte beschwingter als sonst, und um ihre Lippen lag ein undefinierbares Lächeln.

Als sie am Museum of Natural History vorüberkam, vernahm sie plötzlich ein Klingen wie von jenen Glöckchen, die sie und Jack gehört hatten, bevor sie Juan, dem Glockengießer, begegnet waren. Als sie um die nächste Ecke ging, sah sie dort den Verkaufsstand eines Puertorikaners. Von der Markise über dem Stand baumelten die Glöckchen herab, deren Klang sie gehört hatte. Auf dem Verkaufstisch lagen Herzen aus Gold, Jade, Kristall und Turmalin.

Joan berührte ganz leicht das Glöckchen, das Jack ihr damals gegeben hatte und das sie noch immer besaß, lächelte dem Mann hinter dem Verkaufstisch zu und ging weiter.

Auf einer Vorgartenmauer sah sie eine Gruppe von Punkern sitzen, die jedes Mädchen, das vorüberging, anpöbelten. Früher wäre sie bestimmt auf die andere Straßenseite gegangen. Jetzt aber warf sie den Kopf in den Nacken und setzte den Weg fort, den sie sich vorgenommen hatte. Sie war mit anderen Männern fertiggeworden, als mit diesen grünen Jungen, die im Grunde nur nicht wußten, wie sie sich die Zeit vertreiben sollten.

Als die Punks sie sahen, sprangen sie auf, umringten sie und machten ihre unflätigen Bemerkungen über ihr gutes Aussehen. Joan blieb mit hocherhobenem Kopf stehen, blickte sie nur an und ging dann unbelästigt weiter. Ihre Haare wehten im Wind.

Als Joan bei dem Gebäude anlangte, in dem sie ihre Wohnung hatte, hörte sie eine Autohupe, wie sie noch nie eine gehört hatte. Verwundert sah sie sich um, konnte aber nichts Außergewöhnliches entdecken. Doch als sie sich noch mal umdrehte, vollführte sie einen Freudensprung.

Mitten auf der Straße fuhr ein Wagen mit einem Bootsanhänger, auf dem eine riesige Yacht vertäut war. Das Boot war ganz aus Mahagoni, hatte drei Masten, und die Reling bestand aus reinem Messing, das in der Sonne wie Gold glänzte. Doch das Boot interessierte sie nicht annähernd so sehr wie der Mann, der am Steuer des Wagens saß.

Jack Colton!

Als das Boot neben ihr anhielt, lächelte Jack sie mit seinem jungenhaften Lächeln an und hielt ihr ein dickes Paket hin.

»Deine Hälfte...«, sagte er dazu.

Joan nahm es in die Hand und hielt es hoch. »Hälfte! Wer sagt dir denn, daß du die Hälfte abkriegst?«

»So ist es unter Partnern üblich«, erwiderte er, sprang aus dem Auto und setzte einen Fuß auf den Hänger mit dem Boot und schwang sich hinauf. Dann lehnte er sich über die Reling und lachte sie an.

Joan warf einen kurzen Blick auf seine Schuhe. »Ich mag Stiefel aus Krokodilleder«, sagte sie und lachte zurück.

»Ja, das arme gelbgestreifte Untier mußte sich bedauerlicherweise einer hochnotpeinlichen Untersuchung durch mich unterziehen und in meinen Armen leider sein Leben aushauchen.«

»Oh, das tut mir aber überhaupt nicht leid«, erwiderte Joan.

Jack reichte ihr die Hand und zog sie zu sich herauf.

»Dann beeil dich mit dem Packen«, sagte er, als sie neben ihm war.

»Packen?« fragte sie, während er die Arme um ihre Taille legte und sie an sich zog. Seine blauen Augen blitzten vor Leidenschaft, als er sie ansah und sie ihm die Arme um den Nacken legte.

Seine Stimme klang leise, als sich sein Gesicht dem ihren näherte. »Ist es denn nicht an der Zeit, daß wir aus dem Dschungel herauskommen?« fragte er.

Joan und Jack vergaßen die Straße, in der sie parkten, sie vergaßen New York und die Nachbarn, die neugierig aus den Fenstern herübersahen. Als ihre Lippen sich zum erstenmal an Deck der ›El Corazón‹ trafen, wußten sie nur, daß ihr Abenteuer erst jetzt wirklich begann.